ullstein

**Das Buch**

Wie ein Suchscheinwerfer gleitet sein Blick über die Menge. Seit Langem tötet er zum ersten Mal wieder: der Serienmörder, von dem niemand wusste, dass es ihn überhaupt gibt. Seine Lust zu töten ist groß. Während er durch Hamburgs Straßen streift, weiß er selbst, dass er es bald wieder tun wird ... Wie nahe Jan Fischer und Charlotte Sander ihm kommen, ahnen beide nicht. Niemand hatte vor, den zwanzig Jahre zurückliegenden Mord an einer Abiturientin aufzuklären. Doch dann stehen sich der Reporter und die Fotografin mit dem Täter Auge in Auge gegenüber.

**Der Autor**

Markus Kleinknecht ist ein freier Fernsehjournalist und Romanautor. Seinen beruflichen Werdegang startete er bei einer regionalen Tageszeitung. Nach einem Geschichtsstudium wechselte er in die Fernsehbranche, arbeitete in München, Köln und Hamburg in verschiedenen Fernsehredaktionen, bevor er sich als TV-Journalist in Hamburg selbstständig machte. Polizeigeschichten und die Berichterstattung aus den Gerichten gehören zu seiner täglichen Arbeit. So finden reale Kriminalfälle immer wieder Eingang in seine Romane.

MARKUS
KLEINKNECHT

# UN
# BARM
# HERZIG

Thriller

Ullstein

Besuchen Sie uns im Internet:
www.ullstein-buchverlage.de

MIX
Papier
FSC® C083411

Originalausgabe im Ullstein Taschenbuch
1. Auflage Dezember 2019

Umschlaggestaltung: zero-media.net, München
Titelabbildung: © FinePic®, München
Gesetzt aus der Quadraat Pro powered by pepyrus.com
Druck und Bindearbeiten: CPI books GmbH, Leck
ISBN 978-3-548-06124-5

# Prolog

Er war wieder bereit zu töten, wenn er sein Smartphone nicht bei sich trug. Irgendwann war ihm dieser Umstand aufgefallen. Zwanzig Jahre nachdem er das letzte Mal zugeschlagen hatte. Er war ein Serienmörder, von dem niemand wusste, dass es ihn gab. Der Mann hatte mit dem Morden aufgehört, bevor man ihn enttarnen konnte. Einfach so. Doch nun hatte er diesen Schraubendreher bei sich – mit einer fünfzehn Zentimeter langen Klinge. Das ist doch kein Zufall, dachte er. Und auch, dass er sein Smartphone immer häufiger nicht bei sich trug. Das Ding war ein mieser Verräter. Das Problem war die Standortbestimmung durch den Telefonanbieter. Selbst wenn man das Telefon nicht benutzte, konnte die Polizei rausbekommen, welches Gerät sich zu welcher Zeit in welcher Funkzelle angemeldet hatte. Bewegungsprofile ließen sich erstellen. Eine äußerst unpraktische Angelegenheit für einen Mörder. Deshalb hatte der Mann angefangen, das Smartphone im Büro oder zu Hause liegen zu lassen. Das war eher instinktiv geschehen. Erst nach einer Weile wurde ihm bewusst, was er da tat. Er war wieder auf der Jagd. Nach zwanzig Jahren. Kein Zweifel.

Eine über seine Stirn verlaufende Ader pochte sichtbar, während er leise die schmale Metallleiter hinaufstieg. Deren Rostflecke bezeugten die unzähligen Jahre, die sie nun schon an der Flutschutzmauer befestigt war. Der groß gewachsene Mann zog sich über die Mauer und kletterte auf der anderen Seite wieder hinunter. Den kleinen Trampelpfad zur südöstlichen Spitze der

Landzunge kannte er. Ab und zu zerrte ein widerspenstiger Brombeerstrauch mit einem langen Ausleger an seiner Jacke. Dann blieb er stehen und befreite sich geduldig. Spuren jeglicher Art wusste er zu vermeiden.

Auf dieser Seite der Mauer erstreckte sich eine schmale Landzunge mit einem weiß-rot gestreiften Leuchtturm. Dahinter fiel das Ufer jäh zur Elbe ab. Gerade noch fünfzig Kilometer von der Nordsee entfernt, war der Fluss auf Höhe des Hamburger Hafens ein breites und tiefes Gewässer. Containerriesen und Kreuzfahrtgiganten brachten ihre Fracht durch Fahrrinnen, die immer wieder vertieft werden mussten, an die Liegeplätze. Auf Leuchtfeuer waren die Schiffe hierbei nur noch wenig angewiesen, sie folgten moderneren Navigationshilfen.

Die mit Bäumen, Büschen und wuchernden Brennnesseln bewachsene Landzunge mit dem Leuchtturm war seit einiger Zeit aus anderen Gründen interessant. Gruppen von Jugendlichen suchten den abgelegenen Ort auf Höhe des Tankhafens auf, um dort zu feiern und einen spektakulären Blick auf Hamburg zu genießen. Bei Dämmerung und der ihr folgenden Dunkelheit boten die beleuchteten Kräne und Schiffe an den gegenüberliegenden Kais ein ergreifend schönes Bild. Romantische Gefühle blieben vor solch einer Kulisse vom jeweiligen Partner meist nicht unbemerkt.

Als der Mann eine kleine Lichtung am Ende der Landzunge erreichte, fand er die Überreste eines mehrere Tage alten Lagerfeuers vor. Kein Mensch war zu sehen. Stumm ging er in die Hocke, lehnte sich rücklings an einen Baumstamm und blickte aufs Wasser. Noch war es die untergehende Sonne, die sich auf den Wellen spiegelte, bald würden es die Lichter des Hafens sein.

Eine Brise kräuselte die Wasseroberfläche, blies dem Mann leicht, aber stetig ins Gesicht. Er wartete auf nichts Besonderes, wollte den Abend in Ruhe beginnen, den Lärm des Tages hinter sich lassen und sich den Klang der Stimme der einst geliebten Ehefrau so lange wie möglich ersparen. Wenn er lange genug fortblieb, würde sie vielleicht zu einer Freundin gehen oder bei seiner Heimkehr schon im Bett liegen und mit ihrer Brille auf der Nase ein Buch lesen. Wenn sie las, war ihre Anwesenheit am erträglichsten. Dann bemerkte sie ihn nämlich kaum. Dann wollte sie keines ihrer ausdauernden und anstrengenden Gespräche über ihr Zusammenleben führen. Dann hatte er sie fast schon wieder gern.

Er nahm einen Stock vom Boden, betrachtete ihn von allen Seiten, ließ das eine Ende leicht in die offene Handfläche klatschen. Plötzlich vernahm er leise Stimmen. Da der Wind auflandig war, hatte er kein Auto jenseits der Flutschutzmauer gehört. Es waren ein Mann und eine Frau, die leise miteinander sprachen, vermutlich nicht weit entfernt. Bewegungslos blieb er hocken, um sich nicht selbst zu verraten. Die beiden Stimmen kamen nicht näher. Er verstand nicht, worüber die beiden redeten, merkte nur, dass eine bestimmte Spannung zwischen dem Mann und der Frau herrschte.

In der Wahrnehmung von Spannungen zwischen Männern und Frauen war er ein Experte. Zwangsläufig. Zu oft hatte seine Frau ihn mit Vorträgen über die Erziehung ihres gemeinsamen Sohns und unterschwelligen Maßregelungen in den Wahnsinn getrieben. Auch jetzt merkte er, wie sein Stresspegel stieg, obwohl er doch gar nichts mit dem Streit zwischen den beiden im Dickicht zu tun hatte. Er legte das Stöckchen zur Seite und fasste in seine Jackentasche. Der Griff des Schlitzschraubendrehers verschwand fast vollständig in seiner Faust, während die Klinge herausragte. Es war ein großer Schraubendreher. In einen Körper getrieben, würde er das Herz durchstoßen, oder die Leber oder die Milz.

Eine wirksame Waffe, wenngleich sie sich nicht direkt als solche zu erkennen gab. Das war das Praktische. Wer konnte schon etwas sagen, wenn ein erwachsener Mann einen Schraubendreher bei sich trug?

Der Mann musste lächeln.

Er hatte ja nicht wirklich vor, jemandem etwas zu tun. Seit zwanzig Jahren hatte er es nicht mehr getan. Warum sollte er jetzt wieder damit anfangen? Obwohl ...

Allein der Gedanke, dass es möglich wäre, verschaffte ihm Erleichterung.

Wenn er es tat, war er der Herr über Leben und Tod. Er wusste es, und sein Opfer wusste es. Das war immer ein sehr intimer Moment gewesen. Etwas ganz Besonderes zwischen ihm und diesem anderen Menschen. Bis es vorbei war.

Menschen waren nicht besonders widerstandsfähig. Einem fünfzehn Zentimeter langen Schraubendreher hatten sie jedenfalls nicht allzu viel entgegenzusetzen.

In einiger Entfernung ertönte ein Schiffshorn. Der Mann zog die Hand aus der Tasche, legte das Gesicht in beide Hände und schloss die Augen.

Seit fast zwanzig Jahren hatte er nicht mehr getötet, hatte es sich selbst verwehrt. Er wusste ja, dass es nicht gut war. Du sollst nicht töten. Fünftes Gebot.

Was konnte er dafür, dass ihm gerade diese Sache so viel Freude machte? Wenn es einen Gott gab, der dieses Gebot erlassen hat, warum hatte er dann auch ihn erschaffen – und in ihm den Drang zu töten? War das dann nicht irgendwie auch Gottes Wille? Warum führte er ihn immer wieder in Versuchung? Das war doch nicht logisch.

Der Mann schüttelte stumm den Kopf. Es konnte keinen Gott

geben. Denn der hätte ihm dieses Verlangen niemals eingegeben. Das war der Beweis.

Und wenn es keinen Gott gab, musste der Mann sich auch nicht an dessen Regeln halten. Die Zehn Gebote waren Quatsch. Es gab nur ihn und das Verlangen zu töten.

Als der Mann wieder aufsah, war es schon fast ganz dunkel, das Blau des Abends war dem Schwarz der Nacht gewichen. Der Hafen sah nun besonders schön aus. Doch der Mann hatte keinen Blick mehr dafür. Er rieb sich die Stirn. Dann stand er auf und suchte sich seinen Weg zurück durch das Dickicht. Der Pfad war schmal, seine Augen brauchten etwas, um das dünne Band zu sehen, das sich unter den Bäumen durch die hoch stehenden Brennnesseln und das umliegende Unterholz zog.

Unerwartet tauchte eine Gestalt vor ihm auf. Nun hörte er auch ein leises Schniefen. Die Person bückte sich, suchte offenbar unter Tränen etwas auf dem Boden. Ihm wurde klar, dass er riesig, fast monströs aussehen musste, wenn die Person den Kopf drehte und ihn entdeckte. Plötzlich ein Schrei. Es war die Stimme einer jungen Frau.

»Mann!«, stieß die Frau aus. »Hakan! Du Arsch. Hast du mich erschreckt.«

»Ich bin nicht Hakan«, entgegnete der Mann.

Die junge Frau erschrak erneut, starrte die dunkle Gestalt vor sich an. Beide waren nicht weit vom Fluss entfernt. Der Mann konnte das Wasser gegen die Uferbefestigung schwappen hören.

Ob sie es ist?, dachte der Mann. *Die eine?* Die Besondere?

Unbewusst suchte er immer nach ihr; nach der Frau, die begriff, wer er war, noch bevor er das mit ihr tat, was er tun musste. Die Frau, die es vielleicht selbst ein ganz kleines bisschen wollte.

Würde er jemals wieder solch einer Frau begegnen? Gab es sie überhaupt irgendwo da draußen?

Die Innenflächen seiner Hände wurden feucht vor Aufregung.

Die junge Frau ihm gegenüber musste Angst haben. Der Mann wusste es, konnte es spüren. Doch sie versuchte zu überspielen, wie unheimlich es ihr war, mit einem fremden Mann allein an diesem abgelegenen Ort zu sein.

»Können Sie mir helfen?«, fragte sie etwas forsch. »Ich habe mein iPhone verloren. Es muss hier irgendwo liegen. Aber ich kann es nicht finden.«

»Sind Sie allein?«

Die junge Frau zog die Nase hoch. Er griff in seine Tasche. In die Tasche mit dem Schraubendreher.

»Nein«, behauptete sie, doch er wusste, dass sie log. Dann zog er ein Papiertaschentuch aus der Jacke, reichte es ihr.

»Danke«, sagte sie und schnaufte hinein.

»Wer ist Hakan?«

»Mein Freund«, entgegnete sie. »Der Arsch. Hat mich hier sitzen lassen. Dachte, ich lauf ihm nach. Bin ich aber nicht.«

»Warum nicht?«

»Weil er ein Arsch ist!«

»Was hat er gemacht, um sich diesen Titel zu verdienen?«

Die junge Frau lachte über die Formulierung kurz auf. »Na ja. Er hat über Justin Simpson gelästert. Weil er weiß, dass ich auf den stehe. Und weil er den doof findet.«

»Ein anderer Freund?«

»Was? Nein, mein Gott, natürlich nicht.« Die Frau schüttelte den Kopf. Er konnte sie jetzt besser erkennen. Ihr blonder Schopf leuchtete fast im Dunkeln. »Justin Simpson ist total mega. *The Simpson*. Oder: *The Only Simpson*. Sagen Sie nicht, dass Sie den nicht kennen.«

»Vielleicht schon mal gehört«, sagte der Mann möglichst

ruhig, merkte aber, wie sein Herzschlag raste, während die junge Frau vor ihm von einem Bein aufs andere trat.

»Na, ist auch nicht so wichtig. Also, in Ihrem Alter, meine ich. Also, das ist jetzt nicht böse gemeint.«

Er erwiderte nichts.

»Aber Hakan hat mich mit Absicht geärgert. Und da habe ich ihm eine geknallt. Wollte mich auch gleich wieder entschuldigen, doch er hat das ernst genommen und mir auch eine geschallert. Mann, wow, mir brennt das Gesicht noch immer! Dafür habe ich ihn dann gekratzt. Da dreht er sich um und haut einfach ab. Wollte, dass ich ihm hinterherlaufe. Ich sollte ihn garantiert anbetteln, damit er mich mit dem Auto nach Hause fährt oder so was. Aber nicht mit mir. Ich habe darauf gewartet, dass *er* zurückkommt. Ist er aber nicht.«

»Der Arsch!«, sagte der Mann.

Das Mädchen kicherte.

»Richtig. Voll der Arsch. Und dann wollte ich Marion anrufen. Dass sie mich abholt. Ist ja 'ne Scheißecke hier. Zu Fuß will ich das nicht laufen. Aber mein verficktes Handy ist weg. 'tschuldigung. So was sagt eine Dame nicht.«

Wieder kicherte sie. Vielleicht wartete sie darauf, dass der Mann auch lachte. Doch das tat er nicht.

»Können Sie mich nicht mal eben anrufen? Dann müssten wir es im Dunkeln leuchten sehen!«

»Ich habe kein Handy dabei«, sagte der Mann.

»Wie? Kein Handy? Gibt's doch nicht! Warum nicht? Ich bin total verloren ohne.«

Er dachte über den Grund nach, weshalb er sein Smartphone nicht dabeihatte.

»Taschenlampe? Haben Sie 'ne Taschenlampe mit?«

»Nein!«

»Mann, so ein Scheiß. Helfen Sie mir trotzdem?«

Beide begannen das Gebüsch abzusuchen. Immer wieder blickte der Mann die junge Frau von der Seite an. »Wieso suchen wir genau hier? Kann es nicht auch woanders liegen?«

»Nein, nein. Muss etwa hier sein.«

»Woher wissen Sie das so genau? Vielleicht liegt es in Hakans Auto. Oder Sie haben es an der Mauer verloren.«

»He, nicht *Sie*, ja? Bitte. Ich bin Fiona. Und du heißt wie?«

»Klaus«, log der Mann. Noch bestand schließlich die Möglichkeit, dass er ihr nichts tun würde. Er würde sie ziehen lassen wie all die anderen in den vergangenen zwanzig Jahren. Besser, sie wusste dann nicht, wie der fremde Mann vom Tankhafen hieß. Falls jemand sie mal danach fragen würde. Zum Beispiel, wenn er ein andermal wiederkommen und dann doch etwas geschehen würde. Mit jemand anderem. Nicht, dass ich so etwas plane, dachte er. Aber es könnte passieren.

Plötzlich ertönte in der Dunkelheit eine kleine Melodie. Beide horchten auf.

»Das ist es«, sagte sie.

»Kommt von weiter vorn«, meinte er.

Fiona ging wortlos in diese Richtung. Die Tonfolge begann von vorn. »Da!«, rief sie aus. »Da liegt es.«

Der Mann sah ein helles Display auf dem Boden leuchten.

»Ach nee«, meinte sie, als sie es in der Hand hielt. »Hakan. War ja klar. Jetzt kriegt er doch ein schlechtes Gewissen. Geschieht ihm ganz recht. Erst 'ne schnelle Nummer schieben und dann einfach abhauen. Den lass ich zappeln.«

Das Mädchen hob den Blick. Die Displaybeleuchtung strahlte es von unten an. Der Mann konnte Fiona zum ersten Mal besser sehen. Sie hatte ein hübsches Gesicht. Vielleicht ein bisschen rundlich, aber er fand, dass es sie irgendwie niedlich aussehen ließ.

»Dann hattet ihr eben Sex?«, fragte der Mann und verscheuchte damit das hintersinnige Lächeln von Fionas Zügen.

»Was? Das geht dich gar nichts ... Hast du uns etwa beobachtet?«

»Nein.«

»Na?«

»Ich war an der Südostspitze. Die ganze Zeit. Auf dem Rückweg habe ich mich dann total erschrocken, als wir uns trafen.«

Fiona lachte auf. »Ich mich auch.«

»Aber du hast ›schnelle Nummer‹ gesagt. Und daraus habe ich geschlossen ...«

»Ach so. Ja, ja, schon klar. Das interessiert ältere Männer immer sofort. Also, nicht böse gemeint. Aber weiß man ja.«

Wortlos presste er die Lippen aufeinander.

»Komm schon, nicht böse sein. Ich bin manchmal ein Biest. Sagen alle.«

Er nickte.

»Los«, meinte sie. »Klettern wir zurück über die Mauer. Er kommt bestimmt gleich her, um mich zu suchen.«

Wortlos ging der Mann hinter Fiona her. Sie verließen das Wäldchen, gingen an der Uferböschung entlang Richtung Leuchtturm. Er beobachtete ihre Schritte, nahm jedes Geräusch wahr, konnte ihr Parfüm riechen. Der Grünstreifen vor ihnen war schmal. Es waren nur noch wenige Meter bis zur Leiter der Flutschutzmauer. Fiona tippte auf ihrem iPhone herum.

»Was machst du da?«, wollte der Mann wissen.

»Ich ruf ihn doch besser zurück. Wer weiß, ob er es sich sonst nicht anders überlegt, weil er denkt, dass ich mit Absicht nicht rangehe. Er hat nämlich ein ganz schönes Ego, weißt du. Und ist ja auch irgendwie peinlich, wenn Marion mich abholen muss.«

»Lass das lieber!«, sagte der Mann plötzlich im Befehlston.

»Was?« Fiona blieb stehen, sah ihn überrascht an.

»Zur Not kann ich dich ja fahren«, meinte der Mann und hatte die Schärfe wieder aus seiner Stimme genommen.

»Du?« Die junge Frau grinste. War das Grinsen freundlich oder höhnisch? Wer konnte das schon sagen? Der Mann jedenfalls fand, dass es höhnisch aussah.

Sein Angebot, sie nach Hause zu bringen, war also lächerlich. Warum? Weil er ein alter Sack war und sie eine junge Frau? Er wollte sie ja nicht abschleppen, nur nach Hause fahren. Oder zur nächsten S-Bahn-Station. Wieso dafür dieses höhnische Grinsen auf ihrem Gesicht?

»Darf ich ein Foto von dir machen?«, fragte sie jetzt und hob ihr iPhone.

»Wozu?«

»Der Hafen im Hintergrund sieht so schön aus.«

Von wegen, dachte er. Du willst es morgen Marion und allen anderen zeigen. Und dann lacht ihr euch auf meine Kosten kaputt. So sah der alte Sack aus, der wissen wollte, ob sie es mit Hakan beim Leuchtturm getrieben hatte, würde sie erzählen. Garantiert hatte der Kerl sie beim Sex beobachtet. Auch wenn er das Gegenteil behauptete. Diese alten Typen waren doch alle gleich.

»Was ist jetzt mit dem Foto?«, wollte Fiona wissen. Aus irgendeinem Grund traute sie sich offenbar nicht, einfach den Auslöser zu drücken.

»Das kannst du natürlich machen«, antwortete der Mann. Seine Miene war völlig ausdruckslos. »Doch dann müsste ich dich hinterher umbringen.«

Das Lächeln verschwand von Fionas Gesicht. »Das ist nicht witzig«, meinte sie.

Der Mann sagte: »Es war auch kein Witz.«

# 1

Die Pressemitteilung der Polizei ploppte gegen elf Uhr vormittags im E-Mail-Verteiler des Harburger Tageblatts auf. Eine Schülerin aus einem Harburger Gymnasium war am Vorabend erstochen im Hafen gefunden worden. Petersen, der Redaktionsleiter, deutete sofort auf Jan und Olaf. Ihnen standen sechzig Zeilen und Platz für zwei Fotos zur Verfügung. Abgabetermin für den Artikel war um vier. Keine Minute später. Denn um siebzehn Uhr gab es eine Betriebsversammlung. Und bei der sollten alle dabei sein.

Olaf steuerte seinen Passat über die Autobahn bis Waltershof. Dort mussten sie dreimal rechts abbiegen und dann einer Kopfsteinstraße bis runter zur Elbe folgen. Dort ging es rechts ab in den Tankweg. Wieder einmal stellte Jan fest, wie viel mehr Platz er mit seinen langen Beinen in Olafs Passat im Gegensatz zu Charlottes kleinem Renault Clio hatte. Bei ihr stießen seine Knie gegen die Klappe vom Handschuhfach. Und seit er mit Charlotte zusammen war, saß er dort noch viel öfter als vorher, wenn er mit ihr zu einem Termin gefahren war.

Sein zweitliebster Fotograf, nach Charlotte, saß grinsend neben ihm. Dass die Räder wegen des Kopfsteinpflasters im Tankweg ratterten, machte ihm offensichtlich Spaß. Auch das runde Einfahrt-verboten-Schild gefiel ihm.

»Keine Sorge, wir sind richtig«, sagte er. »Ich war hier schon mal.«

Der Kampfmittelräumdienst der Feuerwehr habe in der Nähe

einen Blindgänger aus dem Zweiten Weltkrieg entschärft, erzählte Olaf. Wenn eine Bombe über fünfhundert Kilo schwer war, musste während der Entschärfung der Schiffsverkehr auf der Elbe gesperrt werden. Auch auf der nahe gelegenen Hochautobahn ging dann nichts mehr. Grund genug für ein Foto und einige Zeilen im Harburger Tageblatt. Immerhin war das Verbreitungsgebiet vom Tageblatt nicht nur der Stadtteil Harburg, sondern auch der gleichnamige Landkreis sowie Finkenwerder und Wilhelmsburg. Finkenwerder lag vom Tankhafen aus betrachtet quasi direkt nebenan.

Olaf deutete aus dem Fenster. »Dort hinter den Büschen ist gleich die Elbe. Da haben sie das Biest dann gesprengt. Unter Wasser. Hat ganz schön gespritzt. Kannst du dich an das Foto erinnern?«

Jan nickte. »War sicher ziemlich laut«, vermutete er.

»Nee, laut eigentlich nicht. Die Sprengung war ja unter Wasser.«

»Wieso finden die ausgerechnet jetzt so viele Blindgänger?«

»Weiß nicht genau. Musst du Schultheis fragen. Der hat was darüber geschrieben. Ich mache ja nur die Fotos. Aber ich glaub, die wollen das Hafengelände erweitern«, schob Olaf hinterher. »Ist ja bisher nur Brachland. Muss man allerdings vorher alles umwühlen, weil da noch das ganze Zeug rumliegt, was uns die Briten und Amerikaner auf den Kopf geworfen haben.«

»Nichts bleibt, wie es ist, oder?«, sinnierte Jan.

Als sie mehrere Streifenwagen und ein weiß-rotes Absperrband vor sich sahen, war keine Dreiviertelstunde seit Veröffentlichung der Pressemitteilung durch die Polizei vergangen.

»Nee, nix«, stimmte Olaf zu, während die Reifen vom Kopfsteinpflaster auf Schotter wechselten. Sie stiegen aus dem VW. Olaf holte seine Kameratasche aus dem Kofferraum, während Jan einem Polizisten seinen Presseausweis zeigte. Der nickte, ließ sie unter dem Absperrband hindurch und deutete auf einen Mercedes, der neben der Flutschutzmauer stand.

Ein Pressesprecher der Polizei hatte sich die Mühe gemacht, den weiten Weg vom Präsidium heraus in den Hafen zu kommen. Jan rechnete mit Helmut Niemann persönlich, dem Chef der Pressestelle. Bei größeren Geschichten ließ der es sich in der Regel nicht nehmen, der Presse, und dabei besonders den Fernsehkameras, Rede und Antwort zu stehen. Doch diesmal entdeckte er Ilona Dietrich im Gespräch mit Karsten Reimers, einem Zeitungskollegen. Offensichtlich war die stellvertretende Pressesprecherin zu dünn angezogen, sie tippelte mit verschränkten Armen von einem Fuß auf den anderen. Ihr glatzköpfiges Gegenüber schien hingegen für den Wind völlig unempfänglich.

»Wieso ist die ›Blöd‹ schon hier? Wir sind doch viel dichter dran«, meinte Olaf kopfschüttelnd.

Jan erwiderte nichts. Bei Blaulichtthemen waren die Kollegen des Boulevards eben immer sehr schnell. Lächelnd schritt er auf Ilona Dietrich und Reimers zu. Beide sahen ihm freundlich entgegen. Hände wurden geschüttelt, Begrüßungsfloskeln gewechselt. Dann sagte Frau Dietrich, dass die Presse für Bilder leider nicht über die Mauer klettern dürfe. Alles dahinter müsse noch genau abgesucht werden. Die Spurensicherung sei schon die ganze Nacht bei der Arbeit. »Aber dafür bekommen Sie gleich noch Bilder von den Polizeitauchern. Die sind auf dem Weg hierher.«

»Man vermutet die Tatwaffe im Wasser?«, fragte Reimers.

Ilona Dietrich stimmte zu.

»Was ist mit der Spurensicherung?«, wollte Olaf wissen und deutete ein Stück die Flutschutzmauer entlang zu mehreren Zivilfahrzeugen. »Kriegen wir die Kollegen noch mal mit ihren weißen

Anzügen ins Bild? Und ein paar Tüten mit Beweisträgern wären gut.«

Die Pressesprecherin nickte. »Ich denke, das bekommen wir hin.«

»Leiche schon weg?«, fragte Jan.

»Nein«, erwiderte die Polizistin und zog ihre Jacke noch enger. Ein kalter Wind kam von der Elbe herüber. »Wird wohl auch noch etwas dauern.«

»Ist vermutlich nicht ganz leicht«, meinte Reimers. »Muss wohl die Feuerwehr kommen, um sie über die Mauer zu hieven. Aber vom Wasser aus kommt man wohl auch nicht besser ran, oder?«

Ilona Dietrich schüttelte den Kopf. »Steinufer. Ziemlich abschüssig und glitschig. Das wird nichts.«

»Dann brauchen die einen Kran?«, fragte Olaf. Jan sah dem Kollegen an, dass er an ein schönes Foto dachte.

»Nein«, sagte Frau Dietrich. »Weiter hinten gibt es eine breite Treppe. Tragehilfe wird reichen. Aber das kann noch dauern. Wie gesagt.«

Jan sah auf sein Smartphone. Noch hatten sie genug Zeit. »Wissen Sie schon etwas über das Opfer?«

Der bereits veröffentlichte Pressetext wurde von der Polizistin wie auswendig gelernt runtergespult. Sie wiederholte auch, dass die junge Frau achtzehn Jahre alt war, in Neuwiedenthal gewohnt habe und in Harburg zur Schule gegangen sei. »Gefunden wurde sie von ihrem Freund. Der hat auch den Notruf gewählt.«

Jan hielt ein kleines Notizbuch in der Hand.

»Hinweise auf ein Sexualdelikt?«, wollte der Kollege von der Boulevardzeitung wissen.

»Das wird geprüft«, antwortete die Polizistin.

»War die Leiche vollständig bekleidet?«

»Nein.«

Reimers schrieb ebenfalls mit, hob nun den Blick.

»Sie bekommen alle Informationen, wenn die Spurensicherung durch ist«, sagte Ilona Dietrich.

Reimers ließ die Hände baumeln, machte einen entspannten Eindruck. »Ganz schön abgelegene Gegend. Wieso war sie denn allein hier? Anders gefragt, warum hat ihr Freund sie gefunden? War er hier mit ihr verabredet, oder sind sie vielleicht zusammen hergekommen? Da passt doch was nicht.«

»Offenbar gab es einen Streit, und er hat sie kurz allein gelassen.«

Reimers hob das Kinn. »Und als er wieder zurückkam, war es schon geschehen?«

»Sieht so aus.«

»Sieht so aus«, wiederholte Reimers leise.

Die Geschichte klang wirklich merkwürdig. Jan presste die Lippen aufeinander. Reimers ist gut, dachte er. Vermutlich würde er einen Fotografen hier abstellen und dann zur Schule fahren, um weitere Informationen über die tote Schülerin und ihren Freund zu bekommen. Danach würde es nach Neuwiedenthal gehen, die Nachbarschaft der Toten abklappern. Jan wusste sehr genau, wie das funktionierte. Witwenschütteln nannte man das.

Jan verzichtete gern darauf. Als die Fotos von den Mitarbeitern der Spurensicherung im Kasten waren, warteten sie eine weitere halbe Stunde an der Flutschutzmauer, ohne dass etwas passierte. Jan sprach noch einmal die Pressesprecherin an.

»Dauert nicht mehr lange«, sagte sie. »Bestatter sind bestellt.«

Kurz darauf rollte ein schwarzer Leichenwagen mit angemessenem Tempo heran. Zwei Männer in schwarzen Anzügen wurden von der Polizei begrüßt und zu der Treppe geführt, von der Ilona

Dietrich gesprochen hatte. Anschließend holten sie eine Trage mit einem Sarg aus dem Fahrzeug.

Olaf drückte mehrfach auf den Auslöser. Die Fotos hatten genug Aussagekraft, denn kein Mensch konnte bei einer Einzelaufnahme sagen, ob der Sarg aus dem Wagen geholt oder gerade hineingeschoben wurde.

»Dann Abflug«, entschied Jan.

Olaf fuhr nicht ganz so schnell wie auf dem Hinweg. Auch das Rattern auf dem Kopfsteinpflaster machte ihm offensichtlich nicht mehr denselben Spaß wie zuvor.

Passend zu der Szenerie im Hafen lag eine unheimliche Ruhe über der Redaktion des Harburger Tageblatts. Es wurde kaum gesprochen, Telefonate möglichst leise geführt. Selbst das Anschlagen auf den Computertastaturen erfolgte weniger dynamisch als sonst. Doch das hatte nichts mit dem toten Mädchen zu tun. Der Geschäftsführer des Tageblatts, Dr. Thorsten Brücker, hatte die gesamte Belegschaft für siebzehn Uhr in die Redaktionsräume bestellt. Es ging das Gerücht, dass er das Ende des Harburger Tageblatts verkünden wollte. Das Ende für Hamburgs älteste Zeitung nach fast hundertfünfzig Jahren.

Jan holte sich schweigend einen Kaffee. Noch bestand Hoffnung. Auch wenn sich die Verkaufszahlen in den letzten zehn Jahren fast halbiert hatten und es im Anzeigengeschäft eine dramatisch negative Entwicklung gab. Das kann es doch nicht gewesen sein, dachte Jan. Vielleicht verkündete Brücker ja den Einstieg eines neuen Investors oder die Übernahme durch einen anderen Medienkonzern. In Familienhand war die Zeitung schon lange nicht mehr. Diese Lösung war somit durchaus denkbar.

Jan versuchte sich auf seinen Artikel zu konzentrieren, während das durch ein großes Fenster seitlich einfallende Licht ihn etwas blendete. Für einen Schreibtischtäter war er eigentlich zu groß, das wusste er selbst. Schmerzen in den Schultern bezeugten es abends oft zusätzlich. Immer wieder krauste er die Stirn und rieb sich das stoppelige Kinn, während er am Aufmacher für die nächste Ausgabe arbeitete. Er tippte die Fakten zusammen, die er über Fiona Fenskes Tod bisher erfahren hatte. Als er alles noch einmal gelesen und einige Teile verbessert hatte, war es Nachmittag. Die Deadline bis sechzehn Uhr hatte er trotzdem locker geschafft.

*Deadline.*

Das Wort drehte sich in seinem Kopf.

Eine breite Brücke spannte sich über einen Teil des Maschener Rangierbahnhofs. Charlotte Sander stellte ihren Renault auf einem unbefestigten Parkplatz am Fuß der Brücke ab und stieg aus. Ihre Kameratasche stand zwischen Fahrersitz und Rücksitzbank. Dort konnte sie am wenigsten durch die Gegend fliegen.

Eine Eisenbahngewerkschaft hatte zum Streik im Güterverkehr aufgerufen. In solchen Fällen lief der Maschener Rangierbahnhof immer schnell voll. Petersen wollte ein aktuelles Bild vom Bahngelände, das dem Titel *Alle Räder stehen auf dem größten Rangierbahnhof Europas still* gerecht wurde.

Charlotte trug eine Jeans mit weißen Nähten und einem schmalen weißen Gürtel. Dazu ein grelles Oberteil und, wie fast immer, ihre handtellergroßen Ohrringe. Sie war eine auffallende Frau, was nicht nur an ihrer Kleidung lag. Auch die an Stahlfedern erinnernden Locken auf ihrem Kopf und der Leberfleck über dem Mundwinkel machten die Fotografin unverkennbar. Am markantesten waren jedoch ihre grün schimmernden Augen. Die hatten ihr schon als kleines Kind Bewunderung und viele Komplimente eingebracht. Anderen schienen diese Augen ein bisschen Angst zu machen.

Charlotte ging den schmalen Fußweg entlang, der von der Fahrbahn durch eine Leitplanke getrennt wurde, und begann Fotos von stehenden Güterzügen zu machen. In einiger Entfernung prangte das Zeichen der Deutschen Bahn auf einem Bahnhofsgebäude. Noch weiter hinten reihten sich Hunderte Güterwaggons auf, wie von einem Riesen auf einer Spielzeuganlage abgestellt. Genau das richtige Bild.

Charlotte senkte die Kamera. Für einen Moment dachte sie an Jan. Petersen hatte ihn nicht mit ihr, sondern mit Olaf zu einem toten Mädchen in den Hafen geschickt. Aber das ärgerte Charlotte nicht. Im Gegenteil, es war ihr aus zweierlei Gründen sogar recht. Zum einen hatte sie keine Lust, stundenlang auf einen Leichenwagen zu warten, nur um ein Bild von zwei Männern in Schwarz zu machen, die eine Kiste in einen Wagen schoben. Zum anderen musste sie sich eingestehen, dass sie etwas Zeit für sich allein brauchte.

Alle wussten, dass sie und Jan seit ein paar Monaten zusammen waren, aber das bedeutete ja nicht automatisch, dass sie alles teilen mussten. Ihr Privatleben, den Job und überhaupt alles Mögliche. Der Gedanke wurde Charlotte plötzlich unangenehm. Deshalb hob sie schnell die Kamera und machte noch ein paar Bilder. Dann ging sie wieder zum Wagen und fuhr zurück Richtung Hamburg.

Natürlich gab es hinter dem Redaktionsgebäude keinen freien Stellplatz. Genervt fuhr Charlotte wieder vom Hof, suchte einen Parkplatz in der Nähe. Keine besonders einfache Aufgabe rund um die Harburger Fußgängerzone. Schließlich entdeckte sie einen, legte, da sie kein Kleingeld für ein Ticket hatte, die Parkscheibe hinein und fand, dass dies besser als nichts sei. Vielleicht wurde später am Tag nicht mehr kontrolliert.

Charlotte ging die Fußgängerzone entlang, blickte in einige Schaufenster und entdeckte eine Umhängetasche, die ihr gefiel. Vielleicht eine Alternative zu der Kameratasche, die ihr im Augenblick von der Schulter hing.

Während sie über den Nutzen einer neuen Tasche nachdachte, blitzte plötzlich ein blonder Haarschopf in der spiegelnden Schaufensterscheibe auf. Er gehörte zu einer Frau, die hinter Charlottes Rücken vorbeieilte. Unwillkürlich drehte sie den Kopf zur Seite, öffnete den Mund, sagte leise: »Maren.«

Dann rief sie den Namen mit heiserer Stimme noch einmal. Doch die Frau, der dieser Zuruf galt, bemerkte ihn offenbar nicht, war schnell erst fünf, dann zehn Schritte entfernt, dann hinter anderen Passanten verschwunden. Charlotte senkte den bis eben in die Luft gereckten Arm. Sie war sich sicher, dass die Frau sie gehört haben musste. Aber sie war sich nicht sicher, ob es sich bei ihr tatsächlich um Maren Fuhrmann handelte, die beste Freundin, die sie je gehabt hatte.

## 2

Charlotte nahm das Knarren der Wendeltreppe hinauf zur Redaktion deutlicher wahr als sonst. Wie oft sie diese Treppe wohl noch benutzen würde? War das Harburger Tageblatt noch zu retten, oder waren seine Tage bereits gezählt?

Die Fotografin ging an einen freien Rechner, steckte die Chipkarte aus ihrer Kamera in einen Kartenleser und zog die gemachten Fotos auf den Redaktionsserver. Sie öffnete die einzelnen Dateien, beschriftete sie. Dann wählte sie die besten Bilder aus und packte sie in einen Ordner. Den einen nannte sie *Prozess*. Er enthielt Aufnahmen aus dem Harburger Amtsgericht. Dort war sie am Vormittag kurz mit Schultheis gewesen. Er war zum Zuhören in den Saal gegangen, während sie weiter nach Maschen fuhr. Die Bilder vom Rangierbahnhof kamen in einen zweiten Ordner. Alle Redakteure hatten nun Zugriff auf die Fotos. Schultheis arbeitete noch an seinem Artikel über den Prozess. Den Streikbericht hatte Christian, der Volontär des Blattes, bereits fertig.

Charlotte steckte die Chipkarte wieder in die Kamera. Jan saß an seinem Schreibtisch, hatte den Stuhl aber so gedreht, dass er aus dem Fenster sehen und dabei die Füße auf die niedrige Heizung davor legen konnte. Charlotte überlegte, ihn etwas zu massieren, denn sie wusste, dass er oft Schulterschmerzen hatte. Aber irgendwie brachte sie es heute nicht über sich. Stattdessen fragte sie, ob er auch einen Kaffee wolle.

Jan drehte den Kopf in ihre Richtung, blickte zur Uhr und nickte. Beide lächelten sich an. Aber etwas fehlte in diesem Lächeln. Vielleicht etwas Wärme, dachte Charlotte und wusste nicht, wo sie geblieben sein konnte. Etwas war anders als noch vor einem Monat. Das verwirrte sie. Konnte Liebe so schnell abkühlen? Sie war doch erst seit knapp einem Jahr mit Jan zusammen.

In der winzigen Kaffeeküche nahm sich Charlotte einen frischen Becher aus dem Hängeschrank über dem Spülbecken. Jan hatte seinen aus der Redaktion mitgenommen, schenkte erst ihr und dann sich ein. Eine winzige Pfütze blieb in der Kanne zurück.

»Nimm ruhig alles«, sagte Charlotte. »Ich mache Neuen.«

Er nickte zustimmend.

»Gibt's was Neues über das tote Mädchen?«, wollte Charlotte wissen.

Jan zuckte mit den Schultern. »Die Polizei hält offenbar Informationen zurück. Aus ermittlungstaktischen Gründen. Du kennst die Sprüche ja.«

»Musstest du Klinken putzen?«

Sie meinte einen Besuch bei der Schule und das Abklingeln der Nachbarschaft, um an Informationen über Fiona Fenske zu kommen. Über ihre Lebensverhältnisse und ihren sozialen Status.

Jan schüttelte den Kopf. »Wollte Petersen nicht. Die offiziellen Infos von der Polizei reichen ihm.«

»Klingt aber nicht gerade nach Petersen.«

»Nee, überhaupt nicht«, stimmte Jan zu. »Kommt mir wie ein schlechtes Zeichen vor.«

Charlotte hob fragend die Augenbrauen.

»Na ja, wenn Petersen nicht das Optimum aus einer solchen Geschichte rausholen will, dann finde ich das verdächtig. Vielleicht weiß er mehr, als er sagt. Vielleicht hat die Geschäftsführung ihn schon ins Vertrauen gezogen.« Jan atmete laut durch die Nase ein.

»Möglich«, stimmte Charlotte zu.

Kurz darauf begann sich die Redaktion zu füllen. Die arme Wendeltreppe musste einiges aushalten. Jan verzichtete freiwillig auf seinen Stuhl, bot ihn Charlotte an. Doch die setzte sich neben ihn auf die Heizung und überließ Monika Mai aus der Anzeigenannahme den Platz.

Es war irgendwie ungewohnt für Charlotte, diese Frau in Gänze zu sehen. Sonst kannte sie Monika Mai hauptsächlich von der Hüfte aufwärts, der Rest wurde vom Empfangstresen verdeckt. Für alle, die eine Anzeige aufgeben wollten, war sie das Gesicht vom Harburger Tageblatt. Eine zu grell geschminkte Endvierzigerin, mit beginnenden Halsfalten und einer großen Brille auf der Nase.

Der Geschäftsführer der Zeitung, Dr. Thorsten Brücker, hielt sich noch hinter der geschlossenen Tür zu Petersens Büro auf, während das Getuschel in der Redaktion immer lauter wurde. Es wurde gefrotzelt und gekichert, um die Anspannung erträglicher zu machen. Dreißig Mitarbeiter in einem Raum, der kaum mehr als sechzig Quadratmeter groß war.

Vor zehn Jahren waren es noch viel mehr Angestellte gewesen, wusste Charlotte. Dann wurde die Mantelredaktion abgeschafft und der gesamte überregionale Teil sowie das Feuilleton von einer größeren Zeitung übernommen. In Harburg selbst wurden seitdem nur noch Lokalnachrichten und Lokalsport produziert. Das war damals ein mächtiger Einschnitt.

»Was ist denn nun?«, wollte jemand wissen. Es war bereits einige Minuten nach fünf.

»Er telefoniert«, erwiderte ein anderer, der durch den oberen Klarsichtteil von Petersens Bürotür sehen konnte. Charlotte drehte den Kopf.

Schultheis kommentierte dies mit den Worten: »Muss ja sehr wichtig sein.«

»Wichtiger als *wir* allemal«, stimmte Wolfgang Staube zu, der normalerweise Rücken an Rücken mit Schultheis saß, nun aber seinen Stuhl zu ihm gedreht hatte.

Dann ging die Tür auf. Petersen schob seinen massigen Körper als Erster aus dem Büro. Sein grober Strickpullover und der Vollbart machten ihn für Charlotte auch optisch zum Chefredakteur einer Lokalzeitung. Nach ihm kam Dr. Brücker in die Redaktion. Er trug eine gut sitzende Anzughose und ein enges Hemd, unter dem sich trainierte Muskeln bewegten. Seine glänzenden Haare waren mit Pomade nach hinten gestrichen.

Charlotte blickte Jan wortlos an und hob vielsagend die Augenbrauen. *Nun gilt es*, konnte dies bedeuten, oder auch *Was für ein Lackaffe!* Sie überließ Jan die Wahl.

»Alle da?«, fragte Petersen in die Runde. Zustimmendes Gemurmel.

»Gut«, übernahm Dr. Brücker das Wort. »Ich finde es toll, dass Sie alle gekommen sind. Das zeigt mir, wie gut der Zusammenhalt in der Belegschaft ist. Vorab muss ich sagen, dass Sie hier wirklich eine tolle Leistung erbringen. Tag für Tag, Woche für Woche. Damit meine ich natürlich die Redaktion, aber auch alle anderen aus der Buchhaltung und der Anzeigenabteilung. Ein tolles Team, das diese Traditionszeitung nun schon seit fast hundertfünfzig Jahren, hundertachtundvierzig, um genau zu sein, zu dem macht, was sie ist. Ein Lokalblatt für Harburg und das Umland. Hamburgs älteste Tageszeitung.«

Jan neigte den Kopf in Charlottes Richtung. »Er hat dreimal *toll* gesagt. Hältst du das für ein gutes Zeichen?«

Charlotte zuckte mit den Schultern.

»An der Qualität der Mitarbeiter liegt es somit auf keinen Fall«, meinte Dr. Brücker, während sich die Abendsonne aufdringlich an der Ecke des gegenüberliegenden Gebäudes vorbeischob und die Redaktion mit grellem Licht flutete. »Es sind die veränderten Gegebenheiten, die sich in den vergangenen Jahren so dramatisch im Zeitungswesen bemerkbar gemacht haben. Allem voran das Internet. War es zu Anfang nur etwas für Studierte und junge Leute, klickt sich heute selbst Bauer Piepenbrink durchs Netz.«

Niemand lachte.

»Der Informationsfluss ist immer schneller geworden. Geschwindigkeit zählt. Nicht mehr nur gut recherchierte Geschichten. Im Internet bekommt man schon heute geboten, was in der Zeitung erst morgen steht. Glauben Sie mir, ich bin als

Geschäftsführer den Zahlen verpflichtet, doch auch mir fällt es nicht leicht, einzugestehen, was aus unserem Unternehmen in marktwirtschaftlicher Hinsicht geworden ist. Aber Fakt ist, wir haben eine stark rückläufige Auflagenzahl. Von fünfzehntausend Exemplaren vor zehn Jahren sind nur noch rund achttausendfünfhundert übrig geblieben. Fakt ist, dass wir im Anzeigengeschäft eine überproportional negative Entwicklung haben.«

Charlotte sah, wie Monika Mai sich an die Brille fasste. Tränen standen ihr in den Augen.

»Fakt ist, dass diese Zeitung stirbt. Und wir können nichts mehr dagegen tun. Glauben Sie mir, wir im Vorstand der Verlagsgruppe haben uns die Entscheidung nicht leicht gemacht. Und ich als Geschäftsführer dieser Zeitung am allerwenigsten. Aber es lässt sich nicht ändern. Wir müssen den Betrieb, so leid es mir tut, in sechs Wochen einstellen.«

Also doch.

Monikas Tränen liefen nun hemmungslos. Es gab kein zurückhaltendes Geflüster mehr. Alle sprachen durcheinander. Dr. Brücker ließ es zu. Er stand neben Petersen, wechselte mit ihm ein paar leise Worte. Dann erhob er noch einmal die Stimme.

»Es ist aber so ...«, sagte er laut. »Es ist so, dass die Auszubildenden sich keine Gedanken zu machen brauchen. Die Volontäre auch nicht. Alle Auszubildenden werden innerhalb des Verlagshauses untergebracht, das steht jetzt schon fest.«

»Und alle anderen können in sechs Wochen zu Hause bleiben?«, wollte eine Frau aus der Buchhaltung wissen. »Oder gibt es für uns auch Wechselangebote?«

»Wieso überhaupt schon in sechs Wochen?«

»Es geht nicht anders«, versicherte Dr. Brücker. »Wenn die Würfel gefallen sind, gibt es keinen Grund, etwas künstlich in die Länge zu ziehen.«

»Was für Würfel?«, rief Wolfgang Staube. »Wir sind hier doch nicht am Spieltisch.«

»Irrtum, Wolfgang. Genau das sind wir«, erwiderte Schultheis.

»Sie erhalten alle Ihre betriebsbedingten Kündigungen morgen oder übermorgen per Einschreiben«, sagte Brücker.

»Na, herzlichen Dank!«

»Das ist formal am besten. Sonst müsste ich jetzt jeden einzeln ins Büro bitten und mir den Empfang der Kündigung von Ihnen quittieren lassen. Ich glaube, das will keiner.«

»Nee, weil keiner unterschreiben würde. Aber das mit dem Einschreiben ist eine sichere Sache. Toll ausgedacht.«

Charlotte vermutete, dass diese Feststellung wieder von Wolfgang gekommen war. Sie konnte den Redakteur aber nicht mehr sehen, weil die meisten mittlerweile von ihren Plätzen aufgestanden waren. Kopfschüttelnd erhob sich auch Jan, wollte Charlotte die Hand reichen, um sie hochzuziehen. Doch Charlotte ließ sich nicht helfen.

Jemand hatte die Idee, sich noch im Bierdorf zu treffen. Wolfgang Staube versuchte dies zu verhindern, da er offenbar keine guten Erinnerungen an die Kneipe hatte, schlug stattdessen das Ristorante Adriano vor. Das italienische Lokal in der Lämmertwiete hatte einen separaten Klubraum im ersten Stock. »Viel besser als das Bierdorf«, sagte Staube und setzte sich mit dieser Meinung schnell durch.

Dr. Brücker, nun wieder mit passendem Jackett zur Anzughose, hielt sich noch im Büro des Chefredakteurs auf. Zuvor hatte er allen, die es wollten, mitfühlend in die Augen gesehen.

Charlotte wurde schlecht bei dieser Art von Heuchelei. Als ob den Mann das persönliche Schicksal auch nur eines Angestellten interessieren würde. Deshalb würdigte sie ihn keines Blickes, als sie nun kurz an den Rahmen der Bürotür klopfte und Petersen sagte, dass sich einige noch bei Adriano treffen wollten. Mehr als Dr. Brücker oder jedes andere Vorstandsmitglied der Verlagsgruppe, zu der das Harburger Tageblatt gehörte, empfand Charlotte den Chefredakteur als ihren eigentlichen Boss. Und sie wusste, dass Jan genauso dachte.

# 3

Jan und Charlotte gingen nebeneinander über den Marktplatz. Ein Anstrich hätte den meisten Häusern links und rechts gutgetan. Doch Harburg gehörte nicht zu den Nobelvierteln Hamburgs, war mehr durch sein Arbeitermilieu und viele Immigranten geprägt. Allerdings war der neben dem Hafen einstmals größte Arbeitgeber, eine Fabrik zur Verarbeitung von Gummi, schon vor Jahren von einem Konkurrenten aus Hannover übernommen und in Stücke zerlegt worden. Anschließend hatte man die zum Teil leer stehenden Fabrikhallen zu einem großen Shoppingcenter umgebaut. Doch anstatt den Stadtteil zu beleben, führte dies nur zu einem Ausbluten der vorher recht belebten Fußgängerzone und trug nicht gerade dazu bei, Harburg schöner zu machen. Es sei denn, man stand auf Einkaufszentren. Jan fand das alles mehr als schade.

»Jetzt musst du wohl mehr Bildbände verkaufen«, sagte er zu Charlotte, während ihre Schritte zwischen den Häusern widerhallten.

»Schön wär's …«, erwiderte sie.

Das klang wenig hoffnungsfroh. Jan war beim Auspacken der

Autorenexemplare von Charlottes jüngstem Fotoband dabei gewesen, hatte Bilder und Aufnahmen überschwänglich bewundert und vorgeschlagen, einige Buchhandlungen persönlich aufzusuchen, um ihnen das Buch ans Herz zu legen. Der Fotoband war gespickt mit großformatigen Aufnahmen eines Hamburgs, wie man es sonst nicht zu sehen bekam. Stimmungsvolle Bilder von der Elbe, vom Alsterlauf, von Brücken oder Industrieanlagen bei Sonnenaufgang oder Nebel. Einzelne Aufnahmen entfalteten eine Wucht, die Jan immer wieder den Atem verschlug.

Er hatte zuvor keine Ahnung gehabt, dass Charlotte neben dem täglichen Job auch solche Aufnahmen machte. Wie hätte er es auch ahnen sollen. Charlotte war für die meisten Menschen unnahbar, sprach kaum über sich.

Andere Landschaftsbilder stellte sie bei einer Bildagentur ein und bekam regelmäßig etwas Geld für die Nutzungsrechte ausgezahlt. Doch das war bei Weitem nicht genug, um davon leben zu können, wusste Jan. Das Ende des Harburger Tageblatts und der damit verbundene Verlust eines kalkulierbaren Einkommens mussten für sie ebenso wie für alle anderen ein Problem darstellen. Aber sie sprach nicht darüber.

»Ganz im Ernst, man müsste mal versuchen, den Verkauf der Bücher etwas anzuschieben«, sagte Jan jetzt noch einmal. Doch Charlotte erwiderte nur, dass sie sich vermutlich bei einer Nachrichtenagentur als Fotografin vorstellen würde.

»Bei wem? dpa?« Jan hörte zum ersten Mal von der Idee.

»Ist noch nicht spruchreif.«

»Haben die noch was für ’nen mittelmäßigen, aber gut aussehenden Redakteur?«

»Ich weiß es nicht. Und jetzt nerv nicht.«

Jan zuckte mit den Schultern. Sein Scherz hatte bei Charlotte nicht gezogen. Musste er sich wohl einen neuen einfallen lassen.

Sie bogen in die Lämmertwiete ein, gingen an verschiedenen Lokalen vorbei, die Tische und Stühle draußen stehen hatten. Auch beim Ristorante Adriano gab es vor dem Lokal noch freie Plätze, doch im Klubraum war es vertraulicher. Es musste nicht jeder die Wut und das Entsetzen mitbekommen, das bei den Angestellten und freien Mitarbeitern über das verkündete Ende des Tageblatts herrschte.

Als Jan hinter Charlotte den Raum betrat, war er überrascht, wie wenige Kollegen den Weg hierher gefunden hatten. Über die Hälfte schien einfach frustriert nach Hause gegangen zu sein. Nicht mal Olaf war da. Jan hatte ihn seit ihrer gemeinsamen Rückkehr in die Redaktion nicht mehr gesehen. Die Runde blieb damit mehr als überschaubar. Wolfgang Staube war da, Redakteur für die lokalen Sportnachrichten. Monika Mai von der Anzeigenannahme. Einige Frauen aus der Buchhaltung und Matthias Schultheis, der neben Staube stand. Auf Schultheis hätte Jan verzichten können, aber in der aktuellen Situation saßen eben alle sprichwörtlich im selben Boot. Schultheis würde seinen Job genauso wie alle anderen verlieren. Sympathischer wurde er für Jan dadurch noch nicht, das bewerkstelligte erst der Alkohol.

Der Hauswein im Adriano war sehr gut; zu Anfang fruchtig, im Abgang angenehm trocken. Jan bediente sich großzügig. Charlotte würde nachher fahren, das hatten sie schon vereinbart.

Zuerst machten sich die Anwesenden über die unfähige Geschäftsführung Luft: Dr. Brücker wurde als Sesselpupser klassifiziert, der keine Ahnung davon hatte, wie man eine Zeitung führte, und dem gesamten Vorstand der Verlagsgruppe wurde jegliche Kompetenz abgesprochen. Dann sprach man über die drohende Arbeitslosigkeit und Alternativen. Die Perspektiven waren schlecht.

Monika Mai brach ohne Vorwarnung in Tränen aus. »Wer will

schon eine Empfangsdame in meinem Alter! Die Firmen wollen doch nur noch junge Gesichter.«

Jan ging, ohne viel nachzudenken, zu ihr und nahm sie in den Arm. »Sag doch nicht so einen Blödsinn. Natürlich findest du was Neues. Jeder Laden kann froh sein, wenn er dich kriegt.«

»Meinst du?«

»Ich weiß es.«

»Ich weiß nur von Zusammenlegungen und Personaleinsparungen«, stellte Wolfgang Staube fest. »Kein Mensch wird mehr eingestellt. Im Gegenteil, bestehende Verträge werden gekündigt, und die ehemaligen Angestellten dürfen höchstens noch als freie Mitarbeiter mitspielen. Wenn sie Glück haben. Heißt aber auch: sich selbst versichern, nur gebucht werden, wenn es was zu tun gibt, nie krank werden dürfen und natürlich keinen bezahlten Urlaub. Stimmt's, Charlotte?«

Charlotte nickte. Angestellte Fotografen gab es bei Zeitungen und Agenturen schon länger nicht mehr.

»In der Buchhaltung sieht es noch viel schlimmer aus. Überall nur Synergieeffekte«, steuerte eine hübsche Frau mit glitzernden Ohrsteckern bei. Ihr Name fiel Jan gerade nicht ein. Stefanie vielleicht. »Neue Jobs gibt es überhaupt nicht mehr.«

»Man kann sich umschulen lassen.«

»Für was? Für wen? Sieht doch überall gleich aus.«

Schnell verging eine Stunde. Jan bestellte Wein nach. Weil im Klubraum geraucht werden durfte, wurde die Luft schnell stickig, doch niemand öffnete ein Fenster. Plötzlich fand sich Jan auf einem Stuhl neben Schultheis wieder.

»Was wirst du machen, alter Griesgram?«, fragte Jan. »Wenn wir uns nicht mehr kabbeln können, wird's doch langweilig in deinem Leben, was?«

»Könnte sein.«

Jan nickte. Könnte sein, dachte auch er. Dann hellten sich seine Gesichtszüge auf, weil er Petersen den Raum betreten sah. Der Chefredakteur sprach den Leuten, die es hören wollten, Mut zu. Er tätschelte Oberarme und ließ sich selbst berühren. Etwas Ähnliches hatte es in all den Jahren nie gegeben. Als genug Schultern geklopft waren, setzte Petersen sich zu Jan und Schultheis an den Tisch.

»Haben sie wenigstens dir einen Platz in einer anderen Redaktion angeboten?«, fragte Jan, nachdem er seine Freude darüber zum Ausdruck gebracht hatte, dass Petersen den Weg ins Restaurant gefunden hatte. Dieser antwortete nicht sofort, schüttelte dann den Kopf.

»Ich bin zu alt für einen Neuanfang. Oder glaubst du, dass ich noch mal als rasender Reporter durch die Gegend düse? Das ist was für jüngere Leute. Dr. Brücker sagt, sie wollen für mich ein Modell zur Frühverrentung anwenden. Das heißt dann wohl: in Zukunft Tomaten im eigenen Garten ziehen.«

»Das ist doch nichts für dich«, stellte Jan spontan fest.

Petersen zuckte mit den Schultern. »Warum nicht?«

»Bis heute hast du jeden Tag hundertfünfzig Prozent gegeben, damit am Abend die Zeitung in Druck gehen kann. Und jetzt willst du nur noch die Füße hochlegen? Nee, das kann ich mir für dich nicht vorstellen.«

»Erst mal haben wir ja noch sechs Wochen. Das sind dreißig Ausgaben. Und die werden, wie gehabt, in bestmöglicher Qualität abgeliefert. *Das*, mein Guter, verspreche ich dir.«

»Wenn die anderen das mal auch so sehen und mitmachen.«

Petersen nickte stumm.

»Was ist mit Resturlaub?«

»Muss genommen werden. Es gibt für alle eine kleine Abfindung. Darüber hinaus wollen sie aber nichts abdrücken. Also muss man seinen Urlaub jetzt nehmen. Ausbezahlt wird nichts.«

»Pack!«, meinte Jan dazu und wusste selbst, dass auch der Alkohol zum Teil aus ihm sprach. »Nur Zahlen im Kopf. Was ist mit Monika? Sie ist völlig verzweifelt. Gibt man ihr auch eine Frührente?«

»Vergiss es. Die ist doch noch nicht mal fünfzig.«

Jan presste die Lippen aufeinander und ließ laut etwas Luft dazwischen entweichen.

»Und was machst du? Schon die Fühler ausgestreckt?«

»Ich habe überlegt, ein Buch zu schreiben«, erwiderte Jan spontan.

Petersen hob die Augenbrauen. »Thema?«

Jan senkte die Lautstärke seiner Stimme. »Serientäter. Serienvergewaltiger, um genau zu sein. Wie und warum sie das alles tun.«

Beide blickten wortlos zu Charlotte hinüber, die sich zu Monika Mai gesetzt hatte. Die Frauen hielten Zigaretten zwischen den Fingern.

Charlotte war vor knapp einem Jahr von einem Serienvergewaltiger angegriffen worden. Sie hatte den Kerl zwar mit einem Messer abwehren können, doch allen war klar, dass sie die Erinnerung an das Ereignis noch lange mit sich herumtragen würde.

»Meinst du, für das Thema gibt es einen Markt?«, wollte Jan wissen.

Petersen brauchte eine Weile, um zu antworten. Dann sagte er, dass er ein solches Buch für eine gute Idee halte. »Sachbücher verkaufen sich nicht schlecht, wenn sie gut geschrieben sind. Und in Bezug auf einen Verlag könnte ich dir sogar helfen ...«

»Aber?«, fügte Jan hinzu, weil er merkte, dass Petersen noch nicht fertig war.

»Serientäter sind ganz bestimmt ein Thema«, sprach dieser weiter. »Glaube ich schon. Aber vielleicht eher Serienmörder als Vergewaltiger. Ich verstehe, wie du auf das Thema gekommen bist. Die Sache beschäftigt dich aus persönlichen Gründen. Aber genau das ist das Problem. Aus meiner Sicht jedenfalls. Und dann natürlich auch wegen Charlotte.«

»Aha«, erwiderte Jan, nahm noch einen Schluck Wein und wandte den Blick ab. Monika Mai weinte wieder. Charlotte legte ihr einen Arm um die Schulter.

»Und Serienmörder sind definitiv ein gutes Thema«, sagte Petersen jetzt. »Da lauern menschliche Abgründe. So was wollen die Leute sehen und lesen. Oder was meinst du dazu, Matthias?«

Schultheis hatte sich bis jetzt nicht am Gespräch beteiligt. Deshalb wusste Jan nicht einmal, ob er zugehört hatte oder mit seinen Gedanken ganz woanders war. Langsam hob er den Blick, und es zeigte sich, dass er dem Gespräch durchaus gefolgt war. »Diese Leute haben tiefschwarze Seelen.«

»Ganz genau«, stimmte Petersen zu.

Schultheis nickte stumm und fügte dann hinzu: »Wo ich aufgewachsen bin, gab es mal so was. Ein Mädchen aus meiner ehemaligen Schule wurde im Wald umgebracht. Direkt am Bullensee bei Rotenburg. War ziemlich gruselig. Hat damals alle in der Gegend aufgeschreckt.«

»Und das soll ein Serientäter gewesen sein?«, fragte Petersen.

Schultheis zuckte mit den Schultern und erzählte etwas von einer älteren Frau, die in derselben Gegend ermordet worden war. »Eine Keks-Millionärin. Aber ob es derselbe Täter war, weiß keiner so genau. Spekuliert wurde jedenfalls. Die eine in der Nähe von ’nem See. Die andere nicht unweit der Wümme.«

»Siehst du«, sagte Petersen zu Jan. »So was könntest du als

Aufhänger nehmen. Einen konkreten Fall. Und daran ziehst du das Thema dann auf.«

Schultheis blinzelte mehrfach, legte eine Hand über die Augen und rieb sich die Stirn. Dann nickte er langsam und sah Jan wieder direkt an. »Ich weiß noch ziemlich genau, wann und wo der erste Fall war. Da gibt es bei der Rotenburger Polizei bestimmt noch irgendwo im Archiv reichlich Ermittlungsakten. Mord verjährt ja nicht.«

»Ich glaube, das wäre das bessere Thema«, stellte Petersen noch einmal fest. »Auch wegen Charlotte.«

Jan nickte und wunderte sich plötzlich über den vielen Nebel im Raum. Ob der allein vom Zigarettenqualm kam? Auch in Jans Kopf schien es nebliger zu werden. Petersen und Schultheis begannen über etwas anderes zu reden, während sich der Lärm um Jan herum immer mehr verdichtete. Er wusste nicht mehr genau, wann er zuletzt so viel getrunken hatte. Doch dafür wusste er, dass er das Gefühl mochte. Denn in diesem Moment schien alles auf der Welt ganz wunderbar ineinanderzupassen. Das Ende des Harburger Tageblatts war nicht das Ende der Zivilisation. Ganz bestimmt nicht. Ohne es zu wollen, begann Jan zu grinsen. Gut gestimmt ging er zu Charlotte und Monika Mai hinüber.

»Wisst ihr, was ich gerade herausgefunden habe?«, sagte er mit schwerer Zunge, aber so ernst wie möglich. Charlotte und Monika blickten ihn an, während er sein Weinglas in die Höhe hielt. »Dass man von Rotwein blau werden kann.«

# 4

Später saß Jan mit geschlossenen Augen in Charlottes Wagen, fühlte sich leicht, auch wenn er nicht mehr so betrunken wie noch vor einer Stunde war. Das Auto schaukelte angenehm. Jans Beine waren wie immer zu lang für den engen Fußraum im Clio, aber das machte ihm heute nichts aus. Als er Lust auf Musik verspürte, drückte er die Sendertasten und spielte am Lautstärkeregler herum. In fünfzig Metern Entfernung stieg ein Mann aus einem geparkten Wagen.

»Vorsicht«, sagte Jan etwas zu laut und deutete mit einem Nicken nach vorn.

Charlotte hatte eine Zigarette im Mundwinkel, blickte Jan kommentarlos von der Seite an.

»Äh, sorry«, meinte er. »Wollte es nur sagen.«

Der Mann war von der Straße verschwunden, lange bevor Charlotte die Stelle passierte. Sie setzte den Blinker, bog links ab, bog rechts ab.

»Wo willst du hin?«, fragte Jan überrascht. »Zu mir? Hab aber gar nicht aufgeräumt und nichts zu essen da.«

Charlotte nickte stumm.

Jans Wohnung lag nicht sehr weit von ihrer entfernt. Doch Jan war nur noch selten dort, seit er mit Charlotte zusammen war. In Wahrheit schlief er immer bei ihr. Sie teilten sich mittlerweile nicht nur das Bett, sondern auch den Einkauf und sogar das Wäschewaschen. Jan fuhr nur noch bei seiner Wohnung vorbei, um die Post abzuholen und zu gucken, ob dort immer noch alles so trostlos aussah wie immer. Je seltener er hinkam, desto deutlicher wurde ihm, wie wenig er die Wohnung mochte. Charlotte hatte eine lichtdurchflutete Dachgeschosswohnung. Seine hingegen war mit heruntergelassenen Jalousien nicht viel mehr als ein dunkles Loch.

Charlotte stoppte den Wagen vor seinem Häuserblock. Es gab einen kleinen Vorgarten und eine Hecke, die das Grundstück von der Straße trennte.

»Na dann. Aber auf eigene Gefahr«, sagte Jan grinsend. In seinem angetrunkenen Zustand kam ihm der Gedanke an Sex in seinen alten vier Wänden plötzlich ganz reizvoll vor. Mal was anderes.

»Ich komm nicht mit rein«, sagte Charlotte. »Ich fahre auch nach Hause.«

Jan blickte sie überrascht an.

»Ich brauche mal etwas Ruhe.«

Irritiert wusste Jan mit der Aussage nichts anzufangen, meinte: »Ja, klar. Warum nicht?«, nur um dann hinzuzufügen: »Aber ich störe dich doch nicht.«

»Ich muss mal allein sein, Jan! Echt jetzt«, versuchte Charlotte zu erklären. Aber offenbar wusste sie selbst nicht genau, was sie bewegte.

»Wegen des Jobs? Machst du dir Sorgen?«

»Auch.«

Jan setzte sich gerade hin. »Auch? Was heißt das? Etwa auch wegen mir?«

»Nein, nicht wegen dir«, wehrte sie ab.

»Dann verstehe ich das nicht.«

»Da gibt es auch nichts zu verstehen. Nur mal so. Etwas Ruhe.«

Nun glaubte Jan zu begreifen. »Alles klar. Dann komme ich morgen früh mit Brötchen bei dir vorbei.«

Charlotte schüttelte den Kopf.

»Keine Brötchen?«

»Nein.«

»Abendessen beim Italiener?«

»Weiß ich noch nicht.«

Jans Hand spielte mit dem Türgriff.

»Na, dann«, sagte er und tastete seine Jacke ab, um zu prüfen, ob er die Wohnungsschlüssel dabeihatte. »Aber dir geht's gut?«

»Bin nur müde.«

»Das bin ich auch. Aber ich ... Okay. Ich steige erst mal aus. Und du kannst etwas schlafen.«

Sie nickte.

»Kuss?«, fragte er.

Sie beugte sich zu ihm rüber. Er wollte sie auf den Mund küssen, doch sie hielt ihm nur die Wange hin. Dann war er aus dem Auto raus, stand verwirrt auf dem Fußweg und blickte die Straße hinunter, an deren Ende Charlotte gerade um die Ecke bog und aus seinem Sichtfeld verschwand.

# 5

Der Mann fuhr mit der S-Bahn Richtung Innenstadt. Sein Blick schweifte über die Leute im Abteil. Ein Opa war mit seinen beiden Enkeln offenbar auf dem Heimweg von einem Ausflug. Der Mann verschränkte die Arme vor der Brust, betrachtete die Fahrgäste einen nach dem anderen sehr genau.

Es war ein gutes Gefühl, wieder auf der Jagd zu sein. Seit zwanzig Jahren hatte er diesen Instinkt unterdrückt, hatte ein bescheidenes Leben als Ehemann und Vater geführt. Die Taten aus seiner Vergangenheit waren schon so lange her, dass sie für ihn an Realität verloren hatten. Sie existierten nur noch als blasse Erinnerung.

Vergangene Woche hatte er vor seinem Hochzeitsbild gestanden und festgestellt, dass dieser junge Mann auf dem Foto nichts mehr mit dem Menschen zu tun hatte, der er heute war. Auch Petra war nicht mehr dieselbe. Mit der jungen Frau auf dem Bild hatte er beschlossen, sein Leben zu teilen, nicht mit der müden Frau mit den schmerzenden Beinen und den leicht hängenden Wangen, die er jeden Abend in seiner Wohnung vorfand.

Für Petra hatte er mit dem Morden aufgehört. Nicht geplant, es war mehr ein Nebeneffekt. Zur selben Zeit hatte er einen neuen Job gefunden. Finanzielle Sicherheit und Prestigegewinn inklusive. Eine neue Wohnung mit Kinderzimmer. Denn Petra war fast sofort schwanger geworden.

Der Mann hatte damals gar keine Lust mehr zu töten. Wann hätte er es auch tun sollen? Er war viel zu beschäftigt gewesen.

Aber heute ...

Das junge Paar vom Hochzeitsfoto existierte nicht mehr. Ihre Körper waren aus den Fugen gegangen, die Haare ergraut – seine und ihre. Von ihrer gemeinsamen Aufbruchsstimmung war nichts mehr geblieben.

Die Zeit, in der ihr gemeinsamer Sohn nun schon ausgezogen und an der Uni war, war so etwas wie eine Vorbereitungsphase für den Mann gewesen. Immer wieder hatte er das Handy im Büro oder zu Hause gelassen, war mit dem langen Schraubendreher in der Jackentasche durch die Gegend spaziert, ohne wirklich zu wissen, warum. Dann die Begegnung mit der jungen Frau am Tankhafen. Fiona. Und mit einem Mal war alles wieder klar.

Das Leben: Er konnte es wieder spüren.

Fionas Gesichtsausdruck, als sie verstand, dass an diesem Abend etwas ganz Besonderes mit ihr passierte.

Ihre Frage zuvor, ob sie ihn fotografieren dürfe.

*Natürlich. Doch dann müsste ich dich hinterher umbringen.*

*Das ist nicht witzig.*

*Es war auch kein Witz.*

Der Mann lächelte, als er an ihren letzten Wortwechsel dachte. Irgendwie war es doch ein Witz gewesen, doch er verstand ihn selbst erst jetzt.

Seine Hände waren feucht, sein Puls beschleunigt. An jenem Abend und auch jetzt. Die Erinnerung gefiel ihm.

Fionas Augen hatten sich geweitet, als sie den Schraubendreher in seiner Hand bemerkte. Der Leuchtturm ließ den Stahl kurz aufblitzen.

Fiona schrie nur kurz und gepresst. Sie war am Ende doch zu überrascht, konnte nicht richtig glauben, was mit ihr passierte. Sie drehte sich zur Flucht um. Da hatte er sie schon von hinten gepackt, ihr die linke Hand über den Mund gelegt und mit rechts zugestoßen.

Wie früher schon hatte der Tod eine Weile gebraucht. Diese Zeit empfand der Mann als unangenehm. Die Tat selbst berauschte ihn, die lange Zeit des Sterbens jedoch machte ihm keine Freude. Es reichte ihm, dass seine Opfer begriffen, dass sie ihm nicht entkommen konnten. Alles andere sollte schnell gehen.

Danach begann das Aufräumen und Beseitigen der Spuren. Manchmal legte er auch falsche Fährten.

Bei Fiona war es einfach. Er zog dem Mädchen hinterher die Jeans und den Slip aus. Sie hatte ja selbst erzählt, dass sie kurz zuvor mit ihrem Freund Sex gehabt hatte. Außerdem gab es einen Streit, und ihr Freund hatte ihr ins Gesicht geschlagen. Sollte die Polizei ihre eigenen Schlüsse daraus ziehen.

Wieder ließ der Mann seinen Blick über die Fahrgäste in der S-Bahn gleiten. Beim nächsten Halt stieg der Opa mit den beiden Kindern aus.

Der Mann ließ sie ziehen. Kinder gehörten nicht in sein Beuteschema. Vielleicht wegen Gunnar. Er hatte den Jungen geliebt, als er klein war. Später wurde das Verhältnis zwischen Vater und Sohn schwieriger. Gunnar betrachtete den Vater schon als Zwölfjähriger nicht mehr als Vorbild, zog alles in Zweifel, was dieser sagte. Natürlich war das normal. Heranwachsende suchten sich eben andere Leitbilder, orientierten sich an ihren Freunden. Der Mann wusste das. Dennoch schmerzte es.

Eine Frau Anfang vierzig stieg ins Abteil und nahm den Platz ein, auf dem eben noch der Opa gesessen hatte. Sie war auffällig gut gekleidet. Neben sich stellte sie zwei Taschen mit der Aufschrift einer Nobelboutique ab. Noch mehr teure Kleidung.

War sie diejenige?, fragte sich der Mann.

War sie es wert, dass er sich näher mit ihr beschäftigte?

Das Töten war ein intimer Moment. Er wollte ihn mit jemandem teilen, der es wert war.

Wie damals – beim ersten Mal.

Kurz war er in Erinnerungen versunken, doch sein Blick blieb an der Frau mit den Tragetaschen haften. Sie trug eine offensichtliche Arroganz zur Schau, die ihn störte, aber ihr Gesicht gefiel ihm trotzdem.

Er stellte sich ihre Schreie vor. Vermutlich hoch und spitz. Mitten in der Stadt war das nicht so gut. Er würde ihr vorher den Mund verschließen müssen. Am besten mit Klebeband. Einen Knebel konnte sie ausspucken, gutes Gewebeband nicht.

Die Bremsen der S-Bahn kreischten. Der Mann sah drei junge Leute aussteigen, eine Frau, zwei Männer. Für sie kam ein Obdachloser in einer für die Jahreszeit viel zu dicken Jacke herein.

Der Mann beobachtete, wie die Frau mit den Einkaufstaschen bewusst in eine andere Richtung blickte, damit der Obdachlose sich nicht aufgefordert fühlte, mit ihr Blickkontakt aufzunehmen oder sich gar zu ihr zu setzen. Ihr Mund und die Nase zuckten. Offenbar stieß sie nicht nur der Anblick des Obdachlosen ab, sondern auch sein Geruch. Das konnte der Mann verstehen.

Obdachlose schienen die idealen Opfer zu sein. Niemand war bei ihnen, wenn sie unter einer Brücke oder in einem Hauseingang schliefen. Sie waren oft betrunken, dadurch kaum in der Lage, sich zu wehren. Ihre Reflexe waren langsam. Aber leider stanken viele fürchterlich. Der Spaßfaktor beim Ermorden eines Obdachlosen ging für den Mann gegen null. Er hatte es deshalb nie ausprobiert.

Der Blick des Mannes schweifte weiter durch die S-Bahn, blieb plötzlich an einer Überwachungskamera hängen. Das Gerät war im Dach des Wagens eingebaut. Eine mit Plexiglas geschützte Linse, die das gesamte Abteil im Auge zu haben schien.

Früher gab es diese Dinger nicht, dachte der Mann.

Abschätzend blickte er die Frau mit den Kleidertaschen an. Sein Puls erhöhte sich, während er daran dachte, wie sie gucken würde, wenn sie merkte, dass sie allein mit einem Fremden im Hausflur war oder in einer einsamen Gasse. Die Arroganz, mit der sie zeigte, dass sie schöner und reicher war als alle anderen in diesem S-Bahn-Abteil, würde dann von ganz allein verschwinden. Diesen Gedanken wog der Mann gegen die Wahrscheinlichkeit ab, dass die Polizei das Überwachungsmaterial auswerten würde.

Die S-Bahn-Kamera würde alle Insassen des Wagens zeigen, die Kamera auf dem Bahnhof, wie ein bestimmter Mann hinter der Frau ausstieg, und die dann folgende Kamera, wie der Mann hinter der Frau die Rolltreppe hinaufging. Nicht gut.

Dem Mann wurde klar, dass sich einiges zu früher geändert hatte. Das machte ihm die Auswahl der Beute nicht leichter.

Wo gab es noch Kameras? Auf öffentlichen Plätzen. In Einkaufszentren. In jeglicher Art von Geschäften. Alle Tankstellen zeichneten die Ereignisse auf ihrem Gelände auf. Selbst in Kneipen und Bars konnte man nicht wissen, ob man nicht von irgendwo gefilmt wurde. Und was war mit den vielen Smartphones? Heutzutage wurde doch fast alles fotografiert.

Ein Problem, dachte der Mann.

Er würde in der Stadt ganz spezielle Gebiete aussuchen müssen, in denen es keine Kameras gab. Auch nicht an den Ein- oder Ausgängen zu diesen Gebieten. Bahnhöfe schieden damit schon mal generell aus, mochte der eigentliche Tatort dann auch noch so dunkel und ungestört sein.

Was war mit Parks, was mit einsamen Seitenstraßen, mit Fußwegen an den Kanälen entlang?

Der Mann blickte einen Jungen mit Baseballmütze an. So ein Ding würde er sich auch besorgen müssen.

Die Frau griff nach ihren Taschen mit der Nobelkleidung, stand auf und ging zur Tür, kurz bevor sie den Dammtor-Bahnhof erreichten. Sie balancierte das eigene Gewicht aus, während der Zug gebremst wurde, warf dem Obdachlosen noch einen verächtlichen Blick zu. Alles an ihr machte deutlich, dass sie der heruntergekommenen Gestalt persönliches Versagen vorwarf und dass sie sich allein durch deren Existenz belästigt fühlte.

Die Hydrauliktüren zischten. Hochhackige Schuhe klackerten über den gekachelten Boden des Bahnsteigs. Der Mann zögerte, dann konnte er nicht anders. Er stand auf und sprang durch die Tür, während diese sich schon wieder zu schließen begann.

Schnellen Schrittes folgte er der Frau bis zur Rolltreppe. Als er sie wieder sehen konnte, stellte er sich auf das Laufband und fuhr hinter ihr nach unten.

In der Bahnhofshalle kamen ihnen viele Menschen entgegen. Das änderte sich, sobald sie das Gebäude verlassen hatten. Die Frau nahm nicht den Ausgang in Richtung der Parkanlagen von Planten un Blomen, sondern den auf der Seite vom Universitätskomplex. Vielleicht gut so, dachte ihr Verfolger. Die Parkanlagen waren dank illuminierter Wasserspiele voller Besucher, und es wäre Irrsinn, dort etwas zu unternehmen.

Die Frau überquerte eine große Straße und ging in einigem Abstand am Hauptgebäude der Universität vorbei, passierte die Rückseite der Staatsbibliothek und bog in eine Straße mit vielen kleinen Läden ein.

Vor einem italienischen Restaurant standen Stühle. Aufgespannte Marktschirme beherrschten das Bild, obwohl die Sonne schon nicht mehr zu sehen war. Die Stimmen der Gäste bildeten ein Durcheinander aus Gesprächen und Gelächter.

Die Frau trug ihre neuen Kleidungsstücke daran vorbei. Es folgten einige Buchhandlungen. Die Tische, die sonst auf dem Gehweg Bücher und CDs anboten, waren bereits fortgeräumt, die Türen verschlossen.

Die Frau blieb stehen, sah kurz nach rechts, ging weiter. Dann verharrte sie vor einem Laden mit Comics und originellen Spielsachen. Ihre Augen suchten etwas in der spiegelnden Glasscheibe. Plötzlich drehte sie sich wieder nach rechts und blickte den Mann direkt an, der jetzt nur noch wenige Schritte von ihr entfernt war.

»Verfolgen Sie mich etwa?« Die Frau stemmte eine Hand auf die Hüfte, ihre Augen waren leicht verengt. Der Mann wäre fast gegen sie geprallt. Er hatte gar nicht gemerkt, wie nahe er ihr gekommen war.

Die Frau musterte ihr Gegenüber streng.

»Was? Nein. Ich …« Die Gedanken des Mannes flitzten hin und her. Er kannte das Univiertel, suchte in seinen Gehirnwindungen nach einer passenden Ausrede, begann verlegen zu lächeln.

»Sie waren doch auch in der S-Bahn? Seitdem sind Sie die ganze Zeit hinter mir hergegangen, oder?«

Der Mann zuckte entschuldigend mit den Schultern. »Ich suche … das Kino«, sagte er dann. »Das soll hier irgendwo sein.«

»Das Kino?« Die Frau hob kurz das Kinn. »Meinen Sie das Abaton?«

»Ja, genau.« Er lächelte weiter, sah, wie die Frau sich langsam entspannte.

»Ach, da müssen Sie hier nur um die Ecke«, sagte sie. »Ist nicht mehr weit.«

»Hier rechts?«

»Genau. Sind höchstens hundert Meter.«

»Danke schön«, sagte er und fügte hinzu: »Tut mir leid, wenn ich Sie erschreckt habe.«

»Erschreckt?« Das Rot ihres Lippenstifts zog seinen Blick an, während sie sprach. »Nein, nein, Sie haben mich nicht erschreckt. Ich dachte nur … na, egal.«

Der Mann nickte und lächelte weiterhin, präsentierte dabei sein Gebiss mit den großen Zähnen und recht breiten Zahnzwischenräumen. Er wusste, wie dies auf andere Menschen wirkte. Sein Lächeln war auf eine unerklärliche Weise magisch. Es machte ihn für die meisten sympathisch und vertrauenswürdig.

Die Frau lächelte spontan zurück. »Was wird denn gezeigt?«

Der Mann verstand die Frage nicht.

»Im Kino.«

»Ach so«, erwiderte er. »Weiß ich gar nicht. Bin dort verabredet.«

Verabredet? Das machte ihn gleich noch viel unverdächtiger. Auch das wusste der Mann. Wenn es nötig gewesen wäre, wäre ihm jetzt auch noch ein Grund eingefallen, weshalb die Verabredung erst in einer Stunde war. »Darf ich Ihnen vielleicht die Taschen nach Hause tragen?«, hätte er dann gefragt. »Als Wiedergutmachung für den Schreck.«

Doch er fragte nicht.

Wenn er es wollte, konnte er ein andermal hierher zurückkehren, beim Italiener gemütlich einen Kaffee trinken und auf die Frau warten. Dann würde er auch herausbekommen, wo sie wohnte. Und was noch wichtiger war, dann gäbe es keine Videoaufzeichnungen in der S-Bahn, die ihn mit der Frau in Verbindung bringen konnten.

»Ich muss auch hier entlang«, sagte sie nach einer Pause.

Der Mann legte den Kopf leicht zur Seite, setzte wieder sein gewinnbringendes Lächeln ein. Nebeneinander schritten sie an einer Metzgerei vorbei. Die Frau spiegelte sich in der Scheibe, neben ihr warf der Mann einen Schatten auf sie. Als sie das Kino erreichten, blieb sie stehen und lächelte zu dem Mann hinauf.

»Da wären wir«, sagte sie.

Er nickte mit einem Blick auf die beleuchteten Schaukästen mit Filmplakaten, meinte dann: »Sie riechen gut.«

»Was?«, entgegnete die Frau.

»Ihr Parfüm, meine ich. Das riecht sehr gut. Also, Sie bestimmt auch.«

Die Frau hob beide Augenbrauen.

»Ach, Entschuldigung«, sagte der Mann. »Das klingt komisch.«

Die Frau schenkte ihm nach kurzem Zögern ein erlösendes Lachen, sagte: »Sie sind witzig.«

Der Mann verneigte sich. Und plötzlich kam ihm eine Idee. Er würde die Frau am Leben lassen. Er würde ihr auch nicht später noch einmal auflauern. Der Gedanke war spontan, doch er gefiel ihm. Was er heute hier tat, war *Gott sein*.

Herr über Leben und Tod.

Das Gefühl füllte den Mann aus und erhob ihn.

»Ich schenke dir dein Leben«, sagte er leise, nachdem er sich verabschiedet hatte und die Frau davonschritt. Sie drehte kurz den Blick zurück. Doch sie konnte seine Worte nicht verstanden haben. Dafür hatte er zu leise gesprochen.

# 6

Der Alkohol tat seine übliche Wirkung. Er ließ Jan sofort einschlafen, riss ihn aber nach etwa vier Stunden wieder ins graue, abscheuliche Leben zurück. Er brauchte einige Minuten, um sich klar zu werden, wo er war und warum. Die Jalousie war nicht heruntergelassen. Eine Straßenlaterne warf ihr grelles Licht auf das Bett. Automatisch tastete er nach Charlotte und fühlte sich, als hätte das vergangene Jahr nicht stattgefunden. Er lag allein in seinem Bett, in einer Wohnung, die er nicht mochte. Seinen Job hatte er auch verloren. Aber was war das mit Charlotte? Er begriff es nicht.

Da an Schlaf nicht mehr zu denken war – dieses Phänomen war ihm von früher vertraut -, zog er sich an, um sein Auto zu holen, das noch beim Redaktionsgebäude stand. Der Marsch half ihm, mehr Alkohol abzubauen.

Im Wagen nahm er eine angebrochene Wasserflasche aus einer Halterung in der Mittelkonsole und trank sie aus, ohne abzusetzen. An einer Vierundzwanzig-Stunden-Tankstelle kaufte er sich einen schlecht schmeckenden Kaffee, ein Croissant und noch eine Flasche Wasser. Dann fuhr er an Raffinerieanlagen und einem neuen Kohlekraftwerk vorbei in den ehemaligen Freihafen. Erst nach und nach merkte er, wohin sein Weg ihn führte. Schließlich passierte er eine Reihe Speditionen und geparkte Lkw und fand sich in einer großen Kehre oberhalb der Elbe wieder. Ein Schild in dem Wendehammer wies auf ein absolutes Halteverbot hin. Doch in der Nacht war niemand da, den sein Auto stören würde.

Jan stieg aus. Vor ihm lag ein etwa fünfzehn Meter breiter Sandstreifen. Leise ging er bis zum Ufer. Weiter rechts hörte er Stimmen. Eine Gruppe junger Leute saß um ein fast erloschenes Lagerfeuer.

Der Strand befand sich in der Mitte zwischen einem Musical-Theater auf der rechten und dem Tankhafen auf der linken Seite. Jenseits der Elbe leuchteten die Lichter der Stadt. Landungsbrücken, Hafenstraße, Fischmarkt. Von dort ging es einen leichten Anstieg hinauf, und schon befand man sich mitten im Hamburger Nachtleben. St. Pauli. Reeperbahn. Noch weiter hinten erhoben sich die Kirchtürme von St. Michaelis, St. Petri und St. Nikolai. Weiter rechts konnte Jan die Silhouetten der Hafencity sehen, mit teuren Appartementwohnanlagen und einem Konzerthaus als Blickfang: der Elbphilharmonie.

Jan ließ sich im Sand nieder, öffnete die Wasserflasche, nahm einen Schluck. Für alle Menschen dort drüben war der Ort, an dem Jan saß, sprichwörtlich *die falsche Seite der Elbe*. Veddel, Wilhelmsburg, Harburg und der ganze Rest. Stadtteile, in denen niemand wohnen oder einkaufen wollte. Menschen, die dort lebten, wurden von allen anderen Hamburgern bemitleidet.

Wer nördlich der Elbe wohnte, konnte sich nicht einmal vorstellen, jemals den Fluss zu überqueren. Da half es auch nichts, wenn immer versichert wurde, dass die Anbindung nach Harburg oder Heimfeld mit der S-Bahn mindestens so gut war wie nach Bramfeld oder Volksdorf. Es gab einfach ein richtiges und ein falsches Hamburg.

Jan dachte darüber nach, wie es weitergehen sollte. Wenn der Job beim Harburger Tageblatt weg war, gab es keinen Grund mehr, seine alte Wohnung zu behalten. So oder so, er wollte raus aus dieser Höhle. Warum nicht auf die richtige Seite der Elbe ziehen? Alle anderen Hamburger Blätter und Online-Redaktionen hatten ihren Sitz jenseits des Flusses. Jan würde mit Charlotte über die Idee sprechen.

Charlotte.

Ihr Verhalten war nicht zu deuten. Mit diesem Quasi-Rauswurf aus ihrer Wohnung hatte Jan überhaupt nicht gerechnet. Es hatte vorher keine Anzeichen dafür gegeben. Oder etwa doch?

Jan spielte die vergangenen Tage in Gedanken durch. Charlotte lachte kaum noch. Auch seine Witze halfen da nicht, selbst wenn er sie ganz gelungen fand. Machte Charlotte sich so große Sorgen um ihre Zukunft? Hatte sie Angst davor, als Fotografin kein Geld mehr zu verdienen? Das wäre immerhin eine Erklärung. War das mit einem neuen Job bei einer Nachrichtenagentur nur so dahergesagt gewesen? Nicht mal das wusste Jan. Als Verkäuferin hinter dem Tresen einer Modeboutique konnte er sie sich jedenfalls nicht vorstellen. Fotografieren war Charlottes Leben.

Andererseits: Vielleicht dramatisierte er ihren Wunsch nach etwas Ruhe auch. Sollte sie sich doch ruhig mal allein ausschlafen. Vielleicht war das vorhin gar kein richtiger Rauswurf gewesen, und morgen wäre alles wieder in Ordnung.

Jan schüttelte den Kopf. Aus irgendeinem Grund glaubte er nicht daran.

Fast lautlos wurde eine Schute über die Elbe geschoben. Jan sah, wie sich die Wellen am Bug brachen und auf Höhe des Tankhafens gegen die Böschungsbefestigungen liefen, ungefähr dort, wo das tote Mädchen gelegen hatte. Jan dachte an den Freund der jungen Frau. Laut inoffiziellen Aussagen der Pressesprecherin am Tatort behauptete er, die Schülerin sei schon tot gewesen, als er sie fand. Staatsanwaltschaft und Polizei hatten offenbar ihre Zweifel daran. Sonst hätte man Hakan Ö. nicht dem Haftrichter vorgeführt und er säße nicht im Untersuchungsgefängnis.

Dann dachte Jan an das Gespräch mit Petersen und Schultheis und an ein Buch über Serienmörder. Vielleicht war das Thema wirklich besser als seine eigene Idee. Serienmörder hatten eindeutig einen Markt. Wo, hatte Schultheis gesagt, fanden diese beiden Morde vor zwanzig Jahren statt?

## 7

Charlotte stand auf dem kleinen Balkon ihrer Wohnung. Es wurde langsam hell, die Farben am Himmel wechselten von Blau zu Rötlich. Weil der Balkon auf der Südwestseite des Hauses lag, konnte man den Sonnenaufgang jedoch nicht sehen. Dort tauchte die Sonne erst gegen Mittag auf, wenn sie auf ihrem Weg den Zenit überschritt. Am Nachmittag war es am schönsten auf dem Balkon. Dann saß Charlotte gern auf einem weißen Klappstuhl, las ein Buch, rauchte eine Zigarette. Auch jetzt hielt sie eine Zigarette zwischen den Fingern. Ein am Geländer hängender Blumenkasten diente ihr als Aschenbecher. Blumen hatte es darin noch nie gegeben.

Jan schläft bestimmt noch, dachte sie. So viel, wie der getrunken hat.

Aber es war nicht Jan, an den Charlotte hauptsächlich denken musste. Auch nicht an die bevorstehenden Veränderungen, die das Ende des Harburger Tageblatts für ihr Leben bedeuten würde. Sie dachte an Maren Fuhrmann, den lustigen Blondschopf, der früher ihre beste Freundin gewesen war. Wann hatten sie sich aus den Augen verloren? Und warum?

Charlotte war sich inzwischen fast sicher, dass die blonde Frau, die sie am Vortag in der Harburger Fußgängerzone nur für einen Moment aus den Augenwinkeln gesehen hatte, nicht ihre alte Freundin gewesen war. Trotzdem hatte dieser helle Schopf, der durch die Menge der Passanten wippte, Charlotte berührt, hatte eine Erinnerung in ihr wachgerufen. Wieso ausgerechnet jetzt, wusste sie nicht. Aber sie wusste mit einem Mal und mit absoluter Gewissheit, dass sie Maren wiederfinden musste. Sie musste wissen, was aus dem Mädchen aus Kindertagen geworden war.

War Maren noch gewachsen? Charlotte war schon immer mehr als einen Kopf größer als die Freundin gewesen. Nun, immerhin war sie zwei Jahre älter. Charlotte lächelte. Ein Meter sechzig, das war Marens erklärtes Ziel gewesen. Sie wollte mindestens einen Meter sechzig groß werden. Ob sie das geschafft hatte?

Charlotte drückte ihre Zigarette aus, ging in die Wohnung und öffnete ein auf dem Küchentresen stehendes Notebook. Bei einem Blick durch das Wohn- und Esszimmer merkte sie, dass etwas fehlte.

Jan fehlte.

Manchmal nervte er sie wahnsinnig. Gestern Abend zum Beispiel. Nur blöde Sprüche. Nichts als blöde Sprüche. Meistens mochte Charlotte seinen Humor, aber gestern Abend definitiv nicht. Doch nun fehlte er ihr. Verrückt.

Charlotte entsperrte den Computer und suchte nach Maren Fuhrmann. Mit der ersten Anfrage bekam sie keinen Treffer.

Wenn Maren geheiratet und den Nachnamen des Ehemanns angenommen hatte, würde es schwer werden, sie zu finden. Suchmaschinen und Telefonbucheinträge wären da nutzlos. Vielleicht könnte Jan ihr helfen. Der war in Recherchedingen eindeutig geübter als sie. Vielleicht ein guter Grund, ihn nachher anzurufen.

## 8

Die Bundesstraße 75 war der einhelligen Meinung ihrer Anwohner nach von Napoleon als Verbindung zwischen Hamburg und Bremen geplant worden. In historischen Quellen nachgeprüft hatte dies vermutlich noch niemand. Doch die Geschichte klang gut, hielt mit der befestigten Straße doch auch Zivilisation Einzug in die bis dahin zum Teil nur dünn bevölkerte Gegend. Etwa auf halber Strecke zwischen den beiden großen Handelsstädten lag Rotenburg an der Wümme.

Jan hatte sich an Schultheis' Worte erinnert. Zwei Morde. Einer beim Bullensee. Und einer irgendwo an der Wümme. Kurz entschlossen hatte Jan einen kleinen Reisekoffer gepackt, hatte sein Notebook eingesteckt und war losgefahren. Für Petersen lag zu dieser Zeit schon eine Mail auf seinem Firmenaccount, in der

Jan einen Antrag auf seinen Resturlaub einreichte. Drei Wochen. Die letzten drei Wochen des Harburger Tageblatts würde er danach noch miterleben können. Doch erst einmal wollte er sich um seine Buchidee kümmern.

Vielleicht war er auch ein wenig auf der Flucht, musste Jan sich eingestehen. Auf der Flucht vor Charlotte und einer erneuten Zurückweisung durch sie. So konnte er ganz entspannt bei ihr anrufen und erzählen, dass er erst einmal nicht in der Stadt sei. Wegen Recherchen.

Das Navigationssystem hätte Jan am liebsten über die Autobahn geschickt, die als Fernverbindung zwischen Hamburg und Bremen der Bundesstraße längst den Rang abgelaufen hatte. Doch Jan wählte die alte Route, um nach Rotenburg zu kommen. Sich langsam von Ortschaft zu Ortschaft zu arbeiten, die Ortsmitten durch Kreisel und Ampeln kennenzulernen, an denen er unweigerlich aufgehalten wurde, bedeutete für ihn, sich auch den Menschen zu nähern, die hier lebten. Über die Autobahn war dies nicht möglich. Dort rauschten nur Namen von Ausfahrten an einem vorbei.

Eine Umgehungsroute leitete die Bundesstraße hinter Scheeßel immer weiter nach Norden und an Rotenburg vorbei. Jan setzte den Blinker, fuhr von der Bundesstraße ab. Sein Weg führte über eine Brücke. Rechts sah er den Rotenburger Bahnhof liegen. Er fuhr an einem kleinen Kino vorbei und musste dann an einem Kreisel aufpassen, dass er nicht aus Versehen auf die Straße nach Verden geriet. Eine Ausfahrt weiter verließ er die Kleinstadt wieder und kam durch ein wunderschönes Waldstück. Das Sonnenlicht fiel schräg durch die Bäume, spielte mit dem Blätterdach. Sein Ziel war jetzt nicht mehr fern. Ein paar Schilder hatten ihm bereits bestätigt, dass er noch auf dem richtigen Weg war.

Bullensee, hatte Schultheis im Adriano gesagt. Dort wollte Jan mit seinen Recherchen beginnen.

Bäume und Büsche umfassten einen großen Parkplatz. Jan verschloss seinen Wagen und blickte von außen durch die Scheiben, um sicherzugehen, dass nichts Wertvolles offen herumlag. Sein kleiner Koffer und die Tasche mit dem Notebook lagen verborgen im Kofferraum. Dann wandte er sich um und ging Richtung See.

Später hatte Jan sich während der Fahrt mit dem Pressesprecher der Polizeiinspektion Rotenburg verabredet. Doch vorher wollte er den Tatort kennenlernen, wissen, wie es real vor Ort aussah.

Vögel sangen dicht über ihm in den Baumkronen. Jan hörte Bienen oder Hummeln summen, suchte das Grün am Wegesrand mit Blicken ab, entdeckte beide Insektenarten, wie sie über Blumen surrten, deren Namen er nicht kannte. Es folgten hoch stehende Brennnesseln und größere Flächen mit Springkraut. Blaubeerpflanzen standen daneben.

Jan war von diesem Fleckchen Erde hingerissen, noch bevor er den See erreicht hatte. Wie kam jemand an einem so schönen Ort auf die Idee, eine junge Frau zu ermorden, sie mit dem Netzkabel eines Fernsehers zu erwürgen?

Durch das Unterholz sah Jan plötzlich etwas glitzern. Das Licht der höher steigenden Sonne spiegelte sich auf einer Wasseroberfläche. Noch zehn Schritte, dann lag der See vor ihm. Er kam auf Höhe des Kiosks aus dem Wald. Die Rollladen des Verkaufsstands waren heruntergelassen. Von der Sonne ausgeblichene Werbetafeln priesen verschiedene Eissorten und Gerichte an, die in Bezug auf die Zubereitung alle etwas mit einer Fritteuse zu tun hatten. Zu bestimmten Zeiten konnten hier auch Tretboote gemietet werden. Ein schmaler Sandstreifen verlief am See entlang. Jan zog seine Schuhe aus, spürte den Sand unter den Füßen.

Das Wasser war kalt. Im ersten Moment schmerzte es, dann begann es sich besser anzufühlen. Jan schlug die Hosenbeine zweimal um und ging am Strand entlang. Der See war nicht groß genug für richtigen Wellengang.

Jan drehte den Kopf, sah in Richtung des nahe gelegenen Waldes. Es war unheimlich, sich vorzustellen, wie eine junge Frau irgendwo dort um ihr Leben gekämpft hatte. Dass man sie erwürgt hatte, wusste Jan. Nicht aber, wie lange es gedauert hatte. Auch nicht, was vorher passiert war.

Das Mädchen wurde neunzehn Jahre alt. Sein Name war Silvia Keller. An mehr hatte sich der Pressesprecher nicht ohne Einsicht in die Akten erinnern können.

Jan hatte gar nicht gemerkt, dass er stehen geblieben war und wieder bewegungslos auf den Wald starrte. Er lauschte. Im Spiel aus Licht und Schatten schien das Unterholz einem eigenen Organismus gleich. Das Blätterdach der Bäume bewegte sich, schimmerte in unterschiedlichen Grüntönen. Hell, wo die Sonne die Blätter direkt von oben traf, dunkel auf der Schattenseite. Jan fröstelte leicht, als er zurück zum Auto ging.

Die Polizeiinspektion von Rotenburg lag etwas abseits der Hauptstraße. Jan stellte den Wagen auf dem Besucherparkplatz ab, stieg aus und sah an dem mehrgeschossigen Gebäude hinauf. Die Sonne hatte sich bereits über den Zenit geschoben. Er ging die Treppe hinauf. Auf der anderen Seite der Eingangstür saß ein Polizist hinter einer Scheibe aus Sicherheitsglas.

Jan stellte sich vor und zeigte seinen Presseausweis. »Ich bin mit Herrn Hagedorn aus der Pressestelle verabredet.«

Der Polizist nickte. »Ich rufe ihn runter.«

Jan setzte sich auf einen Stuhl und betrachtete einige Plakate zu den Themen Einbruch und Taschendiebstahl. Schon nach kurzer Zeit tauchte ein freundlich aussehender Mann bei der Sicherheitsschleuse auf und hielt die Tür weit offen.

»Herr Fischer. Kommen Sie doch bitte herein.«

Stefan Hagedorn lächelte breit. Sein Aussehen ließ auf ein sonniges Gemüt und Menschenfreundlichkeit schließen.

Jan schüttelte die ihm entgegengestreckte Hand. Auf dem Weg in den ersten Stock hieß die Wahl: Fahrstuhl oder Treppe. Der Pressesprecher sagte, dass er immer hoch fahre und runter gehe.

»Das ist doch ein guter Vorschlag«, meinte Jan.

Die Aufzugtüren schlossen sich.

»Wie war die Fahrt?«

»Gut. Ist ja nicht so weit.«

»Und Sie waren schon beim See?«

»Ja.«

»Schönes Plätzchen, was?«

»Na ja, wie man's nimmt.«

»Ah, verstehe«, erwiderte Hagedorn nickend. »Ich habe die Akten Silvia Keller schon rausgesucht.«

Auch die Unterlagen aus dem Archiv hatte Hagedorn in sein Büro bringen lassen.

»Das ist sehr entgegenkommend«, sagte Jan. »Ich wäre sonst auch selbst ins Archiv gegangen. Das ist nichts Neues für mich.«

»Die Beweismittel sind natürlich weiterhin verschlossen«, wehrte Hagedorn ab. »In die Asservatenkammer kommt niemand so ohne Weiteres hinein. Nur Leute in Schutzanzügen. In Zeiten der DNA-Analyse will man möglichst jede nachträgliche Kontamination von Beweisträgern ausschließen.«

»Kann ich verstehen«, entgegnete Jan.

Der Fahrstuhl hielt, und auf dem Weg durch einen langen Korridor erzählte Jan noch einmal von seinem geplanten Buchprojekt, wiederholte so ziemlich alles, was er bereits bei seiner Anmeldung am Telefon gesagt hatte. Viel mehr gab es auch nicht, weil er selbst noch nicht genau wusste, was er sich von der Recherche konkret erhoffte.

Das Büro des Pressesprechers lag rechts. »Ich bekomme selten längeren Besuch. Ich hoffe, der kleine Beistelltisch reicht Ihnen.«

Vor dem Fenster stand ein Schreibtisch mit Telefon und Computer, daneben ein kleines Tischchen, das eher für einen Campingausflug denn für Arbeit geschaffen schien. Auf dem Fußboden warteten zwei Kartons mit Akten auf Jan. Dieser nickte zufrieden. »Ganz ausgezeichnet«, sagte er und legte seine Notebooktasche auf den Klapptisch.

»Sie können alles abschreiben, was Sie wollen«, erklärte Stefan Hagedorn. »Nur direkte Kopien sind nicht erlaubt. Und bitte auch nichts mit dem iPhone abfotografieren. Besonders keine Tatortfotos. Auch nicht, wenn ich mal nicht im Raum bin.«

»Geht klar«, erwiderte Jan.

»Da der Fall schon älter ist, kann ich Ihnen leider nicht besonders hilfreich sein. Aber falls es doch Fragen gibt, bin ich natürlich immer für Sie da.«

»Das ist nett«, sagte Jan.

»Prima«, erwiderte Hagedorn. »Die Regeln sind also klar?«

»Absolut.«

# 9

Jan setzte sich auf den für ihn vorgesehenen Stuhl und zog den ersten Karton heran. Hagedorn sah ihm einen Moment lang zu, dann ging er um den Schreibtisch herum, rückte seinen Stuhl zurecht und begann am Computer zu arbeiten.

Schnell gelang es Jan, sich einen ersten Überblick zu verschaffen. Die Akten enthielten eine Flut an Informationen: Zeugenaussagen, Gesprächsprotokolle, Tatortfotos. Alles war gut geordnet und ließ sich leicht erschließen.

Als Erstes bemerkte Jan, dass die Tat an einer ganz anderen Stelle stattgefunden hatte als von ihm erwartet. Nicht in der Nähe des Strandes und vom Kiosk.

Eine Gruppe Abiturienten, zu der Silvia Keller gehörte, hatte einen etwas abgeschiedenen Ort weiter rechts vom See für ihr Beisammensein gewählt. Dort gab es keinen Strand, nur eine grüne Uferböschung, hinter der fast unmittelbar der Wald begann. Der Ort war auf einer Landkarte markiert. Ebenso der Ort, wo das tote Mädchen später gefunden worden war. Es lagen über fünfhundert Meter dazwischen.

Silvia wurde mitten im Wald abgelegt, abseits aller Wege und Pfade, mit dem Gesicht nach unten. Obwohl sie ohne das Bikiniunterteil dalag, wurde ein sexueller Übergriff von der Spurensicherung und später auch vom Gerichtsmediziner ausgeschlossen.

Spürhunde fanden fünfundsiebzig Meter von der Toten entfernt die Bikinihose. Die Tote trug das passende Oberteil und ein leichtes Sommerkleid darüber. Weitere zweihundertfünfundsiebzig Meter entfernt schlugen die Hunde noch einmal an. Zunächst bereitete das Verhalten der Tiere den Ermittlern Schwierigkeiten, dann entdeckte ein Polizist ein Paket Papiertaschentücher. Bald kam jemand auf die naheliegende Idee, dass das Mädchen zum Urinieren in den Wald gegangen war. Offenbar hatte der spätere Mörder Silvia Keller dabei beobachtet und war ihr nachgegangen. Noch während sie in der Hocke war, musste es ihm gelungen sein, unbemerkt an sie heranzukommen und ihr die Mordwaffe um den Hals zu legen. Das Stromkabel eines Fernsehers.

Zum Schreien kam Silvia offenbar nicht mehr. Denn obwohl sie sich knapp zweihundert Meter vom Rest der Gruppe entfernt hatte, hätten diese laute Schreie hören müssen. Alle protokollierten Zeugenaussagen konnten sich aber an keine Rufe erinnern.

Jan schaute kurz von den Unterlagen auf. Der Pressesprecher telefonierte mit der Wachstube, holte sich offenbar Details zu einem Autounfall ein, der am frühen Morgen auf der Bundesstraße zwischen Rotenburg und Hemsbünde passiert war. Dann begann er eine entsprechende Pressemitteilung zu tippen. Jan konnte sich den Text dazu gut vorstellen, hatte er aus derlei Pressemitteilungen doch selbst schon oft genug einen entsprechenden Artikel für den Blaulichtteil des Harburger Tageblatts fabrizieren dürfen.

Hagedorn bemerkte, dass er beobachtet wurde, tippte kurz weiter, setzte auf der Tastatur einen demonstrativen Schlusspunkt und schob seinen Stuhl zurück. »Wie wär's mit einem Kaffee?«

»Gern«, meinte Jan und legte die Akte, die sich auf seinem Schoß befunden hatte, aufgeschlagen neben dem Notebook ab. Gemeinsam verließen die beiden Männer den Raum.

Die Kaffeeküche, in die Hagedorn Jan führte, war größer und moderner eingerichtet als die beim Tageblatt. Es gab einen Tisch mit sechs Stühlen und ein großes Fenster nach hinten hinaus.

Der Pressesprecher zeigte Jan, aus welchem Schrank er sich

einen Becher nehmen konnte, und erklärte dann den Kaffeeautomaten. Man hatte die Wahl zwischen Cappuccino, Latte Macchiato, schwarzem Kaffee in Groß oder Klein, Espresso und sogar einem Kakaogetränk.

»Der Kakao ist unschlagbar«, sagte Hagedorn und legte dabei die Hand auf den Bauch. »Leider.«

Jan nickte grinsend, entschied sich für einen großen schwarzen Kaffee.

»Zucker ist hier«, bemerkte Hagedorn. »Wenn Sie Tee möchten, haben wir auch einen Wasserkocher. Gläser für Wasser stehen hier. Sie müssen sich allerdings aus der Leitung bedienen. Das Schleppen von Wasserkisten haben wir abgeschafft.«

»Alles prima so«, entgegnete Jan.

Hagedorn nickte und fragte dann, ob Jan mit den Unterlagen zurechtkomme.

»Sie sind sehr strukturiert und übersichtlich. Aber schon eine harte Nummer. Die Fotos sind erschütternd.«

»Ja. So was geben wir natürlich nicht einfach an die Zeitung raus. Wenn Sie davon etwas in Ihrem Buch verwenden wollen, müssen Sie einen Extraantrag stellen.«

Jan nickte. »Mit dem Stromkabel eines Fernsehers. Was für eine Idee. Das Kabel wurde in der Nähe des eigentlichen Tatorts gefunden.«

Auch Hagedorn nickte. »Klingt eigentlich nach einer guten Spur, was?«

»Ja. Aber keine Fingerabdrücke drauf. Und vermutlich gehörte es nicht zu einem Gerät, das der Täter selbst besessen hat. Es könnte sich um einen Sperrmüllfund handeln, steht in den Akten.«

»War es abgeknipst?«

»Nein. Mit Steckanschluss für das zugehörige Gerät.«

»Nicht so häufig bei alten Röhrenfernsehern.«

Jan stimmte zu, dachte daran, dass die Stromkabel früher bei den meisten Fernsehern direkt aus dem Gehäuse kamen. Das hatte sich erst nach und nach geändert. »Trotzdem kam man damit zu keinem Fahndungsergebnis«, stellte er fest.

»Und kein Sexualdelikt, stimmt's?«, sagte Hagedorn. »Habe das Wichtigste vorhin überflogen.«

»Nein. Kein Sperma oder ähnliche Spuren an der Toten. Ihre Bikinihose lag zwar ein Stück entfernt, aber es sieht so aus, als sei sie verloren gegangen, während die Tote durch den Wald geschleift wurde. Sie hatte sie ja nicht hochgezogen, weil der Täter sie beim Urinieren überfallen hat.«

»Hm«, machte Hagedorn. »Also, wenn Sie echt mehr über solche Fälle erfahren wollen, wie man Spuren deutet und so, dann könnte ich Ihnen einen Namen nennen. Es ist eine pensionierte Kollegin. Sie hat damals auch die Ermittlungen in diesem Fall geleitet. Das habe ich vorhin in den Unterlagen gesehen. Kluge Frau. Wie gesagt, schon in Rente, aber erfahren bis in die Haarwurzeln. Die konnte Typen, die so was machen, offenbar direkt in den Kopf gucken. Sehr hohe Aufklärungsrate. Fast schon genial.«

Jan blickte interessiert vom Kaffeebecher auf. »Sie haben mit ihr zusammengearbeitet?«

»Nein. Aber sie unterrichtet an der Uni in Hannover. Und da hatte ich ein paar Seminare zum Thema Tatortermittlung und Fallanalyse bei ihr. Auch schon wieder Jahre her. Mann, wie die Zeit vergeht! Simone Jonker heißt sie. Hat holländische Wurzeln. Die sollten Sie mal anrufen.«

»Simone Jonker«, wiederholte Jan für sich.

# 10

Ein Bach schlängelte sich an der Mehrzweckhalle vorbei. Vom Parkplatz aus ging Charlotte über eine kleine Brücke, um das niedrige Gebäude zu erreichen. Etwas geduckt lag es im Schatten hoher Linden. Die Rahmen der Eingangstür und aller Fenster waren blau gestrichen. Gelegentlich fanden im großen Saal Parteiversammlungen der Ortsvereine statt, Vorträge wurden hier gehalten und Konzerte gegeben. Wochentags hatte eine private Musikschule die Übungsräume im Keller und den Saal für sich gemietet. Da die Schule Vereinsstatus hatte, überließ ihr die Stadt die Räume zu einer niedrigen Miete. Charlotte hatte dies alles auf der Homepage der Musikschule erfahren.

Nach dem hellen Sonnenschein des Frühsommertages musste Charlotte sich an das kalte Licht der Neonröhren in der Eingangshalle erst gewöhnen. Sie sah eine Treppe, die nach unten führte. Einem Schild zufolge ging es dort zu den Toiletten und der Garderobe. Der große Saal selbst lag geradeaus hinter einer doppelflügeligen Tür. Da niemand zu sehen war, den sie um Erlaubnis fragen konnte, ging Charlotte einfach auf die Tür zu, öffnete sie vorsichtig und schlüpfte hindurch.

Wunderschöne Knabenstimmen empfingen sie. Schon in der Vorhalle hatte Charlotte sie gehört, doch erst im Saal entfalteten die Klänge ihre ganze Wucht. Als die Fotografin merkte, wie sich die Härchen auf ihrem Unterarm aufstellten, dachte sie für einen Sekundenbruchteil, dass dies wegen der Kühle im Raum geschah, ehe ihr klar wurde, dass ihr Körper auf die Musik reagierte.

Unmittelbar war alles wieder wie früher. Sie erinnerte sich, wie sie selbst Hunderte Male auf solch einer Bühne gestanden und gesungen hatte. Sie spürte wieder, wie es war, wenn der eigene Leib zum Klangkörper wurde, wie alles in einem mitschwang. Sie dachte an das Gemeinschaftsgefühl, die Verbundenheit mit den anderen Sängerinnen und mit der Chorleitung.

Anders als Wolfgang Staube, der Kollege vom Sportteil, es ihr geraten hatte, musste Charlotte nicht auf das Register des Einwohnermeldeamtes zurückgreifen, um Maren zu finden. Einer plötzlichen Eingebung folgend hatte sie sich stattdessen Fotos von Hamburgs Jugendchören angesehen. Zuerst nur Mädchenchöre, dann auch Bilder von Knabenchören. Auf den Gruppenfotos war es schwierig, einzelne Gesichter zu erkennen. Doch als sie auf verschiedenen Homepages die Seiten für Chorleitung und Betreuung aufrief, entdeckte sie Marens Foto.

Ihr Nachname war nicht mehr Fuhrmann, sondern Beister, dennoch war sie nicht zu verkennen. Auch wenn sich aus dem lustigen Mädchen von damals eine etwas unfreundlich schauende Frau mit streng nach hinten gekämmten und zu einem Zopf gebundenen Haaren entwickelt hatte.

Schweigend setzte Charlotte sich auf einen Stuhl in der hintersten Reihe.

Maren leitete zusammen mit ihrem Mann den unabhängigen und freien Chor Hamburger Knabenstimmen. So jedenfalls ließ es sich auf der Homepage lesen. Der Chor hatte einen Scherenschnitt eines Jungenkopfes samt einer Musiknote als Logo. Das gefiel Charlotte alles sehr gut.

Marens Zopf hüpfte auf und ab, während sie die Arme dynamisch in der Luft bewegte. Ohne es sehen zu können, weil die Freundin mit dem Gesicht zum Chor stand, wusste Charlotte, dass die Übungsleiterin mitsang, während sie dirigierte. Wieder verspürte sie ein Kribbeln, und sie konnte es sich nicht verkneifen, leise zu klatschen, als das Lied beendet war. Die Blicke der etwa zwanzig Jungen gingen in Richtung der Stuhlreihen. Auch Maren drehte sich herum.

»'tschuldigung!«, sagte Charlotte und hob abwehrend beide Hände. »Aber das war einfach wunderschön, ja, großartig!«

Maren erwiderte nichts. Sie blickte Charlotte regungslos an, so unbeweglich, dass die Fotografin sich nicht sicher war, ob die alte Freundin sie erkannt hatte. Unvermittelt bekam Charlotte das Gefühl, unerwünscht zu sein. Mit einer weiteren Entschuldigung verließ sie den Saal.

Ein bisschen irritiert und enttäuscht stellte sie sich in der Eingangshalle ans Fenster. Sie sah, dass nun mehrere Autos neben ihrem Renault parkten. Eltern warteten dort, um ihre Kinder abzuholen. Andere Jungen würden mit dem Bus oder der S-Bahn nach Hause fahren. Charlotte und Maren hatten als Kinder im Winter immer den Bus und im Sommer die Fahrräder genommen. Die Erinnerung war so deutlich, als sei sie nur ein paar Tage alt, nicht Jahre.

Ob Maren sie wirklich nicht wiedererkannt hatte? Kurz darauf ging die Saaltür auf, und die Jungen kamen unter dem für Kinder üblichen Geschrei in die Halle gelaufen.

Als Charlotte wieder zur Tür blickte, stand die alte Freundin dort und schaute ihr entgegen. Ihre Figur zeichnete sich vor dem Licht hinter ihr ab. Sie wirkte extrem dünn in ihrer Kombination aus knöchellangem Rock und der bis unters Kinn geschlossenen Bluse. Charlotte versuchte zu lächeln, als sie auf Maren zuging, auch wenn ihr dies aus irgendeinem Grund plötzlich schwerfiel.

# 11

Die Begrüßung geriet dann doch überraschend freundschaftlich. Maren kam Charlotte ein paar Schritte entgegen, dann nahmen sie sich in die Arme und lachten.

»Charlotte«, sagte Maren, »kurz dachte ich, ich hätte mich verguckt.«

»Ich bin es wirklich.« Charlotte ließ Maren los und betrachtete sie mit einer Armlänge Abstand. Die gewünschte Größe von einem Meter sechzig hatte Maren geschafft, aber nicht viel mehr.

»Wie lange …?«

»Sehr lange ist es her. Viel zu lange.«

Gemeinsam gingen sie zurück in den Saal, wo Maren die Noten zusammenräumte und in einem Schrank verstaute. Sie hatte sich in Charlottes Armen genauso dürr angefühlt, wie sie aussah. Etwas unangenehm, beinah unheimlich war das für Charlotte gewesen, doch nun schenkte Maren der Freundin wieder ein offenes Lächeln.

»Hast Glück, dass wir heute so früh Schluss machen. Das war der Kinderchor. Sonst kommt jetzt noch der Jugendchor. Aber die Jungs sind heute mit meinem Mann unterwegs. Mit Sören.«

Leicht über eine Schublade gebeugt, sah Maren Charlotte von unten an.

»Ich habe ihn auf eurer Homepage gesehen«, erwiderte die. »Ganz süß. Aber ich hab schon einen Freund!«

Der Spruch war früher zwischen Charlotte und Maren ein Running Gag gewesen, seit ein Mädchen aus der Schule, das beide nicht besonders mochten, ihn über einen Jungen aus der Oberstufe gesagt hatte.

Maren richtete sich auf, und dann lachten sie gemeinsam los.

Alles doch noch wie früher, dachte Charlotte erleichtert. Und es war ihr plötzlich unverständlich, warum sie und Maren sich so lange nicht gesehen hatten.

»Wie wäre es mit einem Eiskaffee im Eiscafé?«

Noch so ein Spruch von früher.

Maren nickte fast sofort. Viel aufzuräumen gab es im Saal nicht. So gingen sie nur fünf Minuten später zusammen zu Charlottes Wagen. Maren krauste die Stirn, als Charlotte ihr von innen die Tür öffnete. Eine Zentralverriegelung gab es bei dem in die Jahre gekommenen Clio nicht.

»Was?«, entgegnete Charlotte. »Das Ding hier gehört zu meiner Arbeitsausrüstung. Ich benutze den Wagen und liebe ihn nicht.«

In den Seitentaschen der Türen steckten benutzte Papiertücher, Kugelschreiber, leere Pappbecher. Auf der Rückbank lag eine zerknüllte Fast-Food-Tüte neben einer halb leeren Tüte mit Lakritzschnecken.

Maren quetschte sich auf den Beifahrersitz. Vor der Rückbank rollten leere Plastikflaschen hin und her, als Charlotte vom Parkplatz auf die Straße bog. Mit einer Hand schob Charlotte den vollen Aschenbecher zu, setzte wieder den Blinker und bog dort ab, wo Maren es ihr sagte. Sie kannte sich in der Gegend besser aus als Charlotte.

Die Fotografin sprach von ihrem Job. Zum Glück war es nicht sehr weit bis zum Café, sodass sie nicht auch noch vom bevorstehenden Ende des Harburger Tageblatts erzählen musste.

Die Sonne stand noch hoch. Ihre Helligkeit tat nach dem langen, trüben Winter gut. Allerdings mussten die beiden Frauen feststellen, dass ein leichter Wind ging, sodass sie sich doch lieber ins Café statt an die Straße setzten. Maren entschied sich für einen Becher Kaffee, während Charlotte einen Eiskaffee bestellte.

»Nicht noch was anderes dazu?«, fragte sie Maren. »Vielleicht eine Kugel Eis mit Sahne? Wenn wir schon mal in einem Eiscafé sind.«

Maren schüttelte den Kopf.

Die beiden Frauen hätten nicht unterschiedlicher aussehen können. Maren streng und bieder in Rock und Bluse. Charlotte dagegen strahlte in ihrem bunten Outfit und mit den glitzernden Ohrringen. Sie trug einen peppigen Kurzhaarschnitt, während Marens blonder Zopf bis knapp über das Gesäß fiel.

»Ich habe in der Zeitung über dich gelesen«, sagte Maren. »Letztes Jahr. Da stand zwar nur Charlotte S Punkt. Aber ich habe dich auf einem Foto erkannt.«

Charlotte nickte. Sie kannte die Bilder. Ein Blaulichtfotograf und eine Fernsehkamera hatten sie beim Verlassen ihres Wohnhauses erwischt. Ein Notfallsanitäter hatte ihr eine Decke über den Rücken gelegt, weil sie darauf bestand, selbst zum Krankenwagen zu gehen. Jan hatte sie auf der einen Seite gestützt, der Notfallsanitäter auf der anderen. Als sie die Aufnahmen am nächsten Tag im Krankenhaus zu sehen bekommen hatte, dachte sie nur, dass sie lieber hinter der Kamera als davor stand.

»Schlecht gepixelt«, sagte sie jetzt. »Die meisten haben es gut gemacht. Aber auf einigen war ich zu erkennen. Ich weiß.«

»Der Typ wollte dich vergewaltigen«, sagte Maren mitfühlend.

»Mindestens«, entgegnete Charlotte.

»Aber dann hast du es ihm mit dem Messer besorgt.«

Charlotte stutzte angesichts der Formulierung. Aber sie stimmte irgendwie. »Es war Notwehr.«

»Notwehr? Hallo? Ich finde es großartig, was du gemacht hast. Du brauchst dich nicht zu entschuldigen.«

Charlotte stützte den Ellenbogen auf dem Tisch ab, legte das Gesicht in die Hand. »Tue ich das denn?«

»Klang so«, sagte Maren. »Meiner Meinung nach gehören sie schon im Jungenalter kastriert. Also, wenn sie auffällig werden. Sonst natürlich nicht.«

»Vergewaltiger?«

»Ja. Gleich beim ersten Mal. Dann erspart sich die Gesellschaft eine Menge Ärger.«

»Radikale Einstellung«, meinte Charlotte.

»Absolut.« Maren biss die Zähne zusammen, drehte den Blick zum Fenster. »Denk dran, was Heinemann uns angetan hat.«

Charlotte nahm überrascht die Schulter zurück. »Heinemann? Unser alter Chorleiter?«

Als Maren nichts erwiderte, sagte Charlotte: »Mir hat Heinemann nichts angetan.«

»Mir schon«, entgegnete Maren und blickte Charlotte wieder direkt an. »Mir und Bianca und Vanessa.«

Charlotte öffnete tonlos den Mund.

»Ich weiß, dass du es nicht sehen wolltest. Aber es ist trotzdem passiert. Bei mir das erste Mal auf der Fahrt nach Wien. Bei Bianca und Vanessa schon früher. Und wer weiß, bestimmt waren es noch mehr.«

Die Getränke wurden gebracht. Der Kellner stellte den Eiskaffee vor Charlotte ab, und der Kaffeebecher klirrte leicht auf dem Unterteller. Maren nickte kurz zum Dank, doch dann sah sie wieder Charlotte an. Sie wollte offenkundig sehen, was sich auf deren Gesicht abspielte.

»Ich hatte keine Ahnung«, sagte Charlotte nach einer Weile.

Maren ließ sich Zeit mit ihrer Erwiderung. »Natürlich nicht«, meinte sie dann.

»Heinemann?« Charlotte schüttelte den Kopf. »Aber der war doch da schon uralt.«

»Fünfundsechzig«, sagte Maren. »Heute ist er Anfang achtzig.«

»Lebt er denn noch?«

»Und ob der Scheißkerl lebt! Ich habe oft genug versucht, ein Treffen mit ihm zu vereinbaren. Aber der Feigling weigert sich. Nichts zu machen …« Mit ruhiger Hand griff sie zu ihrem Becher, nahm einen Schluck.

»Warum hast du mir nichts gesagt?«

Maren zuckte mit den Schultern. »Weil er geschickt war. Weil er mich erpresst hat. Weil er ein perfides Schwein ist und wusste, wie man so was macht. Weißt du noch, wie wir uns gefreut haben, als wir in den Auswahlchor kamen? Die ersten Konzerte? Der Klang in den Hallen und in den Kirchen? Und wie es dann hieß, dass wir mit nach Wien dürften? All die Jahre, die wir darauf hingearbeitet haben. Erst der Vorchor, dann Kinderchor und ab zehn dann der Jugendchor. Du warst ja schon zwei Jahre vor mir im Jugendchor. Wie ich dich beneidet habe! Und dann endlich hatte ich es auch geschafft.«

»In den Auswahlchor sind wir zusammen gekommen.«

»Ja. Und immer sind wir zusammen zu den Proben gefahren.«

»Wann war Wien?«

»Ich war vierzehn«, sagte Maren.

»Verdammt!« Charlotte schlug die Hand vor den Mund, sagte dann zwischen zwei Fingern hindurch: »Ich wusste das wirklich nicht.«

Die Freundin zuckte erneut mit den Schultern. »Wie auch immer«, sagte sie.

»Wirklich nicht«, wiederholte Charlotte.

»Zwei Jahre habe ich es über mich ergehen lassen. Dann war Schluss. Da hattest du schon dein Abi und bist abgehauen.«

»Ich habe studiert. Das weißt du doch.«

»Jedenfalls warst du weg. Und alle haben gedacht, dass ich deswegen mit dem Singen aufgehört habe. Aber das stimmt nicht.«

»Und du hast später versucht, mit ihm zu reden?«

»Gefühlte hundert Mal. Ich habe ihm geschrieben und ihn angerufen. Auf die Briefe hat er nicht reagiert. Am Telefon legt er immer sofort auf.«

»Dann ist er nie aufgeflogen?«

»Nein.«

»Warum hast du ihn nicht angezeigt?«

»Das waren noch andere Zeiten. Und wer glaubt schon einer Vierzehnjährigen?«

»Ich hätte dir geglaubt.«

Maren schüttelte den Kopf.

»Und jetzt? Du kannst ihn noch immer anzeigen. Mit Bianca und Vanessa. Woher weißt du das überhaupt von den beiden?«

»Weil ich eins und eins zusammenzählen kann. Es waren immer seine ›kleinen Lieblinge‹. Erst Bianca, dann Vanessa, dann ich. Das wurde mir später klar.«

»Ihr müsst ihn zusammen anzeigen.«

»Zu spät.«

Charlotte war anderer Meinung.

»Was weißt du schon«, entgegnete Maren ärgerlich. »Außerdem will ich das nicht. Ein Prozess wäre das Letzte für mich.«

»Vielleicht tut er es noch immer. Du könntest andere damit …« Charlotte überlegte, ob sie den Satz beenden sollte. » … vor demselben Schicksal bewahren.«

»Er leitet schon lange keinen Chor mehr. Glaub mir, das weiß ich genau.« Maren machte eine Pause, stellte dann fest: »Ich will das mit dem Gericht nicht. Ich will nur, dass er es zugibt. Und dass er mich um Verzeihung bittet.«

Später im Auto liefen Charlotte die Tränen über die Wangen. Sie war nicht der Typ, der oft weinte. Aber in letzter Zeit passierte es ihr öfter.

Maren hatte gesagt, dass sie zu Fuß nach Hause gehen wolle. Vom Eiscafé sei es nicht weit. Charlotte wollte sie auf der Straße zum Abschied noch einmal in den Arm nehmen, wusste aber nicht, ob sie es durfte. Vorsichtig trat sie einen Schritt auf die alte Freundin zu, merkte an deren steifer Haltung aber schnell, dass dies keine gute Idee war.

»Mach's gut«, hatte Maren gesagt. Dann waren sie auseinandergegangen.

Charlotte wusste nicht, ob sie sich je wiedersehen würden. Sie wusste gar nichts mehr. Schnell war sie weggefahren. Weg aus diesem Stadtteil. Weg von dem, was Maren erzählt hatte.

Sie fuhr über die Elbbrücken, nahm die Stadtautobahn an Veddel und Wilhelmsburg vorbei, um nach Harburg zu kommen. Dort lenkte sie den Wagen an der Bahnhofskreuzung auf die Bundesstraße und direkt nach Hause. Unter der Dusche musste sie erneut weinen. Lange und laut.

# 12

Es fiel Jan schwer, sein Abendessen zu genießen. An den anderen Tischen saßen Gruppen oder Pärchen, alle in angeregte Gespräche vertieft. Nur er hatte einen Tisch für sich allein. Der Salat hatte ihm noch geschmeckt, doch nun lagen verschiedene Fleischstücke auf einem Teller vor ihm. Samt den Beilagen aus Kartoffelecken und gehackten Zwiebeln bildeten sie für Jan einen unüberwindlichen Berg. Er hatte vergessen, wie anstrengend ein Abendessen allein im Restaurant sein konnte. Früher hatte er solche Situationen gemieden. Immer hatte man den Eindruck, die anderen würden einen beobachten und darüber tuscheln, dass man allein war. Als würden sie jede Geste kommentieren oder sich zumindest ihren Teil dazu denken. Gemeinsam mit Charlotte war das ganz anders. Da verschwendete er nicht einen Gedanken an die Leute an den Nachbartischen.

»Verdammt, Charlotte«, sagte er leise, blickte nach links und nach rechts, nahm einen Schluck Bier.

Wieso war sie jetzt nicht hier?

Was hatte er falsch gemacht?

Hatte sie vielleicht gemerkt, dass er sie viel mehr brauchte als umgekehrt? Gewundert hätte ihn das nicht, hatte er selbst es doch von Anfang an gewusst. Sie hatte den Spaß zurück in sein Leben gebracht. Sie hatte ihn aus dem dunklen Loch befreit, das sich in seiner unaufgeräumten Wohnung nur materialisiert hatte, in Wahrheit aber schon lange Zeit ein Teil von ihm gewesen war.

Er schob zwei der drei Fleischstückchen zur Seite, konzentrierte sich auf das Übriggebliebene. Es war ein Fehler gewesen, allein zu einem Balkangrill zu gehen. Das durfte er nicht noch einmal tun.

Mit aller Kraft versuchte Jan, an etwas anderes zu denken. Und schon sah er die Fotos der erwürgten Silvia Keller wieder vor sich. Mit einem Stromkabel erdrosselt. Das Gesicht blass, der Mund geöffnet, die Zunge dick und herausgequollen.

Jan schob den Teller weg, trank das Bier aus. Dann zog er sein Telefon hervor, tat so, als lese er eine wichtige Mitteilung, winkte der Bedienung und bat um die Rechnung. Er müsse leider dringend weg, erklärte er. Zum Mitnehmen einpacken? Ja gern, aber bitte nur ganz einfach, er habe es wirklich eilig.

Das Hotel, in dem er ein Zimmer reserviert hatte, lag nur fünf Minuten entfernt. Er checkte an der Rezeption bei einer jungen Frau ein. Das dauerte auch nicht länger als wenige Minuten.

Im Zimmer holte er gleich wieder das Smartphone heraus. Vor dem Essen hatte er vergeblich versucht, Charlotte zu erreichen. Doch jetzt meldete sie sich gleich nach dem ersten Klingeln.

»Ich hab vorhin schon mal angerufen«, sagte er.

»Habe geduscht.«

»Wie geht's dir?«

»Gut.«

»Klingt irgendwie nicht so.« Jan biss sich auf die Unterlippe. Kein guter Einstieg in das Gespräch. Seine Worte hörten sich irgendwie wie ein Vorwurf an. Zumindest unterstellten sie, dass Charlotte nicht die Wahrheit sagte.

»Ich bin auf Recherche in Rotenburg.«

»Weiß ich.«

»Petersen?«

»Ja.«

»Wie ist die Stimmung im Laden?«

»Beschissen. Was glaubst du?«

»Ja, klar. War wohl etwas egoistisch von mir, ausgerechnet jetzt wegzufahren.«

»Wieso? Ist doch dein Resturlaub. Petersen sagt, das ist okay. Alle anderen sollten es genauso machen.«

»Na, dann ist es ja okay.«

»Ja.«

»Und dir geht's wirklich gut?«, schob er nach. Charlottes Stimme klang etwas belegt. Trotzdem ärgerte er sich, dass er schon wieder damit angefangen hatte. »Hör zu, ich bin hier mindestens noch bis Freitag. Vielleicht länger. Je nachdem, wie es sich entwickelt. Aber ich schlage vor, dass wir uns Freitagabend einfach treffen. Passt dir das? Ich brauche höchstens eine Stunde nach Harburg.«

Ein kurzes Schweigen am Telefon ließ Jans Herzschlag für einen Moment aussetzen. Doch dann sagte Charlotte: »Wenn dir das nicht zu viel Aufwand ist.«

»Überhaupt nicht«, erwiderte er wahrheitsgetreu.

»Dann einverstanden.«

»Einverstanden«, wiederholte Jan. Und obwohl das Gespräch damit schon wieder beendet war, fühlte er sich erleichtert. Grinsend pickte er sich die kalten Kartoffelecken aus dem Take-away-Karton. Dann machte er sich fürs Bett fertig und beschloss, schnell einzuschlafen, damit die Zeit bis Freitag schneller verging. Denn Freitag würde er Charlotte wiedersehen.

# 13

Simone Jonker, Todesermittlerin außer Dienst, würde Jan im Zoo von Hannover erwarten. Sie hatten sich vor dem Gorillagehege verabredet. Jan war froh gewesen, dass sich die ehemalige Polizistin so schnell zu einem Treffen bereit gezeigt hatte. Das entsprechende Telefonat hatte er von der Polizeiwache in Rotenburg aus geführt. Kaum eine halbe Stunde nachdem Hagedorn ihm Simone Jonker als Expertin für Mordermittlungen und Serientäter empfohlen hatte.

Über die Bundesstraße bis Verden und von dort über die A27 und A7 hatte Jan etwas mehr als eine Stunde gebraucht, bis er Hannover erreichte. Die Landeshauptstadt von Niedersachsen lag an diesem frühen Sommertag träge in der Morgensonne. Jan hatte einen schattigen Parkplatz in einer Allee gefunden und war von dort zum Zooeingang gegangen. Nachdem er seinen Presseausweis vorgezeigt hatte, wurde ihm freier Eintritt gewährt. Einer der Vorteile, die das kleine Plastikkärtchen mit Jans Foto bot. Wichtiger war es natürlich für den Einlass bei Pressekonferenzen und, wie am vergangenen Freitag beim Mord am Tankhafen, an Polizeiabsperrungen.

Obwohl Jan zu früh beim Gorillagehege ankam, wartete die ehemalige Kriminalhauptkommissarin dort schon auf ihn. Jan wusste gleich, dass sie es war, weil er sich ihr Foto vorher im Internet angesehen hatte.

Ein Porträtbild ließ sich im Verzeichnis des Kriminologischen Forschungsinstituts Niedersachsen finden. In natura war die Frau kleiner als erwartet, und sie hatte eindeutig eine Vorliebe für gutes Essen samt Dessert. Wenn Jan nicht gewusst hätte, wer Simone Jonker war, wäre er niemals darauf gekommen, dass sich das Leben dieser freundlich aussehenden älteren Frau seit mehr als vierzig Jahren hauptsächlich um Mord und Totschlag drehte.

Und sie beschäftigte sich in Vorlesungen und Seminaren noch immer mit gewaltsamen Todesfällen und ganz besonders mit den Menschen, die dafür verantwortlich waren.

Jan trat ihr entgegen und stellte sich vor. Mit einem Nicken ergriff Simone Jonker seine Hand, schüttelte sie kurz und kam dann ohne Umstände zur Sache. »Sie recherchieren also im Fall ›Kellermädchen‹?«

»Wie bitte?«

»Ich weiß, nicht besonders passend«, meinte Simone Jonker, »aber wenn eine Sonderkommission zu einem Fall gebildet wird, bekommt sie ihren internen Namen. Das ist nun mal so. ›Kellermädchen‹ würde mich auch eher an einen Fall denken lassen, bei dem jemand über Jahre in einem Keller gefangen gehalten wurde. Ich gab das bei der Namenswahl auch zu bedenken. Aber die Kollegen waren mehrheitlich der Meinung, dass es trotzdem passen würde, weil die Tote in unserem Fall mit Nachnamen Keller hieß. Also ›Kellermädchen‹.«

Jan hob interessiert das Kinn.

»Sie glauben also, Sie können den Fall aufklären?«, fuhr Simone Jonker fort. »Jetzt, nach über zwanzig Jahren? Dass Sie etwas finden, was wir übersehen haben?«

»Äh, nein. Er ist nur der Anfang, um mich dem Thema meines Buches zu nähern«, wehrte Jan ab. »Es geht um Serientäter. Ihr Handeln und ihre Motive.«

»So.« Simone Jonker presste die Lippen aufeinander. »Schon mal ein paar Vorlesungen zum Thema besucht? Es gibt Veranstaltungen an der Universität hier. Und in Hamburg auch. Da kommen Sie doch her?«

Der letzte Satz war mehr eine Feststellung als eine Frage. Offenbar hatte sich Simone Jonker vorab ebenfalls im Internet über Jan informiert.

Er musste zugeben, dass er bisher keine Seminare besucht hatte. »Nicht genug Zeit dafür. Ich recherchiere in meiner Freizeit. Das Buch soll neben meiner normalen Arbeit entstehen.«

»Schade«, meinte Simone Jonker. »Sehr schade.«

Sie wandte sich zum Gehege um. Auf einer großen Grünfläche hatte sich die Gorillafamilie an unterschiedlichen Plätzen niedergelassen. Zwei Weibchen spielten mit ihren Jungen. Das größte Tier und Familienoberhaupt saß am weitesten von Jan und Simone Jonker entfernt. Dennoch strahlte es eine beachtliche Dominanz aus. Seine Blicke gingen immer wieder zu einer bestimmten Stelle an der Umzäunung.

»Er weiß besser als wir, was gleich kommt«, meinte Simone Jonker. »Obwohl er den Fütterungsplan nicht lesen kann.«

Schon tauchten auf dem schmalen Weg zum Gehege zwei Tierpfleger in einem kleinen Fahrzeug auf. Auf der Ladefläche des Pritschenwagens stand eine große Holzkiste. Das Gefährt stoppte am Zaun. Beide Tierpfleger schnappten sich Eimer voller Früchte und begaben sich an einen höher gelegenen Punkt diesseits des Zauns. Dann warfen sie Bananen, Trauben und Melonen ins Gehege.

Eine Gruppe Zuschauer hatte sich neben Jan und Simone Jonker eingefunden. Alle verfolgten, wie das große männliche Tier einen lauten Ruf ausstieß. Dann erhob es sich gemächlich von seinem Platz und ging auf die Früchte zu. Keines der anderen Tiere machte ihm das Privileg der freien Auswahl streitig.

Das Männchen schnappte sich eine Banane, stopfte sie sich

ins Maul. Große Zähne kamen zum Vorschein. Einige Kinder zeigten darauf. Das Gorillamännchen verspeiste ein paar Trauben, sammelte eine Melone mit einer spielerischen Geste seiner mächtigen Hand vom Boden auf und entfernte sich wieder vom Zaun. Nun durften sich auch die Weibchen und die Jungtiere über die Früchte hermachen.

Die Tierpfleger schienen darauf gewartet zu haben, denn während sie bestimmte Namen riefen, warfen sie den anderen Gorillas weitere Bananen und Trauben hin.

»Was für ein Brocken«, sagte Simone Jonker und meinte damit das sich auf der Wiese niederlassende Familienoberhaupt. »Und alles ohne Fleisch. Reine Vegetarier, diese Gorillas. Wussten Sie das?«

Jan zuckte mit den Schultern. »Habe es mir nie klargemacht, glaube ich.«

»Nein, wir Menschen können uns das kaum vorstellen.«

Eine Weile lang sahen sie der Gruppe noch beim Fressen zu, dann machte Simone Jonker eine Kopfbewegung, um anzudeuten, dass sie weitergehen wollte. »Kennen Sie die Eiswelt hier? Da kann man Pinguine und Eisbären wunderbar im Wasser beobachten. Von unten, durch eine große Glasscheibe. Kommen Sie, das müssen Sie gesehen haben!«

Jan folgte der ehemaligen Polizistin.

»Wie kamen Sie ausgerechnet auf den Fall ›Kellermädchen‹?«, wollte Simone Jonker während des Spaziergangs wissen und strich sich mit der Hand ein paar Haare hinters Ohr.

»Ein Kollege hat mir davon erzählt. Er hat damals in der Nähe gewohnt und meinte, dass die Tat in der Gegend für Aufsehen gesorgt hat.«

Simone Jonker nickte. »Kann man wohl sagen. Aber warum Silvia Keller, wenn Sie sich doch für Serientäter interessieren?«

»Weil …«, Jan stockte. »Na, ich dachte, sie gehörte zu einer Serie.«

Die Expertin blickte ihn kurz von der Seite an. »Wäre mir neu.«

»Mein Kollege sprach von einem weiteren Fall, der nicht weit entfernt geschehen sein soll. Kurz danach oder davor. Auch im Wald.«

»In Rotenburg?«

»Irgendwo an der Wümme.«

Jan musste gestehen, dass er den Tatort nicht kannte.

»Wer wurde umgebracht? Wie alt war das Opfer? War es männlich oder weiblich?«

»Ich weiß es nicht mehr genau«, gestand Jan und wunderte sich über die letzte Frage. »Eine Frau. Aber könnte es denn auch ein Mann sein? Bleiben Mörder nicht bei bestimmten Vorlieben? Also, töten Frauenmörder nicht immer wieder nur Frauen?«

Simone Jonker blieb stehen. »Das kann man so nicht sagen. Denn wissen Sie, was viele Serientäter gemeinsam haben?«

Jan wartete auf die Antwort.

»Dass sie aus ihren Taten lernen. Und dass sie diese möglichst verschleiern wollen.« Simone Jonker hob kurz die Hand. »Verstehen Sie, sie machen beim zweiten Mal etwas anders, weil sie es beim ersten Mal nicht gelungen fanden. Das ist das eine. Und zum Zweiten wollen sie nicht, dass man sofort merkt, dass es sich um ein und denselben Täter handelt. Jedenfalls ist es bei den meisten so. Denn sonst würde man sie leichter schnappen. Fälle mit irgendwelchen hinterlassenen Beweisen, die auf ein und denselben Täter deuten, gibt es kaum. So gut wie kein Mörder hinterlässt eine Art Visitenkarte.

Nein, die meisten Serientäter verschleiern ihre Taten. Sie wechseln den Ort, das Mordwerkzeug, die Opferauswahl.

Manchmal nehmen sie Wertgegenstände mit, um es wie einen Raubüberfall aussehen zu lassen. Und so weiter.

Ich muss zugeben, viele Ermittler fallen auf diese Tricks herein. Sie bringen Taten, die eigentlich zusammengehören, nicht miteinander in Verbindung. Weil die Täter tricksen und täuschen. Ich nehme mich dabei nicht aus.«

»Also war es bei Silvia Keller möglicherweise doch ein Serientäter?«

»Um das sagen zu können, müsste ich mehr über den anderen Fall wissen. Im selben Jahr wie der Mord an Silvia Keller, sagten Sie?«

»Weiß ich nicht genau. Aber ich glaube, kurz davor oder danach.«

»Bringen Sie Ort und Zeitpunkt in Erfahrung. Meinetwegen auch nur in etwa. Damit könnte ich schon etwas anfangen.« Simone Jonker presste die Lippen aufeinander.

Nach einigen weiteren Schritten kamen sie zur Eiswelt des Zoos. Weiß angemalter Beton sollte an eine Schneelandschaft erinnern. Am Rande eines großen Wasserbeckens stand eine Gruppe Pinguine. Andere rutschten bäuchlings durch eine Wasserrinne. Wieder andere tauchten durch das Becken, kreuzten die Bahnen von einigen Robben.

»Noch besser kann man sie von unten beobachten«, meinte Simone Jonker und zeigte Jan den Eingang zu einer großen Halle. Wie in einem Freizeitpark sorgten Metallgitter bei größerem Besucherandrang für ein geordnetes Weiterkommen. Da an einem Dienstagmorgen noch nicht viel los war, konnten Jan und seine Begleiterin einfach bis zu den großen Panoramascheiben weitergehen, hinter denen Pinguine und Robben ihre Bahnen zogen.

»Aber eine andere Sache sollten Sie in Ihrem Buch nicht

vergessen«, sagte Simone Jonker, ohne den Blick von der großen Glasscheibe zu wenden. »Und das sind die Opfer!«

Nun sah sie Jan doch an. »Die Opfer werden bei all den Geschichten um Serientäter meist vergessen. Der Täter fasziniert das Publikum, weil sein Leben anders ist. Fernab der üblichen Normen. Er mordet. Und das ist verboten. Also bewegt er sich auf einem Gebiet, das die meisten Menschen nicht kennen und das sie deshalb spannend finden. Aber ich empfehle Ihnen, sprechen Sie für Ihr Buch mit den Hinterbliebenen. Das eigentliche Opfer hat es hinter sich. Egal, wie grausam die Tat war. Doch die Hinterbliebenen müssen damit weiterleben. Das wird in Büchern und Filmen fast immer vergessen.«

Jan nickte und zog seinen Notizblock aus der Jacke. Das Licht war nicht besonders gut, dennoch schrieb er ein paar Stichworte aufs Papier. Simone Jonker blickte derweil durch die Panoramascheibe. Dann sagte sie: »Dort kommt er.«

Jan hob den Kopf und sah sich unmittelbar mit einem riesigen Eisbären konfrontiert. Die Glasscheibe und das Wasser schienen den Bären noch zu vergrößern.

»Der lautlose weiße Tod!«, sagte Simone Jonker mit leiser Stimme.

# 14

Mit dem Telefon am Ohr lief Jan vor dem Löwengehege auf und ab. Schon zum dritten Mal innerhalb von zehn Minuten versuchte er Schultheis zu erreichen. Doch er bekam immer nur die Mailboxansage seines Kollegen zu hören. Schultheis, wo steckst du, dachte Jan. Auch über die Redaktionsnummer hatte er keinen Erfolg. Christian Freitag, der Volontär, hatte Jan gesagt, dass Schultheis nicht da sei. Dabei wollte Jan unbedingt sofort bei seinem Kollegen nachfragen, wo die zweite Tat stattgefunden hatte. An der Wümme, okay. Aber wo genau? Und wann?

Simone Jonker war eine wertvolle Quelle für Jans Recherchen. Seit sie zusammen waren, hatte Jan schon einiges in seinen Notizblock schreiben können. Zu gern hätte er die pensionierte Ermittlerin mit weiteren Fakten zu der anderen Tat versorgt. Ärgerlich tippte er eine Kurznachricht und sendete sie an die Nummer von Schultheis. Mit etwas Glück würde er wenigstens darauf reagieren.

Jan ging zurück auf die Sonnenterrasse des Zoorestaurants. Simone Jonker saß dort unter einem Sonnenschirm, und ihre blasse Haut verriet, dass sie den Platz nicht zufällig ausgewählt hatte. Vor ihr stand ein Glas Latte Macchiato. Ein Zuckertütchen lag aufgerissen daneben. Vom üblicherweise zum Kaffee gereichten Keks existierte ebenso keine Spur mehr wie von dem Stück Apfelkuchen mit Sahne, das sie serviert bekommen hatte, als Jan zum Telefonieren aufgestanden war.

»Kann ihn nicht erreichen«, sagte Jan, nachdem er sich an einem Kinderwagen vorbeigedrängelt hatte und wieder an den Tisch setzte.

Simone Jonker ließ ihren Blick kurz schweifen. Dann meinte sie: »Schade. Aber eilt ja nicht. Rufen Sie mich einfach an, wenn Sie noch etwas erfahren. Dann guck ich mal, was ich dazu sagen kann.«

Jan nickte und legte den Notizblock auf den Tisch. »Ich würde trotzdem gern noch ein paar Sachen fragen.«

»Bitte«, meinte Simone Jonker und ließ dabei den Blick durch die Gegend streifen.

»Werden mehr Serientäter gefasst, oder entkommen mehr?«

Simone Jonker legte den Kopf schief. »Schwierig«, sagte sie dann. »Die Sache hat mehrere Aspekte.«

»Und zwar?«

»Erst mal müssen wir wissen, dass es sich um einen Serientäter handelt. Habe ich ja schon gesagt. Das ist nämlich gar nicht so einfach zu klären. Viele verstecken ihre Taten. Obwohl es Mordlust ist, die sie leitet, tun sie zum Beispiel so, als sei es ein Raubüberfall und die Tötung nur ein unbeabsichtigter Nebeneffekt. Sie bringen jemanden im Park um und nehmen dann die Handtasche oder das Portemonnaie mit, um es nach einem Überfall aussehen zu lassen. Wer kommt da schon auf die Idee, dass es die Tat eines Serientäters ist? Es gibt also ein großes Dunkelfeld.«

Jan notierte.

»Oder nehmen Sie Giftmörder. Wenn es nicht auffällt, können Giftmörder über Jahre morden und kommen trotzdem in keine Statistik.«

Simone Jonker trank einen Schluck. »Und dann enden bekannte Serien auch manchmal einfach. Und die Mörder werden nie erwischt.«

Jan blickte auf. »Warum sollten sie aufhören zu morden?«

Simone Jonker hob die Augenbrauen. »Aus allen möglichen Gründen. Vielleicht, weil sie selbst gestorben sind. Bei einem Unfall zum Beispiel.«

Jan schrieb erneut auf seinen Block.

»Oder sie sitzen im Gefängnis für irgendwelche anderen Taten. Wie schon gesagt, diese Leute stehen außerhalb unserer Normalität. Sie haben eine signifikante Grenze überschritten. Wer tötet, hat oft auch keine Hemmungen zu rauben oder zu vergewaltigen. Es kann also sein, dass jemand wegen eines Überfalls oder einer Vergewaltigung für Jahre aus dem Verkehr gezogen wird und damit automatisch eine Mordserie endet, ohne dass die damit beschäftigten Ermittler wissen, warum.«

»Klingt logisch«, meinte Jan.

»Oder sie heiraten.«

»Was?«

»Wenn es sich beim Täter um einen jungen Mann handelt, kann es sein, dass er in eine ganz normale Beziehung gerät. Er heiratet, bekommt mit seiner Frau Kinder, führt ein normales Familienleben. Auch so können Mordserien enden. Wer weiß schon, was im Nachbarn vorgeht und was er früher getan hat.«

»Gruselig.« Jan schüttelte sich.

»Insgesamt also«, sagte Simone Jonker, »würde ich meinen, es bleiben einige Serienmörder unerkannt.«

»Also eine große Dunkelziffer«, fasste Jan zusammen.

Dem stimmte die ehemalige Polizistin zu.

»Und wie viele aktive Serientäter sind in diesem Moment wohl in Deutschland unterwegs?«

»Etliche«, sagte Simone Jonker, ohne zu zögern. »Viele. Ich wünschte, wir würden mehr von ihnen kriegen.«

»Ich denke, es gibt Profiler, die solche Leute fangen.«

»Was verstehen Sie darunter?«

»Na, solche Polizisten wie Sie. So wie Sie es vor Ihrer Pensionierung gemacht haben. Ein Täterprofil erstellen und dann gezielt suchen.«

Simone Jonker schüttelte den Kopf. »Wir erstellen kein spezielles Profil. Das geht nicht wie bei Sherlock Holmes, der die verschiedenen Indizien und Spuren so verdichtet, dass er sagen kann, wie alt und schwer ein Täter ist und welches Sternzeichen er hat. Es heißt bei uns auch nicht Profiling, sondern Fallanalytik. Nicht allein die Psychologie des Täters steht im Vordergrund. Klar, Psychologie und Soziologie spielen eine große Rolle bei der

Fallanalyse. Aber nicht nur. Die Kriminalistik ist genauso wichtig. Spurenanalyse. Also Fingerabdrücke, Fußabdrücke, DNA-Spuren.«

Jan nahm die Belehrung hin, ohne sich angegriffen zu fühlen. Er recherchierte über ein Thema, von dem er noch keine Ahnung hatte. Da durfte man sich gelegentlich falsche Vorstellungen machen. Kurz kratzte er sich am Kinn und dachte über seine nächste Frage nach, als sein Handy den Eingang einer Kurznachricht meldete. »Ah«, machte er und zog es aus der Tasche. Schnell war das Gerät entsperrt, und Jans Gesicht hellte sich auf. »So, hier haben wir es. Mein Kollege schreibt: ›Erster Mord Bullensee Rotenburg. Zweiter Mord Lauenbrück an der Wümme. Beide im Wald erwürgt. Zwei Frauen. Wann? Musst du recherchieren!‹ Na, das ist natürlich nicht viel. Aber immerhin. Lauenbrück. Sagt Ihnen das was? Ich glaube, ich bin auf dem Weg nach Rotenburg dort durchgekommen.«

Simone Jonker nickte. »Ja, das stimmt. Lauenbrück liegt kurz vor Scheeßel an der Bundesstraße 75. Und ich weiß jetzt auch, welchen Fall Ihr Kollege meint.«

Jans Brauen schossen in die Höhe.

»Das war damals der Fall ›Witwe Braun‹«, sagte Simone Jonker mit einem schwer zu deutenden Gesichtsausdruck. »Einige Kollegen sagten auch ›Witwe Butterkeks‹ zu dem Fall. Geschmacklos, aber na ja, so sind die Kollegen manchmal. Die Ermordete war jedenfalls eine reiche Firmenerbin. Ihr Mann hatte viel Geld mit Kekswaren verdient.«

Dieser Hinweis löste ein Nicken bei Jan aus. »Das ist sie. Der Kollege hatte sie beim ersten Mal die Keks-Millionärin genannt. Keine Ahnung, wie ich das vergessen konnte.«

»Ihr Mann hatte sich sein eigenes kleines Imperium geschaffen«, erzählte Simone Jonker weiter. »Zwei Jahre nach seinem Tod hat sie dann alles an einen dieser großen Süßwarenkonzerne verkauft und stand finanziell richtig gut da. Natürlich wollte sie ihr Vermögen mit niemandem teilen. Und das war dann auch das Mordmotiv. Ihr Ziehsohn war der Täter. Wir hatten ihn sofort auf der Verdächtigenliste, und es dauerte nicht lange, ihn zu überführen.«

Jan schrieb fleißig mit, hob nur ab und zu den Blick.

»Die Tatortspuren waren zwar nicht ausreichend. Aber wie gesagt, er wollte das Geld. Und weil er nur der Ziehsohn war, keine Blutsverwandtschaft und offizielle Adoption, kam er auch noch auf die Idee, ein Testament zu seinen Gunsten zu fälschen. Er wusste nicht, dass ein gültiges Testament notariell beglaubigt werden oder zumindest handschriftlich sein muss. Also hat er es auf seiner eigenen Reiseschreibmaschine getippt und diese dann im Keller versteckt. Ziemlich dämlich.«

Die ehemalige Polizistin krauste kurz die Stirn. »Die Maschine wurde bei einer Hausdurchsuchung gefunden. Erst hat er es noch eine Weile abgestritten. Aber als er merkte, dass er sowieso keinen Pfennig vom Erbe sehen würde, hat er dann alles gestanden. Er hatte die Frau in den Wald gelockt. Für einen Spaziergang, wie er sagte. Es sei zum Streit gekommen, und dann hat er sie mit dem Gürtel ihres eigenen Mantels erwürgt.« Simone Jonker nickte zu ihren Worten. »Spaziergänger fanden die Frau am Ufer der Wümme. Vermutlich kam Ihr Kollege deshalb auf die Idee mit dem Serientäter. Die eine am See. Die andere an einem Fluss. Beide erwürgt.«

»Ganz genau das waren seine Worte. Aber es war trotzdem nicht derselbe Täter«, kombinierte Jan aus dem, was Simone Jonker gesagt hatte.

»Nein. Nicht derselbe Täter. Der Fall ›Witwe Braun‹ war ein Jahr vor dem ›Kellermädchen‹. Als Silvia Keller starb, saß der

Ziehsohn für den Witwenmord längst ein. Ein besseres Alibi gibt es nicht. Mittlerweile dürfte er eigentlich wieder draußen sein. Niedere Beweggründe und Arglist haben zwar zu einer Verurteilung wegen Mordes geführt, aber eine spätere Sicherungsverwahrung wurde vom Richter nicht vorgesehen. Es besteht ja in dem Sinne keine echte Wiederholungsgefahr.«

»Das ist blöd«, meinte Jan und schüttelte den Kopf. Das Mitschreiben hatte er bereits eingestellt. »Also, ich meine: Das ist natürlich gut. Aber es hilft mir bei meinem Thema nicht weiter.«

Simone Jonker hatte offenbar Humor, denn sie honorierte Jans Enttäuschung mit einem Lächeln.

»Das heißt also auch, dass gar nicht klar ist, ob Silvia Keller von einem Serientäter ermordet wurde. Sie könnte ja auch ein Einzelfall sein. Genau wie die Witwe.«

Die pensionierte Ermittlerin stimmte zu. »Wissen Sie, für die Bevölkerung sieht das immer gleich nach einer Serie aus. Beide waren Frauen. Beide zur Tatzeit allein. Beide erwürgt. Beide in der Nähe eines Gewässers. Das bleibt bei den Leuten haften. Wenn wir dann einen der Täter erwischen, kriegen die Leute das meistens gar nicht mit. Es rutscht bei den vielen Nachrichten in Zeitung und Fernsehen einfach durch. Oder sie hören es und vergessen es über die Jahre wieder. Da ist Ihr Kollege nichts Besonderes. Das passiert sehr vielen.«

»Tja.« Jan konnte nicht verbergen, dass er noch immer enttäuscht war. »Dann weiß ich jetzt gar nicht richtig, wie ich weitermachen soll.«

»Na ja«, sagte Simone Jonker. »Den Mörder von Silvia Keller haben wir wirklich nie gekriegt. Vielleicht bleiben Sie bei der Geschichte. Sie *könnte* ja einem Serientäter zum Opfer gefallen sein.«

»Spekulativ«, stellte Jan fest.

»Absolut.« Simone Jonker lehnte sich zur Seite, stützte den

linken Arm auf den Tisch und deutete mit dem rechten Zeigefinger auf den Notizblock. »Sonst noch Fragen? Ich meine, wir können ja erst mal damit weitermachen. Damit Sie den weiten Weg nicht ganz umsonst gekommen sind.«

Jan blätterte in seinem Block von vorn nach hinten und wieder zurück. Er hätte sich mehr Fragen aufschreiben sollen.

»Warum sind es oft Prostituierte?«, fragte er spontan. »Ich meine, fangen wir mit Jack the Ripper an. Immer wieder sind es Prostituierte, die ermordet werden. Sind das alles Frauenhasser, die so was tun?«

»Nicht unbedingt«, antwortete Simone Jonker, ohne lange überlegen zu müssen. »Es ist eher das Angebot.«

»Das Angebot?«

»Ja, man muss erst mal ein passendes Opfer finden. Möglichst allein. Möglichst nicht zu wehrhaft. Die meisten Mörder sind irgendwie auch feige. Sie vermeiden in der Regel die Konfrontation mit stärkeren oder gleich starken Menschen. Und so kommen die Prostituierten ins Spiel. Man kann leicht den Kontakt herstellen. Sie werden nicht unbedingt sofort vermisst. Wenn man will, begleiten sie einen sogar. An irgendeinen Ort. In irgendeine finstere Absteige. Die nobleren Damen lassen einen sogar in ihre Appartements. Und da passiert es dann eben. Still und heimlich.«

## 15

*Liebevolle Vierzigjährige mit viel Zeit erfüllt dir deine geheimen Wünsche!* So warb sie im Internet. Es gab zwei Fotos. Eine Nahaufnahme ihres Gesichtes. Und eins von ihren Beinen in Nylonstrümpfen. Sie nannte die Körbchengröße, war teilrasiert mit Intimpiercing. Sie führte auf, was bei ihr ging. No-Gos nannte sie auch. Doch die interessierten den Mann nicht.

Er hatte lange nach einem öffentlichen Telefon gesucht, das sich nicht in der Nähe einer Überwachungskamera befand. Sein Denken musste ganz anders funktionieren als vor zwanzig Jahren. Die Kriminaltechnik war viel weiter. Spurensicherung, aber auch in Bezug auf Telefon und Internet. Die Kontaktaufnahme erschwerte dies ungemein. Jedenfalls, wenn man nicht hinterher sofort erwischt werden wollte.

Zuerst hatte er vorgehabt, einem Jugendlichen eine anständige Geldsumme zu bieten, damit er fünf Minuten ungestört mit dessen Handy telefonieren durfte. Doch dann entschied er sich dagegen. Selbst mit der Schirmmütze, die er sich mittlerweile besorgt hatte und nun tief in die Stirn gezogen trug, hätte ihn der Jugendliche später bei der Polizei recht gut beschreiben können. Die würden ja sofort herausfinden, wem das Telefon gehörte, von dem der letzte Anruf bei der toten Nutte eingegangen war. Dann dachte er an Telefonzellen in Bahnhöfen. Aber sofort wurden ihm die vielen Kameras bewusst. Auch hier war die Schirmmütze kein ausreichendes Tarnmittel. Schließlich kam er auf die Idee, ein Münztelefon in einem Restaurant zu benutzen. Auf dem Weg zu den Toiletten konnte man manchmal noch eins finden. Der Laden, den er sich ausgesucht hatte, war voll genug, um nicht aufzufallen. Er konnte telefonieren und wieder verschwinden, ohne etwas bestellt zu haben. Sicherheitshalber trug er auch hier die Mütze tief ins Gesicht gezogen.

Ein Hotelbesuch wäre zu kompliziert geworden. Vielleicht hätte er Anita, so stellte sie sich ihm am Telefon vor, dazu überreden können, das Zimmer auf ihren Namen zu mieten. Aber dann hätte sie misstrauisch werden können. Außerdem gab es auch in

Hotelhallen Überwachungskameras und allgemein zu viele Zeugen. Blieb nur ein Besuch bei ihr. Das gefiel dem Mann zwar nicht richtig, schien aber besser als alle Alternativen. Wenn er eine Kamera sah, musste er eben unverrichteter Dinge wieder verschwinden.

Er parkte den Wagen sehr weit entfernt von der betreffenden Straße. Es war ein Parkstreifen ohne Gebührenautomat. So vermied er es, bei einer eventuellen Zeitüberschreitung aufgeschrieben zu werden.

Die Schirmmütze fast bis auf die Nase gezogen, marschierte er über zehn Minuten durch den Stadtteil, den Anita ihm genannt hatte, bis er vor dem richtigen Haus angekommen war. Auch hier musste er möglichst unsichtbar bleiben. Appartements für käufliche Liebe wurden von den Nachbarn immer gut im Auge behalten. Aber selbst neugierige Zeitgenossen konnten nicht durchgehend am Fenster hocken und alles erfassen. Deshalb musste er auf etwas Glück bauen.

Das Klingelschild war völlig unscheinbar. Kein Herzchen neben dem Namen oder Ähnliches. Er hatte sich zum Klingeln den Jackenärmel über den Daumen gezogen. Der Summer ging, ohne dass es eine Frage durch die Gegensprechanlage gab. Auch in die Wohnung wurde er schnell und unauffällig eingelassen. Sie lag im Parterre. Niemand war ihm im Hausflur begegnet.

Anita war hübscher, als er es sich erhofft hatte. Die Fotos im Internet logen nicht. Sie trug ein schwarzes Kleid, war nicht übertrieben geschminkt. Ihre schwarzen Haare passten wunderbar zu ihrem Teint. Und das Lächeln, mit dem sie ihn empfing, war tausendmal schöner als jedes, das er in den letzten Jahren von seiner Ehefrau zu sehen bekommen hatte.

Zuerst wurde über den Preis gesprochen. Er sagte, dass ihm die Summe nicht so wichtig sei, wenn sie ihm wirklich etwas

Wärme und Zuneigung geben könne, und legte einige Scheine auf den Tisch.

Anita war offensichtlich erfreut. Auch sein Äußeres schien ihr zu gefallen. Er war zwar etwas bieder gekleidet, wirkte mit seinem offenen Gesicht und den etwas zu großen Zahnabständen aber sehr freundlich.

»Was stellst du dir genau vor?«, fragte sie.

Er sagte, sie solle so tun, als sei er ein guter Freund, mit dem sie gelegentlich auch mal schlafe.

»Da bist du bei mir genau richtig«, sagte sie. »Ich habe gerade Kaffee aufgesetzt. Wollen wir erst mal einen Schluck trinken und etwas erzählen?«

Der Mann nickte. Zusammen gingen sie in die Küche. Er sah ihr beim Einschenken zu und genoss den Anblick jeder ihrer Bewegungen. Denn nun gehörte sie ihm. Er hatte dafür bezahlt. Viel bezahlt. Man könnte sagen, sie servierte ihm in diesem Moment einen der teuersten Kaffees Hamburgs.

»Warum lächelst du?«, fragte sie.

Er sagte ihr das mit dem teuersten Kaffee Hamburgs. Anita lächelte auch, denn sie wusste ja nicht, dass er ihr das Geld beim Verlassen der Wohnung wieder abnehmen wollte. Und alles andere Geld, das sie hier hatte, auch. Und den Schmuck, wenn es welchen gab. Es sollte hinterher alles nach einem Raubüberfall aussehen.

Eine Weile lang saßen sie gemeinsam am Küchentisch. Die Sonne flimmerte von hinten durch ihre dunklen Haare. »Ist da etwas Rot mit drin?«, fragte er. »Es schimmert so.«

Anita schüttelte den Kopf. »Dann hätte der Friseur etwas falsch gemacht.«

»Die Farbe ist nicht echt?«

»Nicht mehr ganz. Ich habe schon vereinzelt silberne Haare.«

»Bestimmt auch ganz entzückend«, meinte er.

»Weiß nicht«, erwiderte sie.

»Was machst du beruflich?«, fragte sie.

Er entschied sich für eine Lügengeschichte, die er schon öfter benutzt hatte. Lieber auf Nummer sicher gehen. Er erzählte, dass er Busfahrer sei.

»Und du?«, sagte er dann mit einem Grinsen. »Sorry, war ein Witz. Aber wie kommst du zu dem Job?«

Sie lächelte. »Sex ist eben mein Ding. Und ewig im Büro sitzen ... nee, ganz bestimmt nicht.«

»Aber es gibt doch bestimmt einen Beschützer, der was abhaben will ...«

Sie sah ihn direkt an. »Ich arbeite frei.«

»Glaub ich nicht.«

»Ich war mal in einem Puff. Der nannte sich Saunaklub. Aber das war nichts für mich. Einfach widerlich da. Die Mädchen verlieren ihre Würde. Aber die Wohnung hier habe ich selbst gemietet. Und ich will es auch nicht anders.«

»Keine Angst vor bösen Menschen?«

Grübchen zeigten sich in ihren Wangen. »Die meisten, die zu mir kommen, sind echt nett. Und wenn nicht, weiß ich mich schon zu wehren.«

Der Mann dachte automatisch an einen Angriff auf die Genitalien. Oder Pfefferspray für die Augen. Oder andere Waffen. Wo konnte Anita etwas versteckt haben? Im Küchenschrank? Unter dem Bett im Schlafzimmer? Aber was würde diese kleine Frau schon gegen einen Kerl wie ihn ausrichten können?

»Das Wichtigste ist aber das eigene Auftreten«, sagte Anita. »Sehe ich aus wie ein Opfer? Wer sich mit mir anlegen will, sieht, dass er ein Problem kriegen wird.«

Der Mann sah auf Anitas Mund. Er vernahm ihre Stimme,

ohne ihr wirklich zuzuhören. Ihre Lippen bewegten sich. Ab und zu strich sie sich durch die Haare, trank vom Kaffee. Ihre Hände waren schmal. *Zerbrechlich* war der richtige Ausdruck. Er stellte sich vor, wie leicht er ihren Nacken brechen könnte. Er stellte sich vor, wie das Leben aus ihrem Körper wich.

*Jemanden um die Ecke bringen* war ein Synonym fürs Töten. Die Herkunft der Redewendung jedoch war strittig. Hatte es damit zu tun, dass Raubmörder ihre Opfer von einer belebten Straße erst ums Eck brachten, bevor sie zu Werke gingen? Oder ging es um die Beseitigung des Leichnams nach einem Gewaltverbrechen? Der Mann hatte schon oft über den Spruch nachgedacht. Jetzt kam er ihm wieder in den Sinn. Hier, bei Anita in der Wohnung. Denn für ihn bedeutete der Spruch noch mehr. Diese Redensart war es, die ihn das erste Mal unmittelbar mit dem Tod konfrontiert hatte. Genauer gesagt war es sein Großvater, der ihn damit in Berührung brachte.

Auf dem Bauernhof, der im niedersächsischen Kirchlinteln lag, vermehrten sich die Katzen des bodenständigen Mannes in einem Maße, dass der Bauer dem Treiben von Zeit zu Zeit Einhalt gebieten musste. Eines Sonntags nach der Kirche war es wieder so weit gewesen. Der Opa zeigte seinem Enkel, wie er der Katzenplage mit einer besonderen Art der Geburtenkontrolle entgegentrat. Dazu steckte er so viele Tierchen, wie er vom letzten Wurf erwischen konnte, in einen groben Kartoffelsack, ging damit vor die Scheune und schlug den gefüllten Sack mehrfach gegen den Eckpfeiler des Gebäudes. Das eben noch die sonntägliche Mittagsstunde erfüllende Gemaunze der possierlichen Tierchen verstummte jäh, und das Werk war getan.

Am darauffolgenden Abend konnte der Enkelsohn lange nicht einschlafen. Die ganze Zeit musste er an die kleinen Katzen denken. Er mochte diese süßen Wollknäuel. Oft genug hatte er mit ihnen gespielt. Mit diesem Wurf und auch mit denen aus den Jahren zuvor. Aber das, was der Opa mit ihnen gemacht hatte ... war so unvorstellbar, so außergewöhnlich ...

Bereits in dieser Nacht wurde dem Jungen klar, dass auch er möglichst bald ein Kätzchen um die Ecke bringen wollte. Das war der Beginn von allem. Eine neue Welt hatte sich für ihn aufgetan. Eine Welt, die noch immer ein wichtiger Teil seines Lebens war, auch wenn er sie so lange Zeit unterdrückt hatte.

»Ich habe ein besonderes Talent«, sagte der Mann jetzt zu Anita.

Seine Worte passten zwar nicht zu dem, was sie gerade gesagt hatte, trotzdem sah sie ihn interessiert an. »Was für ein Talent?«

»Kann ich so nicht sagen. Besser, ich zeige es dir.«

»Okay, wollen wir dazu nach drüben gehen? Ich habe eine sehr schöne Spielwiese.«

Der Mann schüttelte den Kopf. »Bleib einfach sitzen.«

Anita lächelte. Sie sah, wie der Mann mit dem freundlichen Gesicht seinen Stuhl zurückschob, aufstand und hinter sie trat. Seine Hände waren riesig. Etwas kalt vielleicht. Aber er traf gleich die richtigen Punkte, als seine Daumen über ihre Nackenmuskulatur strichen.

»Du musst dich entspannen«, sagte er. »Versuch, den Kopf ganz locker zu halten.«

»Gern«, sagte Anita. »Ich liebe Massagen. Warte kurz.«

Sie griff nach hinten, hob ihre Haare an und zog sie durch ein Gummiband. Wo sie es plötzlich herhatte, wusste der Mann nicht. Dafür entdeckte er zwei tätowierte Sterne an ihrem Haaransatz.

»Hübsch«, sagte er.

»Was? Ach, danke.« Sie lächelte. »Der Rote bin ich, der Blaue mein Sohn.«

»Du hast ein Kind?«

Sie nickte.

»Nicht bewegen«, sagte er und nahm die Nackenmassage wieder auf.

»Wie alt?«

»Fünfzehn. Eigentlich müsste der blaue Stern jetzt größer sein als der rote.«

Sie kicherte leise, und der Mann nickte stumm. Er wusste, was Anita meinte. Sein Gunnar hatte Petra mit fünfzehn Jahren in Bezug auf die Körpergröße auch schon lange überholt.

»Hier bist du besonders verspannt«, sagte er.

»Ja, ich weiß. Wow. Puh, du weißt, wo du drücken musst.«

»Dann lass uns jetzt rübergehen«, schlug er vor. »Im Liegen entspannst du dich noch besser.«

Sie stand auf und streckte ihm die Hand entgegen. »Komm …«

»Küssen ist bei dir mit drin?«, fragte er auf halbem Weg.

Als Antwort stellte sie sich auf die Zehenspitzen und küsste ihn kurz auf den Mund.

»Richtig küssen?«, fragte er danach.

Ihre Hand strich durch seinen Haaransatz und zog ihn zu sich herunter. Ihre Lippen berührten sich wieder. Er legte eine Hand auf ihre Hüfte. Der Kuss war lange, ihre Lippen weich.

Im Schlafzimmer zog sie sich ihr schwarzes Kleid über den Kopf und stand plötzlich nackt vor ihm. Einen Slip trug sie nicht. Sein Blick glitt über sie, blieb an einer Kaiserschnittnarbe hängen.

Der Mann dachte an den blauen Stern in ihrem Nacken.

Anita zog ihn aufs Bett. Sie verwöhnte ihn. Sie war lieb. Sie tat, was er wollte, ohne dass er es sagen musste. Diese Frau war unglaublich gut. Ein echter Profi. Das war von ihm alles so nicht geplant gewesen. Weder der Kuss noch das Weitere. Aber nun war es eben so.

Hinterher zog sie ihm das Kondom ab, wischte seine Beine mit etwas Küchenpapier ab und wollte beides im Papierkorb verschwinden lassen.

»Leg es einfach auf den Boden«, sagte er. »Ich nehme es nachher mit.«

Sie blickte ihn überrascht an. Diesen Wunsch kannte sie wohl nicht. Manchmal wollten Männer einen getragenen Slip von ihr mit nach Hause nehmen. Manchmal auch getragene Socken. Aber ein gebrauchtes Kondom?

»Und jetzt komm noch mal her«, bat er. »Leg dich hin.«

Sie legte sich neben ihn.

»Dreh dich auf den Bauch.«

Sie drehte sich um.

»Schließ bitte die Augen.«

Er richtete den Oberkörper auf, kniete erst neben ihr, schwang dann ein Bein über sie und hockte sich auf die Oberschenkel. Das Kissen, mit dem er Anita ersticken wollte, lag neben ihrem Kopf. Er griff danach und sah es sich eine Weile an.

Sie würde sich nicht wehren können. Er saß auf ihr, konnte leicht sein ganzes Gewicht ins Spiel bringen. Und durch das Kissen würde niemand sie hören. Ein Tod am Vormittag. Fast lautlos. Fast schmerzlos.

Der Mann warf das Kissen beiseite. Dann beugte er sich weiter nach vorn, legte den Zeigefinger links und den Mittelfinger rechts der Wirbelsäule auf die Haut. Vorsichtig ließ er die Finger den Rücken hinunterwandern. Das machte er dreimal, dann begann er ihren Nacken zu massieren.

»Hatte ich doch noch versprochen«, sagte er.

»Ja, hast du.«

Anita schien seine Berührungen wirklich zu genießen. Entweder das, oder sie war einfach eine perfekte Gesellschafterin.

»Ich mag die Sterne in deinem Nacken.«

»Danke.«

Als er wieder angezogen im Hausflur stand, hatte er das Küchentuch mit dem benutzten Kondom in seiner Jackentasche. Spuren wollte er keine hinterlassen, auch wenn er Anita, anders als gedacht, das Geld, den Schmuck und ihr Leben gelassen hatte.

Sie war in einen hauchdünnen Kimono geschlüpft und hatte zugesehen, wie ihr Kunde sich die Schuhe zuschnürte, bevor er seine Jacke anzog. Er lächelte sie an, als sie meinte, dass er gern mal wiederkommen könne. »Ich würde mich freuen.«

»Vielleicht tue ich das wirklich«, entgegnete er und streichelte einem Impuls folgend kurz ihre Wange. »Aber du solltest es dir nicht unbedingt wünschen.«

# 16

Auf dem Rückweg von Hannover nach Rotenburg machte Jan einen Umweg, um noch einmal beim Bullensee zu halten. Auf dem Parkplatz blieb er im Auto sitzen, sah seine Notizen durch. Simone Jonker hatte ihm geraten, mit den Hinterbliebenen von Silvia Keller zu reden.

Jan hielt dies für einen wichtigen Punkt, der unbedingt in sein Buch gehörte. Schon auf der Autobahn hatte er lange darüber nachgedacht. Die Opfer hatten es verdient, eine Rolle zu spielen. Und da sie selbst keine Stimme mehr hatten, musste man andere für sie reden lassen. Jan recherchierte einige Telefonnummern.

Jetzt zahlte es sich aus, dass er so viele Namen und Details aus den Ermittlungsakten mitgeschrieben hatte.

Zuerst versuchte er es bei den Eltern von Silvia Keller. Weiterhin im Auto sitzend und auf den Waldrand blickend, wartete er, dass sich jemand meldete. Als der Hörer am anderen Ende der Leitung abgenommen wurde, stellte er sich ausführlich vor und erzählte von seinem geplanten Buch. Er wolle auch die Sicht der Opfer darstellen, sagte er.

Silvias Mutter war am Apparat. Trotz der vielen Jahre, die seit dem Tod ihres Kindes vergangen waren, klang ihre Stimme gepresst und voller Schmerz, als sie stockend antwortete. Schon kurz nachdem sie begriffen hatte, weshalb Jan anrief, hatte die Veränderung ihrer Stimme begonnen. Bald konnte sie nicht weitersprechen. Dann war plötzlich jemand anderes am Apparat.

»Keller!«, sagte ein Mann. Die Begrüßung klang mehr wie eine Drohung.

»Guten Tag, Herr Keller«, sagte Jan und begann von vorn: »Ich habe gerade Ihrer Frau erklärt, warum ich anrufe. Es geht um ein Buch, in dem ich auch Bezug auf den Tod Ihrer Tochter nehmen werde. Es soll aber nicht einseitig aus Sicht des Täters geschildert werden. Deshalb würde ich gerne bei Ihnen vorbeikommen und mich mit Ihnen über den Tod Ihrer Tochter unterhalten.«

»Der Täter wurde nie gefasst«, sagte Herr Keller.

»Das weiß ich. Es geht mir in diesem Fall auch nicht um den Täter, sondern um Ihre Perspektive.« Jan merkte, dass sein Anliegen schwer zu formulieren war. Aus taktischen Gründen wäre es sowieso schlauer gewesen, direkt bei Familie Keller an der Haustür zu klingeln und ihnen unmittelbar gegenüberzustehen. Die Wahrscheinlichkeit, abgewimmelt zu werden, wäre so wesentlich geringer als am Telefon gewesen.

»Bitte halten Sie uns da raus. Besonders meine Frau. Wir wollen so was nicht mehr.«

»Das kann ich verstehen«, stimmte Jan zu. »Ich will aber ganz sicher niemandem etwas Böses. Es wäre nur gut, wenn mir jemand etwas über Silvia erzählen könnte, die wahre Silvia, wer sie war, was für Pläne sie hatte ... Sie hatte doch gerade das Abi in der Tasche. Wollte sie studieren? Sie als Eltern kannten sie doch am besten.«

»Können Sie mit Ihren Nachforschungen den Mörder finden?«

»Was? Nein. Das kann ich nicht.«

»Dann möchte ich nicht, dass Sie noch einmal anrufen!«

»Wie gesagt, das verstehe ich. Die Sache schmerzt Sie noch immer. Natürlich tut sie das. Aber genau darum geht es mir ja auch. Ich will den Hinterbliebenen eine Stimme geben.«

Der Mann am Telefon räusperte sich. »Herr Fischer. So heißen Sie doch, richtig? Habe ich das richtig verstanden?«

»Ja.«

»Herr Fischer. Ich bitte Sie hiermit in aller Form darum, uns nicht noch einmal zu belästigen. Ist das angekommen?«

»Ja. Obwohl ich wie gesagt nichts Böses von Ihnen will.«

»Halten Sie sich von meiner Frau fern, und rufen Sie nie wieder hier an. Können Sie mir diesen Gefallen tun?«

Jan hörte ein unterdrücktes Schluchzen, während Herr Keller sprach. Offenbar stand seine Frau noch in Hörweite.

»Herr Fischer?«

»Ja?«

»Habe ich Ihr Wort?«

»Ja«, sagte Jan leise. »Das haben Sie, Herr Keller. Entschuldigen Sie meinen Anruf.«

»Vielen Dank!«

Dann hörte Jan, wie der Hörer aufgelegt wurde. Unangenehm

berührt zog er die Oberlippe hoch und machte eine Grimasse. Das entspannte zwar seine Gesichtsmuskulatur, ihn selbst jedoch nicht.

Jan klappte das Notizbuch zu, verstaute das Notebook im Kofferraum und ging hinunter zum See. Es war schon früher Abend, doch die Dämmerung noch fern.

Anders als am Tag zuvor saßen viele Menschen am Strand. Der Kiosk hatte geöffnet, der Geruch von Pommes frites zog herüber. Jan ging rechts am See entlang. Es gab einen schmalen Weg, der zum größten Teil sehr nah am Ufer verlief und nur ab und zu ein Stück in den Wald führte.

Nach einer Weile glaubte Jan die Stelle gefunden zu haben, an der die kleine, private Abifeier stattgefunden hatte. Auch jetzt lagen dort ein paar Hinterlassenschaften, die auf eine gelegentliche Lagerstätte hinwiesen. Abgewickeltes Plastik von einer Zigarettenschachtel und ein benutzter Pappteller. Ein zerknülltes Taschentuch. Nur etwa zwanzig Meter zuvor war Jan an einer Gabelung vorbeigekommen. Von dort führte ein Weg weiter in den Wald.

Jan ging das kurze Stück zurück, folgte dem Waldweg. Stumm zählte er seine Schritte. Bei zweihundert blieb er stehen. Langsam drehte er sich einmal um sich selbst. Irgendwo hier musste Silvia Keller sich ein Gebüsch gesucht haben, um dahinter zu verschwinden. Und irgendwo hier hatte ihr Mörder sie dabei beobachtet. Vermutlich hatte er die ganze Gruppe beobachtet und war dem arglosen Mädchen nachgegangen, als dieses sich von den anderen entfernte.

Simone Jonker hatte Jan erzählt, dass viele Serientäter einfach an einsamen Orten warten würden. Wenn sich dann eine Gelegenheit bot, schlugen sie zu. Meist waren es Frauen oder Kinder, die solchen Attacken zum Opfer fielen. Diese Vorgehensweise hatte Simone Jonker sich von verschiedenen Tätern schildern lassen, die mittlerweile hinter Gittern saßen.

»Bereuen diese Menschen eigentlich später ihre Taten?«, hatte Jan die Ex-Ermittlerin gefragt.

»Nicht unbedingt«, hatte Simone Jonker erwidert. »Manche sind irgendwie froh, dass sie erwischt wurden. Denn sie wissen, dass es nicht gut ist, was sie anderen antun. Aber bereuen ... Dafür müssten sie auch Mitleid kennen. Aber die meisten erzählen, dass sie nie Mitleid empfunden haben. Sie wollten in diesen speziellen Momenten töten, also haben sie es getan. Fertig.«

Jan kroch ein Schauer über den Rücken, während er in den Wald blickte. Nach der Tat hatte der Mörder Silvia Keller noch etwa dreihundert Meter durch das Unterholz geschleift. Man sollte sie offenbar nicht vom Weg aus sehen können.

Der Plan funktionierte. Die anderen aus der Gruppe wunderten sich zwar, dass Silvia nicht zurückkam, andererseits war ihnen bekannt, dass sie sich kurz zuvor mit ihrem Freund gestritten hatte.

Die Verhörprotokolle der einzelnen Jugendlichen waren lang und ausführlich. Jan hatte sie aufmerksam studiert.

Lucas Prahl hieß der junge Mann, mit dem Silvia Keller seit einem halben Jahr zusammen war. Doch seit sie sich an der Uni in Göttingen für ein BWL-Studium bewerben wollte, kriselte es zwischen den beiden. Offenbar fühlte Lucas Prahl sich von ihr bei dieser Entscheidung übergangen. Das hatte er bei seinem Verhör zugegeben.

Als Silvia nicht wiederkam, glaubten die anderen aus der Gruppe, dass sie sich allein auf den Heimweg gemacht hatte. Lucas Prahl war ihr zwar nach einer Weile in den Wald gefolgt, kam aber schon bald schulterzuckend zurück. Und da Handys noch

Geräte aus der Zukunft waren, blieben die Zurückgelassenen tatenlos am See sitzen.

Nach etwa einer Stunde reichte es Lucas offenbar. Er war wohl wütend und frustriert gewesen, wollte unbedingt zurück nach Rotenburg fahren, obwohl es noch gar nicht spät war. Da er selbst keinen Wagen dabeihatte, war er auf die Mitfahrgelegenheit bei seinem Freund Andreas angewiesen.

Das Protokoll der Aussage von Andreas Taube bestätigte dies. Der schimpfte zwar über Silvia und machte ein paar Scherze über Lucas' Herzschmerz und Verliebtheit, gab sich dann aber geschlagen. Lucas Prahl rief von zu Hause sofort bei Silvias Eltern an. Doch Frau Keller sagte ihm, dass Silvia nicht da sei, fragte, ob etwas nicht stimme.

Diese Aussage wurde von Frau Keller bestätigt.

Lucas gestand ihr dann den Streit mit Silvia und bat darum, gleich angerufen zu werden, wenn sie wieder da sei. Doch dazu kam es nicht. Stattdessen stand irgendwann die Polizei bei ihm vor der Tür, und Lucas musste sie zur Polizeiwache begleiten.

Ein Spaziergänger mit seinem Hund hatte Silvia gefunden. Vielmehr nur der Hund. Denn der Hundehalter hatte das Tier ohne Leine laufen lassen, obwohl dies dort zu der Jahreszeit verboten war. Es bellte so lange, bis sein Herrchen ihm ins Unterholz folgte. Die Polizei verständigte der Mann dann vom Kiosk aus.

Während Jan an die Ereignisse von vor über zwanzig Jahren zurückdachte, erschien in einiger Entfernung ein Mann auf dem Waldweg. Langsam und ruhig schritt er jenseits einer Wegbiegung auf Jan zu.

Jan fröstelte es, und er kam sich gleichzeitig töricht vor, wusste er doch, dass ihm dieser Fremde nur deshalb unheimlich erschien, weil er bei dessen Anblick automatisch an den unbekannten Mörder denken musste. Jan war groß, kräftig, Mitte dreißig. Kein ideales Opfer. Trotzdem spürte er eine Bedrohung. Kurz entschlossen drehte er sich um, ging den Weg zurück zum See und fühlte sich erst wieder besser, als er die Stimmen anderer Menschen hörte.

# 17

Eine halbe Stunde später parkte Jan vor einem Mehrfamilienhaus. Vier Stockwerke hoch, zwei Eingänge mit jeweils acht Klingeln. Die aktuelle Adresse von Lucas Prahl war leicht herauszufinden gewesen. Sie stand im Online-Telefonbuch. Lucas war zwar kein Hinterbliebener im engeren Sinne, trotzdem hoffte Jan, von ihm etwas über die Gefühle eines Menschen zu erfahren, der mit der Erinnerung an den gewaltsamen Tod eines geliebten Menschen weiterleben musste. Der Ansatz klang makaber. Aber es ging Jan ja nicht um Betroffenheitsjournalismus.

»Hallo«, sagte er, als die Gegensprechanlage zu rauschen begann, ohne dass sich jemand meldete.

»Lucas Prahl? Hier ist Jan Fischer. Wir ...«

... kennen uns nicht, wollte Jan sagen, um dann zu erklären, was ihn herführte. Doch da ging schon der Türsummer.

Etwas überrascht sprang Jan vorwärts, damit er die Tür öffnen konnte, bevor das Summen wieder endete. Kühle empfing ihn im Treppenhaus. Immer zwei Stufen auf einmal nehmend, überwand Jan zwei Stockwerke und sah im dritten die linke Tür nur angelehnt. Vorsichtig vergrößerte er den Spalt.

»Hallo? Mein Name ist Fischer«, sagte er laut. »Herr Prahl?«

Bei den beiden letzten Wörtern erschien eine Frau mittleren

Alters im Flur. Sie rieb sich die Hände. Vermutlich hatte sie vor Jans Klingeln etwas in der Küche gemacht und sich nun die Hände gewaschen. Sie trug Bluejeans und eine gelbe Bluse mit roten Rosenköpfen darauf.

»Mein Mann ist erst in etwa einer halben Stunde zu Hause. Aber kommen Sie doch rein.«

Jan wurde in die Küche geführt und bekam ein Glas selbst gemachten Eistee in die Hand gedrückt. Im Wohnzimmer hörte er den Fernseher laufen.

»Diese Hitze schon wieder! Die Wohnung heizt sich viel zu schnell auf. Fürchterlich.«

Jan nickte und trank höflich vom Eistee, obwohl es ihm in der Wohnung gar nicht so heiß vorkam. »Oh, der ist gut«, stellte er dann fest.

Das Lob freute die Frau sichtlich. »Schwarztee, frische Zitrone und nicht zu viel Zucker. Das ist alles. Und eisgekühlt natürlich.« Sie lächelte. »Mein Mann kommt manchmal etwas zu spät, muss ich zugeben. Aber in der Regel kann man sich auf ihn verlassen. Worum geht es denn?«

Jan zögerte kurz. Um Vertrauen zu wecken, erzählte er, dass er mit der Rotenburger Polizei zusammenarbeiten würde. »Mit dem Pressesprecher, um genau zu sein. Netter Kerl, dieser Stefan Hagedorn. Kennen Sie ihn?«, fragte Jan.

Frau Prahl kannte ihn nicht.

»Es geht um ein totes Mädchen am Bullensee. Ist zwanzig Jahre her. Sie können sich an den Fall erinnern?«

Die Frau schüttelte den Kopf, sagte, sie sei in der Nähe von Münster aufgewachsen. »Und diese Ermordete war eine Freundin von meinem Mann, sagen Sie? Davon hat er nie erzählt.«

»War ja auch keine schöne Sache.«

»Trotzdem«, wehrte sie kopfschüttelnd ab. »Das wundert mich. Wie hieß sie denn?«

»Silvia Keller.«

»Das ist ja furchtbar. Wieso hat er nie davon gesprochen?«

Jan hielt das Glas noch in der Hand, obwohl er den Eistee schon ausgetrunken hatte. Auf die Frage von Frau Prahl wusste er keine Antwort. Dann hörten beide, wie ein Schlüssel ins Schloss der Wohnungstür geschoben wurde.

»Das ist er«, sagte Frau Prahl und verschwand aus der Küche, um ihren Mann zu empfangen.

Jan stellte das leere Glas auf den Küchentisch und legte sich ein paar Worte zurecht, mit denen er sich Lucas Prahl vorstellen wollte. Auch wenn dessen Frau ihn gerade schon hörbar auf die Begegnung mit dem unerwarteten Gast vorbereitete.

In den Akten gab es nur ein paar Gruppenfotos, die Silvia Keller mit ihren Freunden zeigte. Einer der jungen Männer musste Lucas Prahl gewesen sein. Jan war gespannt, wie er jetzt aussah.

Zornig.

Das war der erste Eindruck, den Jan von Lucas Prahl bekam, als dieser den Türrahmen zur Küche füllte. Seine Augen lagen tief in den Höhlen, ein dunkler Bartansatz schimmerte auf der Haut. Sein Körper war massig, beinah etwas plump. Lucas Prahl war sichtlich müde vom Tag, doch für Jan brachte er noch einmal alle Energie auf, die übrig geblieben war.

»Das ist gar nicht witzig«, zischte der Mann zwischen den Zähnen hindurch. »Wie würde Ihnen das gefallen, wenn ich einfach bei Ihnen auftauche und Ihre Frau erschrecke?«

Unwillkürlich hob Jan die Hände zur Abwehr. »Ich wollte niemanden erschrecken.«

»Wenn Sie was von mir wollen, dann kommen Sie gefälligst auch direkt zu mir.«

»Das hatte ich vor«, entgegnete Jan.

»Wie man sieht«, konterte Lucas Prahl. »Sofort raus aus meiner Wohnung.«

»Wie bitte?«

»Was ist denn los?«, fragte Frau Prahl aus dem Flur. »Sei doch nicht schon wieder so aggressiv.«

»Ich bin nicht aggressiv. Aber unser Besuch verlässt uns jetzt.«

»Ich möchte nur ein bisschen mit Ihnen reden«, wollte Jan die Situation entschärfen. Es war ihm unangenehm, dass das Ehepaar wegen ihm in Streit geriet.

»War ich nicht klar genug?«, zischte Lucas Prahl nun wieder in Jans Richtung.

»Entschuldigen Sie bitte, wenn ich etwas falsch gemacht habe.«

Lucas Prahl stopfte beide Fäuste in seine Hose. Trotz der sommerlichen Temperaturen trug er sein Oberhemd bis zum letzten Knopf geschlossen. Die Nähte spannten unter seiner Leibesfülle.

»Also gut«, sagte er dann etwas freundlicher. »Wir wollen kein Drama daraus machen. Ich bringe Sie zur Tür, und das war's. Sie machen Ihren Job, okay, versteh ich. Aber ich habe keine Lust, noch einmal über diese alte Geschichte zu reden. Für mich ist das zu Ende.«

»Das ist in Ordnung«, erwiderte Jan. »Wenn Sie nicht darüber sprechen wollen, dann ist das in Ordnung. Glauben Sie mir, ich wollte niemanden belästigen oder gar verletzen. Es ging mir nur darum, auch den Opfern solcher Taten eine Stimme zu geben.«

»Ach ja?«

Jan nickte.

»Den Opfern? Sie wissen, dass ich damals als Verdächtiger galt?«

»Was?« Dies war wieder die hohe Stimme von Frau Prahl.

»Ihre Aussagen wurden wie alle anderen überprüft«, sagte Jan. »Speziell verdächtigt wurden Sie nicht. Die Polizei hat einfach gearbeitet, wie sie arbeiten muss. Das scheint mir jedenfalls eindeutig aus den Protokollen und Unterlagen hervorzugehen.«

Lucas Prahl atmete hörbar aus, während er mit der Hand auf die Wohnungstür deutete. Jan ging an dem Mann vorbei, dieser folgte ihm.

An der Tür sagte der Mann dann: »Die Polizei ist das eine. Was die Leute sagen, ist das andere. Für viele hatte ich was mit der Sache zu tun. Und das denken die noch heute. Also vielen Dank, lassen Sie mich aus Ihrer Geschichte raus.«

»Natürlich werde ich trotzdem weiterrecherchieren«, entgegnet Jan, der Zurückweisungen in brüsker Form noch nie hatte leiden können. Von Argumenten konnte er sich überzeugen lassen. Von Anweisungen, etwas Bestimmtes zu unterlassen, hielt er nichts.

»Wiedersehen«, sagte er.

Lucas Prahl nickte nicht einmal, während er die Tür schloss. Jan wusste, dass der Mann seiner Frau nun einiges zu erzählen hatte. Ob er wollte oder nicht.

# 18

Es war leicht, die Adresse von Lothar Heinemann herauszubekommen. Der Chorleiter wohnte noch immer in Billstedt. Der Wohnblock, auf dessen Klingelschild Charlotte fündig wurde, sah grau und öde aus, war noch hässlicher als die Klinkerbauten links und rechts daneben. Sie wartete den halben Abend vor der Tür, zündete sich eine Zigarette nach der anderen an, wusste nicht, ob sie klingeln sollte.

Sie wollte Heinemann zur Rede stellen. Aber hatte sie überhaupt das Recht dazu? Maren wusste nichts davon. Hätte sie ihre Freundin nicht vorher fragen müssen? Immerhin wusste Charlotte nicht, was sie mit der Aktion auslösen würde.

Kurze Bestandsaufnahme: Heinemann hatte Maren vergewaltigt. Ja, vergewaltigt. Missbrauch klang in Charlottes Ohren immer irgendwie zu harmlos. Es ging ja nicht um ein Gebrauchen, sondern um Gewalt. Um die Vergewaltigung eines Kindes in diesem Fall. Zweitens: Heinemann sollte seine Verbrechen gestehen. Das wünschte Maren sich. Drittens: Heinemann sollte sich bei Maren entschuldigen. Auch das hatte sich Maren im Eiscafé gewünscht.

Aber wie sollte Charlotte das schaffen? Wie Heinemann zu einem Geständnis und einer Entschuldigung veranlassen?

Noch ein Gedankeneintrag: Heinemann konnte sich gar nicht entschuldigen. Er hatte nicht die Möglichkeit, es aus eigener Macht zu tun. Er musste Maren um Entschuldigung *bitten*. Ob sie diese bewilligen würde, lag allein bei ihr.

Charlotte hörte Geräusche im Treppenhaus. Dann zeigte sich, dass sie gar nicht mehr zu klingeln brauchte. Heinemann kam aus dem Haus, sah Charlotte kurz an, schenkte ihr aber keine Aufmerksamkeit und ging an zwei weiteren Häuserblöcken vorbei zur Straße.

Das Billstedt Center hatte seit zwanzig Uhr geschlossen, doch der Supermarkt hundert Meter weiter war bis zweiundzwanzig Uhr geöffnet. Heinemann nahm sich einen Einkaufswagen, bemerkte nicht, dass er verfolgt wurde. Er war schlicht gekleidet, hielt sich für sein Alter sehr gut auf den Beinen. Auf Anfang achtzig hätte Charlotte ihn nicht geschätzt. Seine Haare waren dünn geworden. Er hatte sie nach hinten gekämmt. Doch zweifellos war dies noch immer der Lothar Heinemann, bei dem sie als Kind und als Heranwachsende so lange im Mädchenchor gesungen hatte. Sie und Maren und Bianca und Vanessa.

Charlotte steckte sich die nächste Zigarette an. Durch die Glasfassade des Supermarkts konnte sie Heinemann sehen. Seelenruhig schob er den Einkaufswagen durch die Regale. So seelenruhig, als habe er nie etwas Böses getan. Er legte eine Müslipackung in den Wagen, fettarme Milch und eine Flasche Bier. Mehr brauchte er offenbar nicht. Das Bier vor dem Einschlafen. Das Müsli und die Milch waren vermutlich fürs Frühstück. Für alles, was er danach benötigte, würde er morgen wieder losgehen. Viel mehr hatte er sicher nicht zu tun. Und etwas Bewegung war wichtig.

Charlotte sah, wie er an der Kasse das passende Kleingeld aus seinem Portemonnaie suchte. Dazu hatte er sich eine Brille auf die Nase gesetzt. Als er mit dem Bezahlen fertig war, nahm er die Brille wieder ab, steckte sie in seine Jacke. Dann packte er den Einkauf in eine mitgebrachte Plastiktüte. Die Kunden hinter ihm brauchten etwas Geduld. Notgedrungen brachten sie diese für den alten Mann auf.

Charlotte hatte keine Geduld. Sie marschierte von links nach rechts und wieder zurück. Mit der Zigarette zwischen den Fingern beobachtete sie, wie Heinemann seinen Wagen zurück in die Reihe schob, die Münze herausnahm und sie in der Jacke verschwinden ließ. Ohne sich weiter für seine Umwelt zu interessieren, ging er den Weg zurück, den er gekommen war.

Nun wartete Charlotte nicht länger. Halb laufend schloss sie zu dem alten Mann auf. »Hallo, Herr Heinemann«, sprach sie ihn von der Seite an. Als dieser nicht reagierte, stellte sie sich direkt vor ihn. Er musste stehen bleiben, um nicht in sie hineinzulaufen.

»Kennen Sie mich nicht mehr?«, fragte Charlotte. »Charlotte Sander! Ich war früher bei Ihnen im Chor.«

Mit ausdruckslosen Augen sah der alte Mann sie an. Aus der Nähe betrachtet, wirkte er nun doch ziemlich alt. Große Tränensäcke zeigten, dass seine inneren Organe nicht mehr richtig arbeiteten. Vielleicht die Niere, vielleicht die Leber.

Langsam schüttelte er den Kopf. »Charlotte wer? Nein. So viele Mädchen ...«

»Ja«, stimmte Charlotte zu. »So viele Mädchen. Und ich gehörte ja nicht zu Ihren Lieblingen. Aber Maren Fuhrmann war eine Ihrer Lieblinge. Erinnern Sie sich an die?«

Charlotte sah in den Augen des alten Mannes, dass er allmählich begriff, worum es hier ging. Er machte eine Bewegung zur Seite, wollte an ihr vorbeigehen.

»Moment mal«, sagte Charlotte und tat einen Schritt nach rechts. »Das ist aber nicht höflich, mich hier einfach so stehen zu lassen.«

»Was wollen Sie?« Die Stimme des Alten klang nicht mehr so brüchig wie zuvor. Offenbar gab es noch so etwas wie menschliche Regungen in ihm. Diese hier schien Zorn zu sein. »Stehen Sie mir nicht im Weg rum!«

»Was ich will?«, erwiderte Charlotte. »Ganz einfach. Ich will, dass Sie sich mit Maren treffen. Ich will, dass Sie ihr in die Augen gucken, so wie Sie es eben bei mir getan haben, und dass Sie Maren dann um Verzeihung bitten. Für das, was Sie ihr angetan haben.«

»Und was soll das sein? Gar nichts habe ich ihr angetan.«

»Ihr und den anderen Mädchen«, sprach Charlotte unbeirrt weiter. »So vielen Mädchen, wie Sie schon sagten.«

»Quatsch«, wehrte der Mann ab. »Lassen Sie mich vorbei!«

»Natürlich«, meinte Charlotte. »Sobald Sie einem Treffen zugestimmt haben.«

»Alles Quatsch!«, kam es erneut, diesmal begleitet von sprühendem Speichel. »Und wer bist du noch mal? Charlotte? Ach, Lotta. Du warst doch schon immer vorlaut. Die Lotta mit den grünen Augen. Schämen solltest du dich, Lotta. Schämen, einen alten Mann so zu überfallen!«

Charlotte öffnete den Mund, doch es kam kein Wort heraus. Mit dieser Reaktion hatte sie nicht gerechnet. Dass Heinemann alles abstritt, ja. Dass er den Unwissenden spielte, auch. Aber nicht, dass er *ihr* Vorwürfe machen würde. Dann hatte sie sich wieder gefasst. Sie nahm den Fotoapparat, den sie bis jetzt über der Schulter baumeln hatte, trat einen Schritt zurück und begann zu knipsen.

»Was soll der Unsinn? Lass das!«, fuhr Heinemann sie an.

»Das ist mein Beruf«, sagte Charlotte und sprang außer Reichweite, als ihr ehemaliger Chorleiter nach der Kamera zu schlagen begann. Ungeschickt ließ er dabei die Einkaufstüte fallen. Glas zersprang in ihrem Inneren.

»Siehst du, was du angestellt hast!«

»Ich werde noch etwas ganz anderes machen«, sagte Charlotte. Sie ließ die Kamera sinken und straffte die Schultern. »Wenn Sie sich nicht mit Maren treffen, werde ich die Bilder im ganzen Viertel verteilen, und darunter wird ›Kinderficker‹ stehen. Oder besser noch: ›So sieht ein Kinderficker aus.‹ Würde Ihnen das gefallen?«

Heinemann antwortete nicht.

»Ich hefte es an Bäume, werfe es in Briefkästen, klebe es bei Ihrem Supermarkt ans Schwarze Brett. Und schon bald weiß ganz Billstedt, wer hier der Kinderficker ist und wie er aussieht.«

Mit leiser Stimme entgegnete der alte Mann, dass dies Verleumdung sei. »Und Erpressung«, fügte er hinzu.

»Verleumdung: nein. Erpressung: ja.«

Das kaputte Glas hatte die Plastiktüte zerschnitten. Bier lief über den Bürgersteig.

»Ich gebe Ihnen einen Tag zum Überlegen«, sagte Charlotte. »Dann will ich eine Entscheidung. Und glauben Sie nicht, dass ich Witze mache!«

# 19

Charlotte fühlte sich vom gestrigen Abend noch voller Energie, doch Matthias Schultheis war der Widerwille anzusehen, als er sich mal wieder zu ihr in den Wagen setzen musste. Noch hatte Charlotte nicht Heinemanns Zusage, aber sie hatte ihn schön in die Mangel genommen. Und das war ja auch schon was. Für Schultheis hatte sie deshalb nur ein müdes Lächeln übrig. Seine übliche Miesepetrigkeit konnte sie kein bisschen stören. Kaum war die Fahrzeugtür geschlossen, steckte Charlotte sich eine Zigarette an. Einerseits, weil sie Lust darauf hatte, anderseits, weil sie Schultheis damit ärgern konnte.

Bei ihrer ersten gemeinsamen Fahrt hatte er sie aufgefordert, das Rauchen zu unterlassen, solange er im Wagen saß, doch statt zu gehorchen, hatte Charlotte die Gelegenheit genutzt, dem Mann klarzumachen, dass dies *ihr* Auto war. Wenn er nicht den Rest des Weges laufen wolle, müsse er akzeptieren, dass sie in *ihrem* Auto rauche, wann immer sie Lust dazu hatte. Danach sprach er sie nie wieder auf das Thema an, kurbelte nur gleich zu Beginn jeder Fahrt wortlos das Fenster hinunter.

Petersen hatte Charlotte und Schultheis zu Schmidt-Rettich geschickt, einem Psychologen, der in der Nähe der Redaktion wohnte und immer mit seinem Expertenwissen herhalten musste, wenn Geschichten eine Einordnung aus professioneller Sicht benötigten. Im Fall der ermordeten jungen Frau beim Tankhafen hatten sich neue Entwicklungen ergeben. Der Freund des Opfers hatte sich bei Vernehmungen in Widersprüche verwickelt, außerdem gab es Indizien, die gegen ihn sprachen.

Die Aufgabe von Schultheis war es, den Psychologen zum Verhalten des jungen Mannes zu befragen. Charlotte durfte zuhören und sollte ein passendes Foto von Schmidt-Rettich für die nächste Ausgabe machen. Eigentlich hatte die Zeitung genug Aufnahmen des Psychologen im Archiv, aber Petersen schickte seine freien Fotografen seit Kurzem zu jedem beliebigen Termin mit. Vermutlich wollte er ihnen noch einmal ordentlich Aufträge zuschanzen, bevor der Betrieb eingestellt wurde.

Die Praxis von Schmidt-Rettich befand sich im Kellergeschoss eines Privathauses. Ein Schild im Vorgarten leitete die Besucher nach hinten, wo sie durch eine Feuerschutztür ins Gebäude gelangen konnten. Bei ihrem ersten Besuch hier hatte Charlotte dies als merkwürdig und wenig vertrauenerweckend empfunden, doch das Gefühl hatte sich mittlerweile gelegt.

Wie üblich nahmen Schmidt-Rettich und seine Besucher von der Zeitung in einer Dreieckskonstellation Platz, bei der jeder jedem gegenüberzusitzen schien. Diese Aufteilung wählte der Psychologe vermutlich auch bei Paargesprächen und Mediationen.

»Ich habe nicht alles genau mitbekommen«, sagte Schmidt-Rettich und schob seine rahmenlose Brille ein Stück die Nase hinauf. »Warum haben Sie den Jungen jetzt eingebuchtet?«

»Weil er nicht genau erklären kann, wie der Abend abgelaufen ist.« Automatisch fasste sich Schultheis auch an die Nase. »Erst hat er gesagt, er wollte Fiona Fenske vom Leuchtturm abholen, ohne dass er erklären konnte, wie sie überhaupt dort hingekommen ist. Dann hat man ihn damit konfrontiert, dass sein Sperma eindeutig an der Leiche nachgewiesen werden konnte. Also hat er umgeschwenkt und behauptet, er habe Streit mit der Kleinen gehabt und hätte sie im Wäldchen allein gelassen. Später sei er zurückgekommen, weil es ihm leidgetan hätte, und da habe er die Tote dann gefunden.«

»Kann ja sein«, stellte Schmidt-Rettich fest.

Schultheis sah aus, als sehe er den Psychologen gar nicht richtig an, sondern blicke durch ihn hindurch und fixiere einen Punkt hinter ihm. Etwas irritiert warf Schmidt-Rettich einen Blick zu Charlotte hinüber. Doch dann nahm Schultheis den Gesprächsfaden einfach wieder auf. »Man hat die Tote nur halb bekleidet vorgefunden. Ihre Jeans lagen im Gebüsch neben ihr. Und eine Unterhose ist überhaupt nicht zu finden. Wenn sie Sex mit Hakan hatte, es anschließend zum Streit kam und er dann abgehauen ist, wieso hatte sie dann keine Hose an?«

Alle drei blickten sich schweigend an.

»Dazu kommt ein Schraubenzieher, den Polizeitaucher in Ufernähe im Wasser gefunden haben. Natürlich sind keine brauchbaren Spuren mehr drauf, aber das Fabrikat ist die Hausmarke von einem Baumarkt, den es auch in Harburg gibt. Vom ›Traumbau‹. Schwarzer Griff, gelbe Aufschrift. Sehr auffällig. Und Hakan Önal hatte in seinem Auto einen Werkzeugkasten. Natürlich kann man nicht sagen, ob darin ein Schraubenzieher fehlt, aber möglich wäre es.«

»Also, der Verdacht ist nicht völlig abwegig«, resümierte

Schmidt-Rettich. »Und jetzt wollen Sie von mir wissen, was sein Motiv gewesen sein könnte.«

»Genau.« Schultheis schlug seinen Notizblock auf.

Der Psychologe wirkte nicht glücklich. »Es kann mehrere Ansätze geben. Natürlich erst einmal seine Herkunft. Hakan Önal ist türkischer Abstammung, richtig?«

Schultheis nickte.

»Es ist bekannt, wie schnell das Ehrgefühl junger türkischer Männer verletzt werden kann. Das Mädchen könnte ihn provoziert haben. Aber ehrlich gesagt ist das spekulativ. Die Sachlage ist ziemlich dünn. Damit möchte ich lieber nicht zitiert werden.«

Der Reporter hörte auf zu schreiben.

»Sehen Sie«, meinte Schmidt-Rettich, »aus psychologischer Sicht halte ich es auch nicht für unmöglich, dass Hakan die Wahrheit sagt. Nehmen wir an, es ist zum Streit gekommen. Und wenn er das Mädchen dann allein an diesem einsamen Ort gelassen hat, und ihr ist etwas zugestoßen, dann hat er innerhalb seines privaten Umfelds ein Problem mit seinem Ansehen. Seine Freunde und seine Familie würden es nicht gutheißen, dass er seine Freundin allein gelassen hat. Er war verantwortlich für sie, wenn er sie dort hingebracht hat. Wenn sie also tot ist, weil er nicht aufgepasst hat, dann trägt er die Schuld daran. Das könnte ein Grund sein, warum er nicht gleich zugegeben hat, dass er da war. Und anschließend klingt es wie eine Schutzbehauptung. Das ist klar. Aber es könnte so gewesen sein, wie er es geschildert hat.«

»Darf ich das notieren?«, fragte Schultheis.

Der Psychologe stimmte zu. »Machen Sie ein Spiel mit verschiedenen Möglichkeiten daraus. Dann ist es wesentlich seriöser, auch wenn wir weiter nur eine einzige Spekulation verfolgen.«

»Okay«, sagte Schultheis und klappte seinen Block zu. »Ich weiß schon, wie ich es formulieren werde.«

Der Psychologe nickte zufrieden und setzte sich anschließend für Charlotte in Pose. Er blickte freundlich in die Kamera, während Charlotte den Auslöser mehrfach drückte. Dann wurden sie zum Ausgang geleitet.

Bei der Tür blieb Schultheis stehen und blinzelte mehrmals, als würde ihn etwas blenden.

»Was wäre denn die Alternative?«, fragte er dann und sah den Psychologen direkt an. »Der große Unbekannte? So wie dieser Önal es behauptet? Ein Fremder, der rein zufällig da war und Fiona getötet hat? Oder vielleicht ein Serienkiller, der sich auf abgelegene Orte spezialisiert hat?«

Schmidt-Rettich hob die Schultern.

»Das klingt doch noch viel unwahrscheinlicher«, sagte der Reporter, bevor er seinen Weg zur Tür hinaus fortsetzte. Draußen ging Charlotte neben ihm am Haus entlang, während Schmidt-Rettich hinter ihnen die Feuerschutztür schloss.

Im Auto bemerkte Schultheis, dass Hakan Önal vermutlich der Mörder sei. Irgendwann würde er die Tat bestimmt gestehen.

»Vielleicht«, erwiderte Charlotte. »Obwohl mich das mit dem Schraubenzieher zum Beispiel überhaupt nicht überzeugt. Von diesen Schraubenziehern gibt es doch Hunderte oder Tausende. Selbst Wolfgang hat so einen in seinem Schreibtisch in der Redaktion liegen.«

»Im Ernst?« Schultheis sah sie von der Seite an. »Staube?«

»Ja. Ich brauchte mal einen fürs Kameragehäuse. Da hab ich ihn in der Schublade gesehen. Und das war genau so ein Ding wie auf dem Polizeifoto. Schwarzer Griff, gelbe Schrift. ›Traumbau‹. Haargenau.«

»Kannste mal sehen«, meinte Schultheis und fasste sich wieder an die Brille.

»Auf die Idee mit dem Serienkiller wäre ich allerdings nicht gekommen«, stellte Charlotte fest.

Schultheis grinste kurz. »Deshalb bin ich ja auch der Redakteur, und du machst nur die Fotos!«

Sofort verengten sich Charlottes Augen. Der Mann neben ihr ließ die Bemerkung zwar wie einen Scherz klingen, doch beide wussten, dass er es genau so meinte, wie er es gesagt hatte. Charlotte zündete sich schnell eine Zigarette an und pustete Qualm zu ihm hinüber. Schultheis grinste darüber, was sie gleich noch viel mehr ärgerte.

## 20

Das Hotelfrühstück war gut. Jan bediente sich am Buffet mit Dingen, die er sich zu Hause morgens nicht gönnte: gebratene Würstchen und Rührei. Mit zwei Bechern Kaffee spülte er nach. Dann fuhr er wieder zur Polizeistation. Pressesprecher Hagedorn war noch in seiner morgendlichen Dienstbesprechung, darum musste Jan diesmal etwas länger warten, bis der Polizist ihn durch die Sicherheitsschleuse mit ins Gebäude nahm.

Jan bedankte sich für die Zeit und das Entgegenkommen. »Ist ja nicht gerade schick mit den Kartons in Ihrem Büro.«

»Ach das«, wehrte der Polizist ab, »ich bin ja auch viel unterwegs.« Dann blieb er hinter Jan stehen, während dieser beide Kartondeckel abnahm. »Brauchen Sie heute länger? Ich frage nur, weil ich noch einen Nachmittagstermin habe. Da müssten wir uns sonst eine Lösung einfallen lassen. Ich kann Sie ja leider nicht so lange allein hier drin lassen.«

Jan winkte ab. »Ich möchte mir nur noch einmal die Fotos ansehen und ein paar Namen notieren, die ich letztes Mal noch nicht aufgeschrieben habe.«

»Welche Namen?«

»Von den jungen Leuten aus der Gruppe. Die damals mit am See gesessen haben. Ich hatte bisher nur den Namen der Eltern und des Freundes. Um ehrlich zu sein, die waren alle nicht besonders erfreut darüber, dass ich mich noch einmal mit der Geschichte beschäftige.«

Hagedorn nickte. »Kann ich verstehen. Obwohl das immer total unterschiedlich ist. Die einen wollen mit dem Geschehen abschließen, aber andere können nie loslassen und freuen sich über jede neue Kontaktaufnahme. Das kennen wir, wenn ältere Kapitaldelikte nach einigen Jahren routinemäßig noch einmal aufgerollt werden. Sie wissen ja, Mord verjährt nie. Aber wir sind natürlich auch von der Polizei. Da gibt es grundsätzlich schon mal mehr Entgegenkommen. Leute von der Presse haben es da bestimmt nicht ganz so leicht.«

Mit einem kurzen Nicken bestätigte Jan Hagedorns Worte, dann nahm er den Ordner mit den Fotos zur Hand. Hagedorn stand noch immer bei ihm, begutachtete gemeinsam mit Jan ein altes Schulfoto. Die Köpfe derjenigen, die damals am See dabei waren, hatte jemand mit einem schwarzen Stift umkreist, die anderen Gesichter waren ausgestrichen. Von Silvia Keller gab es mehrere Bilder. Alle zeigten eine fröhliche junge Frau mit langen Haaren und klassischen Gesichtsproportionen.

»Wirklich hübsch«, meinte Hagedorn. »Wussten Sie, dass man zunächst darüber nachgedacht hat, ob der Mord mit dem Verschwinden eines anderen Mädchens in Verbindung stehen könnte?«

Interessiert hob Jan den Blick.

»Etwa ein Jahr zuvor ist ein Mädchen aus derselben Schule verschwunden. Sie war ein Jahrgang höher. Also, eigentlich war sie nicht mehr an der Schule, als sie verschwand. Das war im Sommer, da hatte sie schon ihr Abi. Sie sah der Silvia Keller allerdings so ähnlich, dass man fast automatisch auf einen Zusammenhang kommen musste. Ein Kollege aus der Wache hat das erzählt. Der war damals schon im Dienst.«

»Und?«, fragte Jan. »Gab es einen Zusammenhang?«

»Wohl eher nicht. Das andere Mädchen hat sich später aus dem Ausland gemeldet. Sie war wohl nur abgehauen. Hatte Ärger zu Hause. Sie wollte studieren, doch das Geld fehlte. Und dann war da noch was mit dem Stiefvater. Alkoholiker. Gewalttätig. Man dachte wohl zuerst, er habe was mit dem Verschwinden des Mädchens zu tun. Aber wie gesagt, dann kam die Nachricht aus dem Ausland. Und für die Zeit, als Silvia Keller ermordet wurde, hatte er wohl ein Alibi. Also der Stiefvater. Man hat die Sache dann ziemlich schnell nicht weiterverfolgt. War halt nur so merkwürdig wegen der Ähnlichkeit zwischen den beiden Mädchen.«

»Ist Ihr Kollege heute im Hause?«

»Müsste ich mal nachfragen. Interessiert Sie das mit der Vermissten?«

Jan zuckte mit den Schultern. »Zumindest würde ich mir die Sache noch einmal gern persönlich erzählen lassen. In den Akten habe ich nichts dazu gefunden.«

»Nein, in den Akten ist auch nichts.« Hagedorn ging um seinen Schreibtisch herum, griff zum Telefon. Anhand des Teils, den Jan verfolgen konnte, hörte er schon, dass der betreffende Kollege Nachtschicht hatte und erst abends wieder im Revier sein würde. Hagedorn sah zu Jan, hob während des Gesprächs bedauernd die Hand. Dann notierte er sich einen Namen. »Ja, das ist doch schon mal was. Danke. Wenn noch Fragen offen bleiben, meldet sich der

Mann bei Ihnen. Jan Fischer heißt er. Ja, ist ein Zeitungsreporter. Aber sehr umgänglich. Also, schönen Tag noch. Und nochmals danke.«

Jan trat an Hagedorns Schreibtisch, nickte dankend wegen der Bemerkung, dass er sehr umgänglich sei, und bekam einen Zettel ausgehändigt. »Das Mädchen hieß Alexandra Harms«, sagte der Polizist lächelnd. »Sie wohnte in Gyhum. Das ist nicht weit weg von hier. Etwa eine halbe Stunde mit dem Auto. Die Adresse habe ich auch. Vielleicht kann Ihnen ja vor Ort jemand was erzählen.«

# 21

Es gab eine Hauptstraße, die sich durch Gyhum zog. Alles, was für die Einwohner wichtig war, lag direkt an dieser Schlagader: das Dorfgemeinschaftshaus, das Gerätehaus der Freiwilligen Feuerwehr, der Kindergarten, die Grundschule, der Supermarkt und ein Drogerie-Discounter. Der Sportplatz befand sich in einer Seitenstraße, war aber leicht zu erreichen, ebenso zwei Neubaugebiete, eines direkt nach dem Ortseingangsschild, das zweite unmittelbar vor dem Ortsende.

Ursprünglich hatte Jan nach der erneuten Durchsicht der Akten zum Fall »Kellermädchen« noch einmal mit Schultheis telefonieren wollen. Doch damit hatte er keinen Erfolg. Seit seiner Kurznachricht, in der der Kollege auf den Fall der ermordeten Keks-Millionärin hinwies, hatte er nicht mehr reagiert. Alternativ hatte Jan es bei Charlotte versucht, in der Hoffnung, dass sie in der Redaktion war und ihr Handy an Schultheis weiterreichen konnte. Doch auch bei ihr ging immer nur die Mailbox an. Da beide sehen mussten, dass Jan angerufen hatte, setzte er schließlich auf einen Rückruf. Er wollte aber nicht im Hotel darauf warten. Also hatte er die von Hagedorn genannte Adresse ins Navigationssystem eingegeben und Gyhum wie vom Gerät berechnet nach sechsundzwanzig Minuten erreicht.

Das Haus, in dem Alexandra Harms gelebt hatte, war fast hundert Jahre alt. Die Jahreszahl über dem Eingang verriet es. Eine alte Eiche stand im Vorgarten, der durch eine niedrige Mauer von der Hauptstraße getrennt wurde.

Jan fuhr am Grundstück vorbei, wendete in der nächsten Seitenstraße und hielt dann am Fahrbahnrand fast direkt gegenüber der Gartenpforte. Das Anwesen wirkte vernachlässigt. Sträucher mussten zurückgeschnitten, die Fensterrahmen gestrichen werden. Selbst die Dachrinne hing an einer Stelle etwas durch.

Die Erfahrungen, die er am Vortag mit den Eltern und dem Ex-Freund von Silvia Keller gemacht hatte, ließen ihn nur zögernd aus dem Auto steigen. Er erwischte sich bei dem Wunsch, dass die Angehörigen der vermissten Alexandra Harms vielleicht schon lange nicht mehr in dem alten Haus wohnten, schüttelte dann aber den Kopf. Der Gedanke war widersinnig. Er wollte doch etwas von ihnen, sonst hätte er nicht die Fahrt nach Gyhum gemacht.

Auch die Gartenpforte hätte etwas Aufmerksamkeit gebraucht, stellte Jan beim Betreten des Grundstücks fest. Ein paar Tropfen Öl hätten schon gereicht, doch offenbar störte das Quietschen der Angeln die Bewohner des Hauses nicht.

Ein weiteres Mal blickte Jan auf sein Smartphone. Kein Rückruf. Weder von Schultheis noch von Charlotte. Dann klingelte er an der Haustür, trat einen Schritt zurück, blickte zu den Fenstern im Erdgeschoss, wartete, ob ihm geöffnet wurde oder sich eine Gardine bewegte. Es war kurz nach zwei.

Die Eltern der vermissten jungen Frau mussten mittlerweile im Rentenalter sein. Die Chance, dass jemand zu Hause war, stand somit also gar nicht so schlecht. Doch nichts rührte sich. Schweigend lag das Haus im Schatten der großen Eiche. Jan wollte gerade noch einmal klingeln, als er Geräusche auf der Straße hörte. Es war das Rattern einer Fahrradkette, dann das Quietschen einer Vorderradbremse.

Das Fahrrad wurde durch eine Hofeinfahrt links vom Haus auf das Grundstück gelenkt. Eine Frau Anfang dreißig stieg ab, schaute Jan interessiert entgegen. Sie hatte Jeans und abgestoßene Pumps an. Die Bluse und die leichte Sommerjacke, die sie dazu trug, wirkten unmodern. Ihre langen Haare waren streng zusammengebunden und ließen die junge Frau ziemlich altmodisch erscheinen.

»Haben Sie etwa geklingelt?«, fragte sie etwas außer Atem.

Jan nickte schuldbewusst, obwohl daran doch eigentlich nichts verwerflich war.

»Na, egal«, meinte die Frau. »Nicht so schlimm. Was wollen Sie denn?«

»Mit Herrn oder Frau Harms sprechen. Und wer sind Sie?«

»Ich bin Frau Harms.«

»Oh«, erwiderte Jan und musterte die junge Frau erneut. Wurde Alexandra Harms gar nicht mehr vermisst? War sie vielleicht schon vor langer Zeit nach Hause zurückgekehrt, ohne dass der Polizist aus Rotenburg davon erfahren hatte? Dann würde Jans Recherche hier ziemlich schnell enden.

»Also, natürlich bin ich die Tochter. Meine Mutter ist auch Frau Harms. Aber einen Herrn Harms haben wir hier nicht.«

»Ich bin wegen Alexandra Harms hier«, führte Jan näher aus und sah, wie das Begrüßungslächeln der Frau gefror. Eine Weile blickte sie ihn nur wortlos an, dann wandte sie den Kopf ab und schob ihr Fahrrad zur Hauswand, um es dagegenzulehnen.

»Und was genau meinen Sie damit?«, fragte die Frau, während sie eine Tasche vom Gepäckträger nahm.

Jan sagte, dass er Reporter sei und bei Recherchen auf der Polizeistation in Rotenburg von dem alten Vermisstenfall gehört habe. »Ist Alexandra je wieder aufgetaucht?«, fragte er. »Oder, entschuldigen Sie, sind Sie es vielleicht sogar selbst?«

»Was, ich? Nein. Ich bin Julia Harms. Ihre Schwester.«

Natürlich, dachte Jan. Eine jüngere Schwester.

»Ich muss rein«, sagte Julia dann. »Das Mittagessen warm machen. Mutter wartet.«

Jan nickte. »Ich will nicht lange stören. Würde es Ihnen etwas ausmachen, wenn ich nur noch ein paar Fragen stelle?«

»Dann müssen Sie mit reinkommen«, sagte Julia Harms nach einem Seufzer. Sie ging zur Tür und schloss auf. Jan folgte ihr.

Die große Diele, in die sie traten, wirkte dunkel. Julia legte ihre Tasche und den Schlüssel auf eine Kommode, hängte die Jacke auf und rief ins Haus, dass sie wieder da sei. Dann ging sie von der Diele in einen kleinen Flur und diesen weiter entlang bis zu einer offenen Tür rechts. Jan folgte ihr bis dorthin. Hinter der Tür lag das Wohnzimmer. Eine alte Frau saß in ihrem Rollstuhl mitten im Raum. Der Fernseher war eingeschaltet, doch der Ton sehr leise. Eine Kochshow lief.

»Na, Mutti«, sagte Julia und küsste der alten Frau auf die Wange. »Wieder die Tasten verwechselt?« Fürsorglich machte sie den Ton mit der Fernbedienung lauter. »So ist es besser, was? Versteht man wenigstens, was die sagen.«

Dann kam sie zurück in den Flur. Jan trat einen Schritt zurück. Er hatte die Küche schon gesehen, überließ aber Julia Harms den Vortritt. Dies war schließlich ihr Zuhause.

Die junge Frau trat an den Kühlschrank, holte eine Plastikdose heraus, schüttete den Inhalt in einen Topf und stellte ihn auf den Herd. Im Topf daneben befanden sich bereits geschälte Kartoffeln in einem Wasserbad. Julia Harms bückte sich kurz, wählte an den Drehschaltern vorn am Herd die passende Einstellung. Mit zwei Tellern und Besteck ging sie dann durch eine Tür ins angrenzende Esszimmer.

»Hier kommt Mutti besser mit dem Rollstuhl ran«, sagte sie zur Erklärung, während sie den Tisch eindeckte.

»Was fehlt Ihrer Mutter denn?«, fragte Jan.

»Nichts. Sie ist nur etwas vergesslich.«

»Demenz?«

»Sie ist einfach alt und müde.«

»Also machen Sie alles für sie.«

»Wir wohnen hier zusammen. Schon immer.«

»Und Ihr Vater?«

Julia Harms blieb hinter dem Tisch stehen, blickte Jan direkt an. »Weiß nicht«, sagte sie dann. »An den habe ich keine echte Erinnerung. Der ist weg, als ich noch ganz klein war. Und Walter, tja, der ... der hat Mama ziemlich kaputt gemacht. Immerzu gesoffen. Beinah hätten wir das Haus verloren. Irgendwann hat Mutti ihn dann doch rausgeschmissen. Ging nicht mehr anders. Etliche Jahre nach der Sache mit Alex. Hätte sie es nur schon früher getan, dann wäre Alex jetzt vielleicht noch hier. Na ja, wenigstens wüssten wir, wo sie ist. Nicht so sang- und klanglos weg, meine ich.«

»Wann ist sie denn verschwunden?«

»Am Schützenfestwochenende.«

Jan zog seinen Notizblock. »Stört es Sie, wenn ich mitschreibe?«

Julia Harms zuckte mit den Schultern. Hintereinander gingen

sie zurück zur Küche. Sie nahm den Löffel, den sie in der geleerten Plastikdose abgelegt hatte, hob einen Topfdeckel an und rührte etwas Undefinierbares darin um.

»Reste von gestern«, sagte sie zur Erklärung. »Dann muss ich nicht jeden Tag nach der Arbeit gleich kochen. Nur die Kartoffeln sind frisch. Die sind bei uns immer gleich alle. Mutti isst so gern Kartoffeln.«

Jan fragte nach der Arbeit von Julia Harms und erhielt zur Antwort, dass sie im Kindergarten beschäftigt sei. »Das ist ganz praktisch. Da kann ich mit dem Fahrrad hin. Wir haben zwar auch ein Auto, aber die Kita liegt so nahe ... Nur wenn ich einen Großeinkauf mache, nehme ich den Golf.«

Jan nickte, obwohl Julia Harms ihn nicht anblickte. »Könnte sie mit einem der Aussteller mitgegangen sein?«, kam er wieder auf die ältere Schwester zu sprechen.

»Vielleicht.« Julia Harms rührte im Topf. »Haben wir damals auch mal gedacht. Aber wir wissen es nicht. Eigentlich wissen wir gar nichts.«

»Es soll einen Brief geben.«

Die Frau schloss kurz die Augen, hatte sich wieder umgedreht. Mit einer Geste bot sie Jan einen Küchenstuhl an. Der setzte sich, während Julia rückwärts an die Arbeitsfläche gelehnt stehen blieb. »Ja. Einen Brief. Sonst nichts. All die Jahre danach nichts mehr. Keine weitere Post. Kein Anruf. Und niemand, der sagt, er habe sie bei einer Urlaubsreise im Ausland gesehen, der sagt, es gehe ihr gut und wir bräuchten uns keine Sorgen zu machen. Nichts.«

»Was stand denn in dem Brief?«

»Genau das. Wir sollen uns keine Sorgen machen. Es gehe ihr gut.«

Jan nickte. »Und wann kam er?«

»Zwei Wochen später.«

»Zwei Wochen nach dem Schützenfest?«

»Ja.«

»Von wo?«

»Mallorca!«

Jan blickte von seinem Notizbuch auf.

»Sie war vorher noch nie so weit weg gewesen. Wir hatten nie das Geld zum Reisen. Wie gesagt, Walter hat alles versoffen.«

»Walter war ihr Stiefvater?«

Julia schüttelte den Kopf. »Mama und Walter waren nie verheiratet. Gott sei Dank. Sonst wäre sie nie aus der Nummer rausgekommen. Das Haus war immer in ihrem Eigentum. Die Konten waren zwar leer, aber das Haus blieb unser.«

»Warum ist Alexandra weg?«

»Wohl auch wegen ihm. Sie hatten ständig Stress. Wenn er besoffen war, konnte er ziemlich gemein werden.«

»Glauben Sie, dass er ihr was angetan hat?«

Julia senkte den Blick. »Ich habe natürlich alle Varianten durchgespielt. Das können Sie mir glauben. Auch, ob er sie umgebracht hat.«

»Und der Brief?«

»Könnte vorher geschrieben worden sein. Also, die Schrift ist ihre. Aber er könnte sie ja irgendwie dazu gezwungen haben.«

»Trauen Sie ihm das zu?«

»Ich traue Walter alles zu.«

»Wo ist er denn jetzt?«

»Hat sich totgesoffen. War eine Weile in einem Heim, aber er kam nicht davon los. Und so …«

»Wann war das?«

»Vor etwa fünf Jahren.«

»Und wie lange ist das mit ihrer Mutter schon so?«

»Auch in etwa seit der Zeit. Das muss man verstehen. Es ist alles sehr viel für sie gewesen. Ein Glück, dass ich den Job hier habe. Wenn ich weiter weg wohnen müsste, bliebe mir nichts anderes übrig, als sie ins Heim zu geben.« Wieder rührte Julia Harms im Topf.

»Kann ich den Brief wohl mal sehen?«

Julia überlegte eine Weile. »Warum nicht? Kommen Sie mit.«

Sie verließen die Küche, nachdem Julia beide Kochplatten heruntergeregelt hatte. Nacheinander gingen sie die Treppe zum ersten Stock hinauf. Ein langer roter Läufer schmiegte sich an die Stufen, goldfarbene Stangen hielten ihn an seinem Platz. Julia öffnete gleich die erste Tür hinter dem Treppenabsatz.

»Das war ihr Zimmer«, sagte sie.

Jan trat in den Raum. Es gab ein hohes Bücherregal an der linken Wand, geradeaus ein Fenster, rechts stand ein niedriger Tisch mit einem Sofa und zwei Sesseln.

»Natürlich sah es früher anders aus. Wir haben es neu eingerichtet, nachdem sie zehn Jahre weg war. Walter war damals auch schon weg. Und Mutti wollte das Zimmer als Leseraum nutzen. Die Erinnerungen sollten verschwinden. Sie glauben nicht, wie ein altes Jugendzimmer einen belasten kann, wenn keiner mehr drin wohnt.«

»Ich kann es mir vorstellen«, meinte Jan.

»Gesessen und gelesen hat Mutti dann so gut wie nie hier. Ich auch nicht. Es geht einfach nicht. Der Raum erfüllt heute keinen echten Zweck.«

Ein Teil von Alexandra ist immer noch da, dachte Jan, sagte es aber nicht.

Julia Harms trat an das Regal, zog eine eingearbeitete Schublade auf, holte den Brief und Bleistiftzeichnungen heraus. »Hier«, sagte sie. Außerdem hielt sie eine Fototasche in der Hand.

Jan sah erst die gezeichneten Bilder durch. Es waren Skizzen von Gesichtern, Gegenständen und Landschaften. Die Hände einer alten Frau gefielen Jan besonders gut. Ohne wirklich Ahnung vom Zeichnen zu haben, fand er, dass Alexandra talentiert war.

Dann las er den Brief. Es war alles, wie Julia es beschrieben hatte. In einer Frauenhandschrift geschrieben stand da, dass es der Tochter und Schwester gut gehe. Niemand solle sich Sorgen machen. Eine spanische Briefmarke klebte auf dem Umschlag. Abgestempelt war sie auf Mallorca.

»Aber aus dem Brief geht nicht hervor, dass sie wirklich da war. Ich meine, sie erzählt nichts über das Land, die Leute oder das Meer. Seltsam, oder?«, meinte Jan.

»Warum seltsam?«

»Haben Sie nicht gesagt, dass sie noch nie so weit weg von zu Hause war? War es ihr erster Flug? Da müsste sie doch etwas drüber schreiben!«

Julia Harms zuckte mit den Schultern. »Das ist ja keine Urlaubspostkarte. Sie glauben nicht, was hier immer für eine Stimmung war, ehe sie dann weg ist. Unerträglich. Da schreibt man doch nicht, wie toll das Fliegen war und wie toll jetzt die Sonne scheint.«

»Und das Papier?«, fragte Jan. »Sieht sehr vertraut aus. Ganz normaler Umschlag und ein ganz normales Blatt Papier.«

»Ja und? Ganz normal, wie Sie schon sagen.«

»Und die Handschrift?«

»Was meinen Sie?«

»Ist das ihre?«

»Ganz eindeutig. Ich kenne die Schrift meiner Schwester.«

»Wie alt waren Sie denn damals?«

»Ich? Neun.«

»Muss schlimm gewesen sein …«

Die Frau hob zur Antwort nur die Augenbrauen.

»Haben Sie mal von Silvia Keller gehört?«

Julia nickte. »Natürlich.«

»Das war nur ein Jahr später.«

»Nicht mal ganz. Alex ist im August verschwunden. Das mit Silvia Keller war im Juni danach.« Offenbar wusste sie wirklich über den Fall Bescheid. Aber das war ja kein Wunder, dachte Jan. Rotenburg lag ziemlich nahe. Und dann waren auch mal Polizisten nach dem Tod von Silvia Keller da, um nach dem Verbleib von Alexandra Harms zu fragen.

»Silvia Keller sah Alexandra ziemlich ähnlich, wussten Sie das?«, fragte Jan.

»Ich habe die Fotos in der Zeitung gesehen. Aber das ist lange her.«

»Und sie gingen auf dieselbe Schule.«

»Gibt nicht viel Auswahl, wenn man sein Abi machen will und aus Gyhum kommt. Entweder Zeven oder Rotenburg. Alex ist jeden Morgen mit dem Bus gefahren. Und nachmittags wieder zurück.«

»Trotzdem merkwürdig. Sie sahen sich sehr, sehr ähnlich, heißt es. Darf ich mal?« Jan deutete auf die Fototasche.

Bereitwillig ließ Julia Harms ihn die Bilder durchschauen. Auf allen war Alexandra zu sehen. Mit ihrer Mutter, als diese noch jung war und ein Baby auf dem Arm trug. »Das sind Sie, oder?«

Julia Harms legte den Kopf leicht auf die Seite, um es besser erkennen zu können, nickte dann. Auf dem nächsten Bild war sie schon größer. Vielleicht sechs. Und Alexandra war ein Teenager.

Das letzte Bild war ein Foto des damaligen Abijahrgangs, und das Bild davor zeigte Alexandra allein. Es musste ungefähr zwei Monate vor ihrem Verschwinden entstanden sein. Genau wie Hagedorn es von seinem Kollegen aus der Wache gehört hatte, hätten Alexandra Harms und Silvia Keller Schwestern sein können.

Derselbe Typ Mädchen. Schmaler Körper, lange Haare, hübsches Gesicht.

»Wir müssen wieder runter«, sagte Julia. »Die Kartoffeln sind bestimmt fertig. Und Mama hasst es, auf ihr Essen zu warten.«

»Klar«, erwiderte Jan. »Darf ich mir vielleicht ein paar Fotos abfotografieren? Natürlich nicht zum Veröffentlichen oder so. Nur zum Vergleich.«

Julia zögerte. »Das halte ich für keine gute Idee.«

»Oder den Brief? Ich würde ihn gern später noch mal lesen.«

»Lieber nicht.« Julia legte den Brief zurück in die Schublade, aus der sie ihn geholt hatte.

Zusammen gingen sie wieder nach unten.

»Möchten Sie etwas trinken?«

Jan nickte.

»Wir trinken hier das Wasser aus der Leitung.«

»Das ist völlig in Ordnung.«

Jan sah zu, wie Julia ihre Mutter ins Esszimmer rollte. Dann setzte sie sich mit an den Tisch. Auch wenn die alte Frau Harms nicht mehr gut denken konnte, das Essen funktionierte bei ihr noch einwandfrei.

»Reicht leider nicht für drei ...«, sagte Julia bedauernd.

»Macht nichts. Ich muss auch wieder los«, sagte Jan, nachdem er sein Glas Wasser ausgetrunken hatte.

Julia Harms nickte. »Können Sie mir bitte Ihre Karte dalassen?«

»Klar«, erwiderte Jan und suchte nach seinem Portemonnaie. Tatsächlich fand er darin eine Visitenkarte. »Das Obere ist die Redaktionsnummer. Aber da bin ich zurzeit nicht. Ich wohne noch bis Ende der Woche im Hotel in Rotenburg. Wenn Sie mich also erreichen wollen, dann am besten über die Handynummer.«

Jan legte die Visitenkarte an das andere Ende des Esstisches. Mutter Harms schmatzte. Ihre Tochter nickte zum Abschied.

Erleichtert atmete Jan draußen die frische Sommerluft ein. Es tat gut, das alte Haus wieder zu verlassen. Die große Eiche rauschte leise, während er durch den Vorgarten zur Straße ging. Das Gartentor quietschte. Jan wusste nicht, wieso, aber plötzlich lief ihm ein leichter Schauer über den Rücken. Fast wie zuvor schon am Bullensee.

# 22

Charlotte biss sich auf die Unterlippe. Schon fünfmal hatte sie versucht, ihren ehemaligen Chorleiter ans Telefon zu bekommen, doch der ging einfach nicht dran. Sie war überzeugt davon, dass Lothar Heinemann zu Hause saß und auf den Apparat starrte, nur zum Abnehmen war er zu feige. Dabei war die Sache eindeutig. Entweder ließ er sich auf das Angebot zu einem gemeinsamen Treffen mit Maren ein, oder ...

Oder was?

Charlotte konnte ihre Drohungen nicht einfach in die Tat umsetzen. Fotos an jeden Baum in Billstedt zu hängen und »Kinderficker« drunterzuschreiben war tatsächlich Verleumdung. Außerdem hatten auch Täter Rechte. Das wusste Charlotte. Die Sache konnte für sie leicht nach hinten losgehen. Zumal Maren nie Anzeige erstattet hatte und es keine Beweise gegen Heinemann gab.

Das war der nächste kniffelige Punkt. Charlotte handelte ohne Marens Wissen und Zustimmung. Sie wollte ein Treffen ermöglichen, ohne dass die Freundin die Vorbereitungen mitbekam.

Denn falls der Versuch scheiterte, sollte Maren dadurch nicht noch weiter runtergezogen werden. Dieser Umstand schloss eine Plakataktion ebenfalls aus.

Charlotte wusste das. Aber Heinemann konnte es nicht wissen. Und darauf setzte sie.

Die Fotografin saß an Jans Schreibtisch in der Redaktion. Die ersten Male war sie für den Versuch, Heinemann zu erreichen, über die Wendeltreppe nach unten gegangen. Mittlerweile blieb sie auf dem Drehstuhl sitzen, obwohl alle im Raum dann mithören konnten. Schultheis saß am Arbeitsplatz gegenüber, hämmerte auf die Tastatur vor sich ein. Wolfgang Staube schrieb auch etwas, während Christian Freitag, der Volontär, in ein Headset sprach. Die Tür zu Petersens Büro war wie schon in den vergangenen Tagen nur angelehnt.

Vorhin hatte das Display ihres iPhones angezeigt, dass Jan versucht hatte, sie zu erreichen. Aber Charlotte war gedanklich auf Heinemann fixiert.

Sie rief das Anrufprotokoll auf und ließ das Gerät erneut Heinemanns Nummer anwählen.

»He, Schultheis!«, rief Christian Freitag derweil durch den Raum. »Jan Fischer will dich sprechen. Welche Durchwahl hast du noch mal?«

»Keine Zeit«, gab Schultheis laut zurück. »Sag ihm, ich kann jetzt nicht. Muss meinen Artikel fertig schreiben.«

»Okay«, meinte der Volontär und wiederholte die Aussage etwas leiser in das Mikrofon des Headsets. Dann rief er noch einmal: »Er sagt, er versucht schon den ganzen Tag, dich zu erreichen!«

»Ja. Ja«, sagte Schultheis nur dazu.

»Ich stelle ihn jetzt durch!«

Das Telefon neben Schultheis klingelte. Ärgerlich griff der

zum Hörer. »Was willst du denn? – Nein. – Was? – An Namen erinnere ich mich nicht. Die eine lag am Bullensee, die andere an der Wümme. Habe ich dir alles schon erzählt.«

Schultheis lauschte für eine Weile.

»Ihr Ziehsohn? Und der saß im Gefängnis? Meinetwegen. Dann war es eben nicht derselbe Täter. In der Gegend sprach man über beide Fälle. Das sah nach einer Serie aus. Die Zweite hatte was mit Keksen zu tun und war ziemlich reich. – Karen Bauer? – Kann sein. – Nein, mehr weiß ich nicht. Tschüss dann, Fischer. Ich muss jetzt weitermachen. Denn es gibt noch Leute, die hier arbeiten.«

Schultheis legte auf, lehnte sich zurück und begann zu grinsen. Dann schien er zu bemerken, dass er beobachtet wurde.

»Weißt du, was er gesagt hat? Ich soll freundlicher sein. Als ob ich nicht die Freundlichkeit in Person wäre!«

Charlotte hatte zwar nur die Hälfte des Gesprächs mitbekommen, wusste aber, dass Schultheis es Jan nicht leicht gemacht hatte. Sie wollte gerade etwas Passendes erwidern, als sich an ihrem Ohr eine Stimme mit »Heinemann!« meldete.

Etwas überrascht holte sie Atem. Beinah hatte sie vergessen, dass sie ihr Handy noch immer ans Ohr gepresst hielt. So schnell wie möglich versuchte sie sich zu fangen und fragte barsch, wieso Heinemann nicht schon früher ans Telefon gegangen sei. »Wissen Sie, wie oft ich angerufen habe?«

»Fünfmal«, wurde ihr entgegnet.

»Soll das ein Witz sein?«

»Nein«, antwortete ihr die brüchige Stimme des alten Mannes. »Der Apparat zeigt mir die eingegangenen Anrufe an. Ihre Nummer war fünfmal dabei.«

Erregt erhob Charlotte sich vom Stuhl, sodass dieser ein Stück zurückrollte. Mit dem iPhone am Ohr trat sie zum Fenster, blickte hinaus, ohne auf irgendetwas zu achten. »Also, was ist jetzt? Steht das Treffen, oder muss ich unangenehm werden?«

Die drei Männer im Raum hoben fast gleichzeitig die Köpfe, blickten Charlottes Rücken an. Die Fotografin hatte den linken Arm vor den Körper gezogen, umklammerte mit der Hand den rechten Ellenbogen, drückte sich das iPhone ans Ohr.

»Ich fühle mich verarscht, wenn Sie so lange nicht ans Telefon gehen. Und ich lasse mich nicht gerne verarschen.«

»Was soll denn das alles, Lotta? Das ist doch schon so lange her.«

»Für Sie bin ich *Frau* Sander. Damit das klar ist, *Herr* Heinemann!«, stieß sie hervor. Seit Ewigkeiten wurde Charlotte von niemandem mehr Lotta genannt. Das sollte sich auch jetzt nicht ändern. Bei ihrer ersten Begegnung auf dem Weg vom Supermarkt zu Heinemanns Wohnblock hatte sie es durchgehen lassen. Diesmal nicht. »Und was Sie von der Sache halten, ist im Moment völlig egal. Verstehen Sie, es interessiert mich einfach nicht. Ich will einzig und allein wissen, ob Sie bereit sind, sich mit Maren zu treffen.«

Ein »Wenn's sein muss!« wurde ins Telefon gehaucht.

»Wie bitte? War das ein Ja?«

»Ja.«

Für einen Moment schloss Charlotte erleichtert die Augen. Dann sagte Sie: »Gut. Ich schlage ein öffentliches Café vor. Gleich morgen.«

»Schon morgen?«

»Genau.« Charlotte wusste nicht, ob Maren dem Treffen ebenfalls zustimmen würde. Durchaus möglich, dass sie gar nicht mitmachte. Doch zumindest die Chance auf eine Aussprache wollte Charlotte der Jugendfreundin anbieten können. Wie sie darauf reagierte, war dann ihre Entscheidung. Das musste Heinemann allerdings nicht wissen. Wenn Maren nicht kommen wollte, würde er es früh genug merken.

»Aber dann bei mir. In meiner Wohnung!«, sagte Heinemann.

»Auf keinen Fall.«

»Sonst wird das nichts. Ich mache das nicht in der Öffentlichkeit, wo du alles fotografieren und aufnehmen kannst. Ich trau dir nicht, Lotta.«

»*Sie* trauen *mir* nicht?«

»Ganz genau. Also entweder bei mir oder gar nicht.«

Charlotte drehte sich kurz um. Die Redakteure und Volontär Christian taten so, als wären sie wieder mit eigenen Aufgaben beschäftigt.

»Elf Uhr. Wenn Sie nichts mehr von mir hören, sind wir um elf Uhr bei Ihnen.«

Mit erhitzten Wangen beendete Charlotte das Gespräch und legte das iPhone zittrig auf den Schreibtisch. Ein feuchter Handabdruck blieb auf dem Gehäuse zurück. Ihr Blick ging schnell von Wolfgang Staube zu Matthias Schultheis und dann zu Christian Freitag. Staube erwiderte den Blick und sah dann sofort wieder weg. Schultheis krauste die Stirn. Freitag kraulte sich scheinbar geistesabwesend seinen Dreitagebart. Es gab nichts, was Charlotte den Männern im Raum hätte erklären müssen. Mit festen Schritten ging sie durch die Redaktion.

## 23

Maren wohnte mit ihrem Mann in einer Reihenhaussiedlung. Große Waschbetonplatten lagen vor jedem Hauseingang. Es fiel

Charlotte nicht leicht, an ihrer Haustür zu klingeln. Sie hatten zwar im Eiscafé die Adressen ausgetauscht, trotzdem rechnete Maren bestimmt nicht damit, dass sie sich so schnell wiedersehen würden. Und schon gar nicht rechnete sie mit dem, was Charlotte ihr zu erzählen, ja, zu beichten hatte.

Lothar Heinemann aufzulauern hatte Mumm erfordert. Maren nun zu sagen, dass ihr früherer Peiniger einem Treffen zugestimmt hatte, war jedoch eine viel größere Herausforderung. Charlotte war mit ihrem Vorpreschen übergriffig und vielleicht auch taktlos gewesen. Aber sie tat es mit den besten Absichten. Mit diesem Gedanken sprach sie sich selbst Mut zu. Und sie hoffte, dass Maren dies vielleicht auch so sehen würde.

Als nicht Maren die Tür öffnete, sondern ein gut aussehender Mann, war Charlotte für einen Moment erschrocken und erleichtert zugleich. Sören Beister, vermutete sie. Marens Ehemann.

»Hallo«, sagte sie und streckte dem Mann ihre Hand entgegen. »Ich bin Charlotte Sander. Eine alte Freundin von Maren.«

»Na, so alt sind Sie nun auch wieder nicht«, sagte der Mann grinsend und fügte hinzu: »Entschuldigung, ganz schwacher Spruch. Das muss besser werden.«

Stimmt, dachte Charlotte. Aus irgendeinem Grund war sie trotzdem hingerissen. Ihr Gegenüber hatte halblange Haare und strich sich beiläufig eine Strähne aus den Augen. Der grobe Strickpullover und die verwaschenen Jeans imitierten einen Schmuddellook, doch das Material und die teuren Lederschuhe zeigten, dass der Mann auf sein Äußeres achtete.

»Sören«, sagte er und schüttelte Charlottes Hand. Sein Händedruck war etwas weich, passte nicht ganz zum Auftreten der Person.

Maren sei kurz einkaufen, komme aber bestimmt gleich zurück, sagte Sören. Einladend deutete er in den Flur. »Komm doch rein.«

Charlotte ging an dem Mann vorbei. Dann schloss er die Tür und sagte, sie solle weiter zur Wohnküche gehen.

»Maren hat mir nur kurz von dir erzählt. Ihr kennt euch schon länger?«

»Ewig«, erwiderte Charlotte.

Das Haus war von innen viel freundlicher und heller, als es von außen wirkte. Die Wände im Flur waren leicht mintfarben, die Wohnküche in einem sehr hellen Gelbton gestrichen. Die Einbauküche und der Tresen bestanden aus Echtholz. Rote Fliesen im Küchenbereich gingen in Eichenparkett über, das bis zu den großen Gartenfenstern reichte und auf dem sich das Licht spiegelte. An der Wand hingen zwei Bilder mit Meeresmotiven und ein riesiger Flachbildschirm. Rechts stand ein Ofen aus nacktem schwarzem Metall. Die Frontscheibe war blitzblank geputzt, genauso wie das ganze Erdgeschoss. Charlotte konnte sich nicht vorstellen, dass die anderen Reihenhäuser links und rechts auch nur annähernd so ausgestattet waren.

Sören Beister nahm ein großes Glas aus dem Schrank, stellte es unter einen Kaffeevollautomaten und drückte wie selbstverständlich auf Latte Macchiato. »Ich habe doch bestimmt richtig getippt?«, fragte er, als das Gerät gurgelnd mit dem Milchaufschäumen beschäftigt war. »Oder möchtest du einen Espresso?«

»Bloß nicht«, wehrte Charlotte ab, denn sie war schon nervös genug wegen des Gesprächs, das ihr mit Maren bevorstand.

»Etwas Zucker?« Sören Beister schob ihr einen hübschen Zuckertopf zu. Charlotte schüttelte den Kopf. Als wären sie irgendwo an einer Strandbar, setzte Sören sich dann neben sie auf einen Hocker und aß von einem Toast.

»Wenn du möchtest, kann Maren dir nachher auch noch einen

Saft machen«, meinte er lächelnd. Sein Blick ging zuerst zu einer Schale mit kleinen Orangen, verfing sich dann in Charlottes Augen. »Ich habe es leider etwas eilig. Sonst würde ich es selbst tun.«

Charlotte lächelte zurück. Sie hatte gar nicht mitbekommen, wann sie und Marens Mann zum Du übergegangen waren. Aber sie fand es ganz angenehm. Es passte zu dem frechen Gesichtsausdruck, den Sören Beister trug.

Gleich wird er bestimmt eine Bemerkung zu meinen grünen Augen machen, dachte sie. Doch das tat er nicht. Und irgendwie wurde die Situation dadurch sogar noch angenehmer. Die abgedroschenen Sprüche über ihre ach so faszinierenden »Katzenaugen« hingen ihr nämlich zum Hals raus.

Charlotte umfasste das Glas, merkte, dass ihre Hände gar nicht mehr ganz so kalt waren wie eben noch vor der Haustür. Dann kamen Geräusche aus dem Flur.

»Da ist sie schon«, stellte Sören Beister fest. »Dann lass ich euch Mädels jetzt allein. Wir sehen uns bestimmt noch mal.«

Wie aus dem Nichts hatte er einen Autoschlüssel in der Hand, hielt ihn aussagekräftig hoch und glitt an Charlotte vorbei vom Hocker. Beeindruckt stellte sie fest, dass der Mann nicht nur gut aussah, er roch auch so.

Maren erschien in der Tür. Sie blieb stehen, sah Charlotte an, blickte zu Sören und dann wieder zu Charlotte. Schweigend trat sie hinter den Küchentresen und stellte ihre Einkäufe ab.

»Was hast du ihm erzählt?«, fragte sie, ohne sich umzudrehen, nachdem sich die Haustür geschlossen hatte und die Schritte ihres Mannes verklungen waren.

»Nichts«, antwortete Charlotte wahrheitsgemäß. »Ich wollte mit dir reden, nicht mit ihm.«

Langsam drehte Maren sich um. Ihr Gesichtsausdruck ließ sich nicht deuten. »Also?«, sagte sie auffordernd, und Charlotte merkte, wie die Kälte in ihre Hände zurückkehrte, obwohl sie das Glas Latte Macchiato umschlossen hielt.

»Ich habe mit Heinemann gesprochen.«

Charlotte rechnete mit einem entsetzten Gesichtsausdruck, vielleicht mit einem Fluchen oder dass Maren sie beschimpfte. Stattdessen sah die blonde Frau sie nur stumm an.

»Ich musste ihn einfach fragen. Und er macht es.«

»Was musstest du fragen? Was macht er?«

»Wenn du noch willst, trifft er sich mit dir. Du hast doch gesagt, dass du das willst.«

# 24

Eigentlich handelte es sich um einen Lieferservice, doch der Laden hatte auch zwei Stehtische drinnen und zwei Tische mit Stühlen draußen. Jan gönnte sich eine Pizza und ein Bier, saß danach noch eine Weile an einem der Tische und beobachtete den Verkehr. Von Zeit zu Zeit kam ein Fußgänger vorbei, doch wesentlich mehr Autos und Lkw donnerten über die Straße.

Als die Sonne hinter der Hausecke verschwand, ging Jan zurück ins Hotel, klappte sein Notebook auf, gab das Passwort ein und legte den Notizblock neben sich. Er wollte möglichst viele Details, die er zu seinen Notizen noch frisch im Gedächtnis hatte, strukturiert niederschreiben.

Jan erstellte einen Dateiordner mit dem Namen *Alexandra Harms* und schrieb in ein Textdokument alle Informationen, die er von deren jüngerer Schwester Julia über den Vermisstenfall bekommen hatte. Und weil er kein Fan von Internet-Clouds war, verband er sein Smartphone mit dem Rechner und lud die Fotos, die er vom Hof der Familie Harms gemacht hatte, in den Dateiordner. Schnell klickte er die Bilder einmal durch, schloss den Ordner wieder und erstellte einen weiteren mit dem Namen *Silvia Keller*.

Die Notizen, die Jan sich zu der ermordeten Abiturientin gemacht hatte, waren wesentlich umfangreicher. Er gab Informationen zum Fundort ein, versuchte die Eindrücke, die er am Bullensee selbst gesammelt hatte, mit den Angaben aus den Polizeiakten zu verbinden.

Doch bald fiel ihm auf, dass bei ihm durch das Eintippen und das damit verbundene Ordnen seiner Gedanken nur noch mehr Fragen zum Ablauf des Tatnachmittags entstanden. Er nahm sein Handy und suchte im Internet die Telefonnummer von Andreas Taube heraus, dem besten Freund von Lucas Prahl.

Den Akten nach waren Silvia, Lucas und Andreas zu dritt zu dem Treffen am See gefahren. Zurück nach Rotenburg fuhren die jungen Männer ohne das Mädchen. War diese Entscheidung logisch? Konnten die beiden wirklich davon ausgehen, dass Silvia mit jemand anderem nach Hause gefahren war?

Eine Frauenstimme meldete sich am Anschluss von Andreas Taube. Schnell reichte die Frau den Hörer an ihren Mann weiter.

»Taube!« Die Stimme des Mannes klang hart.

Jan stellte sich noch einmal vor.

»Und? Was wollen Sie jetzt von mir? Sollten Sie nicht lieber mit Silvias Eltern sprechen, oder mit Lucas Prahl, ihrem Ex?«

»Habe ich schon«, gestand Jan. »Beide waren, ehrlich gesagt, nicht sehr gesprächsbereit.«

»Haben Sie abblitzen lassen, was?«

»So könnte man es ausdrücken.«

»Kann ich mir vorstellen. Lucas war noch nie besonders gesprächig. Das ist nach Silvias Tod auch nicht besser geworden.«

»Redet man heute noch unter Freunden über Silvia und das, was damals passiert ist?«, fragte Jan, der zufrieden feststellte, dass Andreas Taube am Telefon auftaute. Die anfängliche Härte war aus seiner Stimme verschwunden. Genau genommen befanden sie sich bereits mitten in einem Interview.

»Eher selten«, sagte Taube nun. »Und schon gar nicht mit Lucas. Die Sache war tragisch damals, superschade um Silvi. Die war echt prima.«

»Am Abend hat Lucas doch am See noch nach ihr gesucht, richtig? Er hatte sich Sorgen gemacht. Und dann sind er und Sie trotzdem einfach nach Hause gefahren. Warum das?«

»Na, weil Silvi total launisch sein konnte«, meinte Andreas Taube spontan. »Die schnappte leicht mal ein. Da passte es schon, dass sie einfach abgehauen ist. Es krachte ja häufiger mal zwischen Lucas und ihr. Logisch. Er ist etwas aufbrausend, und sie war schnell beleidigt.«

»Lucas Prahl ist doch zuerst allein hinter Silvia hergegangen?«

»Ja«, kam es bestätigend aus der Leitung. »Und ich weiß, worauf Sie hinauswollen. Aber glauben Sie mir, er hat sie nicht getötet. Die Zeit hatte er gar nicht. Außerdem war sie ja schon fast zwanzig Minuten weg, als er ihr nachgegangen ist. Vielleicht sogar schon eine halbe Stunde. Wie hätte das gehen sollen?«

»Sie könnte irgendwo auf ihn gewartet haben. Vielleicht setzte sie darauf, dass er hinterherkommt. Schmollend, wie Sie sie beschrieben haben. Und dann knallte es erneut zwischen den beiden.«

»Ja, klar«, meinte Andreas Taube. »Und danach hat er sie noch dreihundert Meter durch den Wald geschleift. Glauben Sie mir, ich habe mir das alles sehr genau durch den Kopf gehen lassen, nachdem Silvi gefunden wurde. Er kann es nicht gewesen sein. Er war höchstens zehn Minuten weg. In der Zeit geht das alles nicht.

Vielleicht hätte er sie erwürgen und dann am Wegesrand liegen lassen können. Was ich ihm übrigens auf keinen Fall zutraue, weil er echt in sie verliebt war. Aber anschließend hätte er nie die Zeit gehabt, sie so tief in den Wald zu schleifen. Und woher hätte er das Stromkabel nehmen sollen? Er hatte definitiv keines dabei.«

Jan nickte. Mit einer Hand presste er sich das Telefon ans Ohr, mit der anderen schrieb er mit. »Richtig«, sagte er. »Das Stromkabel.«

Jan machte ein großes Fragezeichen auf seinen Notizblock.

»Vielleicht Müll, der im Wald rumlag?«

»Könnte natürlich sein«, stimmte Andreas Taube zu. »Aber wenn er Silvi erwürgen wollte, hätte er dafür kein Kabel gebraucht. Das können Sie mal annehmen. Außerdem wurde sie von hinten erwürgt. So was macht doch keiner im Zorn.«

»Sie sind sich da völlig sicher, was?«

»Zu hundert Prozent. Wie gesagt, ich habe lange darüber nachgedacht. Besonders damals, als es gerade passiert war. Ich habe alle Möglichkeiten durchgespielt. Keine schönen Gedanken, wenn es um die eigenen Freunde geht. Aber das mit Silvi war mit absoluter Sicherheit ein Fremder, keiner aus unserer Clique.«

»Besteht die Clique heute noch?«

»Nein. Wir sind alle unserer Wege gegangen. Einige wohnen nicht mal mehr in der Gegend.«

»Silvias Eltern wohnen noch hier.«

»Ja, die schon. War schlimm für sie. Ist es bestimmt auch immer noch. Letzten Samstag habe ich sie auf dem Markt gesehen. Grau und alt sehen sie aus. Alle beide. Silvi war ja Einzelkind.«

Jan kannte zwar nur die Stimmen der beiden alten Leute, konnte sich aber ein ziemlich gutes Bild von ihnen machen. Dann kam er noch einmal auf Lucas Prahl zu sprechen. »Was arbeitet er eigentlich?«

»Irgendwas Technisches bei Mercedes«, antwortete Andreas Taube.

»Autowerkstatt?«

»Nein, nein. Im Werk.«

Jan überlegte kurz. »In Harburg gibt es ein Werk.«

»Ja. Und in Bremen. Meistens ist er, glaube ich, in Bremen. Aber über die Autobahn ist Hamburg ja auch nicht so weit weg.«

»Das stimmt. Verdient man da gutes Geld?«

»Vermutlich.«

Jan schrieb Hamburg und Bremen auf, unterstrich beide Städtenamen. Dann blätterte er seinen Notizblock um, doch es gab nichts, was er auf die nächste Seite schreiben konnte. Fragen hatte er keine mehr. Und da auch sein Gesprächspartner schwieg, legte er den Stift zur Seite.

»Vielen Dank für Ihre Offenheit«, sagte er und fügte hinzu: »Muss ein komisches Gefühl gewesen sein, ohne Silvia nach Hause zu kommen. Ich meine, nachdem Sie ja zu dritt zum See gefahren waren.«

»An die Rückfahrt selbst kann ich mich nicht mehr erinnern. Aber wenn man im Nachhinein erfährt, was passiert ist, macht man sich natürlich wahnsinnige Vorwürfe. Die Sache hat mich lange gequält. Auch wenn wir sowieso nichts mehr für Silvi hätten tun können. Sie war zu dem Zeitpunkt, also, als wir wegfuhren, ja schon tot.«

»Das stimmt«, entgegnete Jan und notierte sich auf seinem Block, dass er den genauen Todeszeitpunkt noch einmal mit allen Zeugenaussagen vergleichen wollte. War Silvia definitiv schon tot, als die Gruppe sich am See trennte und Lucas Prahl mit Andreas Taube nach Hause fuhr? Er malte ein weiteres Fragezeichen. Dann beendeten die beiden Männer ihr Gespräch.

Dunkelheit schlich sich ins Zimmer, während Jan seine

jüngsten Notizen in die Textdatei übertrug. Bald wurde sein Gesicht nur noch bläulich vom Bildschirm beleuchtet. Als ihm die Buchstaben vor den Augen zu verschwimmen begannen, speicherte er alles und klappte das Gerät zu. Müde, aber zufrieden rieb er sich die Stirn. Er war bereit für den morgigen Tag. Simone Jonker wollte sich noch einmal mit ihm treffen. Die Ex-Kommissarin hatte es am Telefon sehr geheimnisvoll gemacht. Statt weiterer Informationen und einer richtigen Adresse hatte sie Jan nur GPS-Koordinaten genannt.

## 25

Charlotte wollte Maren mit ihrem Auto abholen und nach dem Treffen mit Heinemann auch wieder nach Hause bringen. Dazu räumte sie den Beifahrersitz und den Fußraum vor dem Beifahrersitz leer. Das meiste landete im Kofferraum, vieles aber auch in der Abfalltonne einer Tankstelle. Selbst den Staubsauger der Tankstelle benutzte Charlotte, denn es war ihr ein Bedürfnis, Maren in ein sauberes Auto steigen zu lassen. Na ja, so sauber, wie es eben ging.

Das war alles untypisch für Charlotte, und sie wusste es. Es war ihr sonst egal, was die Leute über ihr Auto dachten oder generell über sie als Person. Aber zurzeit war alles anders.

Sie ging vor dem Treffen mit Heinemann noch einmal in die Redaktion, um Mut zu schöpfen. Ein Kaffee in vertrauten Räumlichkeiten und vertraute Gesichter gaben Sicherheit.

Monika Mai schenkte ihr vom Empfangstresen aus ihr schönstes Lächeln. Die Frau hatte es einfach drauf, anderen ein gutes Gefühl zu geben. Sie war alt genug, um für Charlotte als Mutterfigur zu funktionieren, aber noch jung genug, um als beste Freundin infrage zu kommen. Ohne es zu wollen, begann Charlotte Monika von dem bevorstehenden Treffen zu erzählen. Keine Details. Alles etwas verklausuliert. Auch, weil sie sich nicht richtig allein mit Monika fühlte. Immer wieder huschte jemand hinter ihnen her und die Wendeltreppe zur Redaktion hinauf. Aber Monika begriff sofort, dass der heutige Tag wichtig für Charlotte war – und für eine Freundin von ihr, die sie nicht näher beschrieb.

Monika streckte ihre Hand aus und berührte Charlotte am Arm. Das tat gut und erfüllte Charlotte mit lebendiger Energie.

»Danke«, sagte sie nach einer Weile und wischte sich Tränen aus dem Auge. »Ich weiß auch nicht genau, was mit mir los ist. Andauernd heule ich rum.«

»Mach dir nicht zu viele Gedanken«, erwiderte Monika schlicht. »Alles wird gut.«

»Kann ich den hier bei dir lassen?«

Charlotte stellte ihren Kaffeebecher auf den Empfangstresen, und Monika nickte. Nun hatte sie die Kraft, um in den Kampf zu ziehen.

Maren öffnete eine halbe Stunde später die Tür zu ihrem Reihenhaus, noch bevor Charlotte klingeln konnte. Die anschließende Fahrt nach Billstedt erschien ihr heute besonders weit. Charlotte stellte das Radio an, hatte aber nicht das Gefühl, den richtigen Sender zu finden, ließ etwas Musik laufen, drehte dann weiter.

Maren saß kerzengerade neben ihr. Die Knie aneinandergepresst, die Hände im Schoß gefaltet. Sie war komplett dunkel gekleidet. Die Haare hatte sie wieder zu einem festen Zopf gebunden. Ihr Gesicht wirkte blass wie immer. Fast sah sie wie ein Mädchen auf der Fahrt zur Konfirmation aus. Unsicher, was der Tag bringen würde. Angeblich änderte sich an solch einem Tag vieles. Durch die Konfirmation werde man ein Teil der Kirchengemeinde, hieß es. Man werde erwachsen und sehe die Welt mit anderen Augen. Würde das Gespräch mit Heinemann Marens Leben auf eine ähnliche Weise verändern? Charlotte versuchte zu verstehen, was in ihrer Freundin vorging, doch in Wahrheit hatte sie keine Ahnung.

Charlotte wusste nicht einmal, ob Marens Mann über die Sache informiert war. Konnte er ihr in Krisenmomenten beistehen? Oder war er eine Frohnatur, die nichts ahnte, und wenn doch, die nichts fragte, weil sie die Antworten nicht hören wollte?

Auf dem Vorplatz vom Billstedt-Center war Wochenmarkt, die Straßen rundherum zugeparkt. Der zusätzliche Zeitaufwand für die Suche nach einer Parklücke machte Charlotte noch nervöser. Dabei waren sie rechtzeitig losgefahren. Endlich fand sie einen Platz, manövrierte ihren Clio bis dicht an die vordere Stoßstange eines Lieferwagens, schlug nach rechts Richtung Bordsteinkante ein und setzte noch ein paar Zentimeter nach vorn. Mit einem zaghaften Lächeln sah sie zu Maren hinüber.

Die erwiderte den Blick nicht. Keine Regung spiegelte sich auf ihrem Gesicht.

»Wollen wir?«, fragte Charlotte und ärgerte sich im selben Moment über die Formulierung. Doch als Maren antwortete, merkte Charlotte, dass sie mit der Frage genau ins Schwarze getroffen hatte.

»Ich kann das nicht!«, sagte Maren.

Charlotte schwieg. Das Radio plärrte einen Jingle über die beste Musik. Charlotte schaltete es aus.

»Wir machen das zusammen.«

»Aber was ist …« Nun drehte Maren doch den Kopf und sah Charlotte an. »Was, wenn er alles abstreitet?«

Sie knetete ihre Hände im Schoß.

»Vielleicht habe ich mir das alles nur eingebildet. Vielleicht war alles gar nicht so schlimm. Oder vielleicht wollte ich das alles selbst.«

»Du wolltest das nicht. Du warst ein Kind.« Charlotte schüttelte zur Bestätigung der eigenen Worte den Kopf. »Aber es ist passiert. Du weißt es. Er weiß es.«

»Meine Mutter hat damals gesagt, ich soll mich nicht so wichtig nehmen.«

Einen Moment setzte bei Charlotte die Atmung aus. Marens Mutter wusste von den Übergriffen?

»Dann hat sie mich vom Singen abgemeldet. Aber nichts, was ich anfange, würde ich auch zu Ende führen, hat sie gesagt. Und Papa hätte mir auch nicht geglaubt. Ich wollte es ihm erzählen. Aber ich hab mich so geschämt. Es ging nicht. Wenn ich wollte, dass er mich in den Arm nahm, hat er mich weggeschoben. Und einmal ... da habe ich ihn geküsst. Einfach auf den Mund. Ich weiß nicht, warum. Vielleicht, weil ich pervers bin. Vielleicht, damit er mich einfach nur bemerkt. Da hat er mir eine Ohrfeige gegeben. Und ich bin in mein Zimmer gegangen. Habe die Tür zugeworfen. Abschließen durfte ich nicht. Das war verboten. Aber ich habe sie zugeknallt. So laut, dass alle in der Wohnung es hörten. Danach habe ich nie wieder versucht, mit Mama und Papa darüber zu reden.«

Charlotte griff spontan nach rechts, legte ihre Hand auf Marens ineinander verschlungene Hände. Sie fühlten sich eiskalt an.

»Ich bleibe die ganze Zeit bei dir«, sagte Charlotte. »Egal, was Heinemann sagt oder tut. Ich lasse dich keine Sekunde allein. Das verspreche ich.«

# 26

Heinemanns Wohnung lag im vierten Stock. Der Aufzug war klein und wenig vertrauenerweckend. Beide Frauen rangen in der Enge nach Atem, bis sich die Türen endlich wieder öffneten. Im Hausflur roch es unangenehm nach Mittagessen.

Die Etage hatte vier Türen. Eine wurde nun geöffnet. Der grauhaarige Mann, dem Charlotte zwei Abende zuvor beim Einkaufen aufgelauert hatte, blickte ihnen mit ausdruckslosen Augen entgegen.

Charlotte trat geradewegs auf ihn zu. Keiner von beiden streckte die Hand zur Begrüßung aus. Lothar Heinemann drehte sich wortlos um, ging durch den schmalen Flur zum Wohnzimmer. Offenbar war es ihm egal, wer die Tür wieder schloss.

Die Wohnung roch muffig. Die Kommoden und Schränke mussten abgestaubt, die Gardinen gewaschen werden. An den Wänden hingen Bilder von Bach und Brahms. Ein elektronisches Klavier stand in einer Ecke des Wohnzimmers. Der Tastendeckel und der Notenständer waren auch verstaubt. Ein Kopfhörer lag auf einem Stapel Noten. Es gab noch einen Tisch mit zwei Stühlen, einen Sessel und einen Fernseher im Raum. Mehr passte nicht hinein.

Heinemann blickte Maren an, bot ihr einen Stuhl an, setzte sich selbst auf den anderen. Charlotte war die Unhöflichkeit ihr gegenüber egal, sie holte sich, ohne zu fragen, den Klavierhocker und setzte sich neben Maren. Stumm hielt diese die Hände im Schoß gefaltet.

»Wir haben uns lange nicht mehr gesehen«, sagte Heinemann.

Maren hob den Blick. »Weil Sie mich nicht sehen wollten. Ich habe Ihnen viele Briefe geschrieben. Und ich habe angerufen.«

»Ja, ich weiß«, entgegnete Heinemann. »Aber du hast da so schlimme Sachen geschrieben.«

Maren schluckte trocken. »Sie haben schlimme Sachen gemacht.«

Der alte Mann schüttelte den Kopf.

»Nein?«, fragte Maren.

Stumm blickte Heinemann die blonde Frau an.

»Angefangen hat es in Wien«, sagte Maren nach einer Weile der Stille. »Sie haben mich in diesen Extraraum geführt und gesagt, dass Sie mit mir sprechen müssten. Dann meinten Sie, dass ich bei den Vorführungen nicht so gut singe wie bei den Proben. Deshalb würden Sie überlegen, ob Sie mich früher nach Hause schicken sollen. Auch wenn Ihnen das sehr leidtue, weil ich ja so ein liebes Mädchen bin. Immer freundlich, immer bemüht. Ich kann mich an jedes Wort erinnern.«

Der Mann ihr gegenüber strich sich das spärliche Haar nach hinten. Schweiß stand auf seiner Stirn.

»Dann haben Sie gesagt«, sprach Maren weiter, »Sie würden es sich vielleicht noch anders überlegen. Ich müsste nur ein bisschen netter zu Ihnen sein. Ich sollte mich auf Ihren Schoß setzen und etwas streicheln lassen, haben Sie gesagt. Mehr nicht. Das würde schon reichen.

Aber am nächsten Abend reichte es nicht mehr. Und ich musste mich auf einen Tisch legen. An diesen Tisch kann ich mich auch noch ganz genau erinnern.«

Maren erzählte mit unbewegter Miene. Anders als beim Gespräch mit Charlotte vor drei Tagen im Eiscafé wirkte sie diesmal völlig unbeteiligt. Nur ihre Hände knetete sie wie schon im Auto die ganze Zeit.

»Später haben Sie dann gedroht, nicht nur mich, sondern auch Charlotte aus dem Chor zu werfen. Wenn ich nicht mehr mitmachen will oder es jemandem erzähle.«

Jedes Wort vergrößerte bei Charlotte das Entsetzen. Als ihr eigener Name fiel, füllten sich ihre Augen mit Tränen. Nur noch verschwommen konnte sie sehen, wie Maren und Heinemann sich gegenübersaßen. Die Vergangenheit wurde für sie hingegen immer deutlicher.

»Also lief es auf den Reisen danach genauso«, sprach Maren weiter. Sachlich. Was sie sagte, waren Fakten. »Fast jeden Abend. In Prag und in Budapest. Damals wusste ich noch nicht, dass Sie es auf anderen Reisen mit Vanessa und Bianca genauso gemacht haben.«

»An diese Namen kann ich mich nicht erinnern«, sagte Heinemann leise.

Maren blickte auf den Notenstapel beim Klavier.

»Und Wien«, meinte Heinemann schließlich, »wann sagst du, soll das gewesen sei? Da war ich überhaupt nicht mit. Ich war nicht in Wien. Vielleicht verwechselst du da ein paar Dinge.«

»Tut sie nicht«, zischte Charlotte. »Und ich kann es beweisen.«

Aus der Handtasche neben ihrem Hocker zog sie ein Päckchen mit Fotos. »Ich habe schon immer viel fotografiert«, sagte sie. »Das haben Sie wohl auch vergessen.«

Nebeneinander breitete Charlotte verschiedene Aufnahmen auf dem Tisch aus.

»Alles Bilder aus Wien«, sagte sie. »Ich habe sie gleich rausgesucht, nachdem Maren mir alles erzählt hatte. Und bitte schön, schauen Sie mal hin. Wer das wohl ist?

Hier, der da. Erkennen Sie sich etwa selbst nicht wieder?

Das sind Sie vor der bekannten Karlskirche. Einwandfrei. Da gibt es keinen Zweifel. Und hier auf dem Gruppenbild. Da sind wir alle drauf. Auch Sie und ich und Maren.«

Charlotte drehte das Foto um, deutete auf das auf die Rückseite gestempelte Datum. Doch das schien Heinemann nicht zu beeindrucken.

Charlotte war sprachlos über so viel Ignoranz. Mit zitternden Händen holte sie ihre Zigaretten aus der Tasche.

»Hier wird nicht geraucht, Lotta!«, sagte Heinemann.

Wütend entzündete sie die Zigarette und blies Rauch über den Tisch. »Ich heiße Charlotte!«

Heinemann sah sie streng an; ganz wie der Chorleiter aus vergangenen Tagen.

»Geh doch zum Rauchen ans Fenster«, schlug Maren vor.

Ärgerlich stand Charlotte auf, öffnete ein Fenster und rauchte die Zigarette dort.

Als sie zurück zu den anderen beiden trat, hatte Heinemann die Hände gefaltet auf dem Tisch liegen. Gesprochen hatten er und Maren nichts. Langsam hob der alte Mann nun den Blick, tat das, was er vorher die ganze Zeit vermieden hatte. Er sah seine Musikschülerin von einst direkt an.

»Ich«, begann er, wandte den Blick wieder ab, erhob sich von seinem Stuhl und ging im Wohnzimmer auf und ab. Er schaute auf das Klavier, dann wieder zu Maren. Charlotte versuchte er zu ignorieren. Schließlich blieb er nur einen Schritt von Maren entfernt stehen.

»Wenn das wirklich so war«, sagte er stockend. »Wenn ich dir diese Sachen wirklich angetan habe …«

*Wenn*, dröhnte es in Charlottes Kopf nach. Wieso *wenn*?

Heinemann sah auf Maren hinunter, die langsam den Blick in seine Richtung drehte. »Willst du mir dann nicht vergeben?«

Fassungslos musste Charlotte zusehen, wie der alte Mann die Arme öffnete, so als wolle er einem Kind Trost spenden. Sie war erschlagen von dieser Dreistigkeit. Statt alles zuzugeben und zu bereuen, stellte der Mann eine Forderung. *Maren* sollte etwas tun, nicht er. *Sie* sollte vergeben, nicht *er* bereuen.

Am liebsten hätte Charlotte ihn geschlagen.

Da nahm ihre Jugendfreundin die Hände aus dem Schoß, stand auf, stellte sich vor Heinemann und umarmte ihn.

Ein Schauer durchlief Charlottes Körper. Sie empfand Ekel und Abscheu, als auch der greise Mann seine Arme um die Frau legte. Nur langsam wurde Charlotte klar, dass dies vielleicht das Einzige war, was Maren von dem alten Mann bekommen konnte. Mehr hatte dieses Monster ihr nicht zu bieten.

Es war keine Entschuldigung, aber ein Geständnis. Es war nicht viel, fast gar nichts, aber vielleicht würde es ihr helfen, mit den Geschehnissen von damals fertigzuwerden.

Im Auto noch hatte Maren an ihrer eigenen Erinnerung gezweifelt.

*»Vielleicht habe ich mir das alles nur eingebildet. Vielleicht war alles gar nicht so schlimm. Oder vielleicht wollte ich das alles selbst.«*

Marens Worte.

Doch nun hatte sie die Gewissheit. Alles war passiert. Dieser Mann hatte es getan. Ein Mensch. Ein abstoßender, ekelerregender Mann. Aber ein Mensch.

Wie konnte Charlotte es Maren also verdenken, dass sie Heinemanns Angebot annahm?

Schweigend standen das ehemalige Chormädchen und sein Chorleiter da. Schier unendliche Minuten, wie es Charlotte schien. Dann ließ Maren den alten Mann wortlos wieder los. Seine Arme lösten sich zeitgleich. Ohne sich umzusehen, schritt Maren aus dem Zimmer.

Voller Verachtung für Heinemann sammelte Charlotte mit zitternden Händen die Fotos vom Tisch.

»Sie sind ein böser Mensch«, zischte sie. »Wenn es eine Hölle gibt, dann werden Sie darin schmoren. Und ich spucke zur selben Zeit auf Ihr Grab.«

# 27

Der Wagen ließ sich ganz normal starten, doch das Anfahren bereitete Jan Schwierigkeiten. Sein alter VW schaffte es nur sehr mühsam, vom Hotelparkplatz zu rollen. Als Jan dann vom ersten in den zweiten Gang schaltete und auf das Gaspedal trat, beschleunigte er so gut wie gar nicht. Die Tachonadel schaffte es nicht, über 20 km/h zu klettern. Selbst im Ort war Jan damit ein Verkehrshindernis. Er zuckte entschuldigend mit den Schultern, als ihn eine Kolonne Fahrzeuge überholte. Sogar ein Trecker war darunter. Wie unangenehm.

Er steuerte den nächsten Parkstreifen rechts an und setzte den Blinker. Das hatte er schon mal großartig gemeistert. Doch wie nun rechtzeitig nach Verden kommen? Die GPS-Koordinaten, die Simone Jonker ihm gegeben hatte, führten in ein Waldgebiet in der Nähe der niedersächsischen Domstadt. Das hatte ihm sein Notebook noch gestern Abend verraten. Jan wollte das Treffen mit der Ex-Kommissarin auf keinen Fall platzen lassen. Er war viel zu gespannt auf das, was ihn dort im Wald erwarten würde.

Auf den ADAC zu warten oder bis zur nächsten Werkstatt im Schritttempo zu rollen würde zu sehr aufhalten. Blieb fürs Erste nur ein Taxi, auch wenn das ganz schön teuer werden würde.

Ging halt nicht anders. Simone Jonker war bestimmt auch schon unterwegs. Sie reiste schließlich aus Hannover an, was noch ein Stück weiter entfernt lag.

Jan griff zu seinem Smartphone. Doch bevor er es entsperren konnte, zeigte das Display samt einem anschwellenden Klingelton ein ankommendes Gespräch an. Jan kannte die gezeigte Nummer nicht, wischte über den Bildschirm und drückte sich das Telefon ans Ohr.

Eine weibliche Stimme meldete sich. »Hier ist Julia Harms«, sagte sie. »Erinnern Sie sich? Sie haben mir gestern Ihre Karte gegeben.«

»Ja, klar«, erwiderte Jan. »Natürlich erinnere ich mich.«

Eine kurze Pause entstand. Jan sah die junge Frau vor seinem inneren Auge mit ihrer dementen Mutter im dunklen Esszimmer des alten Bauernhauses sitzen. »Was kann ich für Sie tun? Warum rufen Sie an?«

»Ich möchte noch mal mit Ihnen reden. Über die Sache mit Alexandra.«

Jan spitzte die Ohren. »Können wir gern machen. Wann denn?«

»Am besten gleich? Geht das?«

Jan stockte. »Leider nein. Ich bin schon verabredet. Und mein Auto hat zu allem Überfluss auch gerade den Geist aufgegeben. Wie wäre es mit morgen? Ich hoffe, dass ich bis dahin wieder mobil bin.«

»Ihr Auto ist kaputt?«

»Ja. Gerade eben passiert. Bin vom Parkplatz gerollt, und das war's.«

»Wo sind Sie denn jetzt?«

»Von meinem Hotel ein paar Hundert Meter die Hauptstraße runter. Schöner Mist. Weiter bin ich nicht gekommen.«

Wieso erzählte er der Frau dies alles? Jan wusste es nicht.

»Das ist ...«, entgegnete Julia Harms stockend. »Ein ziemlicher Zufall. Na gut, kein Zufall. Ich stehe vor dem Hotel, weil ich gehofft hatte, jetzt mit Ihnen sprechen zu können.«

»Vor dem Hotel?«

»Ja.«

»Da bin ich gerade weggefahren.«

»Ja. Sagten Sie schon.«

Stimmt. Das hatte er schon gesagt.

»Kann ich ... Also ... wäre es in Ordnung, wenn ich kurz zu Ihnen komme? Einfach die Hauptstraße runter, richtig? Welche Richtung denn?«

»Nach rechts. Richtung Verden.«

Was hätte Jan anderes sagen sollen? Wenn Julia Harms schon mal in der Nähe war.

»Aber ich habe es eilig«, fiel ihm noch ein. Doch da hatte die Anruferin schon aufgelegt. Kurz krauste Jan die Stirn, dann stieg er aus, damit Julia ihn am Fahrbahnrand entdecken konnte.

Zwei Minuten später fuhr ein alter Golf langsam und mit gesetztem Blinker an ihm vorbei. Julia Harms nahm die Parklücke zwei Autolängen weiter vorn. Er ging in ihre Richtung.

Aus dem Wagen stieg eine Frau, die irgendwie verändert aussah. Die Erzieherin trug ihre Haare heute ganz anders. Die Haarspangen waren verschwunden, der blonde Schopf wirkte gewaschen und geföhnt viel voluminöser. Auch die helle Bluse passte diesmal viel besser zur Hose.

»Wie ist denn das passiert?«, fragte die junge Frau und deutete mit dem Kopf zu Jans Wagen.

»Keine Ahnung. Kenne mich mit Autos nicht aus«, antwortete Jan.

»Und jetzt?«

Jan zuckte mit den Schultern. »Werkstatt. Aber erst später. Ich muss dringend nach Verden. Bin da in der Nähe verabredet. Also deshalb ... tut mir leid, dass Sie sich extra den Weg gemacht haben, aber ich habe jetzt wirklich keine Zeit.«

»Dann brauchen Sie ein Taxi.«

»Genau.«

»Oder ich fahre Sie.«

»Was?«

»Wir könnten unterwegs reden. Und Sie sparen Geld.«

»Ja, aber was wollen Sie in Verden?«

»Ich habe heute frei. Und so weit ist das nicht. Von da bin ich schnell wieder zu Hause.«

Jan überlegte nur kurz. »Wenn Sie das Angebot ernst meinen ... Aber wir müssen dann gleich los.«

»Kein Problem. Starten wir«, erwiderte Julia Harms.

»Prima. Kleinen Moment nur, bitte.« Jan lief zurück zu seinem Auto, holte Portemonnaie und Schlüssel heraus und legte eine Parkscheibe hinter die Windschutzscheibe. Er stand zwar auf einem Zwei-Stunden-Parkstreifen und würde vermutlich nicht rechtzeitig genug wieder hier sein, aber vielleicht hatte er ja Glück.

Jan ging mit schnellen Schritten zum Golf und setzte sich neben Julia Harms auf den Beifahrersitz.

»Sie haben heute frei?«

»Ja«, bestätigte Julia Harms. »Und Tante Gerda hat heute Nachmittag ein Auge auf Mutter. Das ist unsere Nachbarin. Ich hab's also nicht eilig. Und wer weiß, wann ich mal wieder einfach so von zu Hause wegkann.«

»Dann nehme ich das Angebot wirklich gern an. Vielen Dank.«

Julia Harms lächelte kurz, startete den Wagen und fuhr aus der Parklücke hinaus.

Jan holte sein Smartphone aus der Tasche und gab die GPS-Koordinaten ein. »Bitte dem Straßenverlauf zwanzig Kilometer folgen!«, verkündete die Navigations-App über das Dröhnen des Motors hinweg und zeigte auf der Straßenkarte mit einem Pfeil in die entsprechende Richtung.

»Also?«

»Also was?«, erwiderte Julia Harms, obwohl sie ganz genau wissen musste, was Jan meinte.

»Sie möchten mit mir noch mal über Alexandra sprechen?«

»Ja.«

Nun verließen sie eine Siebzigerzone, und Julia konnte weiter beschleunigen. So leise, dass Jan sie kaum verstehen konnte, sagte sie: »Sie glauben, dass meine Schwester ermordet wurde, stimmt's?«

Als er nicht sofort antwortete, fuhr sie fort: »Und Sie glauben, dass es derselbe Täter wie bei Silvia Keller war.«

»Wie kommen Sie denn da drauf?«, versuchte Jan halbherzig zu widersprechen.

»Haben Sie doch selbst gesagt, als Sie bei uns waren.«

»Hab ich? Dann tut mir das leid. Ehrlich gesagt weiß ich gar nichts.«

»Das glaube ich nicht.«

»Doch, im Ernst. Ich recherchiere für ein Buch. Das ist alles.«

»Was für ein Buch?«

Jan antwortete nicht gleich.

»Was für eins?«, wiederholte sie.

»Über Serienmörder.«

»Na bitte.« Julia fühlte sich bestätigt. »Dann glauben Sie, dass Alexandra tot ist.«

»Es ist eben merkwürdig«, gab Jan zu. »Zwei Mädchen aus derselben Schule. Beide sehen sich sehr ähnlich. Die eine verschwindet spurlos. Die andere wird ermordet. Und das beides innerhalb eines Jahres. Verstehen Sie, da stelle ich mir Fragen.«

»Glauben Sie, die Fragen hätte ich mir nicht auch schon gestellt? Ich wollte aber nicht, dass es so ist.« Julia nickte zur Bekräftigung der eigenen Worte. »Ich wünsche mir, dass sie noch lebt und irgendwo glücklich ist.«

»Natürlich. Und warum sollte es auch nicht so sein?«

Erbost verengten sich die Augen der jungen Frau. »Hören Sie auf damit! Ich bin nicht mehr so klein wie damals. Ich bin erwachsen. Wissen Sie überhaupt, was es bedeutet, immer und immer auf ein Lebenszeichen zu hoffen? Wenn es unerwartet an der Tür klingelt, erwartet ein winziger Teil von mir immer noch, dass sie es ist. Oder wenn das Telefon klingelt. Das ist nicht tröstlich, es ist grausam. Und immer wieder wird man enttäuscht. Walter ist doch schon lange tot. Was hält Alexandra also davon ab, sich bei uns zu melden? So viele Jahre ohne ein weiteres Lebenszeichen. Das gibt es doch gar nicht!«

Der plötzliche Ausbruch ihrer Worte schlug über Jan wie eine Meereswoge zusammen. Er hatte bei Julia Harms wirklich etwas ausgelöst. Damit hatte er nicht gerechnet. Es war ihm doch nur um Informationen gegangen. Um scheinbar harmlose Fragen. Aber für die Frau neben ihm waren die Fragen nicht *harmlos*. Sie kratzten Schorf von einer Wunde, die sich nie geschlossen hatte.

»Wenn Alexandra tot ist«, sagte Julia nun wieder etwas ruhiger, »dann will ich das wissen. Ich *muss* es wissen. Und wenn Sie etwas herausfinden, das die Polizei nicht herausgefunden hat …«, Julia sah zur Seite. »Dann muss ich das auch wissen.«

»Ich habe nichts herausgefunden.«

»Ich sagte, *wenn*. Und das soll auch heißen, wenn es etwas ist, was sich nicht direkt beweisen lässt. Die Polizei hat ihre eigenen Maßstäbe. Es geht um Beweise. Beweise, Beweise. Keine Vermutungen. Aber selbst wenn es keine harten Beweise sind, nichts für die Gerichte oder für Ihr Buch meinetwegen ... dann will ich es trotzdem wissen. Können Sie mir versprechen, dass Sie mir alles sagen?«

»Versprechen? Ich ...«

»Ja. Ich verlange doch gar nicht so viel. Nur Gewissheit. Mehr nicht. Ist das zu viel?«

Jan schüttelte den Kopf. »Natürlich nicht.«

»Also, wenn Sie etwas herausfinden, erzählen Sie es mir?«

Jan nickte langsam.

»Versprochen?«

»Versprochen!«

Schweigend fuhren sie danach durch ein Waldstück. Die meiste Zeit folgten sie einer Bundesstraße, dann ließ das Navigationssystem sie auf die Autobahn wechseln. Bereits an der nächsten Abfahrt wurden sie wieder hinuntergeleitet, folgten der Straße bis zu einem Kreisel, und Julia lenkte, den Sprachanweisungen folgend, in den Heideweg.

»Ich kenne das«, sagte Julia und deutete auf ein Hinweisschild. »Hier geht es zum Freizeitpark. Mit der Kindergartengruppe waren wir schon mal hier.«

»Dann bin ich ja mal gespannt, was es dort zu sehen gibt«, meinte Jan. Doch noch bevor sie die Parkplätze des Freizeitparks erreicht hatten, sagte das Navi, dass sie auf einen unbefestigten Waldweg abbiegen sollten. Ein rundes Schild mit rotem Rand wies auf ein Durchfahrtsverbot hin. Lediglich Forstfahrzeuge seien zugelassen, ergänzte ein kleines weißes Schild mit schwarzer Schrift darunter.

Julia Harms blickte Jan fragend an.

»Sie müssen da natürlich nicht reinfahren«, sagte er. »Ich

kann auch zu Fuß gehen. Sollen ja nur noch fünfhundert Meter sein.«

»Weit genug«, erwiderte Julia unerschrocken. »Also, meinem Wagen macht das nichts aus. Wenn Sie sagen, dass das der richtige Weg ist.«

»Ich nicht. Aber die Koordinaten stimmen.«

»Na, dann!«

Sie setzte den Blinker, guckte in den Rückspiegel und bog dann links in den schmalen Feldweg ein. Ihr Gesichtsausdruck wirkte irgendwie verbissen. Sie wollte hier unbedingt dabei sein. Das merkte Jan ganz genau. Nach Jahren der Untätigkeit konnte Julia endlich aktiv werden. Auch wenn sein Treffen mit Simone Jonker ganz andere Gründe hatte.

Irgendwie wünschte er sich jetzt doch, ein Taxi genommen zu haben. Julia Harms würde ihm vielleicht noch Schwierigkeiten machen. Auf alle Fälle sollte sie im Auto warten, während er mit Simone Jonker sprach. Besser noch, sie würde ihn einfach nur absetzen und dann wieder kehrtmachen.

Zwei Spurrillen führten in den Wald, zwischen ihnen stand eine hohe Grasnarbe. Doch selbst an Stellen, an denen herabhängendes Geäst oder sich ausbreitende Farne den Weg verengten, wurde Julia nicht merklich langsamer. Lediglich tiefe Schlaglöcher nahm sie vorsichtig.

Dann tauchte vor ihnen ein Land Rover auf. Er stand in der Einbuchtung zu einer Lichtung. Etwas Helles leuchtete neben ihm in der Sonne. Erst beim Näherkommen erkannte Jan, dass es sich dabei um die Haare der ehemaligen Kriminalhauptkommissarin handelte. Die kleine Frau hob den Blick und winkte ihnen zu. Sie stand in einer leichten Senke neben der Fahrbahn und schien die Gegend zu untersuchen.

Julia hielt ihren Golf direkt hinter dem schwarzen Geländewagen an und stieg aus, bevor Jan sie davon abhalten konnte. Er selbst musste sich mühsam aus dem Auto quetschen, da hohes Buschwerk das vollständige Öffnen der Beifahrertür verhinderte. Schnell trat Jan um den Wagen herum.

»Ich hab doch gebeten, dass Sie im Auto warten«, sagte er, als er neben Julia stand.

»Warum?«, entgegnete diese.

»Hier sind höchstwahrscheinlich unschöne Dinge passiert.«

»Kommt mir bekannt vor ...« Ihre Stimme klang trotzig. Dann fügte sie mit einem versöhnlichen Ton hinzu: »Ich mische mich nicht ein. Bin nur stilles Mäuschen.«

»Na dann«, entgegnete Jan. Er sah sowieso keine Möglichkeit mehr, die junge Frau zu stoppen.

Ohne weitere Worte ging er um den Land Rover herum.

# 28

Simone Jonker stand etwa fünf Meter vom Weg entfernt. Das große Paar Gummistiefel, eine eng anliegende Hose und ein kurzer Mantel erweckten bei Jan den Eindruck, als habe es ihn kurzfristig in eine englische Grafschaft versetzt und er stehe einer Gutsherrin gegenüber, die ihr Land begutachtete. In den Händen hielt Simone Jonker eine große Mappe und verglich offenbar die darin abgehefteten Fotos mit ihrem Umfeld. Als sie Jan auf sich zukommen sah, lächelte sie ihm entgegen.

»Hier sind wir richtig«, sagte die kleine Frau und deutete auf einen dicken Eichenstamm. Mit gelber Farbe war »Tatort« daraufgesprayt. Der nur aus Großbuchstaben bestehende Schriftzug verlief von oben nach unten und war fast einen Meter lang. Darüber prangte ein ebenfalls gelber Richtungspfeil.

»Kollegen haben den Fall vor zwei Jahren routinemäßig noch einmal abgearbeitet. Das machen wir bei ungelösten Mordfällen nach einer bestimmten Zahl von Jahren immer. Die Technik schreitet voran. Leute lassen sich in Karteien finden, die da vorher nicht drin waren. Und so weiter.« Vielsagend hob die ehemalige Ermittlerin die geöffnete Mappe. »Ihre Idee mit dem Serienmörder hat mich nicht mehr losgelassen. Deshalb sind wir hier. Der Fall könnte was mit dem in Rotenburg zu tun haben. Hier ist es ein Pärchen, das umgebracht wurde. Tanja Tsachek, zwanzig Jahre alt. Und Sascha Richter, zweiundzwanzig Jahre. Das Ganze gehört in den Bereich einer anderen Polizeidirektion. Statt Lüneburg ist hier Oldenburg zuständig. Kann sein, dass deshalb damals keine vergleichenden Ermittlungen stattgefunden haben.«

»Kommt das häufiger vor?«, fragte Jan verwundert.

»Öfter, als der Normalbürger es sich vorstellt. Aber zum Glück habe ich noch meine Kontakte.« Dann stockte Simone Jonker plötzlich. »Guten Tag«, sagte sie, »wer sind Sie denn?«

Julia Harms war hinter dem Land Rover hervorgetreten, blieb neben der Schnauze des Wagens stehen und machte ein freundliches Gesicht. Sie wartete darauf, dass Jan sie vorstellte.

»Das ist Julia Harms«, sagte er und fügte erklärend hinzu, dass sein Wagen eine Panne hatte und Julia ihn hergefahren habe. Ihm wurde jedoch nicht ganz klar, ob die ehemalige Polizistin die beschriebenen Umstände registrierte. Sie schien eindeutig mehr an Julia als an einem kaputten Auto interessiert zu sein, klappte die Mappe zu und trat der jungen Frau entgegen.

»Julia Harms«, wiederholte sie, während sie die Angesprochene von oben bis unten betrachtete. »Erinnern Sie sich an mich?«

Julia musterte die ältere Frau ihrerseits. Simone Jonker fuhr sich durch die Haare, merkte, dass der Blick der Frau daran hängen blieb. »Ja, die sind jetzt kurz«, sagte sie.

Das Erkennen stand Julia ins Gesicht geschrieben. »Aber sonst sehen Sie aus wie früher.«

»Danke«, erwiderte Simone Jonker lachend, »auch wenn es gelogen ist.«

Jan versuchte sich einen Reim auf den Wortwechsel zu machen, brauchte aber nicht lange zu rätseln. »Sie war etwa zehn«, erklärte Simone Jonker, »als wir uns zuletzt gesehen haben. Hätte sie auf der Straße nicht wiedererkannt. Aber mein Namensgedächtnis ist gut. Mensch, wie die Zeit vergeht! Aus Kindern werden eben Leute.«

Julia lächelte, und Simone Jonker drehte sich zu Jan um.

»Wir waren damals gerade an der Sache mit Silvia Keller dran. Irgendjemand meinte, dass ein Jahr zuvor ein Mädchen aus derselben Schule, in die auch Silvia ging, verschwunden sei. Zufall oder nicht, das war die Frage. Also haben wir Familie Harms noch mal einen Besuch abgestattet. Frau Harms hier hat mir damals die Haustür geöffnet.«

»Ich habe davon gehört«, sagte Jan. »Ich wusste nur nicht, dass Sie zum Ermittlerteam gehört haben.«

»So war es.« Simone Jonker wandte sich wieder an Julia. »Also ehrlich, dich hätte ich nie wiedererkannt. *Sie* meine ich natürlich.«

»Ist schon okay. Bleiben Sie ruhig bei Julia.«

»Sehr gern«, meinte die Ex-Kommissarin, dann sah sie Jan prüfend an. »Sie sind also denselben Weg wie wir damals gegangen und bei Alexandra Harms angekommen?«

»Scheint so«, sagte Jan und bekam dafür von Simone Jonker ein anerkennendes Zucken der Augenbrauen.

»Die Fälle hatten aber keine Ähnlichkeit«, sagte sie dann. »Es gab einen Brief, in dem das Mädchen schrieb, dass es abgehauen sei und man nicht nach ihm zu suchen brauche.«

Dann blickte sie wieder zu Julia. »Hat sie sich später noch mal bei euch gemeldet? Weißt du, wo sie jetzt lebt?«

Julia Harms schüttelte den Kopf. »Seit jenem Brief kam nichts mehr.«

»Auch nicht schön«, meinte Simone Jonker mitfühlend. »War damals ganz schön Zoff zu Hause, was? Mit dem Stiefvater, wenn ich mich richtig erinnere ...«

»Kann man so sagen.«

»Schade, wirklich schade. So ...«, sagte die Ex-Kommissarin und schlug die Mappe erneut auf. »Kommen wir zu dieser Sache hier. Ist aber nicht unbedingt was für schwache Mägen. Also, Julia, meinetwegen kannst du dabei sein, wir besprechen nichts, was nicht auch schon in den Zeitungen gestanden hat, aber sag nicht, ich hätte dich vorher nicht gewarnt.«

»Ich habe einen starken Magen«, versicherte Julia.

»Na dann.«

Ansatzlos referierte Simone Jonker zum Doppelmord an Tanja Tsachek und Sascha Richter, marschierte dabei ein Stück weiter auf die Lichtung.

»Ziemlich genau hier müsste es gewesen sein. Er lag drei Meter neben dem Zelteingang, hatte Trainingshose und T-Shirt an. War barfuß. Er wurde von hinten erstochen. Es gab sechs Einstichwunden. Der Gegenstand, mit dem die Verletzungen vorgenommen wurden, war lang und schmal. Viel dünner als ein Messer. Die Forensiker konnten winzige Metallsplitter in den Wunden finden. Der Tod trat quasi aus mehreren Gründen ein: multiples Organversagen und massiver Blutverlust. Der Boden hier muss schwarz vom Blut gewesen sein, weil das Opfer zuerst auf die Seite gefallen ist und dann auf dem Rücken liegen blieb.«

Simone Jonker strich mit der Schuhsohle über das hoch stehende Gras.

»Und dann war hier das Zelt!« Sie machte drei große Schritte zur Seite, orientierte sich an den Fotos und einem Lageplan in ihrer Mappe. Dann warf sie einen Blick zu den Bäumen links und rechts der Lichtung. »Ja, müsste hinkommen.«

Mit großen Schritten maß sie ein Rechteck auf der Grundfläche ab. »Zwei Meter zwanzig lang, einen Meter fünfundvierzig breit. Es war ein klassisches Zweimannzelt, mit Spitzdach. Zwei Stangen, die die Konstruktion halten. Eine vorn, eine hinten. Der Rest wird mit Schnüren gespannt. Der Boden war aus wasserdichtem Plastik, die Oberhaut aus Polyester. Der Eingang vorn.«

Simone Jonker war mit dem Umschreiten der genannten Umrisse fertig, sah Julia an, wandte dann den Blick zum imaginären Zelt. »Tanja Tsachek hat sich nicht rausgetraut. Aber sie muss mit angehört haben, wie ihr Freund erstochen wurde. Danach ist der Täter zu ihr ins Zelt gekrochen. Vielleicht dachte sie, wenn sie sich nicht rührt, übersieht er sie. Eine natürliche Reaktion. Man hat sie auf dem Bauch liegend gefunden, mit dem Gesicht zur Seite gedreht. Auch auf sie hat der Mörder mehrfach eingestochen. Die Lungen wurden rückseitig perforiert.«

Ein leiser Schrei hallte über die Lichtung. Erschrocken sahen sich Jan und Julia an. Es klang wie das Echo eines Todesschreis. Hoch und spitz. Mehr ein langes Kreischen als ein einzelner Schrei. Dann wiederholte der Laut sich.

Auch Simone Jonker hob den Kopf, sah zu den anderen beiden. »Muss vom Freizeitpark kommen. Der Wind steht wohl gerade gut.«

Julia war blass geworden, und Jan spürte, dass er weiche Knie hatte. Dieses ferne Gekreische war mehr als unheimlich.

»Sascha Richter und Tanja Tsachek waren den Tag über im

Freizeitpark. Das lässt sich leicht nachvollziehen. Es fanden sich Eintrittskarten bei ihren Sachen, und bei der Achterbahn gab es Fotos von ihnen. Sie wissen schon, Souveniraufnahme, die automatisch von einem gemacht wird und die man anschließend kaufen kann. Die beiden hatten zwar keinen Abzug gekauft, aber die Bilder waren noch gespeichert. Die Kollegen haben die Aufnahmen sichergestellt. Hier sind sie.«

Simone Jonker hielt die Mappe etwas schräg, sodass Jan und Julia gleichzeitig hineinschauen konnten.

»Eigentlich waren die beiden zu alt für den Park. Der ist mehr was für jüngere Kinder. Nicht so viel Action wie beispielsweise im Soltauer Park. Aber von ihren Eltern und Freunden weiß man, dass sie für den Besuch trotzdem extra aus Hannover angereist sind. Und zwar mit der Bahn. Die Tickets hat man auch gefunden. Sie waren also den ganzen Tag im Park und haben dann hier wild gecampt. Eigentlich hätten sie auf den Campingplatz von Verden gehen sollen. So hatte Tanja Tsachek es jedenfalls ihren Eltern angekündigt. Aber vermutlich wollten sie das Geld sparen. Und abenteuerlicher ist es natürlich auch.«

»Und ungeschützter«, meinte Jan.

»Aber das kümmert ja Heranwachsende nicht«, sagte Simone Jonker. »So …«

Es entstand eine kurze Pause. Die ältere Frau spitzte die Lippen. »Jetzt fragt sich der Kriminalist natürlich, wie der Mörder seine Opfer gefunden hat. Hm … Sie waren weit weg von der Straße. Von dort konnte man sie weder sehen noch hören. Vom Waldweg aus natürlich schon. Also muss es jemand gewesen sein, der den Weg vielleicht öfter geht.«

»Jemand aus der Nähe«, sagte Julia leise.

»Davon gingen die Kollegen auch aus. Es wurde akribisch in den umliegenden Wohngebieten nachgeforscht. Befragungen fanden statt. Es gab vor zwei Jahren, als der Fall noch mal aufgerollt wurde, sogar den Aufruf zu einer freiwilligen Speichelprobe von Männern, die damals zwischen sechzehn und siebzig Jahren alt waren. Auch hierbei war man sehr akribisch, hat Leute ausfindig gemacht, die längst woanders leben.«

»Und womit hat man es verglichen?«

»Mit ein paar Zigarettenkippen. Die lagen aber nur in der Nähe des Tatorts. Es ist also nicht sicher, ob sie vom Täter stammen. Man hat eben nichts unversucht gelassen.«

»Offenbar ohne Ergebnis.«

»Ja, leider«, sagte Simone Jonker. »Wenn der Täter noch lebt, dann läuft er immer noch irgendwo frei herum.«

Alle drei schauten sich unwillkürlich um.

»Was für eine Waffe war das?«, wollte Julia schließlich wissen.

»Ein Schraubenzieher«, antwortete die Ex-Kommissarin. »Der Wundkanal und die Metallpartikel, die im Körper festgestellt wurden, sind völlig eindeutig.«

Instinktiv fasste Jan sich mit beiden Händen in den Nierenbereich. Dann wiederholte er das Wort Schraubenzieher im Kopf. Schon wieder ein Schraubenzieher.

Eine Weile lang sahen sich die drei noch am ehemaligen Tatort um, dann gingen sie gemeinsam zurück zum Weg. Als sie wieder bei den Autos waren, setzte Julia sich gleich in ihren Golf, während Jan mit Simone Jonker neben dem Land Rover stehen blieb. Er hielt nun seinen Notizblock in der Hand, schrieb sich verschiedene Eckdaten auf. Simone Jonker sah ihm geduldig zu, nachdem sie ihre Unterlagen in den Geländewagen gelegt hatte. Schließlich hob Jan den Blick, sah ihr direkt in die Augen.

»Könnte es derselbe Täter gewesen sein wie ein Jahr zuvor bei Silvia Keller? Das haben Sie doch angedeutet, nicht wahr? Wie kommen Sie auf den Gedanken?«

Die alte Frau strich sich durch die Haare, sagte dann: »Okay, meine Fallanalyse: Der Täter war in beiden Fällen männlich. Hier beim Zelt und auch bei Silvia Keller. Er ist mit äußerster Brutalität vorgegangen. Das passt in der Regel nicht zu einer Frau. Zumal ein Mann hier einer der Gegner war. Silvia Keller wiederum wurde über eine größere Distanz durch den Wald geschleift. Vom Tatort hin zum Fundort. Etwa dreihundert Meter, sagten wir. Auch das lässt auf einen kräftigen Mann schließen.«

Jan schrieb alles mit, was Simone Jonker sagte.

»Ich würde das Alter des Täters noch weiter eingrenzen. Sagen wir zwischen achtzehn und sechzig Jahren damals. Heute also zwanzig Jahre älter. Und dies vor allem wegen der erheblichen Kräfte, die bei den Taten eingesetzt wurden. Jüngere oder ältere Männer wären dazu nicht unbedingt in der Lage gewesen.«

Jan nickte zustimmend.

»Außerdem war der Mann mobil. Ich tippe darauf, dass er über ein eigenes Auto verfügte. Deshalb müsste er mindestens achtzehn Jahre alt gewesen sein. Er war ortskundig. Sonst hätte er die Opfer nicht gefunden. Der Tatort am Bullensee liegt ebenso abseits der Zivilisation wie die Lichtung hier.«

Jan blätterte zu einer neuen Seite um, hob dann den Blick, sah Simone Jonker beim Nachdenken zu. »Trotz der unterschiedlichen Waffen gibt es da eine auffällige Gemeinsamkeit zwischen den Fällen«, sagte diese nach einer Weile.

»Welche?«

»Alle Angriffe kamen von hinten. Auch bei den Frauen.«

»Was bedeutet das?« Jan krauste die Stirn. »Also, bedeutet es überhaupt etwas?«

»Na ja«, meinte Simone Jonker. »Entweder ist er nicht besonders mutig und schleicht sich deshalb immer von hinten an …«

»Oder?«, führte Jan den Satz weiter, als sie es nicht tat, sondern wieder in Gedanken versunken schien.

»Schade, dass ich von diesem Fall hier nicht früher wusste«, murmelte sie.

»Was denn noch?«, wollte Jan wissen. »Sie denken doch an etwas Bestimmtes.«

»Nun, ich glaube, dass er seinen Opfern beim Sterben nicht direkt zusehen wollte. Die Tat selbst, ja, die törnt ihn an. Er vergewaltigt zwar nicht, aber wenn er einen Schraubenzieher benutzt, dann ist das so etwas wie ein Penisersatz. Auf diese Weise ist er, jedenfalls hier, in seine Opfer eingedrungen. Bei Silvia Keller nicht. Die hat er erwürgt. Aber immerhin hatte sie eine heruntergelassene Bikinihose. Das könnte bei diesem Tätertyp schon reichen. Und auch sie wurde übrigens von hinten angegriffen. Ich denke, unser Täter hat sich einen lang gehegten Wunsch zu töten erfüllt. Mit einer Eruption der Gewalt in allen drei Fällen. Aber nichts Sadistisches dabei. Er tötet, ohne sich am Leid seiner Opfer zu ergötzen. Ja, ganz genau. Keines seiner Opfer durfte ihn ansehen, während er es tat. Der *Tod* ist nicht sein Freund. Nur die *Tat*. Irgendwann hat er einfach mit dem Töten angefangen. Und offenbar ist er dann auf den Geschmack gekommen.«

Simone Jonker bewegte ruckartig den Kopf, sah auf die Lichtung, dann zurück zu Jan, begann breit zu grinsen und schlug mit der flachen Hand auf die Motorhaube des Geländewagens. »Also, wenn es ein und derselbe Täter war. *Wenn!*«

# 29

Die Baseballmütze tief ins Gesicht gezogen, saß der Mann an der Bushaltestelle auf der gegenüberliegenden Straßenseite. Neben ihm lag eine Plastiktüte. Vor über einer Stunde hatte er Charlotte Sander und Maren Beister aus dem Wohnblock kommen sehen. Seitdem wartete er. Immer wieder fragte er sich selbst, was er hier tat.

Wieso blickte er an dem Wohnblock hinauf, in dem dieser Heinemann wohnte?

Als Charlotte Maren abgeholt und der Mann sie das erste Mal zusammen gesehen hatte, dachte er für einen Augenblick, dass Maren *die eine* sein könnte. Vom Auto aus hatte er sie beobachtet und war ihnen dann durch die Stadt gefolgt, so wie er es zuvor mit Charlotte allein gemacht hatte.

Die Frau mit den Einkaufstaschen aus der S-Bahn hatte er am Leben gelassen. Und Anita mit ihren beiden Tattoos im Nacken auch. Ein roter und ein blauer Stern. Aber Charlottes Freundin reizte ihn aus irgendeinem Grund noch mehr als die anderen Frauen.

Vielleicht war sie ja doch die eine. Auch wenn sie eigentlich zu dünn dafür schien. Der Mann war sich nicht sicher. Fiona beim Tankhafen war es jedenfalls nicht gewesen. Der Moment des Tötens war für den Mann erleichternd und befreiend gewesen. Doch danach empfand er nichts mehr für das Mädchen. Es war ihm gleichgültig. Was er mit ihm getan hatte, auch.

Ein neuer Gedanke hatte seitdem Besitz von ihm ergriffen. Irgendwie hatte es mit seinem Besuch bei Anita zu tun. Sie war so lieb zu ihm gewesen. Ja, für Geld. Aber immerhin.

*Ich habe ein Talent*, hatte er zu ihr gesagt.

Anita musste glauben, er meinte das Talent, ihr besonders gefühlvoll Schulter und Nacken zu massieren. Aber das meinte er nicht.

Er konnte Menschenleben nehmen, ohne hinterher Reue zu empfinden. Mehr noch. Das Ausführen der Tat machte ihm Freude.

*Mordlust* hieß das bei den Juristen.

Der Mann hatte sich mit deren Finessen beschäftigt. Er wollte wissen, was sie zu diesem Drang in ihm zu sagen hatten.

Da gab es im Strafgesetzbuch den Paragrafen 211, der genau beschrieb, was ihn antrieb. Es war das Töten eines Menschen als Selbstzweck.

Auch andere Mordmerkmale wurden in dem Paragrafen aufgeführt. Habgier zum Beispiel. Heimtücke. Besondere Grausamkeit. Sexuelle Stimulation. Eine Tötung bei der Ausführung einer Straftat oder zu deren Vertuschung. Aber auf den Mann traf das alles nicht zu. Es war eindeutig der Selbstzweck, der ihn antrieb.

*Mordlust.*

Wie recht sie doch hatten, diese schlauen Juristen.

Aus einer übergeordneten Perspektive sah er sich selbst als einen Mann mittleren Alters an der Bushaltestelle sitzen und offenbar grundlos lachen. Andere Wartende hätten ihn in diesem Moment sicher für merkwürdig gehalten. Aber da waren keine anderen Wartenden.

Der Mann sah nach links und rechts. Nein, keiner da, niemand, der sich an ihn erinnern würde.

Der Mann griff nach seiner Plastiktüte, holte ein Paar weiße Stoffhandschuhe heraus und zog sie über. Er stand langsam auf, und etwas Schweres beulte die Tüte nach unten aus. Er wartete auf eine passende Lücke im Verkehr und ging dann zügig über die Straße, ohne jedoch zu rennen.

# 30

Der Name Heinemann war auf dem Klingelschild leicht zu finden. Der Mann musste öfter daraufdrücken, bis die Gegensprechanlage zu rauschen begann.

»Hallo!«, rief er, als niemand etwas sagte. »Hier ist der Heizungsableser. Können Sie mich hören?«

Der Türsummer ging, ohne dass ihm geantwortet wurde.

Er wählte den Fahrstuhl, um nach oben zu kommen. Im Treppenhaus bestand immer die Möglichkeit, dass ihn jemand sah. Kinder zum Beispiel. Aber Kindern würde er niemals etwas tun, auch wenn sie potenzielle Zeugen waren.

Nach vollbrachter Tat würde er trotzdem durchs Treppenhaus nach unten gehen. Denn Fahrstühle konnten stecken bleiben. Der Gedanke, in einem stromlosen Fahrstuhl zu stehen und auf die Feuerwehr warten zu müssen, gefiel ihm nicht.

Als der Mann im vierten Stock ausstieg, sah er mehrere Türen vor sich, alle waren verschlossen. Vielleicht wurde er durch einen der Türspione beobachtet. Nacheinander las er die Namensschilder, blieb vor der richtigen Tür stehen. Als er die Hand ausstreckte, um noch einmal zu klingeln, wurde ihm geöffnet.

Heinemann sah ihn an. Merkwürdig musste er aussehen. Der Mann wusste es selbst. Weiße Handschuhe, eine zerknüllte Plastiktüte in der linken Hand, einen Hammer in der rechten. Die

Mütze, die er trug, war recht weit in die Stirn gezogen. Doch das Lächeln, das er nun zeigte, war warm und freundlich.

»Es gab wohl Unregelmäßigkeiten bei der letzten Heizungsablesung«, sagte er. »Nun sollen wir noch einmal alles kontrollieren. Wäre ja nicht gerecht, wenn die einen mehr zahlen müssen, als sie wirklich verbraucht haben, und die anderen dann dabei zu gut wegkommen.«

Heinemann nickte zustimmend und öffnete die Tür weiter, um ihn hereinzulassen. Wie die meisten Mieter war er sicher der Meinung, zu viel Heizkosten berechnet zu bekommen.

»Wohnzimmer ist geradeaus.«

Der Mann ging durch den Flur ins Wohnzimmer. Doch statt sich um den Heizkörper unter dem Fenster zu kümmern, deutete er auf den Tisch und die Stühle, auf denen vor einer Weile vermutlich noch Charlotte und Maren gesessen hatten. »Reden wir erst einmal ein bisschen.«

Überrascht öffnete der alte Mann den Mund und warf plötzlich einen unsicheren Blick auf den Hammer, den der Mann in der Hand hielt. »Was wollen Sie?«, brachte er mit brüchiger Stimme heraus.

»Setzen Sie sich!«, befahl der Mann.

Heinemann gehorchte widerwillig. Sein Besucher zog einen Stuhl vom Tisch fort, platzierte ihn so, dass er damit den Weg zur Tür versperrte, und setzte sich ebenfalls. »Erzählen Sie mir, was die beiden Frauen von Ihnen wollten!«

»Was? Welche Frauen?«

»Ich weiß, dass Sie den beiden etwas angetan haben. Erzählen Sie mir, was das war.«

»Haben die beiden falschen Schlangen Sie geschickt?«, konterte der Alte widerborstig. »Lotta, stimmt's? Lotta war das.«

Wortlos hob der Mann den Hammer etwa zehn Zentimeter

aus seinem Schoß. Hoch genug, damit er als Argument wahrgenommen werden konnte.

Heinemann schloss den Mund.

»Ihre Wahl, wie viele Finger ich Ihnen vorher zertrümmern soll. Oder lieber eine Kniescheibe?«

Der Alte dachte bestimmt an die Möglichkeit, um Hilfe zu rufen. Aber wie lange würde Heinemann schreien können? Wer würde ihn hören? Mit den Nachbarn waren Männer wie er doch nie besonders gut Freund. Von denen würde sich keiner Sorgen um ihn machen, selbst wenn sie etwas hörten.

»Ich ...«

»Gleich die Wahrheit, mein Alter«, empfahl der Mann. »Ich kann den Hammer auch benutzen, um herauszufinden, ob Sie mich anlügen.«

Heinemann nickte müde. Stockend begann er zu sprechen. Zwischendrin beteuerte er immer wieder, wie leid ihm alles tat. Er habe Schutzbefohlene ausgenutzt. So sei wohl die heutige Formulierung. Aber das sei nicht geplant gewesen, sondern einfach passiert. Ab und zu habe es ihn eben überkommen. Das sei wie ein Zwang gewesen.

»Erzählen Sie mehr über diesen Zwang!«

Heinemann blickte den Mann überrascht an. Er hatte offenbar Vorwürfe, Beschimpfungen und Erniedrigungen erwartet. Mit Interesse oder gar Verständnis hatte er bestimmt nicht gerechnet.

Sicherlich war Heinemann zunächst davon ausgegangen, dass er ein Freund oder Ehemann der beiden Frauen war. Jemand, der etwas ahnte, jedoch von den beiden nichts Genaues erzählt bekommen hatte. Doch nun lief das Gespräch in eine andere Richtung.

»Ich ... Wie meinen Sie das?«

»Was passiert in Ihrem Inneren, wenn Sie solche Sachen tun?«

»In meinem Inneren?«

»Haben Sie Mitleid mit den Opfern?«

»Also, Opfer ...«

»Wie würden Sie es nennen?«

»Ich? Weiß nicht. Ich ... Nein, ich hatte kein Mitleid. Ich habe es einfach getan.«

»Wie oft?«

»Nicht oft. Fast nie, wenn man es genau betrachtet«, meinte Heinemann. »Im Vergleich dazu, wie oft ich das Verlangen danach hatte, meine ich. Fast immer habe ich mich gezügelt. Dazu gehörte Kraft. Und Willen. Und zum Glück war dieser Wunsch nicht immer da. Manchmal konnte es Wochen dauern, ohne dass ich daran denken musste. Glauben Sie mir, im Vordergrund stand immer die Musik. Die Musik hat uns verbunden. Das war die meiste Zeit völlig ausreichend. Nur manchmal eben nicht. Und auch nur bei bestimmten Mädchen. Lotta zum Beispiel gehörte nicht dazu. Ich weiß nicht, in welchem Verhältnis Sie zu ihr stehen. Aber ihre grünen Augen waren mir schon immer unheimlich. An der hat mich nie etwas gereizt.«

Der Mann begann zu lächeln. »Charlotte Sander mit den grünen Augen. Die würde ich auch nicht mit der Kneifzange anfassen. Viel zu arrogant.«

Heinemann war nun offensichtlich vollkommen irritiert. »Sind Sie ein Freund von ihr?«

Der Mann ging nicht darauf ein. »Also haben Sie sich Schwächere als Charlotte ausgesucht, richtig?«, fragte er stattdessen.

»Nicht unbedingt Schwächere. *Liebere* würde ich sagen. Maren war immer sehr lieb.«

»Klingt für mich noch gemeiner.«

»Nein«, wehrte Heinemann ab. »So war das nicht. Ich habe

auch alles Mögliche für sie getan. Maren war einer meiner Lieblinge. Ganz oft habe ich sie bevorzugt.«

»Sie ... und wie viele noch?«

»Also ...« Der Alte stockte. Sein Gegenüber hob den Hammer. »Einige über die Jahre. Drei oder vier.«

»Oder zehn?«

»Ich weiß es nicht mehr genau.«

»Ich glaube schon, dass Sie das wissen. Aber das ist Ihre Sache.« Der Mann bohrte nicht weiter, verlagerte das Gespräch von der Vergangenheit in die Gegenwart. »Bereuen Sie, was Sie getan haben?«

»Aber selbstverständlich!«

Der Mann legte den Kopf schief. Er wollte wissen, was in dem alten Mann vorging. Er wollte wissen, was die Zukunft für ihn selbst bereithielt. Reue und Verzweiflung über die Morde, die er begangen hatte? Oder weiterhin immer dieselbe Gleichgültigkeit? Seine Augen fixierten Heinemann.

»Die Wahrheit«, verlangte er leise. »Ich mache keinen Spaß.«

Der ehemalige Chorleiter atmete tief durch. Die Luft im Raum war nicht mehr gut. Schon das Gespräch mit Charlotte und Maren war sicherlich nicht leicht für ihn gewesen.

»Es ist schade«, sagte er dann leise.

»Wie bitte?«

»Schade.«

»Was?«

»Es ist schade, dass es vorbei ist!«

Der Mann war nicht verwundert. Kein bisschen. »Ich weiß, was Sie meinen. Also, nicht falsch verstehen: Ich finde es widerlich. Aber wer bin ich, um über Sie zu urteilen?«

Er sah, dass Heinemann die Worte hörte, sie aber nicht verstand. Wie sollte er auch.

»Manchmal glaube ich, nur der Tod kann mich erlösen«, sagte der Alte dann.

Der Mann nickte. Seine Miene war dabei völlig unbewegt. Eine Weile sah er Heinemann interessiert in die Augen, dann ließ er den Blick durchs Zimmer streifen.

»Haben Sie Wertgegenstände da, oder Bargeld?«

»Können Sie alles haben«, sagte Heinemann. Doch als er aufstehen wollte, hielt der Mann ihn mit erhobenem Zeigefinger zurück.

»Na, na ... Nur sagen, wo es ist.«

Heinemann zeigte auf eine Schublade. Darin lägen eine alte Taschenuhr und ein Goldring, sagte er. Bargeld habe er in der Küche versteckt. In einer Kaffeedose.

»Nicht sehr originell«, meinte der Mann. »In der Zeitung steht doch immer wieder, dass das keine guten Verstecke sind. Na, egal.«

Der Mann stand langsam auf, legte den Hammer auf den frei gewordenen Stuhl, trat hinter Heinemann und presste eine Hand auf die knochige Schulter des Alten.

»Wissen Sie, warum ich wirklich gekommen bin?«, fragte er.

Heinemann schüttelte den Kopf.

Der Mann nahm die Hand fort, öffnete die mitgebrachte Plastiktüte und stülpte sie Heinemann über den Kopf, noch bevor der begreifen konnte, was passierte. Reflexartig griff Heinemann nach oben. Doch sein Angreifer drehte die Tüte unten zusammen und schaffte es dabei irgendwie, außer Reichweite zu bleiben.

Einen alten Menschen zu töten machte nicht so viel Spaß wie einen jungen. Das hatte der Mann sich schon gedacht. Es fehlten der Energieaustausch und die Dynamik, die entstand, wenn ein junger Mensch um sein Leben kämpfte. Trotzdem musste Heinemann nun sterben. Denn es war logisch und vorausschauend.

Wenn Charlotte oder ihrer Freundin irgendwann etwas Unvorhergesehenes zustoßen sollte, was ja niemand hoffte, dachte der Mann mit zusammengekniffenen Lippen, durfte Heinemann sich nicht an seinen Besucher und dessen Fragen über die beiden Frauen erinnern können.

Die Kräfte des alten Mannes schwanden schnell. Er war nicht mal in der Lage, mit den Fingern ein Loch in die Plastiktüte zu bohren. Als seine Bewegungen immer schwächer wurden, sagte der Mann: »Ich erlöse dich.«

## 31

Die Rückfahrt nach Rotenburg verlief zwischen Jan und Julia recht schweigsam. Beide waren beeindruckt vom Szenario, das Simone Jonker ihnen vom Doppelmord auf der Waldlichtung bei Verden skizziert hatte. Einen Schraubendreher als Mordwerkzeug zu benutzen war grausam. Automatisch stellte Jan in Gedanken eine Verbindung zu dem toten Mädchen vom Ufer des Hamburger Tankhafens her. Eigentlich hätte er Simone Jonker auch auf diesen Fall ansprechen müssen. Aber die Flut an Fakten und Schlussfolgerungen, die er von der ehemaligen Polizistin bekommen hatte, wirkte zunächst für sich allein. Wenn es nötig wurde, konnte er mit ihr immer noch telefonisch über den aktuellen Fall reden. Auch wenn alles darauf hindeutete, dass der Freund des toten Mädchens, Hakan, die Tat begangen hatte und Hakan eindeutig zu jung war, um etwas mit den Tötungsdelikten von vor zwanzig Jahren zu tun zu haben.

»Halten Sie bitte an der Tankstelle da hinten«, sagte Jan, als der Golf das Ortsschild von Rotenburg passierte. »Ich möchte Ihnen wenigstens den Sprit bezahlen.«

»Das muss aber nicht sein«, wehrte Julia ab.

»Doch, ich bestehe darauf.«

Er machte den Tank des Golfs randvoll.

»Danke«, sagte Julia, als Jan vom Bezahlen zurückkam.

Jan winkte ab. Er hatte das Gefühl, Julia etwas schuldig zu sein. Er hatte alte Wunden aufgerissen, ohne darüber nachzudenken, was das für sie bedeuten konnte. Nun wusste er, dass es eindeutig viel war. Für einen Moment hatte er im Tankstellenshop daran gedacht, ihr einen Kaffee mitzubringen, dann war ihm eine bessere Idee gekommen.

»Haben Sie Hunger?«, fragte er nun. »Ich lade Sie auf eine Pizza ein.«

»Oh ... Okay. Da sage ich nicht Nein.«

Die beiden brauchten nicht lange zu suchen. In der Ortsmitte von Rotenburg fanden sie ein passendes Lokal. Julia hielt auf einem kleinen Parkplatz daneben. Es gab mehrere Tische, die sich unter großen Marktschirmen verteilten.

»Einen Wein zum Essen?«, fragte der Kellner, als sie ihre Bestellungen aufgaben. Beide hatten bereits Gläser mit Wasser vor sich stehen. Jan dachte an seinen Absturz im Adriano und wollte abwinken, doch Julia entschied anders.

»Warum nicht«, meinte sie und ließ sich einen fruchtigen Hauswein empfehlen. Also stimmte auch Jan zu.

Beide lehnten sich zurück, ließen die Blicke schweifen. Es war schon früher Abend, viele der Tische ringsum besetzt. Es war ein merkwürdiges Gefühl, inmitten der Zivilisation zu sein und Menschen lachen zu hören, während sie selbst vor kaum mehr als einer Stunde am Ort eines fürchterlichen Verbrechens gestanden hatten.

»Es tut mir leid«, sagte Jan plötzlich. »Ich wollte nicht, dass Sie das alles sehen und erfahren. Ich wusste auch nicht, was mich erwartet, und habe nicht geahnt, dass Frau Jonker Fotos mitbringt.«

Julia zuckte mit den Schultern. »War doch meine Entscheidung.«

»Das stimmt. Sie haben mir eigentlich kein Mitspracherecht gegeben.«

»Nein. Hab ich nicht.« Sie grinste.

Als der Wein kam, stießen sie klirrend an. Beide nahmen einen Schluck. Zwei Kellner tischten kurz darauf mit übertriebenem Tamtam zwei Pizzen auf. Julia lachte amüsiert und orderte für sich gleich noch ein Glas vom selben Wein.

»Nicht so schnell trinken«, versuchte Jan sie zu bremsen, doch ihr erstes Glas war schon leer.

Jan aß von der Pizza, während Julia ihre nur regungslos anstarrte.

»Stimmt was mit dem Belag nicht? Mögen Sie keine Pilze?«

»Doch, doch.«

Julia legte Messer und Gabel zur Seite. Der Kellner brachte ihr zweites Glas Wein. Und wieder nahm sie einen großen Schluck.

Entweder trinkt sie häufiger, dachte Jan, oder das geht schief.

»Manchmal wünsche ich mir, dass sie tot ist«, kam es plötzlich aus Julia heraus. »Und dass wir einen Beweis dafür bekommen.«

Jan hörte auf zu kauen.

»Einen Totenschein von was weiß ich wo. Vielleicht von Mallorca oder aus Amerika. Hauptsache, dass das Warten ein Ende hat. Schlimm, oder?«

Jan antwortete nicht.

»Bin ich deshalb ein schlechter Mensch?«

Er schüttelte den Kopf. »Ganz bestimmt nicht.«

Er sah sie lange an. Wie hübsch sie war. Und so jung. Irgendwo in ihr steckte noch das Kind von damals. Das kleine Mädchen, das seine Schwester vermisste.

»Jetzt habe ich Ihnen den Appetit verdorben«, sagte Julia mit bereits etwas schwerer Zunge. »'tschuldigung. Das wollte ich nicht.«

»Schon gut«, erwiderte er.

Doch die Tränen in ihren Augen verrieten, dass nichts gut war.

»Das ist doch auch der Grund, warum wir immer noch in dem alten Haus wohnen. Mutti und ich. Eigentlich ist es unpassend, so schlimm das klingt. Sie muss irgendwann in ein Heim, und ich brauche dann nur noch eine kleine Wohnung. Aber wegen Alex geht das nicht. Wie soll sie uns denn dann finden? Wir müssen an derselben Adresse wohnen bleiben, falls doch noch ein Brief kommt. Oder stellen Sie sich vor, sie will anrufen, und die Nummer ist nicht mehr vergeben. Das geht doch nicht.«

Jan nickte.

»Kellner ...« Julia hob den Arm mit ihrem leeren Weinglas. Doch Jan griff über den Tisch und drückte den Arm sanft wieder hinunter.

Eins war ihm jetzt schon klar: So konnte Julia auf keinen Fall nach Hause fahren. Während er um die Rechnung bat, lehnte sie sich zurück, schloss die Augen und schnaufte beim Atmen leise durch die Nase. Kurz suchte sie in ihrer Tasche nach einem Portemonnaie. Als Jan sagte, dass er sie doch einladen wolle, wehrte sie sich nicht so wie an der Tankstelle, ließ die Hände sinken und schloss erneut die Augen.

»Ich werde Sie nach Hause fahren«, meinte Jan, als sie schließlich nebeneinander beim Golf standen und Julia den Schlüssel hervorholte.

»Aber wie kommen Sie dann zurück?«

»Wie schon?«, sagte Jan. »Ich rufe mir ein Taxi.«

»Ach was«, wehrte Julia ab. Dann begann sie plötzlich in sich zusammenzusinken, trat an Jan heran und lehnte ihren Kopf an seine Schulter. »Darf ich nicht bei Ihnen bleiben?«

»Bei mir? Im Hotel? Ich weiß nicht, ob sie noch ein Zimmer frei haben«, sagte er, obwohl er wusste, dass sie das nicht meinte.

»Nein«, lallte Julia. »Bei Ihnen, meine ich. Ich möchte nicht nach Hause. Und ich möchte nicht allein sein.«

Jan wusste nicht, was er erwidern sollte.

Mit einem Blick, der ebenso irritierend wie bettelnd war, sah Julia ihn von unten her an.

»Eigentlich habe ich nicht genug Platz«, sagte er.

»Eigentlich«, wiederholte sie, wusste jedoch, dass sie gewonnen hatte.

## 32

Julia legte sich auf Jans Bett und schlief fast sofort ein. Ein leises Schnarchen verriet es. Jan hatte sie noch dazu gebracht, sich die Jeans und die Socken auszuziehen. Eine Weile saß er danach am Schreibtisch, überflog seine Notizen, war aber durch den Wein selbst zu müde, um noch etwas ins Notebook zu übertragen. Von Zeit zu Zeit blickte er zu der jungen Frau hinüber, die in seinem Bett lag und die er doch erst so kurz kannte. Dann ging er ins Badezimmer, duschte, putzte die Zähne. Wieder im Schlafzimmer, nahm er seine Jacke und legte sich vor das Fenster. Der Stuhl am Schreibtisch taugte nicht, um darauf zu schlafen. Einen Sessel gab es nicht. Blieb nur der nackte Boden.

Nach weniger als einer Stunde hatte Jan raus, dass er kein

Pfadfinder war und ohne jegliche Art von Polster unter sich nicht schlafen konnte. Ein paarmal hatte er im Halbdunkel schon zum Bett gesehen. Die Frau darauf war schmal und zierlich. Und auch wenn es ein Einzelbett war, brauchte sie nicht den ganzen Platz auf der Matratze. Schließlich ging Jan um das Bett herum und legte sich auf die andere Seite. Wohlerzogen drehte er der Frau den Rücken zu. Es war eng, aber allemal besser als sein bisheriges Lager.

Wann genau er sich zu Julia umgedreht und sie von hinten in den Arm genommen hatte, wusste er später nicht mehr. Vermutlich irgendwann gegen Morgen. Im Halbschlaf musste er sie für Charlotte gehalten haben. Erst als es hell wurde, bemerkte er seinen Fehler. Erschrocken stellte er fest, dass er seinen Unterkörper samt einer Erektion an ihren Hintern presste. Vorsichtig rückte er ab, erkannte aber, dass auch Julia wach war.

»Entschuldigung«, sagte er leise und wollte seinen Arm unter ihrem Kopf wegziehen.

»Ist doch nichts passiert«, entgegnete sie und griff nach seinem Arm, bevor er sein Vorhaben umsetzen konnte.

Flach atmete Jan ein und aus. Nur langsam entspannte er sich, doch dann fühlte es sich angenehm an, als er sich aus Platznot wieder enger an Julia Harms schmiegte.

Auch wenn es beiden schwerfiel, schafften sie es irgendwie, noch einmal einzuschlafen. Erst gegen halb sieben rührte Julia sich wieder. Jan hörte, wie sie ins Badezimmer ging. Sie hielt sich aber nicht lange darin auf, kam zurück, zog Jeans, Socken und Schuhe an.

»Ich muss schnell los«, sagte sie zur Erklärung. Ihre Wangen waren gerötet vom Schlaf. Oder war sie verlegen? Jan wusste es nicht.

»Um acht muss ich in der Kita sein. Zum Glück bin ich nicht

mit der Frühbetreuung dran, die geht nämlich schon um sieben los.«

Sie gab Jan keinen Hinweis darauf, ob sie sich an das nächtliche Aneinanderkuscheln erinnerte und was sie dachte.

Um nicht völlig tatenlos dazuliegen, schwang Jan die Beine aus dem Bett und rieb sich die Augen. »Alles klar bei Ihnen?«, fragte er. »Können Sie fahren?«

»Alles bestens. Werde zwar vermutlich heute Mittag einen Flash bekommen. Aber dann lege ich mich einfach gleich wieder ins Bett.«

»War alles ein bisschen viel gestern, was?«

»Vor allem etwas viel Wein«, entgegnete sie. »Mein Fehler.«

»Alles gut«, sagte Jan. »Wie Sie vorhin schon sagten, es ist ja nichts passiert.« Er lächelte und registrierte gleich darauf überrascht, dass Julia Harms sich zu ihm herunterbeugte und ihm einen schnellen Kuss auf die Wange gab. Dann war sie schon bei der Tür.

»Ach, meine Tasche«, sagte sie, drehte kurz um, holte sie und war dann verschwunden.

Jan rieb sich die Wange, spürte dem Kuss nach und schüttelte irritiert den Kopf.

# 33

Den Vormittag verbrachte Jan damit, sein Auto mit Schrittgeschwindigkeit in eine Werkstatt rollen zu lassen. Das erste Urteil war vernichtend. Vermutlich Getriebeschaden. Bei einem Auto dieses Alters der wirtschaftliche Totalschaden. Jan mochte die Vokabeln nicht, die der Werkstattleiter benutzte, sah aber ein, dass er vermutlich recht hatte. Die Entscheidung über Reparatur oder Verschrottung schob er jedoch noch einmal hinaus.

»Aber nicht einfach hier stehen lassen. Wir sind kein Schrottplatz.«

»Nein. Ich melde mich«, versicherte Jan leicht empört. Denn so gleichgültig war ihm das Schicksal seines bis hierher treuen Weggefährten nun auch wieder nicht.

Anschließend begann Jan, seine handschriftlichen Aufzeichnungen ins Notebook zu übertragen. Lücken füllte er aus dem Gedächtnis auf. Leider hatte er keine Fotos von der Akte »Tanja Tsachek / Sascha Richter« machen dürfen. Simone Jonker hatte die entsprechende Bitte damit zurückgewiesen, dass dies nur mit offizieller Genehmigung ginge. Würden unautorisiert Aufnahmen aus der Akte auf welchem Weg auch immer an die Öffentlichkeit gelangen, wäre ihre Reputation dahin und sie könne nie wieder auf die ihr noch wohlgesonnenen Kanäle im aktiven Polizeiapparat zurückgreifen. Dass sie das Material überhaupt mitnehmen durfte, sei ein großes Entgegenkommen der ehemaligen Kollegen gewesen. Die hätten damit gegen Vorschriften verstoßen. Sie wolle nicht, dass diese das später bereuten.

Die Frage nach dem Täter begann Jan bei seiner Arbeit immer mehr zu beschäftigen. Offenbar kam der Mann aus der Gegend, hatte Simone Jonker aus den vorhandenen Informationen geschlossen, musste zur Tatzeit zwischen achtzehn und etwa sechzig Jahre alt gewesen sein. Die Beschreibung passte auf Lucas Prahl, den Freund der ermordeten Silvia Keller, genauso wie auf dessen Freund Andreas Taube und zigtausende andere Männer aus dem Umland. Auch Verden war von Rotenburg leicht mit dem Auto zu erreichen. Blieb die Frage, wie der Mörder das Camper-Pärchen auf der abgelegenen Lichtung gefunden hatte. An puren

Zufall wollte Jan nicht glauben. Wenn es eine Verbindung zwischen den Taten gab, musste sie nachvollziehbar sein.

Jan öffnete ein neues Dokument, dachte über einen Titel nach, nannte es etwas hochtrabend »Assoziative Thesen« und schrieb hinein, dass der Täter aus der Region Rotenburg oder Verden zu kommen schien. Möglicherweise war er dort zu jener Zeit zur Schule gegangen. Als Schüler oder – Jan rieb sich kurz das Kinn – als Lehrer.

Ein Lehrer wäre mobil gewesen. Jan überlegte, dass viele Lehrer es aus guten Gründen vorzogen, nicht im selben Ort wie ihre Schüler zu wohnen, und dafür gern einen längeren Fahrweg auf sich nahmen. Es war also nicht völlig unwahrscheinlich, dass ein Lehrer in Rotenburg am Gymnasium unterrichtet hatte und selbst in Verden wohnte.

Jan lehnte sich zurück, streckte die Arme aus und gähnte laut. Was er hier machte, wurde ihm klar, führte von seinem eigentlichen Projekt weg. Er wollte nicht auf Tätersuche gehen. Dafür gab es kompetentere Leute. Er wollte sich mit dem Phänomen Serienmörder beschäftigen. Dessen Psychologie beschreiben und seinen Antrieb. Die Morde in Rotenburg und Verden sollten ihm nur als Beispiele dienen. Außerdem war er hier, um herauszubekommen, was solche Taten mit den Hinterbliebenen und Freunden machten.

Wenn er noch einmal mit Simone Jonker sprach, wollte er ihr die Idee mit dem Lehrer, der in Verden lebte und in Rotenburg arbeitete, kurz erzählen. Aber mehr auch nicht. Vermutlich würde die Ex-Kommissarin ihm dann sowieso sofort sagen, dass sie und ihre Kollegen im sogenannten »Kellermädchen-Fall« natürlich auch alle Lehrer der Schule überprüft hatten.

Jan sprang vom Stuhl auf und ging ruhelos vor dem Fenster hin und her. Noch acht Stunden, bis er mit Charlotte verabredet war. Endlich war Freitag. Der Tag, auf den er sich die ganze Woche insgeheim gefreut hatte. Doch irgendwie bekam er nun ein flaues Gefühl im Magen. Was würde dieses Treffen bedeuten? Eine Versöhnung oder die endgültige Trennung?

Noch acht Stunden. Zu jeder vollen Stunde fuhr ein Zug von Bremen nach Hamburg. Der hielt auch in Rotenburg und eine Dreiviertelstunde später in Harburg. Es war eindeutig zu früh, um jetzt schon aufzubrechen. Verabredet waren sie um sieben in einem Lokal in der Harburger Altstadt.

Kurz entschlossen stopfte Jan alles Wichtige in seine Jackentaschen, nahm einen Beutel mit seiner getragenen Wäsche und blickte sich nicht einmal um, bevor er das Hotelzimmer verließ. Wenn er wiederkam, würde er hoffentlich wissen, was mit Charlotte los war und ob sie noch Interesse an ihm hatte. Jan war gewillt, alles richtig zu machen, und sein Herz war voller Hoffnung.

# 34

Der Weg zum Bahnhof war nicht weit. Jan ging am Heimatmuseum vorbei, überquerte eine Brücke, unter der die Wümme gemächlich plätscherte, und stand nur zehn Minuten später am Fahrscheinautomaten. Jetzt, gegen Mittag, war der Bahnsteig recht leer. Auch im Zug fand er sofort einen Sitzplatz.

Seinen Koffer samt Notebook hatte Jan im Hotel gelassen. Er war mit seiner Arbeit hier noch nicht fertig. Doch jetzt hatte erst einmal Charlotte Priorität.

*Priorität* ... Wie das klang.

Er liebte sie doch. Was zum Teufel war mit ihnen beiden passiert?

Der Zug setzte sich in Bewegung, Häuser zogen am Fenster vorbei, dann Äcker und immer wieder kleine Wäldchen. Als erneut Häuser auftauchten, begann der Lokführer zu bremsen. Das Ganze wiederholte sich sechsmal: Scheeßel, Tostedt, Sprötze, Buchholz, Klecken, Hittfeld.

Die Bahnstrecke verlief mehr oder weniger parallel zu der Straße, die Jan am Anfang der Woche in entgegengesetzter Richtung befahren hatte. Vor dem siebten Halt erschien dann Hamburg-Harburg auf der Anzeigetafel am Ende des Waggons. Es war eine gute Sache, dort auszusteigen. Das vertraute Bahnhofsdach spannte sich über die Gleise. Aus dem Untergrund konnte Jan eine abfahrende S-Bahn hören. Eine Taube flatterte an ihm vorbei, landete am Bahnsteig und pickte nach heruntergefallenen Pommes frites.

Jan ging hinunter zur S-Bahn, nahm die Linie Richtung Neugraben. In Heimfeld wechselte er von der S-Bahn in den Bus und war kaum neunzig Minuten nachdem er das Hotel in Rotenburg verlassen hatte, in seiner Wohnung. Schnell zog er alle Jalousien hoch, öffnete die Fenster und steckte die mitgebrachte Kleidung in die Waschmaschine. Das Radio war auf einen Stadtsender eingestellt. Jan versuchte, sein Zuhause so angenehm wie möglich erscheinen zu lassen. Er sprühte Reiniger in die WC-Schüssel, putzte das Waschbecken, machte den Abwasch, den er vor seiner Abreise stehen gelassen hatte, tat also all die Dinge, die ihm im Hotel von den Angestellten abgenommen wurden, und merkte trotzdem sehr schnell, dass er sich in der Wohnung einsam fühlte. Sein Blick ging zur Küchenuhr: noch viereinhalb Stunden bis zum Treffen mit Charlotte.

Er hasste es, zu warten. Und wenn er ehrlich war, hasste er auch diese Wohnung.

Als die viereinhalb Stunden um waren, verspätete er sich fast noch. Charlotte saß bereits an einem Tisch. Wieder hatten sie sich in der Lämmertwiete verabredet. Vermutlich aus alter Gewohnheit. Dabei gab es im Harburger Hafen auch schöne Möglichkeiten, sich zu treffen.

»Entschuldige!«, bat Jan zur Begrüßung.

»Wieso? Alles gut.«

Er beugte sich zu ihr hinunter, um sie zu küssen. Doch aus irgendeinem Grund wurde es nur ein Kuss auf die Wange.

»Ich hab schon einen Wein bestellt.«

»Ist doch prima.« Jan wurde klar, dass er heute nicht mehr selbst fahren musste. »Ich nehme ein Bier. Mein Auto ist nämlich kaputt.«

»Was?«

»Getriebeschaden. Ich glaub, den kann ich ganz vergessen.«

»Das ist ja furchtbar.«

»Furchtbar ... na ja. Furchtbar ist nur, dass ich mir nun ein Neues besorgen muss. Da habe ich gar keine Lust zu.«

Charlotte nickte, doch das Thema schien sie nicht wirklich zu interessieren. Jan hob den Arm, bestellte ein Bier beim Kellner und setzte sich dann. Zwei Speisekarten lagen bereits auf dem Tisch.

»Wie geht es dir?«, fragte Jan beim Blättern.

»Gut. Gut. Danke.« Charlotte nickte dreimal. Einmal zu jedem Wort. »Ich habe eine alte Freundin wiedergefunden.«

»Schön.«

»Geht so. Ich habe dabei nämlich erfahren, dass sie als Jugendliche von unserem gemeinsamen Chorleiter mehrfach vergewaltigt wurde.«

Jan ließ die Karte sinken. Drastischer konnte man in ein solches Thema nicht einsteigen. Offensichtlich wollte Charlotte von ihm eine Reaktion provozieren.

»Schrecklich«, sagte er. »Das ist …«

»Ich weiß. Und wie geht es dir so?«

Irritiert versuchte Jan, Charlotte in die Augen zu sehen. Doch die war nicht bereit, den Blick zu erwidern.

»Wie heißt sie denn, deine Freundin? Und wie geht es ihr jetzt?«

»Maren. Und es geht ihr gut. Aber das ist nicht wichtig. Du kennst sie ja nicht.«

»Ich finde das schon wichtig. Immerhin ist sie deine Freundin.«

»Ja, genau: *meine* Freundin! Sag mal, was machst du eigentlich die ganze Zeit in Rotenburg?«

»Recherchieren. Hab ich doch gesagt.« Jan hob eine Hand wie zur Verteidigung. »Es geht vielleicht um eine Mordserie. Aber das weiß ich noch nicht ganz genau. Weißt du, ich habe da jemanden kennengelernt. Eine tolle Frau. Simone Jonker. Ehemalige Profilerin. Brillant. Sie hat ein enormes Wissen, was Serienmörder betrifft. Für mein Buch eine unglaubliche Schatzkiste.«

»Das freut mich aber sehr für dich.«

Wieder diese unangenehme Kühle in Charlottes Stimme. Schlimmer noch: Gleichgültigkeit. Was sollte das? Jan wusste nichts damit anzufangen.

»Hab ich … was Falsches gesagt?«

»Nein, nein.«

Der Kellner kam mit Jans Bier, und sie bestellten ihr Essen. Dabei hatte Jan schon gar keinen Hunger mehr.

»Glaubst du, dass ich die Redaktion im Stich gelassen habe? Ist es das?«

»Natürlich nicht.«

»Denn ich habe nur meinen Resturlaub genommen. Was mir zusteht. Und jetzt recherchiere ich für ein Buch, um meine Zukunft zu gestalten.«

»Ich weiß. Schon gut. Du wolltest ja schon immer ein Buch schreiben.«

»Genau. Und dich habe ich übrigens auch nicht im Stich gelassen. Mal ehrlich, du hast mich rausgeschmissen.«

»Habe ich nicht.«

»Aus dem Auto. Schon vergessen?«

»Ach das.«

»Ja, das. Was habe ich dir eigentlich getan?«

»Gar nichts.«

»Dafür benimmst du dich aber ganz schön scheiße mir gegenüber.«

»Danke fürs *scheiße*.«

»Entschuldige. Ich meine es nicht so, aber, ganz ehrlich, ich verstehe dich nicht.«

Zwei Teller wurden vor Jan und Charlotte abgestellt. Charlotte säuselte ein übertriebenes »Dankeschön« und schenkte dem Kellner aus Jans Sicht ein überfreundliches Lächeln. Als er außer Hörweite war, sagte sie zu Jan: »Ich erzähle dir, dass meine Freundin unzählige Male vergewaltigt wurde, als sie fast noch ein Kind war. Und du kommst mir mit einer alten Frau, die ganz viele, tolle Geschichten über Mordfälle weiß. Sag mal, geht's noch?«

»Aber so war das doch gar nicht! Ich habe gefragt, wie es ihr geht, aber *du* wolltest nicht weiter über deine Freundin reden.«

»Will ich auch nicht. Jedenfalls nicht mit dir.«

Wortlos aß Charlotte von ihrem Fischgericht. Selbst ihr Kauen kam Jan aggressiv vor. Er verbrannte sich an seiner Lasagne den Mund und nahm fluchend einen Schluck Bier.

Kurz vor Mitternacht saß Jan wieder im Zug zurück nach Rotenburg. Da Alkohol an Bord verboten war, zog er sich eine Cola aus einem Automaten, der im Abteil für Fahrräder und Gepäck stand. Deprimiert drückte er einen Klappsitz hinunter. Braune Flüssigkeit quoll zischend unter dem Drehverschluss hervor, lief ihm über die Hände. Fluchend riss er die Arme zur Seite, damit seine Hose nichts abbekam. Eine kleine Lache bildete sich auf dem Kunststoffboden.

Nach dem misslungenen Abendessen hatte es auf der Straße zwischen Charlotte und ihm wie schon zur Begrüßung statt eines richtigen Kusses nur ein flüchtig hingehauchtes Etwas auf die Wange gegeben. Danach hatte sie sich umgedreht und war einfach gegangen. Sie hatte nicht mal gefragt, ob sie ihn irgendwo mit dem Auto absetzen sollte. Das war's, hatte Jan gedacht, als er nur noch Charlottes Rücken sah und schließlich nicht einmal mehr diesen. Wenn wir uns das nächste Mal sprechen, geht es bestimmt darum, wann ich meine Sachen bei ihr abhole.

# 35

Charlotte stand auf ihrem kleinen Balkon und biss sich so lange auf die Unterlippe, bis es wehtat. Was für ein Arschloch, dachte sie. Das mit seinem Auto war natürlich nicht schön. Aber was war das im Vergleich zu dem, was Maren durchgemacht hatte? Die Sachen, die Jan zu erzählen hatte, interessierten Charlotte einfach nicht. Vielleicht hatte sie es auch nicht richtig verstanden. Versuchte er eine Mordserie zu konstruieren, wo es gar keine gab?

Und das nur, um ein Buch über Serientäter zu schreiben? Wo lag da der Sinn?

Na klar, er wollte etwas tun, mit dem er sich vom nahenden Ende des Harburger Tageblatts ablenken konnte. Etwas Eigenes schaffen, bevor er zum Heer der arbeitslosen Redakteure in der sogenannten Medienhauptstadt Hamburg gehörte. Aber musste es unbedingt ein Buch über Serientäter sein?

Charlotte hatte es mit einem Serientäter zu tun gehabt. Hier in dieser Wohnung. Das war gerade mal ein Jahr her. Serientäter waren nicht spannend. Sie waren gestört. Man musste sie aufhalten, nicht ihnen noch zusätzlich Aufmerksamkeit schenken. Wie konnte Jan ihr bloß mit so einem Mist kommen?

Charlotte stieß einen Ton des Unwillens aus und sah sich in der hell erleuchteten Wohnung um. Seit der »Fassadenkletterer«, so hatten die Medien ihn getauft, ihr in einer dunklen Ecke ihres Schlafzimmers aufgelauert hatte, sorgte sie immer für mehr als ausreichend Licht. Sorgfältig verriegelte sie seitdem Wohnungstür und Balkontür, weil sie sich sonst nicht sicher in der eigenen Wohnung fühlte.

Es war unglaublich, wie viel Macht die Erinnerung an diesen Kerl mittlerweile über ihr Verhalten und somit über ihr Leben gewonnen hatte. Bevor er in ihre Dachgeschosswohnung eingedrungen war, hatte sie ihre Balkontür nachts häufig offen gelassen. Im Sommer genoss sie die frische Luft von draußen. Und wer würde schon an einer Hauswand bis in die oberste Etage klettern? Einbrecher bestimmt nicht – der Fassadenkletterer schon.

Mit einer Gänsehaut auf den Armen schritt Charlotte von Tür zu Tür, sah in jedes Zimmer. Überall brannte das Licht. Seit Jan nicht mehr hier war, ließ sie es die ganze Nacht an – in allen Räumen. Um schlafen zu können, benutzte sie eine Schlafmaske. Damit ging es ganz gut, auch wenn immer etwas Licht unter den

Rändern durchschien. Oft war es sogar so, als könne sie das Licht spüren, dann hätte sie sich am liebsten auch noch die Decke über den Kopf gezogen. Doch das ging nicht, weil sie die Geräusche in der Wohnung nicht mehr gehört hätte. Die Geräusche aber musste sie hören, um sich einigermaßen sicher zu fühlen. Alle und immer.

Vielleicht sollte ich mich mal mit einem Profi treffen und über diese Dinge reden, dachte sie. Ob Schmidt-Rettich in seinem Beruf wirklich fähig war, wusste sie nicht. Aber er war der einzige Psychologe, den sie persönlich kannte. Seine Telefonnummer hatte sie auch. Einfach mal anzurufen lag somit im Bereich des Möglichen.

Aber das war nur *eine* Sache, das wusste sie.

Es stimmte noch etwas anderes nicht mit ihr. Und das musste Jan gerade ausbaden. Sie fluchte in letzter Zeit mehr, als es ihr selbst gefiel. Dann wieder liefen ihr die Tränen, obwohl das ganz untypisch für sie war. Ihre Nerven lagen verdammt schnell blank. Und dann hatte Schultheis vorhin in der Redaktion auch noch etwas Blödes zu ihr gesagt.

»Sag mal, Mädchen, hast du PMS, oder was ist mit dir los?«

Schultheis, natürlich. Woher nahm der Kerl das Recht, so mit ihr zu reden? Ja, sie war reizbar. Ja, sie ließ sich nichts bieten. Aber warum auch? Und schon gar nicht von dem. Wenn Petersen das gesagt hätte ... Okay, nicht schön. Aber vom Chefredakteur hätte sie es vielleicht akzeptiert. Immerhin war er irgendwie auch für die Stimmung im Laden zuständig. Was im Moment besonders wichtig war.

Aber Schultheis ...

*Mädchen*. Allein dieses Wort. Frechheit.

*Hast du PMS?*

Als dürften Frauen nur reizbar sein, wenn sie ihre Periode bekamen. Auf die Idee, dass es an seinen blöden Sprüchen liegen könnte, kam der Typ natürlich nicht.

Schultheis. Jan. Männer. Alle gleich. Leicht beschränkt eben.

Doch nun musste Charlotte noch einmal über die Sache mit dem PMS nachdenken. Ungläubig stellte sie fest, dass sie längst überfällig war. Wann hatte sie ihre letzte Periode gehabt? Vor ... Das waren mindestens sechs Wochen!

Charlotte schnappte sich ihr Smartphone und suchte die nächste Apotheke mit Nachtschalter heraus. Sie brauchte einen Test. Und zwar sofort.

Nur eine Stunde später lag der Streifen auf dem Rand des Badezimmerwaschbeckens. Charlotte wusste gleich, dass es stimmte. Hierfür brauchte sie weder die zwei Minuten, die der Schwangerschaftstest dauern sollte, noch die zweite Packung, die ihr der Notapotheker zur Absicherung empfohlen hatte. Gehen Sie bei einem positiven Testergebnis zu Ihrer Frauenärztin, hieß es auf dem Beipackzettel. Nur Ihr Arzt kann zweifelsfrei feststellen, ob Sie schwanger sind.

Schon wieder liefen Charlotte Tränen übers Gesicht. Doch nun wusste sie endlich, wieso.

Aber hatte sie es nicht auch zuvor schon geahnt?

Der Streit mit Jan. Gerade jetzt. War das etwa Zufall?

Wohl kaum.

Unbewusst hatte sie ihm die Schuld an ihrer veränderten Stimmungslage gegeben. Deshalb war er es, der – ebenfalls unbewusst – dafür büßen musste. Und wie sich jetzt zeigte, hatte sie sogar mit ihrer Vermutung recht gehabt.

Jan war schuld.

An allem.

Aber ganz besonders an ihrem Zustand.

# 36

Der Empfang war nicht besetzt, als Jan sich mit seiner Schlüsselkarte selbst in die Hotelhalle ließ. Er benutzte den Aufzug. Lampen zuckten oben im Flur auf und blendeten ihn. Er rieb sich über Augen und Stirn, während er sein Zimmer betrat.

Was bitte schön war da in Harburg passiert? Wie konnte es zu diesem Desaster mit Charlotte kommen? Denn genau das war der Abend mit ihr gewesen: ein Desaster. Eine Katastrophe.

Jan ließ sich aufs Bett fallen. Er streifte die Schuhe im Liegen ab, zog auch die lange Hose aus. Mehr nicht. Wie paralysiert starrte er nach oben.

Es gab vier signifikante Flecken an der Zimmerdecke. Jan erforschte sie alle nacheinander. Vermutlich handelte es sich um die Überreste von erschlagenen Insekten, vorzugsweise Mücken. Durch die nahe gelegene Wümme gab es rund ums Hotel ungewöhnlich viele Mücken, an den Fenstern jedoch keine Mückengitter. Jan hatte daher Verständnis für die Verzweiflungstaten seiner Vormieter. Dann schlief er ein.

Als das Telefon in der Hosentasche zu klingeln begann, versuchte Jan es zu ignorieren. Doch irgendwann ging es nicht mehr.

Die Deckenlampe brannte noch immer, doch längst wurde sie vom Tageslicht überstrahlt.

»Jan Fischer«, murmelte er mit belegter Stimme.

»Julia Harms.«

»Hallo. Wie geht's?«

»Ich … ich wollte mich nur entschuldigen. Es ist eigentlich

nicht meine Art, mich zu betrinken und Fremden das Bett wegzunehmen.«

»Ach, wirklich nicht?«

»Glaub schon. Also Entschuldigung angenommen?«

»Okay. Aber dann muss ich mich auch dafür entschuldigen«, meinte Jan, »dass ich es nicht länger auf dem Fußboden ausgehalten habe und zu Ihnen ins Bett gekommen bin.«

»Es ist doch Ihr Bett.«

»Auch wieder wahr.«

»Was machen Sie gerade?«

Jan fiel keine kreative Antwort ein. Also sagte er die Wahrheit: »Gar nichts. Aufwachen.«

»Haben Sie Lust auf einen Ausflug?«

Eigentlich wollte Jan noch einmal zur Polizeiwache, um bei Hagedorn in den Akten zu wühlen. Aber er fühlte sich zu müde zum Lesen. Julias Stimme hingegen klang dynamisch und voller Tatendrang. Eigenschaften, die Jan an diesem Tag sehr gelegen kamen. Also stimmte er einfach zu.

Kaum war er mit Duschen fertig, klopfte Julia an die Tür. Wieder sah sie viel besser aus als an jenem Tag, als er sie in ihrem Elternhaus kennengelernt hatte. Zwar gingen ihre Turnschuhe, der kurze Rock mit den Leggins darunter und die etwas zu weite Bluse nicht unbedingt als modisch durch, dafür sah ihr Gesicht frischer aus, und auch die offenen Haare standen ihr gut.

Die Idee mit Bremen kam von ihr. Natürlich war Jan schon mal in Bremen gewesen. Die Stadt lag kaum hundert Kilometer von Soltau entfernt, wo er aufgewachsen war. Aber sein letzter Besuch lag lange zurück.

Von Rotenburg war es gerade mal eine halbe Stunde bis in die Bremer Innenstadt. Julia konzentrierte sich wegen der dort fahrenden Straßenbahnen besonders auf den Verkehr und war sichtlich froh, als sie den Golf in einem Parkhaus abstellen konnte.

»Kennen Sie die Geschichte von den Bremer Stadtmusikanten?«, fragte sie, als sie zu Fuß den Rathausplatz erreichten.

»Na klar«, sagte Jan, fügte ein »I-ah-Wauwau-Miau-Kikeriki« hinzu. Lächelnd zog er Julia dann ein Stück zur Seite, denn bimmelnd kündigte sich die nächste Straßenbahn an.

Die Innenstadt lag auf einer Art Insel zwischen Weser und Stadtgraben und war voller Menschen. Auch wenn hier kein Wochenmarkt mehr stattfand, konnte Jan verstehen, dass der Platz den Bremern als »Gute Stube« galt.

»Wir müssen noch mal wiederkommen, wenn Weihnachtsmarkt ist«, meinte Julia lachend.

Jan stutzte kurz. Diese Bemerkung hatte den Charakter eines latenten Versprechens. So als sei es denkbar, noch mehr zusammen zu unternehmen. Vielleicht in Bremen. Vielleicht woanders. Aber auf alle Fälle zusammen. Es war beinah wie die Verabredung zu einem Date.

Haben wir auch jetzt ein Date?, dachte Jan und musste die eigene Frage überrascht bejahen.

»Das können wir tun«, sagte er dann. Denn der einzige Grund, der gegen eine Verabredung sprechen würde, hatte ihm offenbar die Freundschaft gekündigt. War es also nicht sein Recht, mit einer anderen Frau unterwegs zu sein? Jan nickte stumm.

Sie gingen weiter die Fußgängerzone entlang. In einem Geschäft für Damen- und Herrenunterwäsche suchte Jan sich einen Stapel Unterhosen aus und nahm zwei Fünferpacks schwarze Socken dazu. Sein Vorrat an frischer Wäsche im Koffer neigte sich nämlich dem Ende zu. Und der Sack mit Wäsche, den er am Vortag mit nach Harburg genommen hatte, befand sich noch genau dort – im Wäschetrockner. Julia stand vor einer weiblichen Puppe, die nur mit Spitzenunterwäsche bekleidet war.

»Würde mir nicht stehen«, sagte Jan, als er bezahlt hatte und sich zu ihr gesellte.

»Wer weiß«, entgegnete Julia und ließ Jan etwas irritiert zurück, weil ihren Worten kein ironisches Grinsen folgte.

In einem Straßencafé bestellte Jan sich einen Espresso, und Julia trank einen Cappuccino.

»Was ist eigentlich mit Lucas Prahl? Könnte er nicht etwas mit dem Mord an Silvia zu tun haben?«, fragte Julia, ohne dass Jan verstand, wie sie gerade jetzt darauf kam.

Er sah den vorbeieilenden Menschen nach und schüttelte dann den Kopf. »Die Polizei hat das alles mehrfach durchleuchtet. Und Simone Jonker gehörte zum Team. Nein, ich glaube, dass Silvias Tod auch für Lucas Prahl schwer zu ertragen war. Und alles, was damit zu tun hatte. Inklusive der jahrelangen Verdächtigungen, die er sich gefallen lassen musste. Das hat mir auch Andreas Taube erzählt, sein bester Freund von damals.«

Jan löffelte etwas Zucker in seinen Espresso, rührte mit einem winzigen Löffel um. »Nein, sein Zorn ist echt. Den hat er bei meinem Besuch nicht gespielt.«

»Verstehe«, erwiderte Julia, ohne Jan anzusehen. Und er begriff auf einen Schlag, dass Julia heute nicht nur mit ihm unterwegs war, weil sie ihn nett fand. Sie wollte mehr Informationen von ihm und liebend gern auch etwas über seine Nachforschungen hören. Wenn Lucas Prahl für den Mord an Silvia Keller verantwortlich wäre, hätte er dann nicht auch ein Jahr vorher Alexandra umbringen können?

Jan fühlte sich nicht ausgenutzt, obwohl er Julia nun durchschaut zu haben glaubte. Im Gegenteil. Er hatte Verständnis für sie und bewunderte ihre Hartnäckigkeit.

Julia hatte die Unterarme vor sich auf dem Tisch zu einem Dreieck gelegt, dessen Spitze die mit beiden Händen umschlossene Tasse bildete. Als Jan sagte, dass ihn etwas ganz anderes als Lucas Prahl beschäftige, hob sie den Blick.

»Die Sache mit dem Schraubendreher lässt mich nicht los«, sagte er. »In Hamburg gab es letzte Woche auch einen Mord an einer jungen Frau. Vermutlich war es ihr Freund. Aber wissen Sie, womit er sie erstochen hat?«

»Mit einem Schraubendreher?«

»Richtig«, bestätigte Jan und sah Julia überrascht an.

»Was?«, entgegnete die. »Sie haben Ihren Satz damit angefangen, dass der Schraubendreher Sie nicht loslässt. Da war meine Schlussfolgerung doch nur logisch.«

»Ach ja, stimmt«, sagte Jan, doch sein Blick kehrte sich für eine Weile nach innen. Dann schüttelte er den Kopf. »Ist aber sowieso Quatsch mit Soße.«

»Lucas Prahl arbeitet bei Mercedes in Hamburg«, stellte Julia in diesem Augenblick fest.

Jan sah ihr direkt in die Augen. Dieselbe Information hatte er schon von Andreas Taube bekommen. Jan kannte das Mercedes-Werk. Hamburg hieß in diesem Fall Hamburg-Hausbruch. Und das lag nur etwa fünfzehn Autominuten von der Stelle im Hafen entfernt, wo die Schülerin Fiona Fenske erstochen worden war. Mit einem Schraubendreher.

»Und woher wissen Sie das mit Lucas Prahl?«

»Ich weiß es eben.«

»Stellen Sie etwa eigene Nachforschungen an?«

»Ich weiß es einfach.«

»Seien Sie bloß vorsichtig. Der Typ kann bestimmt unangenehm werden. Auch wenn ich weiterhin nicht glaube, dass er etwas mit dem Mord zu tun hat.«

»Dann ist doch alles in Ordnung.«

»Ganz genau.« Demonstrativ genüsslich leerte Jan sein kleines Espresso-Tässchen und lächelte Julia an. »Und jetzt kaufen wir etwas für Sie.«

Die junge Frau krauste die Stirn.

»Klar«, meinte Jan. »Irgendwas Sommerliches. Wir haben doch Sommer.«

## 37

Charlotte legte beide Hände auf den Bauch, besah sich im Badezimmerspiegel. Erst von vorn, dann von der Seite. Es war ein schlanker Frauenkörper, trainiert vom täglichen Schwimmen. Fett war nicht vorhanden. Trotzdem schien es, als wölbe sich der Unterbauch ein ganz klein bisschen. Vielleicht verzerrte das auch der Spiegel nur.

Es war unvorstellbar. Natürlich war es schon der einen oder anderen Frau vor ihr passiert. Charlotte lächelte kurz bei dem Gedanken. Trotzdem war es unvorstellbar.

Es gab da ein Video im Netz, das eine Frau im Bikini aufgenommen hatte. In zwölf Minuten zeigte sie die Veränderung an ihrem Körper, wie sie in den folgenden acht Monaten passierte. Bei der ersten Aufnahme wurde »5. Woche« eingeblendet. Was dann passierte, war atemberaubend. Jedenfalls, wenn einem dasselbe bevorstehen sollte. Denn die Wölbung, die die junge Frau im Bikini in der fünften Woche zur Schau stellte, erinnerte sehr an das, was Charlotte gerade im Spiegel sah.

Sie trug einen frechen, gestreiften Bikini. Machte Faxen,

tanzte herum, grinste in die Kamera, machte auch mal einen Schmollmund und fasste immer wieder ihren Bauch an, während Zeitsprünge von zwei bis drei Wochen stattfanden. Das Ende war fast schon grotesk. So einen dicken Bauch konnte kein Mensch durch die Gegend tragen. Schon gar nicht eine zarte Person wie die Bikini-Frau. Spielerisch hielt sie sich den Bauch und tapste einer Bärin gleich breitbeinig durchs Bild. Kein Hüpfen und kein Tanzen mehr. Trotzdem musste Charlotte zugeben, dass die Frau glücklich aussah.

Die letzte Einstellung zeigte dann, wie die Frau, wieder im gestreiften Bikini, ein Baby im Arm hielt. Sie lächelte. Wie der ganze Film kam auch die Schlusseinstellung ohne gesprochene Worte aus.

Stumm schüttelte Charlotte den Kopf. Sie duschte, ging ins Schlafzimmer und zog sich an.

Sie musste mit Jan sprechen. Das war klar. Aber *was* sollte sie ihm sagen?

Musste sie sich vorher selbst eine Meinung bilden?

Behalten?

Wegmachen lassen?

Was für eine unangenehme Bezeichnung: *wegmachen*. Aber dafür schön unpersönlich.

Die Entscheidung konnte nur sie allein treffen. So oder so. Es war ihr Körper und nicht der von Jan.

Wie hatte das überhaupt geschehen können? Sie passte, seit Jan mehr oder weniger ständig bei ihr war, genau auf. Hatte Eisprung und die sogenannten gefahrlosen Tage genau im Blick. Das ließ sich ziemlich einfach berechnen. Und sonst hatten sie konsequent Kondome benutzt.

Eigentlich konnte doch gar nichts passiert sein.

Und doch gab es da die beiden positiven Tests, die nebeneinander auf dem Waschbecken lagen, und das verräterische Spiegelbild.

Ja, sie musste mit Jan sprechen.

Aber nicht jetzt. Vielleicht nachher. Vielleicht heute Abend. Mal sehen ...

Jetzt war sie erst einmal mit Maren verabredet. Die Begegnung mit Heinemann würde bei Maren nachwirken. Charlotte wollte sie damit nicht allein lassen. Noch bei der Verabschiedung im Wagen hatte sie Maren daher vorgeschlagen, sich heute zu einem Spaziergang an der Elbe zu treffen. Der Gedanke an den Fluss war bei Charlotte automatisch da gewesen.

Wasser fließt.

Wasser ist Leben.

Am Elbstrand musste man nicht unbedingt miteinander sprechen. Von Schleppern an die Leine gelegte Containerriesen zogen regelmäßig vorbei. Sportboote preschten durchs Wasser und verursachten Wellenschlag. Auf der gegenüberliegenden Uferseite streckten die Kräne ihre Greifer hinüber zu den Schiffen. Daneben fuhren Betriebsfahrzeuge mit gelben Rundumleuchten wie Spielzeugautos hin und her. Es gab also genug zu sehen.

## 38

Charlotte und Maren trafen sich an den St.-Pauli-Landungsbrücken, fuhren mit der Fähre bis zum Museumshafen Oevelgönne und gingen nebeneinander den Weg zum Strand hinunter, vorbei an einem Eisladen und verschiedenen Biergärten. Jenseits der Lüftungsanlagen für den tief unter ihnen verlaufenden Elbtunnel betraten sie den Strand. Langsam gingen sie das Elbufer bis zu einem großen Findling entlang, der Alter Schwede genannt wurde.

Der riesige Stein stammte nachweislich aus Småland in Schweden. Gletschereis musste seine über zweihundert Tonnen Gewicht während der Eiszeit die sechshundert Kilometer bis in die heutige Elbe transportiert haben, wo er bei Baggerarbeiten gefunden und am Strand abgelegt worden war. Wie klein ein Mensch daneben war. Und wie kurz sein Leben.

Nicht melancholisch werden, dachte Charlotte. Und dann konnte sie nicht anders.

»Ich glaub, ich bin schwanger.«

»Was?«

Charlotte nickte.

»Du glaubst?«, fragte Maren.

»Ich habe zwei Tests gemacht.«

»Seit wann ...«

»Ich weiß es seit gestern Abend. Und etwa fünfte Woche, nehme ich an. War aber noch nicht beim Arzt.«

Maren blieb für eine Weile stumm, sah Charlottes Bauch an. Dann streckte sie die Hand aus und berührte die Freundin am Arm.

»Du willst es behalten? Dann herzlichen Glückwunsch.«

»Danke«, erwiderte Charlotte. Sie wusste nicht, was sie von Maren erwartet hatte. Vielleicht etwas mehr Herzlichkeit?

Prompt nahm Maren sie in den Arm. »Wirklich, Charlotte, herzlichen Glückwunsch! Alles, alles Gute für euch beide. Gibt's denn auch einen Vater dazu?«

»Natürlich gibt es den.«

»Und freut er sich auch?«

»Er weiß noch nichts davon. Musste es doch erst mal meiner Freundin sagen.«

Maren lachte kurz auf. »Du bist verrückt.«

»Vielleicht.« Charlotte lächelte nun auch. Sie fühlte sich plötzlich glücklich. Alles schien richtig. Alles schien leicht und machbar, hier mit den nackten Füßen im Sand.

Alle Probleme dieser Welt ließen sich lösen. Das stand in diesem Moment für Charlotte außer Frage.

Der Streit mit Jan – war es überhaupt ein Streit? – war das Geringste.

Auch ihre Angst, nach Anbruch der Nacht allein in der Wohnung zu sein, würde sich bewältigen lassen.

»Es gibt da einen Psychologen«, sagte sie mit einem Blick zur Seite. »Zu dem gehe ich vielleicht. Um ehrlich zu sein, hat mir bisher der Mut gefehlt. Obwohl ich ihn kenne. Er ist echt nett. Ich hab schon beruflich mit ihm zu tun gehabt. Mehrfach. Aber dann selbst hinzugehen und zu sagen, dass man einen an der Klatsche hat, ist echt was anderes.«

Maren grinste über ihre Worte. »Was willst du da?«

»Nach dem Überfall in meiner Wohnung ... Ich halte es manchmal nur schwer allein aus. Das ist eigentlich nicht schlimm. Aber wenn es dann dunkel wird ... Ich weiß auch nicht.«

»Lebst du allein? Was ist mit deinem Freund?«

»Kompliziert«, erwiderte Charlotte. »Natürlich kompliziert.«

Nun grinsten beide.

»Aber er ist ja auch keine Lösung für meine Ängste. Das ist schon meine Aufgabe, damit umzugehen.«

Maren nickte.

»Wollen wir da oben lang?«, fragte Charlotte.

Marens Blick folgte der von Charlotte gezeigten Richtung. Sie nickte. Also stiegen sie nebeneinander einige Treppenstufen bis zu einem Weg hinauf, der parallel zur Elbe verlief. Schmiedeeiserne Zäune grenzten die winzigen Vorgärten der Anwohner ab.

Kletterrosen rankten an Fassaden bis zu Balkonen hinauf. Es gab viel Glas und Wintergärten zum Schutz vor dem hier häufig und heftig blasenden Wind.

»Heinemann hat einen langsamen, qualvollen Tod verdient«, sagte Maren plötzlich.

»Das hat er«, stimmte Charlotte zu.

Schweigend gingen sie weiter. »Wann willst du zu deinem Psychologen?«, fragte Maren schließlich.

Charlotte zuckte mit den Schultern. »Weiß nicht. Bis jetzt ist es nur eine Idee.«

Maren nickte leise. »Ich denk mal drüber nach, ob das auch was für mich ist.«

»Wir könnten beim ersten Mal zusammen hingehen.«

»Ich überlege es mir.«

»Alles klar. Schon gut.«

Der Weg führte einige Höhenmeter vom Strand entfernt wieder zum Museumshafen. Von dort nahmen Charlotte und Maren die Fähre zurück zu den Landungsbrücken.

»Schlage Eiskaffee im Eiscafé und danach etwas Bummeln in der Innenstadt vor. Oder hast du es eilig?«, fragte Charlotte.

»Kaffee klingt gut.«

An einem Schaufenster wollte Charlotte wissen: »Wie findest du das?«

»Hübsch«, sagte Maren zu der Kombination aus Bluse und Shorts. »Aber passt du da noch lange rein?«

Charlotte öffnete wortlos den Mund. »Du …«, entfuhr es ihr dann.

Sie probierte Bluse und Shorts an und kaufte sie spontan. Dann war Maren an der Reihe.

»Das da«, sagte Charlotte.

Das grelle Rot passte so gar nicht dazu, wie Maren sich sonst kleidete. Entsprechend skeptisch verzog sie das Gesicht. »Wohl eher was für dich?«, wehrte sie ab.

»Aber nicht meine Größe. Probier doch einfach mal an.«

»Ich mag es gern schlicht.«

»Dann finden wir was Schlichtes. Vielleicht ...« Charlotte ließ das Oberteil hinter ihrem Rücken verschwinden und holte es dann wieder heraus. » ... ein schlichtes Rot.«

Maren presste kurz die Lippen zusammen. »Egal. Gib her.«

»Dazu eine schöne, enge Jeans«, sagte Charlotte und wandte sich zu einem hohen Regal am anderen Ende des Ladens um, während Maren zu den Umkleidekabinen ging.

Mehrfach brachte Charlotte Hosen und weitere Blusen zur Kabine, die Maren kurz darauf am Vorhang vorbei wieder herausreichte, ohne dass sie Charlotte etwas davon vorgeführt hätte. Es geschah daher nicht ganz versehentlich, dass Charlotte den Vorhang mit einem weiteren Kleid in der Hand, ohne zu fragen, zur Seite zog.

Charlotte wusste natürlich, dass Maren sehr schlank war. Das hatte sie bei ihrem ersten Wiedersehen festgestellt und vorhin am Strand auch wieder, als sie sich kurz umarmt hatten. Dennoch konnte Charlotte sich nicht vorstellen, dass Maren keines der abgelehnten Kleidungsstücke stand. Sie wollte also mal einen Blick riskieren und vielleicht bei einer positiven Entscheidung helfen.

Es war aber nicht allein Marens dürrer Körper, der Charlotte in dem Moment, da sie die Freundin nahezu unbekleidet erblickte, die Luft anhalten ließ. Noch schlimmer als die unter der dünnen, bleichen Haut hervorschimmernden Knochen waren für Charlotte die Striemen und Blutergüsse auf Marens Körper. Zum Teil waren es alte, vernarbte Wunden. Andere Hämatome leuchteten frisch im Schein der Neonröhren. Selbst Marens Oberschenkel waren übersät mit dunklen Flecken.

Wenn Charlotte später an diesen Anblick zurückdachte, glaubte sie nicht, dass sie die Freundin zufällig so zu sehen bekommen hatte. Bisher hatte Maren immer hochgeschlossene Pullover oder Blusen, lange Röcke oder Hosen getragen – um die Verletzungen darunter zu verbergen. In der Umkleidekabine musste sie doch damit gerechnet haben, dass Charlotte irgendwann den Vorhang zur Seite zog, um etwas zu sehen. Marens hagerer Körper präsentierte Charlotte alle Verbrechen, die an ihm stattgefunden hatten. Keines davon war vom alten Heinemann begangen worden. Diese Misshandlungen waren teilweise neu. Und es gab nur eine Person, die in Charlottes Augen hierfür verantwortlich sein konnte.

# 39

Der in die Jahre gekommene Golf rollte in Rotenburg auf den Hotelparkplatz, und Julia lachte, als Jan einen Scherz über den röhrenden Dieselantrieb des Wagens machte. Die Bemerkung hatte etwas mit einem brünstigen Elch zu tun. »Ich bin nun mal ein Mädel vom Lande«, sagte Julia. »Lässt sich nicht leugnen.«

»Warum auch?«, meinte Jan, ohne auszusteigen.

Im Radio lief ein Lied von UB40. Eine Gute-Laune-Nummer, die Jan schon immer gefallen hatte. Mittlerweile konnte man den Song schon fast zu den Oldies zählen.

»Das mit Bremen war eine gute Idee«, sagte er.

»Finde ich auch. Und das Kleid ist toll. Ich freue mich total darauf, es zu Hause noch mal anzuziehen. Vielen Dank für die Hilfe beim Aussuchen.«

»Hab ich gern gemacht. Schicken Sie mir doch einfach ein Foto.«

»In Ordnung.« Julia schien kurz zu überlegen. »Oder ich zeige es gleich hier noch einmal. Ist ja noch nicht spät.«

Jan nickte spontan. »Und wir trinken dann was an der Hotelbar.«

»Sie wollen mich doch nicht schon wieder betrunken machen?«

»Ich dachte an einen Orangensaft. Und ich hab Sie nicht betrunken gemacht.«

Julia lachte auf. »Weiß ich doch. War nur ein Scherz.«

Sie holte die Kleidertüte von der Rücksitzbank. Jan hatte seine mit der neuen Unterwäsche bereits in der Hand. Als sie im Hotel auf den Fahrstuhl warteten, musste Jan plötzlich an Charlotte denken. Und an der Zimmertür, als die Schlüsselkarte das Schloss mit einem Klicken öffnete, schon wieder.

Was mache ich hier eigentlich?, dachte er. Was soll das?

Sie zieht ihr neues Kleid an, und dann gehen wir gleich runter zur Bar. Einen O-Saft für jeden, das war's.

Er zog den Vorhang auf und öffnete das Fenster einen Spalt. Die Luft im Raum hatte sich durch die Sonneneinstrahlung aufgeheizt.

»Mückenalarm«, sagte Jan. »Muss ich vorsichtig sein. Eigentlich braucht das Fenster ein Netz.«

Julia nickte. »Ist aber sonst ganz hübsch.«

»Na ja, geht so.« Jan wirkte verkrampft. Unwillkürlich vermied er einen Blick aufs Bett. »Der Schreibtisch ist ganz praktisch.«

Julia sah zum Notebook, das darauflag, und zu der mit einem Kabel seitlich eingesteckten Maus.

»Dann verschwinde ich mal kurz zum Umziehen im Bad. Und benutze auch die Toilette, okay?«

»Natürlich.«

Jan hörte, wie Julia die Tür von innen zudrückte. Sie schloss aber nicht ab. Kurz darauf ging die Toilettenspülung, dann lief das Waschbecken. Jan setzte sich an den Schreibtisch und schaute aus dem Fenster, weil er nicht wusste, was er sonst tun sollte.

Ein schnelles Lob fürs Kleid, dann runter zur Bar, dachte er wieder. Alles anständig und korrekt.

Julia öffnete die Tür und hüpfte barfuß in ihrem geblümten Sommerkleid heraus. »Tara!«, sagte sie und öffnete die Arme.

Jan drehte sich zu ihr herum, nickte anerkennend. »Wir hätten noch passende Schuhe kaufen sollen.«

Julia spitzte kurz die Lippen, krauste dann die Nase.

»Schauen Sie mal, wie es schwingt!« Voller Freude drehte sie sich um die eigene Achse. »Das macht Spaß.«

Jan sah, wie Julia vor den Spiegel trat und sich betrachtete. »Schön«, sagte sie.

Ohne zu wissen, wieso, ging er durchs Zimmer und trat hinter sie. Das Spiegelbild zeigte eine glückliche junge Frau. Keine Spur mehr von Trauer und Schmerz. In diesem Moment gab es keinen Gedanken an die verschwundene Schwester. Jan sah in Julia die pure Lebensfreude. Plötzlich wurde ihm bewusst, dass er nur noch wenige Zentimeter von ihr entfernt stand.

Julia sah ihn im Spiegel an, und der Augenkontakt dauerte lange. Dann beugte Jan sich leicht nach vorn und küsste den Haaransatz in Julias Nacken. Als er den Blick wieder hob, sah sie ihn noch immer an.

»Entschuldigung«, sagte er leise. »Das ist einfach so passiert.«

Ebenso leise antwortete sie: »Das war schön. Mach das noch mal.«

# 40

Charlottes Hand zitterte, als sie Jans Nummer wählte. Seit Maren sich in der Boutique wieder angezogen hatte und wortlos gegangen war, hatte Charlotte nicht gewusst, was sie machen sollte. Die Situation überforderte sie. Tonlos hatte sie »Maren!« hinter der Freundin hergerufen. Und endlos viele, unausgesprochene Fragen nicht gestellt. Sie wusste selbst, dass ihr entsetzter Blick als Vorwurf gedeutet werden konnte. Dabei war er so überhaupt nicht gemeint.

Ziellos war Charlotte danach durch die Straßen gelaufen. Erst in ihrer Wohnung kam sie wieder einigermaßen zu klarem Verstand. Sie musste mit jemandem sprechen. Jan war der Erste, der ihr einfiel. Und er war auch der Einzige.

*Jan*. Das war seit fast einem Jahr immer der erste Gedanke, wenn sie eine Frage oder ein Problem hatte. Wieso war er ausgerechnet jetzt nicht da?

»Ja?«, kam es aus dem Smartphone.

Kein freundliches *Hallo, Charlotte*.

Kein *Guten Abend, Darling*.

Bei der Stimmung, die zurzeit zwischen ihnen herrschte, war das aber auch nicht zu erwarten gewesen. Trotzdem registrierte Charlotte es, und es tat ihr weh.

Verzweiflung schwang in ihrer Stimme, als sie seinen Namen sagte.

»Was ist passiert?«, erwiderte er. Nun klang er doch besorgt.

Schon wieder flossen Charlotte Tränen übers Gesicht. Mit

zwei Fingern rieb sie sich die Nase, zog sie leise hoch. Dann begann sie zu erzählen. Zunächst nur stockend, dann immer schneller.

Sie sprach von Heinemann, dem Mädchenchor, dem Missbrauch an Maren, dann von den Wunden auf Marens Körper; den alten und den neuen Hämatomen, den Striemen.

»Er schlägt sie offenbar mit unterschiedlichen Gegenständen. Einer Reitgerte oder einem dünnen Stock. Darum die Striemen. Aber die großen Stellen kommen von größeren Sachen. Vielleicht von seiner Faust. Es sieht furchtbar aus, Jan, absolut furchtbar!«

»Hat sie gesagt, wer das war?«

»Ich ... Aber natürlich ihr Mann! Dieser Sören Beister. Wer sonst?«

Charlotte schüttelte es bei der Vorstellung, wie sympathisch und nett sie den schicken Mann mit der frechen Frisur gefunden hatte. Wie freundlich er sie empfangen hatte. Mit welcher Nonchalance er ihr in der Küche den Latte Macchiato bereitet und über die Theke zugeschoben hatte. Wie lange war es da her gewesen, dass er zuletzt Maren geschlagen hatte? Und wie oft hatte er es vielleicht schon wieder getan, seit er Charlotte den Latte Macchiato zubereitet hatte?

»Charlotte? Bist du noch da?«

»Er kann so ...«, begann sie. »Er war so nett! Und er sieht so attraktiv aus. Das kann doch nicht sein.«

»Hast du deine Freundin gefragt, ob sie das freiwillig mit sich machen lässt?«

Charlotte verstand die Frage nicht.

»Es gibt Leute, denen das einen Kick verschafft«, sagte Jan möglichst vorsichtig. »Also beiden. Vielleicht mag sie das.«

»Nein«, widersprach Charlotte. »Das ist krank. Selbst wenn sie es freiwillig über sich ergehen lassen würde, dann ist es trotzdem krank.«

Sie saß mit ausgestreckten Beinen auf dem Boden, lehnte sich rückwärts an die Wand.

»Dann ...« Jan sprach langsam und überlegt. »Also, entweder ist es freiwillig. Und das kann durchaus sein, nach dem, was du mir gestern über diese Maren erzählt hast. Oder man muss zur Polizei gehen.«

»Wieso *diese* Maren? Sie ist nicht *diese* Maren. Sie ist meine Freundin.«

»Ja, eine Freundin, die du seit – wie lange? – zehn, fünfzehn Jahren nicht gesehen hast. Was weißt du schon, was in dieser Zeit alles passiert ist.«

»So kannst du das nicht sagen.«

Jan ließ sich nicht beirren. »Es ist ein bekanntes Phänomen, dass Mädchen, deren Mütter vom Vater geschlagen wurden, sich später Partner aussuchen, die dasselbe mit ihnen machen. Bewusst oder unbewusst. Sie lassen sich verprügeln, weil sie es so gelernt haben. Vielleicht ist das bei deiner Freundin ja so ähnlich.«

»Das ist doch was völlig anderes«, empörte Charlotte sich.

»Vielleicht«, gestand Jan ein. »Aber es ist möglich. Könnte eine Art Buße sein.«

»Wofür? Weil sie als Kind vergewaltigt wurde? Das ergibt doch keinen Sinn. Sie hat nichts getan. Man hat *sie* vergewaltigt! Wofür soll sie da büßen?«

»Richtig. Aber bei den Frauen, deren Mütter früher geschlagen wurden, ergibt es auch keinen Sinn. Jedenfalls nicht mit logischen Maßstäben. Trotzdem passiert es. Das ist ein psychologisches Problem. Vielleicht glaubt sie, dass sie sich nicht genug gewehrt hat. Oder dass sie diesen Chorleiter zu den Taten ermutigt hat. Ganz sicher schämt sie sich. Das tun fast alle Vergewaltigungsopfer. Was macht ihr Mann denn beruflich? Weißt du das?«

Die Antwort erschreckte Charlotte. »Er ... leitet einen Chor.«

Auf eine völlig verdrehte Weise schien das, was Jan bisher gesagt hatte, plötzlich möglich.

»Dann meinst du, dass sie ihn gar nicht anzeigen will?«

»Ich weiß es nicht.«

»Sag nicht, ich soll sie das fragen. Das kann ich nämlich nicht.«

Jan schwieg.

Charlotte schloss die Augen.

»Versuch erst einmal runterzukommen. Trink ein Glas Wein. Geh duschen. Warmes Wasser hilft immer.«

Charlotte antwortete nicht.

»Ich würde ja zu dir kommen, aber da gibt es einige neue Dinge, Einzelheiten, die ich noch klären muss.« Er machte eine Pause. »Weißt du, was verrückt ist? Der Doppelmord bei Verden, von dem ich dir erzählt habe, der wurde mit einem Schraubendreher begangen. Genau wie bei Fiona Fenske vor einer Woche. Ich weiß auch nicht, wieso, aber irgendwie ist das merkwürdig.«

»Ach nee«, erwiderte Charlotte und richtete ihren Rücken wieder auf. »Das findest du merkwürdig? Jan Fischer!«, schrie sie plötzlich in das Smartphone. »Ich sage dir gerade, dass meine Freundin offenbar seit Jahren, jawohl, seit *Jahren* systematisch verprügelt wird. Und du erzählst mir etwas von einem Schraubenziehermord! Was findest du denn an diesem verfickten Schraubenzieher so merkwürdig? Los, sag mir das mal!«

»Charlotte!«

»Was?«

»Warum bist du so sauer?«

Ihr blieb kurz die Sprache weg. »Ach, Jan«, erwiderte sie dann. »Wenn du das nicht weißt ...«

»Nein. Ich weiß es nicht. Und darum frage ich. Ist das so schlimm?«

Charlotte antwortete nicht darauf, doch sie dachte: Ja, es ist schlimm.

»Danke, dass du mir zugehört hast. Jetzt fühle ich mich schon viel besser.« Ihre Stimme triefte vor Ironie. »Kümmer du dich mal weiter um irgendwelche Schraubenzieher!«

Sie drückte den roten Button auf dem Display und war in derselben Sekunde wieder allein in ihrer Wohnung. Jan war weg. Nicht nur seine Stimme. Der ganze Jan. Müde legte sie den Kopf gegen die Wand und wischte mit dem Handrücken die Nase ab.

Jan hielt das Smartphone noch eine Weile in der Hand, nachdem er es vom Ohr genommen hatte, starrte auf das Display, das zuerst in den Energiesparmodus ging und sich dann von selbst abschaltete.

»Wer war das?«, fragte Julia, die noch immer in ihrem neuen Kleid zwischen Wandspiegel und Badezimmertür stand.

Jan war beim Telefonieren quer durch den Raum zum Fenster gegangen. Nun starrte er auf den Flusslauf der Wümme. »Das war ... meine *Ex-Freundin*«, sagte er zögernd. Und es tat ihm sehr weh, diese Wahrheit zum ersten Mal laut auszusprechen.

# 41

Als Julia zu Hause auf den Hof fuhr und kurz darauf nur noch das Knacken unter der Motorraumhaube an den Ausflug nach Rotenburg und Bremen erinnerte, blieb sie noch eine Weile im Wagen sitzen. Ihr Kinn sank auf die Brust. Lauter Fragen gingen ihr durch den Kopf: Warum hatte sie nicht den Mund gehalten, als Jan sagte, dass er mit seiner Ex-Freundin telefoniert hatte? Warum musste sie fragen, was zwischen den beiden vorgefallen war? Hätte sie seine Aussage nicht einfach unkommentiert stehen lassen können? Er wäre auch möglich gewesen, ihn tröstend in den Arm zu nehmen. Vielleicht hätte er sie noch einmal geküsst. Stattdessen horchte sie ihn aus und gab auch noch ungefragt gute Ratschläge.

Er hatte gesagt, er wisse nicht, was mit Charlotte los sei. Charlotte Sander. So hieß die Frau. Sie arbeitete mit ihm zusammen bei der Zeitung in Harburg. Charlotte habe ihn einfach kommentarlos aus ihrer Wohnung geschmissen, erzählte er. *Abserviert*, so nannte er es.

»Hast du sie gefragt, was mit ihr los ist?«, hatte Julia wissen wollen.

»So direkt? Nein.«

»Wieso nicht?«

Er hatte überlegt. »Weil ich ... Keine Ahnung.«

»Weil du Angst hast, sie könnte etwas sagen, was zwischen euch endgültig alles kaputt macht, stimmt's?«, stellte Julia fest. »Und deshalb fragst du lieber gar nicht. Nur, was gewinnst du damit? So ist eure Beziehung auch kaputt. Kaputt, wenn du fragst. Und kaputt, wenn du nicht fragst. Da ist kein Unterschied. Wenn du aber fragst, hast du wenigstens die Chance zu erfahren, was los ist. Dann könntest du vielleicht noch was ändern.«

Sehr schlau, dieser Rat, dachte Julia nun, während sie allein im Golf saß. Sehr, sehr schlau.

Jan hatte sie längere Zeit regungslos angesehen. Nach einer Weile verabschiedeten sie sich ziemlich unpersönlich. Einfach so, flüchtig und schnell, ohne jegliche weitere Berührung. Der Kuss in ihren Nacken war vergessen. Fast war es, als wäre er nie geschehen.

Julia hörte Schritte in der Diele, als sie den Hausschlüssel in die Tür steckte und umdrehte. Tante Gerda empfing sie mit mürrischem Blick.

»Wo warst du so lange, Kind? Erwin wartet doch auf mich. Um den muss ich mich doch auch noch kümmern.«

»Ja, entschuldige.«

Tante Gerda war keine echte Tante. Sie wohnte nebenan. Julia war es nur seit ihrer Kindheit gewohnt, sie Tante zu nennen. Erwin war ihr Mann. Für Julia Onkel Erwin. Beide waren zwar über fünf Jahre älter als Julias Mutter, aber noch sehr fit. Wenn Tante Gerda also sagte, sie müsse sich um Onkel Erwin kümmern, dann bedeutete dies, dass sie ihm die Schnittchen zum Abendbrot machen wollte. Mehr nicht.

»Ich habe mir ein neues Kleid gekauft«, sagte Julia.

»Ja, seh ich«, bemerkte Tante Gerda missbilligend. Der Vorwurf, dass Julia sich amüsierte, während ihre pflegebedürftige Mutter auf sie wartete, ließ sich nicht überhören.

Julia wusste genau, was Tante Gerda dachte. Denn dieser Vorwurf schwang latent bei allem mit, was Tante Gerda über Julia sagte. Am besten sollte sie nur zu Hause bei ihrer Mutter hocken und aufpassen. Die meiste Zeit tat Julia das sogar. Aber das reichte Tante Gerda offenbar nicht.

»Für neue Kleider hast du Geld«, sagte diese, während sie eine leichte Jacke über ihren blauen Kittel zog. »Und immer unterwegs. Soll das jetzt so weitergehen?« Mit einem knappen »Tschüss!« ging sie an Julia vorbei und verließ das Haus.

Julia ignorierte die Unhöflichkeit. Einerseits ärgerte sie sich über die alte Frau. Andererseits war sie froh, dass sie sie hin und wieder unterstützte.

Tante Gerda meckerte zwar viel, war dafür aber zu jeder Zeit bereit, sich um Julias Mutter zu kümmern. Die Aufgabe tat ihr vermutlich selbst gut. Und das Meckern auch. Alte Meckerziege.

Julia musste bei dem Gedanken grinsen und war gleich wieder etwas besserer Laune. Sie ging zu ihrer Mutter, die im Wohnzimmer im Rollstuhl vor dem Fernseher saß. Julia streichelte ihren Kopf und gab ihr einen Kuss. Ihre Mama lächelte. Dann ging Julia hinauf in ihr Zimmer.

Ihr Blick fiel auf eine gerahmte Bleistiftzeichnung. Das Bild zeigte sie selbst als kleines Mädchen. Alexandra hatte es gezeichnet. Deshalb bedeutete es Julia viel.

Das Bild war in einem der Momente entstanden, die sie und ihre große Schwester intensiv miteinander geteilt hatten. Julia erinnerte sich noch genau, wo sie gesessen hatte und wie sie gucken musste, damit Alexandra beim Zeichnen zufrieden war. Sollte das Haus jemals in Brand geraten, wäre dieses Bild das Erste, was Julia retten würde. Und Mutti natürlich. Alles andere war ihr nicht so wichtig.

Das neue Kleid hängte sie auf einem Bügel außen an den Kleiderschrank. Sie wollte es den ganzen verbleibenden Tag ansehen können. Vielleicht würde sie es morgen auch gleich noch einmal tragen.

Im Badezimmer trat sie vor den Spiegel und sah sich ins Gesicht. Für einen Moment spürte sie noch einmal, wie Jan Fischer ihr den Nacken küsste. Wenn dann das Handy nicht geklingelt hätte … Was wohl passiert wäre?

Sie hatte Jan gleich gemocht. Schon am ersten Tag, als er vor dem Haus stand, hatten ihr seine Erscheinung und das selbstbewusste Auftreten gefallen. Er wirkte dynamisch, schien zu wissen, was er wollte. Seine Arbeit als Journalist brachte ihn in alle möglichen Gegenden, ließ ihn mit vielen unterschiedlichen Leuten in Kontakt kommen, ließ ihn alles Mögliche sehen und erleben.

Das bewunderte Julia. Gern hätte sie nur einen Teil dieser Weltgewandtheit besessen. Auch deshalb war sie am Tag darauf zu ihm nach Rotenburg gefahren. Sie wollte noch einmal etwas von dieser Energie abbekommen. Außerdem betrachtete Jan das Verschwinden von Alexandra aus einer neuen Perspektive. Er war kein Polizist. Konnte er Alexandra womöglich finden? Vielleicht in Spanien oder sonst irgendwo auf der Welt? Wenn das jemand schaffte, dann vielleicht er. Jan Fischer.

Julia dachte daran, wie er sie am Morgen nach dem kleinen Trinkgelage in seinem Bett von hinten umarmt hatte. Und in demselben Zimmer hatte er sie vorhin sogar geküsst.

Unwillkürlich fasste Julia sich an die Lippen. Dann griff sie sich in die langen Haare und drehte sich langsam zur Seite. Gleich nächste Woche würde sie einen Friseurtermin vereinbaren. Die langen Haare mussten ab. Es wurde Zeit für etwas Neues in ihrem Leben. Und das nächste Mal, wenn sie Jan Fischer traf, würde sie nicht noch einmal nach seiner Freundin oder Ex-Freundin fragen. Das war nicht ihre Angelegenheit. Julia war nur für sich selbst verantwortlich. Und für Mutti natürlich. Aber sonst für niemanden.

# 42

Der dunkle Wagen stand ordnungsgemäß in einer Parkbucht. Diesmal war der Mann das Risiko eingegangen und benutzte das auf ihn zugelassene Fahrzeug. Wie ein Jäger auf einem Hochstand wartete er geduldig. Das Auto hatte ein Hamburger Kennzeichen, würde den Anwohnern der Straße deshalb nicht zwingend als fremd auffallen. Später würde sich niemand mehr daran erinnern, selbst wenn die Polizei nach irgendwelchen Auffälligkeiten aus den vergangenen Tagen fragte. Der Mann hatte sich nach hinten gesetzt. Wegen der getönten Scheiben war deshalb so gut wie nicht zu erkennen, dass jemand im Fahrzeug saß. Er konnte gut hinausgucken, doch umgekehrt war dies kaum möglich.

Charlotte Sander war am späten Nachmittag nach Hause gekommen. Das lag nun schon Stunden zurück. Er hatte darauf gesetzt, dass sie noch einmal weggehen würde, schließlich war Samstagabend, doch die Fotografin war offenbar auf keine Wochenendparty aus. Ab und zu trat sie auf den Balkon, ging gleich wieder hinein und verriegelte die Tür ordentlich. Er konnte das von seinem Beobachtungsposten aus sehr gut sehen.

Lange Zeit saß er auf der Rücksitzbank, hatte die Ellenbogen auf die Knie gestützt und den Mund gegen die verschränkten Hände gelegt. Es sah aus, als würde er sich langweilen, doch das tat er zu keiner Sekunde. Die Vorstellung, Charlotte Sander zu töten, war zu schön. Sie hatte so einen arroganten Zug um den Mund, und ihre grünen, erbarmungslosen Augen reizten jeden, den sie ansahen. In hundert Variationen malte der Mann sich aus, wie er dieser Person die Arroganz austreiben würde, wie ihre Überheblichkeit in sich zusammenfiel, wenn sie erkannte, dass sie dem Tod gegenüberstand. Messer, Glasscherbe oder Strick. Eisenstange, Baseballschläger oder Schaschlikspieß. Wäscheschnur oder Machete. Jedes Werkzeug hatte in seiner Vorstellung seinen Reiz.

Der Mann erwischte sich bei einem verzückten Lächeln. Fast war es ihm peinlich. Aber nur fast.

Er grinste noch breiter.

Wie hatte er all die Jahre nur auf dieses Vergnügen verzichten können? Er begriff es selbst nicht.

Petra zuliebe? Dem Jungen zuliebe?

Wenn ja, dann hatte das alles für ihn an Bedeutung verloren. Nun hatte er zu seiner Bestimmung zurückgefunden. Er spürte das Hochgefühl, während er hinauf zu Charlotte Sander sah. Er war der Herr über Leben und Tod. Gott schenkte das Leben. Der Mann nahm es wieder.

Wie der Sensenmann.

*Du* wirst sterben. *Du* darfst weiterleben.

Die Entscheidung lag bei ihm. Bei sonst niemandem.

Als die Nacht hereinbrach, ging oben das Licht an. Noch einmal kam Charlotte Sander auf den Balkon. Eine Besonderheit registrierte er. Eine Abweichung vom Gewohnten. Die Sander rauchte nicht. Es gab keine glühende Zigarettenspitze in der zunehmenden Dunkelheit. Sie stand auf dem Balkon und blickte schweigend in die Nacht hinaus. Dann verschwand sie wieder nach drinnen.

Der Mann saß noch lange da, starrte nach oben, wartete darauf, dass sie das Licht ausmachen würde, um schlafen zu gehen. Doch das Licht blieb an. Es brannte sogar noch, als der Mann nachts zwischen den Sitzen nach vorn krabbelte und sich ans

Lenkrad setzte. Entweder war Charlotte Sander eine Nachteule, oder sie schlief bei voller Wohnungsbeleuchtung. Der Mann gähnte, und seine Beine waren steif, als er den Motor anließ. Einmal guckte er noch nach oben, schaltete dann das Licht am Wagen an, setzte ordnungsgemäß den Blinker und fuhr aus der Parklücke.

»Schlaf gut«, sagte er leise. »Wir sehen uns bald wieder.«

An der Bundesstraße, die von Hamburg bis nach Cuxhaven führte, hielt er auf Höhe einer kreuzenden Autobahn an einem Drive-in, bestellte ein aus Burger, Pommes und einer Cola light bestehendes Menü. Während er am Strohhalm saugte, dachte er, dass er schon lange keinen so schönen Samstagabend mehr gehabt hatte.

## 43

Ein graues Wolkenband legte sich über den Sonntagmorgen. Noch war nicht klar, ob es sich bald verziehen oder nach neun Tagen kontinuierlicher Sonne etwas Regen bringen würde. Charlotte fror leicht, als sie nach dem Aufwachen wie gewohnt erst einmal auf den Balkon trat. Automatisch blickte sie sich nach einem Päckchen Zigaretten um. Manchmal ließ sie eins auf dem Fensterbrett liegen. Doch heute war da keins. Charlotte hatte sie gestern alle eingesammelt und in einer Schublade verschwinden lassen. Wegwerfen konnte sie sie noch nicht. Aber das würde wohl noch kommen. Und alles nur wegen dieses ungebetenen Untermieters in ihrem Uterus.

Charlotte betrachtete die Gänsehaut auf ihren Armen, rieb

sich mit beiden Händen etwas warm. Nervös lief sie danach in der Wohnung hin und her, machte den Fernseher an, blickte immer wieder auf das Smartphone.

Keine Nachricht von Jan. Auch kein Anruf in Abwesenheit.

Sollte sie *ihn* anrufen? Erwartete er das etwa von ihr?

Das Schwimmbad machte um acht auf.

Erst mal den Kopf klarkriegen. Erst mal in Ruhe ein paar Bahnen ziehen. Danach würde sie innerlich aufgeräumter sein. Das klappte immer.

Als sie mit ihrer Schwimmtasche im Flur stand, war es immer noch zu früh. Trotzdem nahm sie ihren Schlüssel und verließ die Wohnung.

Es gab da noch eine Sache, die ihr seit gestern Abend im Kopf herumspukte. Es war der Schraubenzieher, auf dem Jan so rumritt. Oder Schraubendreher, wie er Charlotte mit ziemlicher Sicherheit sofort in Oberlehrermanier berichtigen würde.

Dreher, nicht Zieher. Als ob das einen Unterschied machen würde.

Jan hatte von einem Doppelmord gesprochen, der vor zwanzig Jahren passiert sein sollte.

Der Gedanke an den Schraubendreher löste etwas bei Charlotte aus. Gleichzeitig war ihr klar, dass sie ihn benutzte, um sich von allem, was wirklich Bedeutung hatte, abzulenken. Von Maren. Von Jan. Und vom ungebetenen Untermieter.

Sie grinste unwillkürlich. Der Begriff gefiel ihr: *ungebetener Untermieter*. Später würde sie sich wohl einen anderen Namen einfallen lassen müssen. Aber erst mal war er perfekt.

Das Grinsen verschwand, denn gleich darauf war sie gedanklich wieder beim Schraubendreher. Sie hatte bereits Schultheis erzählt, dass sie solch ein Werkzeug mit dem Schriftzug »Traumhaus« in der Redaktion des Tageblatts beim Kollegen Staube in der Schreibtischschublade gesehen hatte. Sie war ja auf der Suche nach einem Werkzeug für eine lose Schraube an ihrer Kamera gewesen. Doch die Klinge des Schraubendrehers war zu lang und die flache Spitze zum Drehen viel zu dick. Natürlich war sie davon überzeugt, dass der Schraubendreher noch immer an seinem Platz liegen würde. Aber irgendwie hatte sie trotzdem das starke Bedürfnis, nachzusehen, ob dies auch wirklich stimmte.

Charlotte warf ihre Schwimmtasche auf den Beifahrersitz. Da die Straßen leer waren, hatte sie die Harburger Innenstadt schnell erreicht. Selbst auf dem Parkplatz hinter der Redaktion war Platz. Die Sache würde nur fünf Minuten dauern, glaubte sie. Rein, Treppe hoch, kurz gucken, ob der Schraubendreher noch in der Schublade lag, ein kurzes Kopfschütteln über die verrückte Idee, die sie angetrieben hatte, und schon wäre sie wieder unten im Wagen.

Der Schlüssel in ihrer Hand passte zur Hintertür. Es war ein merkwürdiges Gefühl, so früh am Sonntagmorgen allein im Haus zu sein. Der Tresen der Anzeigenannahme war verwaist, die Telefone standen still. Nirgendwo Stimmen. Dafür quietschte die Wendeltreppe scheinbar noch lauter als sonst. Auch in der Redaktion herrschte eine ungewohnte Ruhe. Eine Ahnung davon, wie es nach der letzten Ausgabe des Tageblatts hier sein würde, erfüllte den Raum.

Charlotte ging direkt zu Staubes Schreibtisch, zog die oberste Schublade auf. Kein Schraubendreher. Charlotte zog nacheinander alle vier Schubladen auf, dann wanderte ihr Blick über die Schreibtischoberfläche. Computer-Keyboard, Maus und ein Ablagefach für Papiere. Alles sehr ordentlich. Aber kein Schraubenzieher.

Mit gekrauster Stirn zog sie den Drehstuhl heran, nahm auf der Kante Platz und machte sich daran, die Schubladen noch einmal genauer zu durchsuchen. In diesem Moment erklang hinter ihr ein unerwartetes Geräusch. Es war eine Mischung aus Stöhnen und Schnarchen, fast so, als habe jemand seine Zunge halb verschluckt.

Erschrocken richtete Charlotte sich auf, warf einen Blick über die Schulter. Dass sie sich beim Durchwühlen eines fremden Schreibtisches ertappt fühlte, ließ sie innerlich doppelt zusammenzucken. Dann siegte die Neugier.

Sie stand auf und ging zu Petersens Büro. Die Tür war nur angelehnt. Vorsichtig öffnete Charlotte den schmalen Spalt etwas weiter – und guckte in das gerötete Gesicht des Chefredakteurs. Er lag mit einer Jacke über sich ausgebreitet auf dem kurzen Sofa, hatte den Kopf leicht angehoben und sah Charlotte direkt in die Augen.

»Moin«, sagte sie.

»Moin«, entgegnete Petersen. »Hab ich was verpasst?«

»Nee, alles gut!« Charlotte öffnete die Tür noch ein Stück weiter. Ihr Blick ging zum Schreibtisch. Der Computer surrte leise, doch der Monitor war dunkel.

»Willst du einen Kaffee?«, fragte sie. »Dann nehme ich mir auch einen.«

Petersen nickte nur und ließ den Kopf zurücksinken. Fünf Minuten später hörte Charlotte, wie der Redaktionsleiter zur Küche geschlurft kam. Der Kaffeeautomat gurgelte bereits. Sie holte zwei Becher aus dem Schrank.

»Schwarz«, sagte Petersen, als er in der schmalen Tür erschien.

»Hast du hier geschlafen?«, fragte Charlotte geradeheraus.

»Passiert schon mal.«

Sie nickte.

»Und du?«

Charlotte überlegte kurz, was sie Petersen sagen sollte. Ihr erster Gedanke galt dem ungebetenen Untermieter. Doch Jan musste natürlich vor allen anderen davon erfahren.

»Hab nur was gesucht«, sagte sie.

Petersen nickte verständig, stopfte sein Hemd etwas tiefer in die Hose, griff dann zum Kaffeebecher, den ihm Charlotte entgegenhielt.

»Komisch, was?«, meinte Charlotte und deutete mit dem Kopf auf die leeren Schreibtische. »Die Stimmung ist hier jetzt wie auf einem sinkenden Schiff. Alle wissen, dass es untergeht, aber keiner kann was dagegen tun.«

Petersen dachte eine Weile lang nach, sagte dann, dass er so etwas schon mal erlebt habe. »Als ich Kind war, haben sie uns aus unserem Haus geworfen. Wir mussten mit Sack und Pack von Altenwerder nach Hausbruch umziehen. Das war gleich Anfang der Siebziger. Kennst du die Geschichte?«

Charlotte schüttelte den Kopf.

»Hafenerweiterungsgesetz«, sagte Petersen. »Die Industrie hatte Vorrang vor den Einheimischen. Einige wenige sind noch bis 1998 geblieben. Aber dann war endgültig Schluss. Alles wurde aufgespült, Hafenanlagen gebaut, wo früher Häuser standen und Familien lebten. Heute steht nur noch die alte Kirche. Von der Autobahn aus kannst du sie sehen, wenn du zum Elbtunnel fährst.«

Charlotte glaubte sich an eine Kirchturmspitze hinter einer Gruppe von Bäumen zu erinnern. »Auf der anderen Seite ist der Rangierbahnhof?«

»Genau. Alles Altenwerder. Als ich Kind war, haben da fast dreitausend Menschen gelebt. Dagegen ist das hier beim HT ein Klacks.«

»Glaub ich gern.«

»In der Kirche durfte ich immer Orgel spielen. Also, wenn kein anderer da war.« Petersens Blick verschwamm kurz. »Der Pastor hatte es erlaubt. Ich wusste sogar, wo der Schlüssel zur Hintertür lag. Er hatte totales Vertrauen zu mir.«

»Ist ja großartig.«

Petersen lächelte leise, dann schüttelte er den Kopf. »Es gibt jetzt noch manchmal Orgelkonzerte. Und zweimal im Monat ist Gottesdienst. Aber ich gehe da nicht mehr hin. Eine Kirche in einem Dorf, das nicht mehr existiert. Nee. Das mag ich nicht.«

»Kann ich verstehen«, meinte Charlotte, während das Geräusch, das Petersen beim Trinken machte, sie an den Speichelsauger beim Zahnarzt erinnerte.

»Aber du solltest mal hin«, stellte Petersen fest. »Du suchst doch immer interessante Motive. Wenn das hier bei uns vorbei ist, was machst du dann? Mehr Fotobücher und Kalender?«

»Vielleicht.« Charlotte nickte. Doch in Wahrheit hatte sie sich darüber noch keine richtigen Gedanken gemacht.

»Dann guck dir die Gegend da mal an. Schöner Gegensatz zur Industrieromantik, die zurzeit so in Mode ist. Der Kontrast wird dir gefallen.«

»Kontrast ist bei Fotos immer gut«, entgegnete Charlotte lächelnd.

Petersen erzählte ihr, wie sie mit dem Auto problemlos durch das Industriegebiet zur alten Kirche gelangen konnte. Dann verriet er ihr das Versteck bei der Hintertür. »Vielleicht liegt der Schlüssel da noch immer. Also, falls du auch mal einen Blick in die Kirche werfen willst. Aber von außen ist es für dich bestimmt spannender. Windräder, Hafenkräne, Container und Bahngleise. Und dann die Kirche mittendrin.«

»Das werde ich mir angucken.«

Wieder schlürfte der Chefredakteur vom Kaffee, stellte den Becher schließlich ab und verließ mit einem verkniffenen Lächeln die Küche. Charlotte hörte, wie die Tür zu den Toiletten geöffnet wurde. Sie dachte über das von Petersen beschriebene Bild von Altenwerder und der einsamen Kirche inmitten von Industrieanlagen nach, während sie ihren Kaffee austrank. Dann spülte sie den Becher unter heißem Wasser ab. Eine Bürste und ein Tropfen Spülmittel genügten, schon war alles wieder sauber.

Charlotte ging zurück in die Redaktion. Die Schubladen von Staubes Schreibtisch standen noch offen. Als sie diese wieder schließen wollte, entdeckte sie auf den ersten Blick den gesuchten Schraubendreher. Er lag fast ganz oben. Eigentlich war es unmöglich, dass sie ihn vorher übersehen hatte. Doch genau da lag er. Neben einer Dose mit Deospray und einer Packung Kaugummi. Charlotte kannte das Phänomen. Manchmal musste sie in ihrer Küche alle Schubladen dreimal aufreißen, bis sie ihren Dosenöffner fand, obwohl auch der eigentlich groß genug war, um nicht übersehen zu werden. Kopfschüttelnd nahm sie den Schraubenzieher in die Hand. Damit wurde schon mal niemand erstochen, dachte sie.

## 44

Beim Schwimmen bekam Charlotte einen freien Kopf. Eine Bahn nach der anderen zurückzulegen war für sie keine Anstrengung, sondern ein Akt der Meditation. Alles floss. Einatmen. Kopf ins Wasser. Zwei Schwimmzüge. Ausatmen. Kopf zur Seite. Wieder einatmen. Kopf ins Wasser. Zwei Schwimmzüge.

Meistens blieb sie eine halbe Stunde im Wasser. Die Zahl der

Bahnen, die sie dabei bewältigte, war ihr egal. Sie war nicht hier, um eine bestimmte Strecke zurückzulegen.

Als Charlotte nach zwei Zügen wieder zur Seite sah, glaubte sie kurz, Petersen beim Durchgang zu den Umkleidekabinen zu sehen. Aber das war natürlich Unsinn. Petersen war in der Redaktion. Wieso sollte er ins Schwimmbad kommen? Außer wenn er noch etwas mit ihr zu besprechen hätte. Sie dachte an die alte Kirche, von der er erzählte, und das Zuhause, das er verloren hatte. Im Vergleich dazu schien ihr ein frühzeitiger Ruhestand eher harmlos. Zwei Züge, Blick nach rechts. Trotzdem wurde Petersen zum zweiten Mal in seinem Leben der Boden unter den Füßen weggezogen. Keine schöne Sache. Zwei Züge, Blick nach links. Der Mann, der wie der Chefredakteur ausgesehen hatte, war nicht mehr da. Und weil es sowieso nicht Petersen gewesen sein konnte, vergaß Charlotte ihn bald wieder.

Eine halbe Stunde später schlüpfte sie in ihre Badelatschen, trocknete sich das Gesicht mit dem Handtuch ab, sah noch eine Weile aufs Wasser und ging dann zu den Duschen. Viele Frauen zogen es vor, sich erst zu Hause abzuseifen. Die abschätzenden Blicke der anderen störten sie. Charlotte hatte damit keine Probleme. Auch wenn es schöner war, die Dusche für sich allein zu haben.

Während ihr das warme Wasser auf den Kopf prasselte, wusste sie, was sie als Nächstes tun musste. Es gab keine Fragen mehr. Der neue Gedanke war ebenfalls beim Schwimmen gekommen. Er war klar und eindeutig. Und er hatte Bestand. In der Umkleidekabine war sie davon immer noch genauso überzeugt wie kurz danach beim Auto.

Den Weg nach Bramfeld, über die Elbbrücken und dann am Berliner Tor vorbei, kannte sie mittlerweile auswendig. Charlotte war sich nicht sicher, ob Maren sie noch einmal ins Haus lassen würde, aber versuchen musste sie es. Nervös stellte die Fotografin das Radio an. Ideen konnten so einfach und klar sein, doch ihre Umsetzung bereitete oft Schwierigkeiten.

Der Blick, mit dem Maren sie ansah, war dann auch wie erwartet. Die Jugendfreundin schüttelte den Kopf, während sie sich an die Kante der nur ein wenig geöffneten Tür lehnte und mit ihrem schmalen Körper den Eingang ins Haus versperrte.

»Ich muss dir etwas beichten«, sagte Charlotte bittend. »Wenn es sein muss, auch hier an der Tür.«

Maren hob die Augenbrauen. »Du mir?«

Charlotte nickte, senkte den Blick.

»Was kann das schon sein?« Eine Woge der Wut schlug der Fotografin entgegen. »Du bist doch perfekt, Charlotte. Was kannst du mir schon großartig beichten?«

»Ich habe es geahnt«, entgegnete die Gefragte leise.

»Was?«

»Das mit Heinemann. Ich ... Mir war immer klar, dass da was nicht gestimmt hat.«

Charlotte hob den Kopf wieder, sah, wie ihre Freundin den Mund öffnete, doch kein Wort kam heraus. Dann trat Maren langsam zurück, ließ Charlotte in den Hausflur. Schweigend gingen sie hintereinander zum Küchentresen. Keine von beiden setzte sich auf einen der Hocker.

»Du hast dich irgendwann so merkwürdig verhalten«, begann Charlotte stockend. »Und ich habe auch gespürt, wie Heinemann uns ansah. Jede Frau merkt, wenn sie von einem Mann auf diese bestimmte Weise angeguckt wird. Auch wenn sie erst elf oder zwölf ist und er schon fast ein Opa. Auch wenn ich nicht richtig begriffen habe, worum es ging. Gucken ist ja nur das eine.«

Maren sah zum Fenster. Charlotte folgte ihrem Blick. Der kleine Reihenhausgarten war akkurat gepflegt. Graue Steinmauern umfassten eine winzige Grünfläche. Der Rasen wurde mindestens einmal die Woche gemäht.

»Ich hätte dich fragen müssen, was los ist. Aber das habe ich nicht getan«, sagte Charlotte. »Warum nicht? Ehrlich, ich weiß es nicht. Vielleicht, weil ich es nicht wissen wollte. Es war doch alles so schön. Das Singen, die Auftritte, das Reisen. Die vielen Freundinnen.«

»Also wusstest du es nicht wirklich«, meinte Maren.

»Nicht konkret das mit dir«, stimmte Charlotte zu. »Aber ich hätte es sehen müssen. Ich war zwei Jahre älter als du. Ich habe gespürt, wie Heinemann tickt. Ich habe es nur vor mir selbst geleugnet. Und das für sehr lange Zeit. Selbst als wir mit Heinemann am Tisch saßen, habe ich es mir nicht selbst eingestanden. Ich habe so getan, als sei das nur eine Sache zwischen euch beiden. Aber das war eine Lüge. Ich habe mich belogen, und ich habe dich belogen. Dabei hätte ich dich beschützen müssen. Ist doch egal, was dann passiert wäre. Scheiß auf das Singen. Ich singe doch heute auch nur noch unter der Dusche oder im Auto, wenn mich keiner hören kann.«

Charlotte merkte, dass sie sich bei dem, was sie sagte, verhedderte, legte sich eine Hand auf den Mund, schluckte schwer.

Jetzt nicht weinen, dachte sie. Ich bin nicht diejenige, die hier weinen muss. Doch sie konnte die Tränen nicht zurückhalten. Auch die Nase begann zu laufen. Schnell wischte sie sich übers Gesicht.

Warum weine ich in letzter Zeit nur so viel? Ein Gedanke, der nicht hierhergehörte.

Maren betrachtete die Tränen auf Charlottes Gesicht mit ungerührter Miene. Ihre Gefühle mussten schon vor langer Zeit gestorben sein. Und so war es sicherlich mehr eine Entscheidung des Kopfes, als sie auf Charlotte zuging und ihre Wange streichelte.

»Es tut mir so leid!«, schluchzte Charlotte.

»Du warst auch noch ein Kind«, sagte Maren mit ruhiger Stimme. »Heinemann hat uns alle ausgenutzt.«

»Ich hätte es beenden müssen. Es wäre so leicht gewesen. Ein Wort an den Vorstand. Oder wir hätten den Chor gewechselt. Es gibt doch so viele in der Stadt.«

Maren widersprach. »So leicht ist das nicht. Ich habe es versucht, und keiner hat mir geglaubt. Meine Eltern wollten es auch nicht hören.«

Charlotte suchte in ihrer Jacke nach einem Taschentuch, und Maren ließ sie los, damit sie sich die Nase putzen konnte.

»Die Chorleitung hätte mir auch nicht geglaubt.«

»Sie hätten es glauben *müssen*, wenn auch die anderen erzählt hätten, was passiert ist. Was ist mit Vanessa und Bianca. Hast du mit ihnen gesprochen?«

Maren schüttelte den Kopf. »Ich bin erst später darauf gekommen, dass er mit ihnen wohl dasselbe wie mit mir gemacht hat. Erst viel später. Vielleicht stimmt es ja auch gar nicht.«

Charlotte senkte die Augen. Der Gedanke, wer hier eigentlich wen tröstete, drängte sich ihr unangenehm auf, und zum ersten Mal schoss ihr durch den Kopf, dass Maren womöglich die Stärkere von ihnen beiden war. Charlotte konnte sich nicht vorstellen, wie sie es ertragen hätte, erst von diesem alten Widerling missbraucht worden zu sein und dann festzustellen, dass niemand einem glauben oder gar helfen wollte. Was für ein Leben hätte *sie* danach geführt?

Das schicke Haus und der gestylte Garten von Maren erschienen Charlotte plötzlich in einem ganz anderen Licht. Das alles hier gab Marens Leben Struktur und Halt.

»Ich will dir helfen«, sagte Charlotte und wusste, dass Maren alles Recht der Welt hatte, sie von sich zu stoßen. Doch die Freundin tat es nicht. Sie ließ sich von Charlotte in die Arme nehmen. Es war eine beschützende Haltung, genauso, wie es schon viel früher hätte sein müssen.

Dünn und zerbrechlich fühlte Maren sich an. Was man ihr angetan hatte, war das schlimmste aller Verbrechen. Das Vertrauen eines Kindes war missbraucht worden. Der Schmerz hierüber war noch immer da. Er steckte noch immer in diesem zerbrechlichen Körper.

»Kannst du mir sagen, was das mit dir und Sören ist?«

Marens Körper versteifte sich.

»Warum lässt du dir von ihm wehtun?«

Charlotte wusste nicht, ob sie ernsthaft mit einer Antwort rechnete. Der Themenwechsel von Heinemann zu Sören Beister war abrupt und gewagt. Aber wann sonst, wenn nicht jetzt, hätte sie mit ihrer Freundin darüber sprechen können? Sie waren sich in diesem Moment so nahe wie seit Jahren nicht mehr. Und das hatte nicht allein etwas mit der Umarmung zu tun. Charlotte spürte den leichten Atem ihrer Freundin an ihrem Hals.

Dann antwortete Maren tatsächlich. Was sie sagte, traf Charlotte genauso ins Herz wie das zuvor Gehörte.

»Weil ich innerlich tot bin«, sagte Maren leise. »Nur wenn er diese Dinge mit mir tut, spüre ich noch etwas.«

Sofort sah Charlotte die Hämatome auf Marens Körper vor sich. Die Brandwunden ausgedrückter Zigaretten.

»Ich bin schon lange tot«, sagte Maren. »Niemand kann mich noch retten.«

Charlotte wollte erwidern, dass das nicht stimme. Doch als sie den Blick drehte, sah sie plötzlich Sören Beister im Durchgang zum Flur stehen. Wie viel er mit angehört hatte, wusste sie nicht.

Offenbar war er zur Haustür hereingekommen, ohne dass die beiden Frauen ihn bemerkt hatten. Dabei musste er nicht einmal besonders leise gewesen sein. Zu sehr waren die beiden mit sich beschäftigt.

»Hoppla«, sagte er grinsend. »Gruppenkuscheln? Kann ich mitmachen?«

Charlotte ließ Maren los, trat an ihr vorbei auf den Mann zu und schlug ihm ins Gesicht, bevor sie selbst begriff, was sie da tat. In diesem Moment schlug sie nicht nur Sören Beister, sondern auch Lothar Heinemann, den verdammten Kinderschänder.

Das Gesicht von Sören Beister zeigte erst Erschrecken, dann verwandelte es sich in eine Grimasse des Zorns. Mit ausgestreckten Armen sprang er vorwärts und traf mit beiden Händen Charlottes Brustkorb. Die Wucht des Aufpralls fühlte sich an, als sei sie von einem Fahrzeug erfasst worden.

Charlotte stürzte nach hinten und schlug, ohne sich abstützen zu können, gegen eine Kante des Küchentresens. Der Schmerz explodierte vor ihren Augen. Sie wollte schreien, doch die Luft dazu fehlte ihr. Dann traf sie ein Faustschlag auf die linke Gesichtshälfte, riss ihren Kopf zur Seite und ließ sie rückwärts zwischen Kühlschrank und Kochinsel auf den Boden schlagen.

Der Schmerz an ihren Rippen wurde für einen Moment bedeutungslos. Hitze durchströmte ihren ganzen Körper, dann fühlte es sich an, als verbrenne ihr Gesicht. Sie blieb liegen, hörte die Beschimpfungen, die über sie hereinbrachen, nur aus weiter Ferne.

»Du blöde Schlampe!«

Nichts erinnerte bei Sören Beister noch an den netten Mann mit der lässigen, aber teuren Kleidung. Aus dem Schönling war der Barbar herausgebrochen.

»Du Fotze! Mach das noch mal. Mach das noch einmal, dann

breche ich dir dein Scheißgenick!« Er hielt sich die Wange, trat mit dem Fuß gegen den Tresen. »Spinnt die, oder was? Was hast du ihr erzählt, du blöde Kuh?«

Mit gebleckten Zähnen funkelte er Maren an. Die schüttelte automatisch den Kopf, senkte demütig die Augen.

»Ich schlage euch beide windelweich!«, drohte Sören Beister. »Erst sie und dann dich. Glaub mir. So was hast du noch nicht erlebt. Noch nie! Bisher habe ich nur Spaß gemacht. Mann, ich glaub's nicht. So eine blöde Fotze!«

Weiter kam er in seinen Beschimpfungen nicht. Während er sich Maren zugewandt hatte, war Charlotte irgendwie wieder auf die Beine gekommen. Sie konnte sich nur noch mit einem Auge auf dem Küchentresen umsehen. Das andere war bereits zugeschwollen. Keuchend stützte sie sich mit einer Hand ab, griff mit der anderen nach einem Nudelholz und stürzte sich damit brüllend auf ihren Gegner.

Sören Beister ruckte mit dem Kopf herum. Der Gegenstand, der auf ihn zuraste, war schon so nahe, dass er nicht mehr erkennen konnte, was ihm Sekundenbruchteile später seine wunderhübsche Nase zertrümmerte. Er fiel rückwärts gegen die Wand und sackte mit beiden Händen vor dem Gesicht auf die Knie. Dann begann er zu schreien und zu heulen.

»Ich mach dich alle!«, spuckte Charlotte aus. »Bist nicht der Erste, den ich fertigmache.«

Maren sprang vor und griff nach Charlottes Arm. »Nicht«, sagte sie. »Das reicht!«

Es dauerte scheinbar unendlich lange, bis Charlottes keuchender Atem sich beruhigt hatte und sie sich von Maren das Nudelholz aus der Hand nehmen ließ. Sören hockte mit beiden Händen vor dem Gesicht auf dem Boden, wimmerte nur noch.

»Was für ein erbärmliches Arschloch!«, krächzte Charlotte. »Hörst du? Du bist ein Riesenarschloch.«

»Geh jetzt!«, sagte Maren zu ihr. »Geh einfach. Ich kümmere mich um ihn.«

»Ich kann dich doch mit dem nicht allein lassen!«

»Natürlich kannst du das. Hab keine Angst. Mir passiert nichts.«

»Der Typ ist gemeingefährlich!«

»Ist er nicht.«

Charlotte merkte, wie sie zur Tür gedrängt wurde. Zunächst sträubte sie sich dagegen, dann musste sie innerlich zugeben, dass es ihr recht war. Sie wollte nur raus aus diesem Horrorhaus. Offenbar waren hier alle krank. Sören Beister war ein sadistischer Frauenschinder und Marens Seele so kaputt, dass sie ihn auch noch verteidigte.

»Komm mit«, versuchte Charlotte ihre Jugendfreundin zu überreden. »Wir verschwinden zusammen von hier.« Doch Maren schüttelte den Kopf, schob Charlotte aus dem Haus und schloss ohne ein weiteres Wort die Tür.

## 45

Die Hände in den Hosentaschen, ging Jan über die Hotelterrasse, blieb an den zur Begrenzung aufgebauten Blumenkübeln stehen und blickte zum Grün hinüber, in dessen Mitte sich die mäandernde Wümme verbarg. Seine Gedanken waren bei Charlotte. Was sie über ihre Jugendfreundin erzählt hatte, war furchtbar. Gern hätte Jan ihr zur Seite gestanden, die Sache ausführlicher besprochen, nicht nur so kurz am Telefon wie gestern Abend. Vielleicht hätte er dann helfen können. Aber Charlotte benahm sich weiterhin so, als seien sie nie ein Paar gewesen. Im Restaurant hatte es sich für ihn angefühlt, als spreche er mit einer Fremden. Das war erschreckend. Und wenn nicht mit einer Fremden, dann zumindest mit der unnahbaren Charlotte Sander, die er von früher kannte.

Wenn Charlotte es wollte, konnte sie es jedem schwer machen, sie zu mögen. Das wusste Jan sehr gut.

Dann wieder musste er an Julia Harms denken. Es war nicht fair gewesen, wie unpersönlich er sich ihr gegenüber nach dem Telefongespräch mit Charlotte verhalten hatte. Er hatte Julia schließlich kurz davor noch geküsst. Zwar nur in den Nacken, aber das hatte auch etwas zu bedeuten. Nach Charlottes Anruf hatte er dann so getan, als sei nichts geschehen. Als Julia kurz darauf sagte, dass sie gehen müsse, damit ihre Mutter über Nacht nicht allein sei, hatte er nur genickt und sie ziehen lassen. Nicht nett, dachte er nun. Gar nicht nett.

Zögernd sah er sein Smartphone an, wählte und drückte es sich ans Ohr. Nach wenigen Freizeichen wurde abgenommen. Jan tat möglichst unbekümmert, fragte, ob Julia gut geschlafen und sich vom anstrengenden Tag in Bremen erholt habe.

»Klar«, erwiderte die. »Alles prima. Und du?«

Das *Du* war also von gestern noch übrig geblieben.

»Ich war abends etwas platt«, sagte er halb entschuldigend, halb erleichtert, dass Julia ihm offensichtlich nicht böse war.

»Ich auch«, entgegnete sie wie zur Bestätigung.

Jan nickte. »Sag mal, hättest du vielleicht noch mal Zeit, für mich den Taxifahrer zu spielen? Ich würde gern in den Freizeitpark nach Verden. Ich möchte mir einen Eindruck vor Ort verschaffen. Wie es dort aussieht. Was Tanja Tsachek und ihr

Freund dort erlebt haben, bevor ihnen dieses Unglück widerfahren ist.«

»Du meinst, bevor sie ermordet wurden …«

»Ja, genau. Meinst du, du kannst deine Mutter noch mal allein lassen? Sonst nehme ich ein Taxi.«

»Nein, nein. Kein Problem. Tante Gerda hat ein Auge auf sie. Sonntags ist sie sowieso häufig hier bei Mutti. Irgendwie verstehen die beiden sich noch immer ganz gut. Auch wenn ich nicht genau weiß, wie sie es machen.«

»Vielleicht, weil keiner dem anderen widerspricht«, meinte Jan und erntete dafür ein helles Auflachen von Julia. Dann fragte er, wann sie in Rotenburg sein könne. Der Park habe doch bestimmt schon offen.

»Ich … Gib mir 'ne Stunde.«

Fünfundvierzig Minuten später stand Jan auf dem Hotelparkplatz und musste sich, während er darauf wartete, dass ein tuckernder Golf um die Ecke kam, eingestehen, dass er den Park zwar wirklich wegen Tanja Tsachek und Sascha Richter besuchen wollte, er sich aber auch auf Julia freute.

Der Freizeitpark in Verden stellte sich für Jan als Überraschung heraus, das merkte Julia gleich. Er hatte offenbar eine Art Disneyland mit atemberaubenden Fahrgeschäften erwartet. Doch das Angebot richtete sich, wie Julia wusste, eher an jüngere Kinder.

Eine halbe Stunde nachdem sie den Reporter auf dem Hotelparkplatz aufgelesen hatte, schlenderten sie durch das Eingangstor. Julia spielte die Fremdenführerin, weil sie mit ihrer Kitagruppe häufiger im Park war und die Wege kannte.

Der Gedanke, dass sie möglicherweise den Spuren eines Mörders folgten, der hier vor zwanzig Jahren ein junges Liebespärchen als nächste Opfer ausgesucht hatte, war gruselig. Aber Julia wollte sich keine Informationen entgehen lassen. Außerdem war sie gern mit Jan zusammen. Vielleicht sogar etwas mehr als nur gern, wie sie gestern festgestellt hatte.

Bei der Ankunft auf dem Hotelparkplatz war sie cool im Auto sitzen geblieben und hatte nur durchs hinuntergekurbelte Fenster »Moin« gesagt. Doch als Jan sich auf den Beifahrersitz sinken ließ, hatte sie sich zu ihm hinübergebeugt und ihn kurz in den Arm genommen. Diesmal mit den Worten: »Noch mal richtig: Guten Morgen!«

»Guten Morgen«, hatte er lächelnd erwidert. Und dann waren sie schon den zweiten Tag hintereinander zu einem Ausflug aufgebrochen. Zählte Julia die Fahrt nach Verden, wo sie die Ex-Kommissarin Simone Jonker im Wald getroffen hatten, dazu, war es sogar schon ihre dritte gemeinsame Ausfahrt im Golf. Wenn es nach ihr gegangen wäre, hätte Jans Auto ruhig noch länger in der Werkstatt bleiben können.

Zuerst schlenderten sie durch den Märchenwald. Es gab ein nachgebautes Schloss, das mit kleinen Leitern und verschiedenen Rutschen ausgestattet war. Eine voll besetzte Bimmelbahn fuhr an ihnen vorbei. Die kleinen Gäste des Parks kreischten zufrieden.

Die Hauptattraktion des Parks war eine kleine Achterbahn. Alle anderen Fahrgeschäfte schienen weit weniger nervenaufreibend. Julia nötigte Jan zu einer Floßfahrt, bei der auf einem Rundkurs Plastikbaumstämme an einem unter der Wasseroberfläche verlaufenden Antrieb durch einen »Verwunschenen See« gezogen wurden. Dagegen waren die Oldtimer im Miniformat, die ebenfalls auf einem Rundkurs ihre vorbestimmten Bahnen zogen, die reinsten Renngeschosse.

»Ich kann nicht glauben, dass die beiden hierfür extra aus Hannover hergekommen sind«, meinte Jan kopfschüttelnd.

»Meine Kids sind immer begeistert«, entgegnete Julia.

»Aber die sind unter sechs! Tanja Tsachek war zwanzig und Sascha Richter sogar zweiundzwanzig.«

»Vielleicht fanden sie es romantisch hier«, bemerkte Julia.

»Verstehe ich nicht.«

»Das glaube ich«, erwiderte Julia grinsend.

Jan presste kurz die Lippen aufeinander, dann nickte er. »Du glaubst, die beiden waren sich selbst genug.«

»Sehr schlau, Herr Detektiv.« Sie sah ihn neckisch von der Seite an.

»Danke für den Detektiv.« Dann ging sein Blick nach oben. »Hast du das Grummeln gehört? Ein Gewitter scheint im Anmarsch.«

»Das war mein Magen.«

Nun grinste auch Jan. »Kombiniere, wir brauchen zwei Portionen Pommes.«

»Ich bin schon wieder beeindruckt«, gab Julia zurück.

Während sie an einem Kiosk standen, betrachtete Julia den Mann neben sich. Er war groß, und der Dreitagebart auf dem kantigen Gesicht stand ihm verdammt gut. Sie dachte, dass sie gern mal Walzer mit ihm tanzen würde. Das lag bestimmt nur an der Musik, die im ganzen Park leise aus versteckten Lautsprechern dudelte, oder?

»Vielleicht hat er in der Bimmelbahn hinter Tanja Tsachek und Sascha Richter gesessen«, überlegte Jan laut, während er Julia eine Schale Pommes frites reichte. »Vielleicht ist er auf einem der Erinnerungsbilder von der Achterbahn zu sehen. Natürlich werden die keine zwanzig Jahre aufbewahrt. Leider. Oder andere Parkbesucher haben, ohne es zu wissen, ein Foto vom Mörder gemacht.« Jans Blick ging kurz in die Ferne.

»Du weißt doch nicht mal, ob er überhaupt wirklich hier war«, warf Julia ein. »Vielleicht hat er die beiden erst im Wald entdeckt und dann sofort zugeschlagen.«

»Nein, er war hier. Glaub mir. Hier hat er sich an ihre Fersen geheftet. Hier hat er sie beobachtet. Vielleicht den ganzen Tag. Und als sie gegen Abend gegangen sind, ist er ihnen gefolgt. Bis auf die Waldlichtung. Genauso ist es passiert.«

»Aber glaubst du nicht, dass die Polizei das alles überprüft hat? Wenn es Fotos gab, dann haben die sie eingesammelt und durchgesehen.«

Jan zuckte mit den Schultern. »Sie wussten ja nicht, nach wem sie suchen sollten.«

»Du aber auch nicht.«

Dem konnte Jan nicht widersprechen.

Diese Mörderjagd macht mich ganz fertig, dachte Julia. Gleichzeitig registrierte sie eine ungewohnte Lebensfreude in sich. Kein Gedanke an Mama, an die Kita, an Pflichten. Julia fühlte sich frei.

Der Himmel über ihren Köpfen zog sich derweil immer weiter zu. Trotz der außergewöhnlich schönen Woche, die hinter ihnen lag, war der Anblick in Norddeutschland mehr als vertraut. Dann begannen die ersten Tropfen zu fallen.

Jan und Julia drängelten sich mit anderen Parkgästen unter das Vordach der Pommesbude. Bald regnete es so heftig, dass Wasser und Schmutz Julia an die nackten Beine spritzten. Sie war barfuß in Sandalen, trug dazu ihr neues Sommerkleid.

Irgendwann stellten sie fest, dass es sinnlos war, auf das Ende des Platzregens zu warten. Nass genug waren sie jetzt schon. »Bis zum Ausgang ist es nicht weit«, versicherte Julia, nahm Jans Hand und lief mit ihm den Schotterweg entlang.

Beim Auto holte Julia ihren Schlüssel aus ihrer winzigen Handtasche und sprang als Erste in den Wagen. Hart trommelte der Regen auf das Blechdach. Sie schüttelte erst ihre Haare aus, bevor sie den Knopf an der Beifahrertür hochzog, um Jan hineinzulassen.

»Was war das denn?«, fragte er mit gespieltem Ärger in der Stimme. »Wieso lässt du mich hier draußen stehen?«

Statt einzusteigen, deutete er nach oben und breitete dabei beide Hände aus.

»Ich wollte dich mit meinen Haaren nicht nass machen«, entgegnete Julia entschuldigend.

Sie lachten.

»Ich fand das sehr zuvorkommend von mir«, fügte sie dann hinzu.

»Sehr«, stimmte Jan zu und stieg endlich ein.

Julia kicherte noch immer, während die Scheiben von innen zu beschlagen begannen. Nach einer Weile kurbelte Jan das Fenster an seiner Seite ein Stück hinunter. Das gefiel Julia nicht. Also kurbelte er es wieder hoch.

»Dann kann man bald aber nichts mehr sehen«, meinte er.

»Ist doch ganz praktisch.«

»Wieso praktisch?«

»Na, wenn wir nicht rausgucken können, kann auch keiner reingucken.«

»Und was ist daran praktisch?«, wollte Jan wissen.

»Nichts, du Genie«, sagte sie. Kurz entschlossen zog sie ihre Sandalen aus und krabbelte über den Schaltknüppel hinweg auf Jans Schoß. Ohne lange zu warten, küsste sie ihn und nahm den Kopf nur langsam wieder zurück.

»Ähm ...«, stotterte Jan.

»Zu viel Eigeninitiative für ein anständiges Mädchen?«

»Nein, gar –«

Julia küsste ihn wieder, bevor er den Satz beenden konnte.

»Hallo«, sagte Jan danach in einem Tonfall, als würden sie sich heute zum ersten Mal sehen.

»Hallo«, erwiderte Julia. Sie lächelte und fragte dann: »Mehr?«

Jan wusste nicht, was er antworten sollte.

»Achtung, nicht erschrecken«, sagte Julia, griff nach unten und zog an einem Hebel, um den Sitz weiter nach hinten zu schieben.

»Mehr?«, fragte sie dann wieder.

»Was?«

Julia beugte sich vor und erstickte Jans Frage mit einem weiteren Kuss.

»Mehr?«, fragte sie zum dritten Mal und öffnete den obersten Knopf ihres neuen Sommerkleides.

»Was hast du vor? Wir haben ja nicht mal Kondome dabei.«

»Doch, haben wir.« Julia holte eins aus ihrer kleinen Handtasche.

»Gut vorbereitet«, stellte er lächelnd fest.

Sie nickte. »Den Sitz kann man übrigens noch weiter nach unten drehen. An der Seite ist ein Rad dafür.«

»Soll ich das etwa tun?«, fragte Jan.

Die Nässe glänzte auf Julias Haaren. Ein Tropfen fiel auf Jans Gesicht. Denn Julia hatte sich erneut ganz weit über ihn gebeugt. »Bitte drehen!«, sagte sie.

## 46

Seine Nase brannte, als hätte ihm jemand einen Crème-Brûlée-Brenner ins Gesicht gehalten. Der eigene Anblick im Spiegel war fürchterlich. Doch bevor Sören Beister ins Krankenhaus fahren konnte, um sich die Nase richten zu lassen, musste er mit Kohlmann telefonieren. Das war wichtig. Kohlmann musste erfahren, was geschehen war. Er würde eine Lösung für das Problem wissen, das sich mit dem Auftauchen von Charlotte Sander ergeben hatte. Maren durfte davon natürlich nichts mitbekommen. Deshalb hatte er sie nach oben ins Schlafzimmer geschickt. Er wusste, dass sie gehorchte, wenn er ihr etwas befahl. Sie gehorchte immer. Also hatte er gesagt, dass sie sich mit den Händen hinter dem Kopf in die Ecke beim Kleiderschrank knien sollte. Das Gesicht zur Wand. So sollte sie warten und sich ja nicht rühren, bis er es ihr wieder erlaubte. Gleichgültig, wie lange das dauerte.

Das Kühlpack aus dem Eisschrank verschaffte etwas Linderung. Sören Beister hielt es sich abwechselnd auf Stirn und Wangen. Die Nase selbst berührte er nicht. Mit einem Nudelholz hatte Charlotte Sander ihn geschlagen, mitten ins Gesicht. Was für ein Wahnsinn! Aber das war ein Fehler, den sie bereuen sollte.

Kohlmann war wichtig. Er hatte die Kontakte. Er organisierte das Geld. Ohne Kohlmann konnten sie den Chor nicht finanzieren. Die meisten Jungen im Chor zahlten entweder nur einen sehr geringen Beitrag im Monat oder gar keinen. Der Chor Hamburger Knabenstimmen hatte es sich zur Aufgabe gemacht, auch und besonders Kindern aus benachteiligten Familien eine Gesangskarriere zu ermöglichen. Auch die Konzertreisen wurden großzügig unterstützt. Kohlmann zeigte sich da nicht kleinlich.

Der Mäzen selbst lebte in einem gewaltigen Haus an der Elbchaussee. Eine Zeit lang hatten ihm zwar ein paar alte Bäume in einem öffentlichen Park die Sicht auf die Elbe versperrt, doch das taten sie dank der tatkräftigen Hilfe einiger Chormitglieder nun nicht mehr. Natürlich konnte sich der zuständige Parkverwalter denken, wer für das Absägen der Pappeln verantwortlich war, aber beweisen konnte er es nicht. Über fünf Stunden hatte Sören Beister mit einigen Freiwilligen nur mit Muskelkraft an den Baumstämmen herumgesäbelt. Doch bemerkt wurde es erst am nächsten Morgen.

Ein Hausmädchen nahm das Telefongespräch bei Kohlmann an. Vermutlich trug sie ein schwarzes Kleid mit einer weißen Schürze. Ihre Stimme klang jedenfalls irgendwie sexy. Sören Beister wurde gesagt, dass er sich bitte gedulden möge. Danach dauerte es über drei Minuten, bis Kohlmann am Apparat war. Der Sekundenzeiger der Küchenuhr verriet Sören dies exakt. Und mit jeder dieser Sekunden nahm der Schmerz in seinem Gesicht zu.

»Es gibt da ein Problem«, kam Sören Beister gleich zur Sache. Er wusste, dass Kohlmann keinen Small Talk am Telefon mochte.

Nein, erwiderte er auf die entsprechende Frage, er sei nicht erkältet. Er klinge nur so komisch, weil er sich bei einem Unfall die Nase gebrochen habe. Wie genau dieser Unfall ausgesehen hatte, musste Kohlmann nicht erfahren.

»Welches Problem?«, wollte der ältere Mann wissen. Ihm war sowieso völlig egal, wie sein Geschäftspartner das mit der Nase angestellt hatte. So viel war Sören Beister klar.

»Sie heißt Charlotte Sander«, sagte Sören Beister. »Sie schnüffelt herum. Ich glaube, die arbeitet für eine Zeitung. Unangenehme Person. Sehr hartnäckig.«

»Wie hartnäckig?«

»Gefährlich hartnäckig.«

»Verstehe. Wie viel weiß sie schon?«

»Noch nicht viel.« Die Schwierigkeit war, die Sache dramatisch klingen zu lassen, ohne dass Sören selbst als jemand dastand, der die Zügel nicht mehr in der Hand hatte. Deshalb sagte er, dass Charlotte Sander eine ehemalige Jugendfreundin seiner Frau sei.

»Sie ist also persönlich motiviert. Und das macht die Sache so heikel.«

»Was ist mit Ihrer Frau? Plaudert die zu viel?«

»Nein, nein. Alles in Ordnung. Auf mich und meine Frau können Sie sich nach wie vor verlassen. Maren weiß ja sowieso nicht, was läuft. Da machen Sie sich mal keine Sorgen.«

»Also, Beister, Sie klingen wirklich fürchterlich.«

»Ja.«

»Aber trotzdem sollten Sie wissen, dass ich mir von niemandem erzählen lasse, worüber ich mir Sorgen machen soll und worüber nicht.«

»Natürlich nicht«, sagte Sören Beister defensiv, konnte es sich aber nicht verkneifen, hinterherzuschicken, dass die Angelegenheit auch Kohlmanns Interessen betreffe.

»Wie darf ich das verstehen?«

»Na ja: Wir stecken da doch quasi zusammen drin. Ihre Interessen sind meine Interessen. Und umgekehrt.«

»Wollen Sie mir drohen?«

»Wieso denn drohen? Nein, Unsinn. Niemals. So habe ich das nicht gemeint.«

Der ältere Mann am Telefon räusperte sich. »Also gut, Beister, Sie haben Ihren Standpunkt klargemacht. Dann noch mal: Wie ernst ist die Sache mit Frau Charlotte Sander?«

Sören Beister wechselte das Kühlpack von einer Wange auf die andere. Er wollte, dass die Frau, die ihm die Nase zertrümmert hatte, bestraft wurde. Sie hatte es verdient. Mehr als verdient. Allerdings hatte er auch ein wenig Angst vor ihr. Nicht schön, sich das selbst eingestehen zu müssen. Auf eine weitere, persönliche Konfrontation mit ihr konnte er gut verzichten. Aus diesem Grund hatte er Kohlmann angerufen. Um sein Ziel zu erreichen, musste er deshalb etwas übertreiben.

»Verstehe«, sagte der ältere Mann, als Sören Beister fertig war. »Eine Journalistin, die aus irgendeinem Grund die Fährte aufgenommen hat. Ja, ich weiß, Ihre Frau hat nichts ausgeplaudert.«

»Hat sie definitiv nicht.«

»Und solange Charlotte Sander nichts Genaues weiß, kann sie auch niemandem sonst davon erzählt haben, richtig?«

»Davon gehe ich aus.«

»Sicher?«

»Ja. Ganz bestimmt sogar.«

»Sicher?«

»Ja.«

»Und gibt es irgendetwas Schriftliches?«

»Nein!«

»Bestimmt nicht?«

»Hundertprozentig.«

Der ältere Mann machte eine längere Pause, bevor er sagte: »Dann vergessen Sie Charlotte Sander wieder. Die Frau ist nicht mehr Ihre Angelegenheit.«

Etwas anderes hatte Sören Beister nicht hören wollen. Als das Gespräch beendet war, musste er lächeln. Der Schmerz, mit dem er dafür belohnt wurde, war fürchterlich.

# 47

Zuerst hatte Charlotte nur nach Hause gewollt. Sich aufs Bett legen und ihren Schmerzen hingeben. Die unteren Rippen fühlten sich an, als seien sie gebrochen, die linke Gesichtshälfte, als stehe sie in Flammen. Im Auto schnaufte sie nur kurz durch, vermied einen Blick in den Spiegel, fuhr sofort los, weil sie Angst hatte, der wahnsinnige Mann von Maren würde sie vielleicht verfolgen. An einer Ampel drehte sie den Rückspiegel dann doch in ihre Richtung. Den Oberkörper versuchte sie dabei so wenig wie möglich zu bewegen. Was sie sah, war nicht so schlimm, wie es sich anfühlte. Das Auge war blutunterlaufen, aber es funktionierte noch, die Schwellung darunter war auch nicht so gewaltig wie befürchtet. Das Schlimmste waren also die Rippen. Selbst das Atmen fiel Charlotte mit den Schmerzen in der Seite schwer. Widerstrebend kam sie zu der Erkenntnis, dass ein Besuch im Krankenhaus vermutlich doch nötig war.

Eine Autohupe ließ sie zusammenzucken. Wieder schoss der Schmerz durch ihren Körper.

Bis zum Harburger Krankenhaus schaffte sie es noch. Dann trat ihr heftiger Schweiß auf die Stirn, und ihre Hände begannen zu zittern. Minutenlang blieb sie im Auto sitzen, beobachtete die Reaktionen des eigenen Körpers. Beide Beine zitterten. Ein Schock, dachte sie.

In der Getränkehalterung neben der Handbremse fand sie einen Rest Kaffee in einem Pappbecher. Sie fummelte den Plastikdeckel ab, roch an dem Kaffee. Besonders alt konnte er nicht sein. Da noch nichts Fremdartiges auf der Oberfläche schwamm, trank sie das kalte Getränk. Dann erinnerte sie sich an eine halb leere Packung Schokolinsen, die musste noch irgendwo liegen. Vorsichtig sah sie sich um, entdeckte die Schokolade in der Mittelkonsole. Nachdem sie sie gegessen hatte, ließ das Zittern in den Knien nach, nur die Hände blieben unruhig und die Innenflächen feucht. Charlotte stieg aus und ging langsam zur Notaufnahme.

Obwohl Sonntag war, musste sie eine Nummer ziehen. Vier Nummern waren noch vor ihr dran. Stöhnend setzte sie sich in eine Ecke und senkte den Blick.

Zum Glück hatte sie ihre Krankenkassenkarte im Portemonnaie. Denn danach wurde sie als Erstes gefragt, als ihre Nummer aufgerufen wurde. Die Schwester, die dies tat, war freundlich, aber unverbindlich. Erst als die Karte im Computer eingelesen war, fragte sie, was Charlotte fehlte. Dann durfte sie in eines der Behandlungszimmer gehen und weitere zwanzig Minuten warten.

Die Ärztin, die schließlich hereinkam, gab ihr die Hand zur Begrüßung, sah sofort das verletzte Auge, tastete vorsichtig den linken Wangenknochen ab. Charlotte zog danach ihre Bluse aus, zeigte den blau angelaufenen Rippenbogen.

Mit gerunzelter Stirn meinte die Ärztin, dass sie das röntgen müssten, um zu sehen, ob etwas gebrochen sei. »Haben Sie Ihren Röntgenpass dabei?«

»Nein. Ich weiß auch nicht, ob …« Charlotte stockte. »Ich bin schwanger.«

Die Frau hob den Blick. Sie trug den obligatorischen weißen Kittel. Ein Namensschild daran verriet, dass sie Sabine Oelkers hieß. Graue Strähnen durchzogen das sonst schwarze Haar. »Gut, dass Sie das sagen. Dann verzichten wir erst einmal aufs Röntgen. Legen Sie sich bitte auf die Liege.«

Charlotte setzte sich und legte sich dann stöhnend hin.

»Den Hosenknopf bitte öffnen«, sagte Frau Dr. Oelkers und tastete den Bauchraum ab. »Mit der Schwangerschaft sind Sie sich sicher?«

»Zwei positive Tests aus der Apotheke.«

»Aber beim Frauenarzt waren Sie noch nicht?«

Charlotte schüttelte den Kopf.

»Hat der Kerl Sie auch in den Bauch geschlagen oder getreten?« Dass ein Mann die Verletzungen verursacht hatte, schien für die Ärztin nicht infrage zu stehen.

»Nein.«

»Zwischen die Beine?«

»Nein«, versicherte Charlotte. »Ich bin rückwärts gegen eine Küchentheke gefallen. Also, mehr seitwärts. Das ist alles.«

Die Ärztin glaubte ihr nicht. »Das Auge sagt mir etwas anderes.«

»Ja, das Auge. Das kam dann noch danach. Aber mehr auch nicht. Ich habe ihm eins mit einem Nudelholz gegeben und bin dann abgehauen. Ich habe auch sonst nichts mit dem Typen zu tun. Das war eine einmalige Sache. Es war nicht mal meine Küchentheke. Ich mache mir jetzt einfach nur Sorgen, ob was mit dem Kind ist.«

»Ohne Ultraschall kann ich nicht viel feststellen. Dafür müssen Sie zum Frauenarzt. Und zwar gleich morgen.«

»Aber was glauben Sie persönlich? Ist sonst alles in Ordnung?«

»Sie reagieren hauptsächlich im Rippenbereich empfindlich. Achten Sie darauf, ob Sie Blut in der Unterhose haben. Dann müssten Sie sofort noch mal herkommen. Wir können Ihnen dann auch hier helfen. Aber solange das nicht passiert, würde ich sagen, dass Sie großes Glück gehabt haben.«

Charlotte atmete erleichtert durch.

»Ich werde Ihnen ein leichtes Schmerzmittel mitgeben. Am besten benutzen Sie es nur zum Einschlafen. Falls die Schmerzen bis dahin zu groß sind, können Sie auch eine Tablette zwischendurch nehmen. Aber schön vorsichtig. Besonders wegen des Babys. Haben Sie jemanden, der Sie nach Hause fahren kann?«

Charlotte dachte an Jan. Bereits im Wartezimmer hatte sie an ihn denken müssen. »Nein«, sagte sie dann.

Frau Dr. Oelkers nickte. »Dann nehmen Sie die erste Tablette auf jeden Fall erst zu Hause. Sind Sie dort sicher?«

»Ja, natürlich bin ich das«, meinte Charlotte. »Warum?«

»Na ja …« Die Ärztin schenkte ihr ein freudloses Lächeln. »Wir möchten ja nicht, dass Ihre *Küchentheke* Sie noch einmal angreift.«

Charlotte schüttelte den Kopf. »Keine Sorge. Das war ja nicht *meine* Küchentheke«, sagte sie.

Die Ärztin blickte Charlotte direkt an. »Sie wissen, dass das Körperverletzung ist, was Ihnen passiert ist. Haben Sie an eine Anzeige gedacht?«

Charlotte begann sich wortlos wieder anzuziehen, während die Ärztin den medizinischen Befund in den Computer tippte.

»Und?«, hakte sie nach, als Charlotte nicht sofort antwortete.

»Ich überlege es mir.«

»Brauchen Sie eine Krankschreibung?«

»Ich bin selbstständig.«

»Auch da ist es manchmal sinnvoll«, meinte die Ärztin, ohne von ihrer Arbeit aufzusehen. »Falls Sie länger krank sind und das nachweisen müssen.«

»Ja«, stimmte Charlotte zu. »Aber das hier, das ist nicht so schlimm.«

»Finde ich schon. Auch wenn es verheilt.« Frau Dr. Oelkers blickte Charlotte in die Augen. »Ich würde mir das mit der Anzeige nicht zu lange überlegen. Was man Ihnen angetan hat, ist kein Spaß. Aber Ihre Entscheidung. So, na dann, Frau Sander, wären wir fertig. Ich wünsche Ihnen gute Besserung.«

»Danke.«

Das Gesicht der Ärztin hellte sich plötzlich auf. »Mit einem Nudelholz«, sagte sie grinsend. »Nicht schlecht. Die Waffe einer Frau. Pures Klischee. Aber: Finde ich gut.«

# 48

Sie nannten ihn den Engländer, obwohl nur sein Vater aus England stammte und seine Mutter Deutsche war. Den leichten Akzent, den er sprach, hatte er sich vom Vater abgeguckt. Er hätte auch ohne sprechen können, doch irgendwie gehörte das zu seinem Stil. In seiner Kleidung war er wählerisch. Am liebsten trug er eng sitzende Oberhemden, dazu ein Sakko. Das kombinierte er mit Designerjeans und schönen, aber nicht auffälligen Gürteln. An den Füßen trug er nur italienisches Schuhwerk. Die meiste Zeit arbeitete der Engländer in einer Spedition, war dort für die Logistik im Hafenbereich zuständig. Es war eine langweilige Arbeit. Nicht schlecht bezahlt, aber zu neunzig Prozent reine Routine. Die Sachen, die Leute wie Kohlmann für ihn hatten, waren dagegen meist von einem anderen Kaliber. Für Kohlmann und seinesgleichen sorgte er dafür, dass Leute das taten, was sie tun sollten. Hierbei ging es fast immer um sehr viel Geld. Gelegentlich kutschierte er einen der besseren Herren auch mal nach einer Feier mit Luxusprostituierten nach Hause, verhielt sich dabei stets zurückhaltend und freundlich. Seine Diskretion war sicher, wurde geschätzt und honoriert.

Mordaufträge bekam der Engländer so gut wie nie. Es kam bei dem einen oder anderen Auftrag zwar schon mal zu »menschlichen Verlusten«, aber das ergab sich dann meist aus der Situation. Auch diesmal wurde ihm die Wahl der Mittel freigestellt. Entweder sollte er bei der Journalistin, um die es ging, eine unmissverständliche Botschaft hinterlassen, die sie definitiv davon abhielt, sich weiter mit Sören Beister und seinen Geschäftspartnern zu beschäftigen, oder er sollte die Angelegenheit abschließend klären. Am besten mit einem Unfall. Dann bräuchte man die Sache nicht weiter im Auge zu behalten.

Der Engländer verstand den Hinweis von Kohlmann. Bevorzugt wurde offenbar die *endgültige* Klärung der Angelegenheit. Ein Nervenkitzel der besonderen Art.

Charlotte Sander hieß das Subjekt, um das es ging. Wohnhaft in Hamburg-Heimfeld. Der Engländer krauste nachdenklich die Stirn. Vielleicht würde die Frau vor einen Bus stürzen. Ein Unglück auf einer Bahnstrecke wäre auch denkbar. Das könnte als Suizid durchgehen.

Gute Idee. Der Engländer lächelte kurz.

Dann aß er sein Mittagessen zu Ende, welches mittlerweile kalt auf dem Couchtisch stand. Der Job, der vor ihm lag, konnte länger dauern. Da war es sinnvoll, vorher gut gegessen zu haben. Ab und zu blickte er auf den tonlos geschalteten Fernseher vor sich. Doch das gezeigte Autorennen interessierte ihn nicht mehr. Seine Gedanken waren bei Charlotte Sander.

Noch kauend zog er sein Smartphone aus der Tasche, gab den passenden Suchbegriff ein und hatte bald ein Gesicht zu dem Namen gefunden. Sie war Fotografin, nicht Journalistin. Aber das war egal.

Er guckte sich einige ihrer Fotografien an. Es waren schöne Aufnahmen dabei. Viele trugen das Wasserzeichen einer Agentur, einige andere warben für einen Bildband. Der Engländer nickte anerkennend, erkannte er doch, wenn jemand gute Arbeit leistete. Schließlich legte er das Besteck auf seinen Teller, ging in die Küche und stellte alles zusammen in die Spüle. Um den Abwasch würde er sich später kümmern.

Im Badezimmer putzte er sich die Zähne, grinste sich im

Spiegel zu und trat dann zur Toilette. Der Spülkasten war optisch neutral in die Wand eingebaut. Mit einem Trick nahm der Engländer die Platte mit den Spültasten ab, griff in den Hohlraum dahinter und brachte einen kleinen Revolver zum Vorschein. Die Waffe steckte in einem Kunststoffbeutel mit Zippverschluss.

Er setzte die Platte wieder ein, hockte sich auf den geschlossenen Toilettendeckel und nahm den Revolver aus dem wasserdichten Beutel. Erfahren im Umgang mit der Waffe, klappte er die Trommel auf, holte auch noch fünf Patronen aus demselben Beutel und steckte sie in die leeren Kammern. Der Engländer hatte nicht vor, die Journalistin zu erschießen. Aber als Argumentationshilfe, um sie zu einer passenden Bahnstrecke oder auf ein Häuserdach zu bringen, schien ihm der Revolver nützlich.

## 49

Wie vorauszusehen, wurde es in dem kleinen Golf schnell unbequem und kalt. Eine Weile wärmten Jan und Julia sich gegenseitig, dann krabbelte sie umständlich zurück auf den Fahrersitz, entschuldigte sich kichernd, als sie ihn mit einem Fuß leicht am Unterleib traf, und zog sich, indem sie den Hintern kurz anhob, den Slip wieder über.

Ein Teil von Jan bereute beim Zusehen, was eben geschehen war. Ob er es wollte oder nicht, er musste in diesem Moment an Charlotte denken. Das wiederum hatte Julia nicht verdient. Seine Brust zog sich schmerzhaft zusammen.

Was war nur schiefgelaufen zwischen Charlotte und ihm? Alles hatte sich so selbstverständlich angefühlt. So richtig. Und dann benahm sie sich plötzlich, als hätte er ihr etwas angetan. Jan hatte einfach keine Erklärung dafür.

Er musste noch einmal mit ihr darüber sprechen. Ob sie wollte oder nicht. Und diesmal würde er nicht auf mögliche Anfeindungen eingehen. Zu gut wusste er, dass sich hinter diesem Schutzschild aus groben Worten eine andere Charlotte verbarg. Er musste sie nur wieder zum Vorschein bringen. Sie sollten wenigstens als Freunde auseinandergehen. Wenigstens das.

»Alles klar bei dir?«, fragte Julia.

Schnell nickte Jan. »Alles klar.«

Julia ließ den Motor an. Sie stellte das Gebläse ganz auf die Windschutzscheibe, schob den Hebel für die Heizung komplett in den roten Bereich. Es dauerte nicht lange, bis dies Wirkung auf den Scheiben zeigte. Julia meinte, dass der Regen schon viel weniger geworden sei.

»Julia, das eben …«, setzte Jan an.

Sie schüttelte den Kopf. »Lass es uns nicht zerreden. Nicht jetzt. Geht das?«

»Aber mir dreht sich ehrlich gesagt der Kopf.«

»War es schön?«

Darüber musste er nicht lange nachdenken und nickte.

»Das finde ich auch. Wir sind uns also gegenseitig nichts schuldig. Beruhige dich bitte. Zwei erwachsene Menschen hatten Spaß. Das ist erst mal alles.«

»Wirklich?«

»Ja, ganz bestimmt. Mach dich locker. Du hast mir doch nicht die Unschuld geraubt.«

Julia kicherte. Und dieses Kichern zeigte Wirkung bei Jan. Er fühlte sich erleichtert. Für den Augenblick war diese Unbefangenheit mit Julia genau das Richtige. Alles Weitere würde sich finden.

»Und wohin jetzt?«, fragte Julia offensichtlich

unternehmungslustig. »Zurück nach Rotenburg? Oder hast du noch eine andere Idee?«

Jan nickte. »Da gibt es noch was ... Wir könnten nachsehen, ob es hier ein Zeitungsarchiv gibt. Im Internet hatte ich nur Informationen aus der Rotenburger Zeitung über Silvia Keller gefunden. Aber hier in Verden müsste ja auch etwas über Tanja Tsachek und Sascha Richter geschrieben worden sein.«

Julia zuckte mit den Schultern, sah mit ihren nassen Haaren und dem feuchten Kleid viel jünger aus, als sie war. Eher wie Anfang zwanzig als Anfang dreißig. Plötzlich streckte sie den Finger aus. »Siehst du, ich hatte recht. Es wird gleich wieder schön.«

Geradeaus riss die Wolkendecke auf, und ein paar Sonnenstrahlen bahnten sich den Weg zur Erde. Es sah irgendwie kitschig aus. Dass die Wirklichkeit so schön sein konnte ...

»Du hattest recht.«

»Danke, das höre ich gern«, sagte Julia lächelnd. »Also, wo ist dieses Zeitungsarchiv?«

Jan suchte in seinem Smartphone die Adresse der VZ, was, wie er schnell herausgefunden hatte, für Verdener Zeitung stand.

»Allerdings ist heute Sonntag«, gab Julia zu bedenken.

»Macht nichts«, erwiderte Jan. »Das ist eine Tageszeitung. Vom Sport ist garantiert jemand in der Redaktion. Das ist genau wie bei uns. Und wenn wir schön nett sind, lassen sie vielleicht zwei Kollegen aus Hamburg in ihr Archiv.«

»Oh, nett kann ich sein«, sagte Julia fröhlich. »Und deine Kollegin bin ich auch mal ganz gern.«

Um zur Verdener Zeitung zu kommen, konnten sie entweder durchs Zentrum und am Krankenhaus vorbeifahren oder den Weg außen um die kleine Stadt herum nehmen. Der zweite Weg war länger. Doch im Navigationssystem sah es so aus, als würden sie so dichter an ihr Ziel herankommen. Auf jeden Fall mussten sie den letzten Teil des Weges zu Fuß gehen, da die Zeitungsredaktion in einer Fußgängerzone lag.

Jan hielt sein Telefon in der Hand und leitete Julia, von der Navigations-App unterstützt, über eine breite Brücke, die sich über Auen und Aller spannte. Unzählige Pferde grasten in der Sonne und ließen erahnen, weshalb das Städtchen auch Reiterstadt genannt wurde.

»Guck mal«, forderte Julia auf, und Jan, der gerade auf das Smartphone-Display starrte, hob den Blick.

Die Straße beschrieb eine lange Linkskurve. Mehrere Straßen zweigten ab, führten nach Bremen und ins Umland. Plötzlich standen sie vor einer weiteren Brücke, die erneut über die Aller führte, diesmal aber zurück in die Stadt. Eine Ampelschaltung regelte den immer nur einspurig verlaufenden Verkehr über die Brücke einmal in die eine, dann in die andere Richtung. Während sie auf Grün warteten, zeigte Julia auf den Turm des Verdener Doms, der jenseits der Hausdächer in den Himmel ragte.

»Ganz hübsch«, sagte Jan.

»Ganz hübsch ...«, wiederholte Julia spöttisch. »Klingt wie ›ganz nett‹.«

»Du bist auch ganz nett.«

»Pass auf, mein Lieber.«

Jan grinste.

Den Wagen stellten sie in einer Parallelstraße zur Fußgängerzone ab, schritten durch eine etwa dreißig Meter lange Gasse mit hübschen Haustüren und zwei kleinen Ladengeschäften. Ein italienisches Restaurant hatte die Türen weit geöffnet. Gegenüber befand sich die Schaufensterscheibe der Verdener Zeitung. Alles wirkte sehr vertraut auf Jan.

»Ich klingel mal«, sagte er.

Sie mussten lange warten, bis jemand reagierte. Dann tauchte ein Mann im gesetzten Alter hinter einer Glastür auf, erklärte ihnen mit Gesten, dass sie außen herum in den Hinterhof kommen sollten. Vermutlich wurde die Vordertür nur während der Geschäftszeiten geöffnet. Genau wie bei uns, dachte Jan wieder, während sie um das Gebäude herumgingen. An der Hintertür zeigte er seinen Presseausweis vor.

Sein Gegenüber trug eine dunkle Cordhose und ein blaues Oberhemd. Die Füße steckten in Gesundheitsschuhen. Jan schätzte ihn auf Ende fünfzig. Der Gesichtsausdruck des Mannes war nicht besonders erfreut. Vermutlich hatten sie ihn beim Schreiben unterbrochen. Als Jan jedoch erzählte, dass er für das Harburger Tageblatt arbeite, hellte sich das Gesicht des anderen auf.

»Harburger?«, wiederholte er. »Da ist doch, na, sag schnell ... da ist doch Dingens Chefredakteur ... Nein, nicht sagen! Petersen. Wolfgang Petersen, stimmt's?«

Jan grinste. »Nein. Wolfgang Petersen ist der Regisseur vom ›Boot‹. Unser Petersen heißt Kai.« Es war für Jan ungewohnt, den Vornamen auszusprechen, denn alle nannten Petersen sonst nur beim Nachnamen.

»Richtig«, meinte sein Gegenüber. »Ich kann mich gut an ihn erinnern. Er hat bei der ›Bremer‹ den bunten Teil geleitet. Ab und zu war er bei uns Urlaubsvertretung für den Alten. Gehört ja alles zum selben Verlagshaus. Sympathischer Mensch, dieser Petersen. Deshalb hat man ihm auch den Chefredakteur bei euch in Harburg angeboten. Das ist auch schon wieder ewig her. Mannomann. Aber was muss man hören? Jetzt wollt ihr den Laden dichtmachen?«

»Von *wollen* kann nicht die Rede sein«, wehrte Jan ab. »Die klugen Köpfe mit den Rechenschiebern meinen, dass unser Käseblatt sich nicht mehr lohnt. Wir wurden ja schon vor langer Zeit von einem Medienhaus aufgekauft.«

»Kenn ich doch, kenn ich«, meinte der Mann. »Bin übrigens der Gerd. Gerd Schneider. Wir machen ja auch nur noch den Lokalteil. Alles andere wird in Bremen gebaut. Aber kommt doch erst mal rein, die junge Dame friert ja!«

Obwohl Julia Jans dünne Jacke übergezogen hatte, sah man ihrem Gesicht an, dass Gerd Schneider mit seiner Bemerkung recht hatte.

»Wir sind in den Regen gekommen«, erklärte Jan und sagte dann, weshalb sie gekommen waren.

»Lange her«, sagte der Sportredakteur. »Kann mich gut an die Geschichte erinnern. Aber lange her.«

»Wir interessieren uns für die Ausgaben vom Juli.«

»Ferienzeit«, erwiderte Schneider. »Da sind sie meist noch dünner als sonst. Und wonach sucht ihr genau?«

»Wissen wir nicht. Einfach mal gucken, was da so steht.«

Schneider nickte. »Da findet ihr garantiert einiges.« So oft würden in Verden junge Pärchen auch wieder nicht umgebracht, meinte er. »War mehrere Tage Topthema, sogar überregional von Interesse. Ich zeige euch am besten mal, wo die alten Ausgaben liegen. Dann müsst ihr selbst suchen. Ich muss nämlich meinen Artikel zu Ende bringen, und dann kommen gleich noch mehr Sportergebnisse rein.«

Verblüfft stellte Jan im ersten Stock fest, dass auch die Redaktionsräume denen in Harburg extrem ähnelten. Auch hier hatte der Chefredakteur ein separates Büro, während alle anderen Arbeitstische zu Zweierkombinationen zusammengestellt waren. Es gab eine kleine Kaffeeküche und große Fenster mit einem Blick auf den Hinterhof.

»Unsere Örtlichkeiten sind dort«, sagte Gerd Schneider zu

Julia. »Einen Föhn gibt es da leider nicht. Aber wir haben Geschirrtücher. Ja, das geht …«

»Ist gar nicht so wild«, wehrte Julia ab, doch der Mann ließ sich von diesem Einwand nicht bremsen. Er nahm ungefragt ihren Unterarm und führte sie mit einer fast großväterlichen Geste zur Küche. Er holte ein frisches Geschirrtuch aus einem Unterschrank, reichte es Julia und wies auf eine Thermoskanne.

»Der Kaffee ist noch gar nicht so alt. Becher sind im Schrank. Bedient euch bitte selbst.«

»Und das Archiv ist jetzt wo?«

»Wir haben die alten Sachen hier drüben«, sagte Gerd Schneider und führte Jan durch die Redaktion. Julia folgte ihnen erst, nachdem sie sich die Haare bestmöglich mit dem Geschirrtuch getrocknet hatte.

Der kleine Raum, den Schneider meinte, bestand fast nur aus Regalen und einem Arbeitstisch. Er war fensterlos, wurde von nackten Neonröhren beleuchtet. Die übergroßen Ordner, in denen die Zeitungen nach Jahrgängen aufbewahrt wurden, passten aufgeschlagen genau auf den kleinen Tisch. Etwas weiter rechts gab es einen zweiten Tisch, auf dem sich ein überdimensionaler Locher befand. Offensichtlich wurden die Ausgaben der vergangenen Tage dort gesammelt, bis sie jemand in den aktuellen Ordner einheftete.

»Ihr habt doch nicht etwa gedacht, bei uns sei schon alles auf Mikrofilm oder gar für den Rechner eingescannt, oder, Freunde? Nee, ist nicht. Die alten Sachen gibt es hier noch schön im Original.« Schneider grinste. Dann zeigte er quer durch die Redaktion zu seinem Schreibtisch. »Also, viel Spaß. Und wenn was ist, kommt einfach rüber.«

Beinah ehrfürchtig trat Jan auf das erste Regal zu, legte eine Hand auf einen der riesigen Ordner. Jeweils acht lagen auf den

Regalböden aufeinander, bildeten zusammen immer zwei Jahrgänge. Grinsend drehte er sich zu Julia um. Das Neonlicht ließ ihr Gesicht blass erscheinen. Jan fragte, ob sie noch immer friere.

»Geht schon wieder«, erwiderte sie und nippte demonstrativ an ihrem Kaffee.

Er nahm diese Bemerkung ohne weitere Nachfragen hin, drehte sich begierig wieder zu den Zeitungsordnern um. Das Ordnungssystem war sehr übersichtlich; schnell wanderte er die Regale entlang und fand den richtigen Jahrgang. Während er ein paar Ordner zur Seite schieben musste, um an die gesuchten Ausgaben heranzukommen, trat Julia neben ihn. Ihr Blick fiel auf den Ordnerstapel daneben. Er enthielt die ein und zwei Jahre älteren Zeitungen. »Hier wurde Silvia Keller ermordet«, sagte sie leise, nur um noch leiser hinzuzufügen: »Und hier ist meine Schwester verschwunden.«

# 50

Sören Beister blickte mehr als überrascht, als er den Mann mit einer doppelläufigen Schrotflinte vor seiner Tür stehen sah. Dann entdeckte er eine blaue Mülltüte, die in der Jackentasche seines Gegenübers steckte, und begriff, dass der Mann wohl doch nicht so unvorsichtig gewesen war, wie es zunächst gewirkt hatte. Trotzdem zeigte Sören Beister sich über diesen Auftritt bei ihm zu Hause nicht erfreut.

»Was soll der Scheiß? Los, rein, rein, rein, bevor Sie jemand sieht«, nörgelte er. Dabei ging sein Blick kurz die Treppen zum ersten Stock hinauf. »Und gleich weiter durch ins Wohnzimmer!«

Über seiner Nase lag eine Schiene. Weißes Klebeband fixierte sie. Im Krankenhaus hatte ihm der Arzt ursprünglich eine Gesichtsmaske verpassen wollen, doch dagegen hatte sich der modebewusste Mann verwahrt. Mit Maske hätte er wie einer dieser dämlichen Fußballer ausgesehen, die trotz Nasenbeinbruch unbedingt weiterspielen mussten.

»Ich habe Kohlmann doch erzählt, was ich über die Schlampe weiß. Ich dachte, damit sei alles klar. Er meinte, ich brauche mir keine Gedanken mehr über sie zu machen. Und jetzt tauchen Sie mit diesem Ding hier auf.« Sören Beister deutete mit einem Kopfnicken auf das Gewehr und bereute die etwas heftige Bewegung sofort. Unwillkürlich hob er die Hand nach oben, vermied es aber, seine Nase zu berühren.

»Wo ist Maren?« Es waren die ersten Worte, die der Mann sprach.

»Oben«, erwiderte Sören Beister wahrheitsgemäß und fügte hinzu: »Sie kann uns nicht hören.« Erst dann wurde ihm offenbar bewusst, dass die Frage auch etwas ganz anderes als die Sorge, gehört zu werden, bedeuten konnte. »Ich sagte doch, dass wir uns um sie keine Sorgen machen müssen. Hat Kohlmann Ihnen das nicht weitergegeben?«

»Wer ist Kohlmann?«, antwortete der Mann mit einer Gegenfrage.

»Wie bitte? Wer hat Sie denn geschickt? War das nicht Kohlmann selbst?«, wollte Sören Beister mit vorwurfsvoller Stimme wissen.

Der Mann griff in seine Jackentasche und holte ein neues Paket Klebeband heraus. Der Auffangreflex funktionierte bei Sören Beister einwandfrei, als das Panzertape in seine Richtung flog.

»Auspacken!«, sagte der Mann.

»Also, wenn da irgendwas falsch rübergekommen ist …«, erwiderte Sören Beister, während er der Aufforderung etwas hilflos folgte und zum ersten Mal bewusst registrierte, dass der Mann mit dem Schrotgewehr weiße Baumwollhandschuhe trug. »Dann hier noch mal im Klartext: Es geht nur um diese Charlotte Sander. Die ist das Problem. Um Maren braucht Kohlmann sich keine Sorgen zu machen. Da habe ich alles im Griff. Und das Gefuchtel mit dem Ding hier gefällt mir nicht.«

Die Mündungslöcher des Gewehrs befanden sich plötzlich nur noch zwanzig Zentimeter vor dem Gesicht von Sören Beister.

»Maren ist also oben«, fasste der Mann abermals so zusammen, als habe er den Rest gar nicht gehört.

»Ja«, meinte Sören Beister mit einem Krächzen. »Aber sie weiß nichts. Und sie kann auch nichts erzählen. Das Problem heißt Charlotte Sander.«

Langsam wandte der Mann den Blick Richtung Zimmerdecke. »Ist Maren dort oben allein?«

»Ja.«

»Gut, dann werde ich jetzt zu ihr gehen«, sagte der Mann. Zeitgleich löste sich der Schuss.

# 51

Der Koffer lag auf dem Fußboden. Es handelte sich um ein kleines Hartschalenmodell mit Rollen, das bei den meisten Fluggesellschaften noch als Handgepäck durchging. Viel musste nicht hineinpassen. Unterwäsche, Kulturtasche, Badelatschen, zwei Handtücher und ein Ersatzkleid. Den Rest würde Maren später holen. Oder einfach hierlassen.

In all den Jahren, die sie Sören kannte, hatte er mit ihr machen können, was er wollte. Stets war sie gefügig gewesen, hatte alle Spielchen mitgemacht. Natürlich glaubte er, dass sie es nur für ihn tat. Aber das stimmte nicht.

In Wahrheit wollte sie all die Dinge, die er mit ihr machte oder von ihr verlangte, selbst. Denn nur wenn er sie schlug oder seine Zigaretten auf ihrer Haut ausdrückte, konnte sie sich selbst spüren. Wenn er unter der Bettdecke lag, während sie nackt in der Ecke knien und die Wand anstarren musste, genoss sie die Kälte, die an ihr nagte. Die Kälte kroch ganz in ihren Körper hinein, bis in die Knochen, ließ sie fühlen, dass sie noch existierte.

Beim Sex war er dann immer ganz lieb zu ihr. Auch das musste so sein. Sie hätte es nicht anders zugelassen. Früh genug hatte sie ihm beigebracht, was mit ihr ging und was nicht.

In der Öffentlichkeit war er charmant und freundlich. Er ging gut mit ihr um. Somit schien eigentlich alles in Ordnung. Doch dass er nun Charlotte geschlagen und verletzt hatte, ging zu weit. Er hatte die Grenzen überschritten.

Natürlich, Charlotte war zuerst laut geworden, und sie hatte ihm zuerst eine geklatscht. Aber das hätte er hinnehmen müssen. Er hätte sich abwenden und gehen können. Er musste doch wissen, dass er seiner Frau vertrauen konnte, egal, was Charlotte sagte oder tat.

Marens Entschluss, ihn zu verlassen, war im Krankenhaus gereift. Sie hatte Sören gefahren und neben ihm im Wartezimmer gesessen, während er, den Kopf in den Nacken gelegt, vor sich hin jammerte. Seine Erbärmlichkeit wurde ihr dort in aller Deutlichkeit klar. Und sie begriff, dass sie mit diesem Mann nicht länger zusammenleben wollte.

Dieses Leben war zu Ende.

Heinemann war der Schlüssel zu allem, das wusste sie nun.

Sie wollte die Erinnerung an den alten Mann loswerden. Und Sören gleich dazu.

Charlotte brauchte sie hierfür nicht. Sie würde sich ein Zimmer im Hotel nehmen. Dann eine Wohnung suchen und eine Arbeit.

Maren hatte beschlossen, zu leben. Ein komplett anderes Leben würde es werden. Ein besseres Leben.

Ob ein Mann dabei noch einmal eine Rolle spielen würde, war im Moment nicht entscheidend.

Sie fühlte sich euphorisch, während Sören neben ihr im Wagen jammerte. Und nun beim Kofferpacken noch viel mehr.

Plötzlich war es hell hinter den Fenstern. Das Leben wartete jenseits dieser Mauern auf sie. Das Haus mit dem zwanghaft akkuraten Garten war zu eng für sie geworden. Sie wollte hier raus.

Auch die Arbeit mit dem Chor wollte sie loswerden. Das ganze Gesinge war zu sehr mit ihrer Vergangenheit verknüpft. Am liebsten wollte sie überhaupt nichts mehr mit Musik zu tun haben. Vielleicht erst mal irgendwo als Verkäuferin arbeiten. Oder in einem Urlaubsparadies kellnern. Bei Meeresrauschen Cocktails servieren.

Alles war möglich.

Natürlich würde sie um eine Psychotherapie nicht herumkommen. Das war ihr inzwischen klar. Die Begegnung mit Heinemann konnte nur der Anfang ihrer Heilung sein. Sie hatte seine Umarmung als Geständnis verstanden. So hatte sie den Beweis, dass sie sich doch nicht alles eingebildet hatte. Die Jahre hatten an ihrer Erinnerung genagt. Ihr Verstand hatte begonnen, vieles umzudeuten. Doch dann war Charlotte aufgetaucht. Und alles war wieder da gewesen. Und Heinemanns Umarmung die endgültige Bestätigung.

Das Klingeln an der Haustür hatte Maren überrascht. Für eine

Weile hatte sie mit dem Zusammensuchen ihrer Sachen innegehalten und gelauscht. Schritte waren im Flur zu hören gewesen. Dann sprach Sören mit irgendjemandem im Wohnzimmer.

Da Maren nichts verstehen konnte und auch kein Interesse mehr an dem hatte, was Sören tat oder nicht tat, packte sie weiter. Sie holte ein Kleid aus dem Schrank, faltete es vorsichtig und legte es auf das Bett.

Als der Schuss fiel, wollte sie gerade ins Badezimmer gehen, um ihre Zahnputzsachen, die Bürste und ihre Cremes zu holen. Erschrocken stieß sie einen kleinen Schrei aus. Der Knall war ohrenbetäubend.

Kurz danach kamen Schritte die Treppe herauf.

# 52

War Maren *die eine*, die, nach der der Mann immer Ausschau hielt? Die, die er noch immer zu finden hoffte, die sich unter den Millionen anderen befinden musste? Seit er sie zum ersten Mal gesehen hatte, hatte der Mann sich diese Frage mehrfach gestellt. Doch immer lautete die Antwort: Nein. Bestimmt nicht. Zu schmal. Falsche Haarfarbe. Trotzdem war sie ihm nicht aus dem Kopf gegangen. Also hatte er beschlossen, sich zunächst mit ihr zu beschäftigen, bevor er sich, wie ursprünglich geplant, weiter um Charlotte Sander kümmern wollte.

Der Mann hatte an diesem Sonntagnachmittag mit dem Wagen in der Reihenhaussiedlung von Maren Beister und ihrem Mann gestanden. Mit Glück würde der Ehemann irgendwann das

Haus verlassen. Dann hätte er Maren für sich allein gehabt. Doch es verlief alles anders als gedacht.

Plötzlich ging die Tür auf, und Charlotte kam aus dem Haus der Beisters gestürzt. Sie machte einen ramponierten Eindruck, hielt sich den Unterbauch, während sie zur Straße taumelte. Beim Aufschließen des Autos fiel ihr der Schlüssel runter. Zweimal sogar.

Wieso sah er den kleinen Clio am Straßenrand erst jetzt? Der Mann schüttelte über sich selbst den Kopf. Dann dachte er, dass etwas im Haus passiert sein musste. Und das machte ihn neugierig. Deshalb blieb er, nachdem Charlotte weggefahren war, im Auto sitzen und beobachtete weiter das Haus. Kurz darauf kam Maren mit ihrem Ehemann heraus. Der Bursche hielt sich das Gesicht. Ein Handtuch verbarg den Großteil davon.

Der Mann verfolgte das Ehepaar bis zum Krankenhaus. Die beiden gingen in die Notaufnahme. Danach blieben sie eine ganze Weile verschwunden.

Als sie wieder herauskamen, hatte der Entschluss des Mannes festgestanden. Marens Zeit war gekommen. Sie würde heute sterben. Er wollte die Sache zum Abschluss bringen. Er wollte ihr in die Augen sehen und den Moment genießen, in dem sie begriff, was mit ihr passierte. Der Ehemann würde ihn daran nicht hindern können.

Als beide wieder in ihr Reihenhaus gegangen waren, stieg der Mann aus und öffnete den Kofferraum seines Autos. Das Klebeband war neu. Die Frau mit den Einkaufstaschen aus der S-Bahn hatte ihn auf die Idee gebracht, es zu kaufen. Er stopfte auch ein Stück Paketband in seine Jacke. Dann fiel sein Blick auf den blauen Müllbeutel.

Kurz darauf hatte der Mann ein doppelläufiges Schrotgewehr mitten durchs Wohngebiet getragen, wenn auch im Müllbeutel verborgen. Er hatte die Waffe bei Heinemann im Flurschrank gefunden. Um bei dem Alten alles nach einem Raubmord aussehen zu lassen, hatte der Mann die Wohnung durchsucht, Bargeld, Schmuck und auch das Gewehr mitgenommen. Dass Heinemann die Waffe registriert hatte, bezweifelte der Mann. Ursprünglich wollte er die Flinte nur als Souvenir, doch dann war ihm der Gedanke gekommen, dass er sie vielleicht irgendwann gebrauchen konnte.

Und dieser Moment war schon jetzt gekommen.

Die eine Stufe hoch ins erste Stockwerk knarrte. Der Mann verharrte kurz in der Bewegung. Da lag Sören Beister schon blutüberströmt auf dem Wohnzimmerparkett.

Die Idee mit einem erweiterten Selbstmord unter Eheleuten war ihm bereits im Auto gekommen. Mal was ganz anderes. Geradezu perfekt, um bei der Polizei kein übereinstimmendes Tatmuster erkennbar werden zu lassen. Ein erstochenes Mädchen im Hafen, ein mit einer Plastiktüte erstickter alter Mann und ein Ehepaar, bei dem der Mann einen erweiterten Suizid beging – wer sollte da einen Zusammenhang vermuten? So weit, so gut.

Aber nun war der Mann plötzlich unter Zeitdruck. Die gesamte Nachbarschaft musste den Schuss gehört haben, den er gerade eben auf Marens Ehemann abgegeben hatte. Wenn er sein Werk vollenden und dann noch ungesehen durch den Garten entkommen wollte, durfte er nicht lange zögern.

Wegen der Eile, an der er selbst schuld war, stieß der Mann nun die Schlafzimmertür wie ein gewöhnlicher Räuber auf. Das hatte keinen Stil. Das gefiel ihm nicht.

Der Mann starrte Maren an. Ihr Gesicht war schmal und farblos.

»Weißt du, wer ich bin?«, fragte er von der Tür aus.

Sie zeigte kein Zeichen des Verstehens.

»Schau in dein Inneres. Dann weißt du es.«

Die Frau rührte sich noch immer nicht, trotzdem wusste der Mann, dass sie es nun begriffen hatte. Mit tonloser Stimme sagte sie dann: »Du bist der Tod.«

Der Mann lächelte.

Die Frau schien ohne Angst zu sein, und ihre Auffassungsgabe war phänomenal. Wieder bereute der Mann sein übereiltes Handeln. Er hätte, wie ursprünglich geplant, erst ins Haus gehen sollen, wenn ihr Ehemann nicht zu Hause war. Dann hätte er mehr Zeit für Maren gehabt. Sie wäre es wert gewesen. Doch sei es drum.

»Ich kann dich von deinem Schmerz erlösen«, sagte er nun. »Genauso, wie ich Heinemann auch schon erlöst habe.«

Die Frau erwiderte nichts.

Nun hätte er schießen können, um seine Worte wahr werden zu lassen. Stattdessen stellte er das Gewehr an die Wand. Maren hatte mehr als eine plumpe Ladung Schrot verdient. Das hätte der Mann eigentlich schon vorher wissen müssen.

»Dreh dich um, und guck aus dem Fenster«, sagte er. »Den Rest übernehme ich.«

Die Frau sah ihn lange an, fast zu lange. Beinah dachte er, sie hätte doch nicht richtig verstanden, mit wem sie es zu tun hatte. Dann drehte sie sich um und bot ihm ihre Rückenansicht.

Langsam trat er weiter in den Raum. Fast geräuschlos zog er die Plastiktüte aus der Jacke. Er verdrehte sie mehrfach, bis sie einem groben Strick glich.

Die Frau zuckte leicht zusammen, als er die Tüte um ihren Hals legte und das Plastik ihre Haut berührte.

»Vertrau mir«, sagte der Mann. »Schließ die Augen, und lass dich einfach fallen.«

Und das tat sie dann auch. Aber auf eine andere Art, als er es erwartet hatte. Die Frau sackte in die Knie, entglitt seiner Schlinge wie ein Schlangenmensch. Dabei stieß sie den Ellenbogen nach hinten und traf den Mann mit einem Knochen, über dem sich nur dünne Haut spannte, in den Unterleib.

Der Schmerz traf den Mann so unvorbereitet wie die ganze Aktion. Automatisch ging er in die Knie und stöhnte auf. Es klang wie ein Grunzen.

Schon war die Frau an ihm vorbei. Sie lief Richtung Tür. Im nächsten Moment war sie bei dem Gewehr.

Doch genau das war ihr Fehler. Sie wollte offenbar kämpfen, wollte es mit dem Mann aufnehmen. Wäre sie gleich zur Tür hinaus und die Treppe hinuntergerannt, hätte er sie vielleicht nicht mehr einholen können.

Warum tat sie es nicht? Warum wollte sie nicht weglaufen?

Es war nicht wichtig.

Der Mann riss ihr das Gewehr aus der Hand. Er war der Sturm und sie nur ein Stück Schilfrohr. Sie konnte sich biegen, doch selbst Schilf brach irgendwann. Die Kraft, mit der er ihr das Gewehr entriss, schleuderte sie quer durch den Raum. Ihr kleiner Körper prallte auf den Bettpfosten und blieb dort liegen.

Nun konnte sie sich nicht mehr wehren. Der Mann konnte mit ihr machen, was immer er wollte. Doch er hatte keine Lust mehr zu spielen. Sein Unterleib schmerzte. Er wollte einfach nur, dass es vollbracht war.

Wieso hatte sie ihm nicht vertraut, als er hinter ihr stand? Wieso hatte sie sich nicht fallen lassen? Dann wäre alles so viel schöner gewesen. Stattdessen drückte er jetzt einfach ab, und die zweite Kammer der doppelläufigen Flinte entleerte sich.

Mühsam schleppte der Mann sich die Treppe hinunter. Er sah sich nicht noch einmal um. Das blutige Stück Fleisch, das aus Maren Beister geworden war, interessierte ihn nicht mehr. So hätte es nicht enden sollen. So nicht.

Das kam durch diese verdammte Eile.

Immer wieder machte der Mann Fehler. Er ließ sich hinreißen. Die Gunst des Augenblicks reizte ihn noch mehr als die Möglichkeit, lang gehegte Pläne exakt in die Tat umzusetzen. Er wusste selbst, dass ihm das irgendwann einmal zum Verhängnis werden konnte. Aber nicht heute. Nein, heute nicht.

Im Wohnzimmer drückte der Mann die Hände von Sören Beister gegen den Gewehrkolben, dann stellte er, wie im Auto kurz überlegt, zwei Stühle zusammen, befestigte das Gewehr mit dem Gewebeband daran und knotete die Paketschnur um den Abzug. Er führte das Band so um den Stuhl herum, dass der Abzug durch ein Ziehen von Sören Beister hätte betätigt werden können. Zum Schluss warf er die ganze Konstruktion auf die Seite.

Jetzt sah es für den Mann so aus, als habe sich Sören Beister mit einer Selbstschussanlage das Leben genommen, nachdem er vorher seine Frau erschossen hatte. Deshalb gab es von Sören Beister Fingerabdrücke auf dem Klebeband und auf der Waffe, aber keine Schmauchspuren auf seinen Händen.

Vielleicht würde das die Kriminaltechniker von einem erweiterten Selbstmord überzeugen. Jedenfalls, wenn sie nicht allzu genau hinsahen. Was leicht passieren konnte. Denn wenn etwas offensichtlich nach einem bestimmten Tatgeschehen aussah, fügten sich die entsprechenden Spuren gern auch so zusammen, dass sie mit dem Erwarteten übereinstimmten, wusste der Mann. Das war nicht einmal schlampige Arbeit. Es war einfach nur menschlich.

Als der Mann das Reihenhaus verließ, berührte seine Schirmmütze fast den Nasenrücken. Doch das war gar nicht nötig. Kein

Mensch war draußen. Kein Streifenwagen stand mit Blaulicht auf der Straße. Nicht einmal ein Vorhang wurde bewegt.

Nun konnte sich der Mann wieder seiner ursprünglichen Aufgabe zuwenden. Charlotte Sander wusste es nicht, aber der Tod war schon seit fast einer Woche ihr heimlicher Begleiter.

## 53

Julia fühlte sich nicht wohl in dem kleinen Archiv der Verdener Zeitung. Ihr neues Sommerkleid klebte ihr noch immer nass am Körper, doch das war es nicht, was sie störte. Ihr Blick hing an dem Ordner der VZ mit den Ausgaben aus dem Jahr, in dem ihre Schwester spurlos verschwunden war. Sofort war alles wieder da. Die Erinnerung griff quer durch die Jahrzehnte nach ihr. Erst die Verwunderung darüber, dass Alexandra offenbar abgehauen war, ganz ohne jemandem etwas zu sagen, selbst der kleinen Schwester nicht. Dann die aufkommende Sorge. Verdächtigungen. Auch gegen Walter, den Freund ihrer Mutter. Hatte er Alexandra etwas angetan? Vielleicht betrunken? Vielleicht früher auch schon? Hatte er sie verschwinden lassen, damit sie nichts erzählen konnte? Die Polizei begann mit einer groß angelegten Suchaktion. Die Freiwilligen Feuerwehren der umliegenden Gemeinden und Hundertschaften der Bereitschaftspolizei suchten ein Moorgebiet bei Gyhum ohne Erfolg ab. Gott sei Dank. Und dann kam der Brief aus Spanien. Alexandra schrieb, dass es ihr gut ginge. Niemand brauche sich Sorgen zu machen. Die Polizei stellte daraufhin sämtliche Suchaktionen ein. Alle dachten, irgendwann würde Alexandra wieder nach Hause kommen. Doch sie kam nicht. Und das war der andere Teil der Erinnerungen, der Julia frösteln ließ. Die vielen Jahre des Wartens, des Hoffens und der Enttäuschung.

Endlich gelang es ihr, den Blick vom Ordner loszureißen. Schnell ging sie durch die Regale zu Jan, der die Ordner Juli bis September und Oktober bis Dezember von den beiden jüngeren Jahrgängen zum Lesetisch am Eingang des Archivs geschleppt hatte. »Kennst du den Spruch: Nichts ist so alt wie die Zeitung von gestern?«, fragte er, als Julia hinter ihm stand.

Sie nickte eifrig, auch um auf andere Gedanken zu kommen und die Gespenster der Vergangenheit loszuwerden. »Weil die Nachrichten von gestern langweilig sind«, meinte sie.

Jan nickte kurz. »Aber genau das stimmt nicht. Alle Zeitungsredakteure brauchen das Archiv, um Dinge nachzuschlagen und Zusammenhänge herzustellen. Zum Teil werden ganze Teile aus alten Artikeln in neue übernommen. Nicht allein aus Faulheit, also auch, klar, aber in Wirklichkeit, weil sie noch immer aktuell sind. Viele Dinge bleiben wichtig, auch wenn sie nicht mehr ganz neu sind.«

»Was glaubst du denn, hier zu finden?«

Jan zuckte mit den Schultern. »Immerhin ist der Doppelmord in Verden passiert. Also wird auch einiges darüber in der Zeitung gestanden haben, was man woanders nicht unbedingt für wichtig hielt.«

Er wühlte die Juliausgaben durch, brauchte nicht lange, bis er den passenden Aufmacher fand. Ein Schwarz-Weiß-Foto zeigte mehrere Streifenwagen unweit von einer Waldlichtung. Dazu einen Artikel, der beschrieb, dass ein junges Pärchen offenbar beim wilden Campen überrascht worden war. Vom vorherigen Aufenthalt im Freizeitpark stand dort noch nichts. Dafür fand Jan in späteren Ausgaben Fotos der beiden Ermordeten und ein Bild vom

Zelt, mit dem sie unterwegs gewesen waren. Es gab einen Aufruf an die Bevölkerung, sich zu melden, falls jemand die Ermordeten kurz vor ihrem Tod gesehen hatte.

»Offenbar haben die Ermittler nicht ausgeschlossen, dass die beiden vorher irgendjemanden kennengelernt und den dann mit auf die Lichtung genommen haben«, sagte Jan.

»Oder sie haben jemandem von der Lichtung erzählt«, spekulierte Julia.

»Tja, aber so weit waren wir ja schon ...« Jan rieb sich kurz das Kinn.

Das Papier raschelte, während er die dünnen Seiten umblätterte. Als er den Ordner bis Ende September durchhatte, schnappte er sich den, der mit Oktober begann. Vielleicht fanden sich dort noch Neuigkeiten, oder im Jahresrückblick, Ende Dezember.

Den ersten Ordner hatte er Julia gegeben, damit sie ihn auf den Arbeitstisch legte, der für das Abheften der aktuellen Ausgaben vorgesehen war. Das Ding hatte ganz schön Gewicht, stellte sie fest, als sie den Ordner auf den Tisch plumpsen ließ. Jan hatte die Titelseite der letzten Septemberausgabe aufgeschlagen gelassen. Sie blätterte nun zurück zum Juli.

»Auch im Jahresrückblick steht nichts Neues«, meinte Jan nach einer Weile. »Nur eine der üblichen Zusammenfassungen. Es ist klar, dass die beiden mit dem Zug aus Hannover angereist sind. Dann haben sie ihr Zelt irgendwo deponiert, sind in den Freizeitpark, wo sie niemandem besonders aufgefallen sind, und sind anschließend wohl zu der Lichtung gegangen. Es gibt einen Vermerk der Polizei dazu, wie bedauerlich es sei, dass sie nicht stattdessen zum Verdener Campingplatz gegangen sind. In solchen Anlagen sei man bedeutend besser geschützt als beim wilden Campen. Na ja, und so weiter. Nichts Wesentliches dabei. Auch kein

Hinweis auf eine unerwartete Bekanntschaft mit anderen Leuten. Die Polizei geht zwar offenbar von nur einem Täter aus, aber wer weiß. Es könnten ja auch zwei oder noch mehr gewesen sein. Obwohl, dann hätte die Spurensicherung bestimmt Hinweise darauf gefunden …«

Jan klappte den überdimensionalen Ordner zu, sah zu Julia hinüber. »Hast du noch was entdeckt?«

»Weiß nicht«, sagte sie. »Vielleicht. Guck mal hier. Das ist ein Artikel über den Freizeitpark. Zwei Tage nach den Morden.«

Jan stellte sich neben sie, beugte sich leicht nach vorn. Hierbei berührte sein Gesicht fast ihre Haare. »Na, du«, flüsterte er ihr ins Ohr.

Sie sah ihn über die Schulter an und lächelte. »Na«, erwiderte sie dann.

»Das war schön vorhin.«

»Finde ich auch.«

»Ich war ein bisschen blöd hinterher.«

»Das stimmt.«

»Willst du eigentlich nachher gleich nach Hause, oder wollen wir noch was zusammen essen?«

»Wenn dein Zimmer eine Dusche mit warmem Wasser hat …«

»Glaube schon.«

»Und wenn *du* es möchtest.«

Er lächelte ihr als Antwort zu. Aus dem Nachbarraum hörten sie, wie die Finger des Sportredakteurs über die Computertastatur flogen. Als Julia den Blick wieder nach vorn richtete und auf einen Artikel deutete, folgte Jan ihrem Fingerzeig mit den Augen.

»Hier ist der Bericht über den Freizeitpark«, sagte Julia. »Er ist Teil einer Serie über Aktivitäten, die man in der Nähe unternehmen kann, um die Sommerferien besser rumzukriegen. In der

Ausgabe davor wurde ein angeblich besonders tolles Spaßbad beschrieben.«

»Und?«, meinte Jan.

»Na ja. Es steht drin, dass der Park besonders für Jüngere geeignet sei.«

»Das stimmt schon mal!«

»Genau.« Julia nickte. »Es wird aber auch die Achterbahn erwähnt. Weil die auch was für Größere sei. Und der Märchenwald wiederum sei auch was für Romantiker und Pärchen.«

»Wo steht das?«

»Hier. Hör zu! ›Wem der Sinn danach steht, der kann eine romantische Floßfahrt machen oder Händchen haltend durch den Märchenwald schlendern. Selbst ohne Riesenachterbahn oder andere Fahrgeschäfte für tendenziell Lebensmüde hat der Park auf diese Weise seine Reize. Wer einen amüsanten Tag erleben will, braucht nicht weit zu fahren. Er findet all die schönen Dinge ganz in der Nähe.‹ Was sagst du dazu?«

»Weiß nicht«, meinte Jan. »Was denn?«

Julia krauste die Nase. »Wie gesagt, das ist Teil einer Serie. Am nächsten Tag geht es um den Vogelpark in Walsrode. Der ist auch nicht sehr weit weg von Verden. Ich glaube also, da war jemand im Park, hat beobachtet und aufgeschrieben, was er gesehen hat. Vielleicht am selben Tag, als das Pärchen dort war.«

»Meinst du das wegen der Romantik und dem Händchenhalten?«

»Vielleicht.«

»Aber das könnte doch jedes x-beliebige Pärchen gewesen sein, das er da vielleicht beobachtet hat! Oder noch besser: Ihm ist womöglich nur die Fantasie durchgegangen.«

»Kann sein. Aber wenn der Autor des Artikels ein so guter Beobachter ist, vielleicht hat er dann noch mehr gesehen, vielleicht ist ihm an diesem Tag was Besonderes aufgefallen.«

»Also brauchen wir nur rauszukriegen, wer das war«, sagte Jan mit leicht spöttischem Tonfall. »Dann gucken wir zusammen mit ihm seine Aufzeichnungen von damals durch, und schon haben wir den Mörder.«

»Du bist doof. Ich erwarte ja nicht Namen und Adresse des Täters« – Julia presste kurz die Lippen aufeinander –, »allerdings ...«

»Was?«

»So blöd ist das gar nicht. Guck mal. Hier, weiter vorn, da gibt es im Text kurze Zitate von Besuchern. Alle ohne Namen. Aber, Achtung, Zitat: ‹Schelmisch grinsend erzählte ein junges Pärchen, dass es im dunklen Knusperhäuschen nicht nur Gelegenheit zum Gruseln vor der bösen Hexe gebe, man könne dort auch sehr gut heimlich knutschen.› Was sagst du dazu?«

Nachdenklich legte Jan den Kopf in den Nacken, wiederholte in Gedanken den Satz. »Das ist kein wörtliches Zitat«, sagte er mit monotoner Stimme. »Das war indirekte Rede.«

»Wie auch immer«, meinte Julia.

»Ja, wie auch immer. Lass mal sehen, von wem der Artikel ist.«

»Steht nicht drunter.«

»Doch, doch, das steht da irgendwo. Guck hier. Direkt am Anfang. Da ist ein Kürzel. Kleines S, kleines M.«

»Sven Müller«, schlug Julia vor.

Jan lächelte über die Bemerkung. »Oder Sabrina Mittermeier.«

»Fragen wir Gerd. Vielleicht hat der Autor die beiden ja wirklich interviewt und weiß sogar noch mehr.«

# 54

Das Tablet stand gegen die Nachttischlampe gelehnt und spielte eine Fernsehserie ab, in der sich eine Premierministerin in Dänemark gegen Seilschaften und Intrigen behaupten musste. Spannend. Mit einer starken Hauptfigur. Doch Charlotte sah nicht zu. Sie nahm die Bilder nur aus den Augenwinkeln wahr, und der Ton erreichte ihr Gehirn nicht. Beide Hände hielt sie über dem Bauch gefaltet, peinlich genau darauf bedacht, den unteren Rippenbogen nicht zu berühren. Eine Schmerztablette hatte sie genommen. Eine weitere wollte sie sich für den Abend aufheben. Sie dachte an die Ärztin im Krankenhaus. Sabine Oelkers.

Charlotte hatte sie erst heute kennengelernt, trotzdem war sie neben Maren die Einzige, die wusste, dass Charlotte schwanger war. Nein, nicht *trotzdem*, sondern *weil*. Weil Charlotte Sabine Oelkers nicht weiter kannte, war sie bereit gewesen, mit ihr darüber zu reden. Jemand anderem Vertrauen entgegenzubringen gehörte nicht zu Charlottes Stärken. Seit jeher.

Kein Wunder, dass Maren damals nicht mit ihr über Heinemann gesprochen hatte, denn Charlotte hatte auch Maren nie etwas von ihren Gedanken oder Gefühlen preisgegeben. Über die Jahre hatte sich dieses Verhalten sogar noch verstärkt. Eine beste Freundin zum Plaudern hatte Charlotte nicht, für Vertrauliches oder Geheimnisse schon gar nicht.

Charlotte liebte ihre Arbeit. Sie machte die Fotos für die Zeitung gern. Doch noch lieber arbeitete sie an den eigenen Fotobänden. Da konnte ihr niemand hineinreden. Und die besten Gespräche führte sie mit Männern. Aber auch da ging es immer nur um Alltägliches oder Allgemeines. Alles Persönliche behielt Charlotte für sich. Das war manchmal nicht leicht. Meistens war sie jedoch froh, am nächsten Tag oder in der nächsten Woche nicht auf Dinge festgenagelt zu werden, die sie gesagt haben sollte und womöglich sogar so gemeint hatte.

Doch dann ...

Dann hatte Jan sich in ihr Leben gemogelt. Sie wusste gar nicht mehr genau, wie das passiert war. Er hatte ein paar Nächte bei ihr geschlafen. Sie hatten Sex. Und plötzlich waren sie ein Paar.

Das war ungewohnt. Natürlich hatte sie schon früher Freunde gehabt. Aber immer nur kurz. Am besten war es, wenn sie mit zu den Männern nach Hause ging. Wenn sich alles, was so zwischen Männern und Frauen passierte, in deren vier Wänden abspielte. Dann konnte sie gehen, wann immer sie wollte. Das war viel einfacher, als jemanden aus ihrer Wohnung fortschicken zu müssen.

Dass Jan faktisch bei ihr eingezogen war, merkte sie erst, als er eines Tages nach dem Einkaufen die Tür mit seinem eigenen Schlüssel öffnete. Sie hatte ihm den Ersatzschlüssel vorher zwar gegeben, klar, aber der war irgendwie für den Notfall gedacht. Vom gemeinsamen Einkaufen zurückzukommen war kein Notfall.

Das hatte sie irgendwie gestört. Alles war so schnell selbstverständlich geworden! Manchmal lag Charlotte nachts wach und hörte Jan neben sich schnarchen. Sie schwitzte wie verrückt, obwohl der eigentliche Hochsommer noch bevorstand. Morgens nach dem Aufstehen war ihr übel, aber nicht so schlimm, dass sie die Symptome begriffen hätte. Passiert war es trotzdem.

Nun war es ihre Aufgabe, damit umzugehen. Ihre allein.

Verdammter Jan.

Erst hatte er sich in ihr Leben gestohlen. Und dann hatte er dafür gesorgt, dass sie schwanger wurde. Das hatte er gekonnt. Aber fragen, was gerade mit ihr los war, das konnte er nicht.

Als sie ihm zu verstehen gab, dass er wieder in seiner Wohnung schlafen sollte, hatte er das einfach so hingenommen. Keine Fragen nach dem Wieso oder Warum. Und dann war er abgehauen. Nach Rotenburg. Zum Recherchieren.

Auf den Punkt gebracht: Er hatte nicht um sie gekämpft. Jan hatte Charlotte losgelassen. Einfach so. Wie viel konnte sie ihm also bedeuten?

Auch beim gemeinsamen Essen am Freitagabend war es nicht anders gelaufen. Ja, sie war abwehrend und unumgänglich, vielleicht auch mürrisch zu ihm gewesen. Aber hätte er nicht umso mehr fragen müssen, warum das so war? Hatte er das getan? Nein. Stattdessen hatte er nur seine Lasagne gegessen und ein Bier getrunken.

Hallo, ich habe dir Zeichen gegeben. Frag doch mal, wie es mir geht, was mit mir los ist!

Zugegeben, zu dem Zeitpunkt wusste sie es selbst noch nicht genau. Aber es wäre vielleicht schön gewesen, es zusammen herauszufinden. Dann hätten sie zusammen auf das Ergebnis des Schwangerschaftstests warten können. Sie hätten zusammen den Schreck ihres Lebens bekommen, um sich dann zusammen zu freuen.

Aber nein, er hatte nur gekaut und Bier getrunken.

So viel zum Thema Jan Fischer.

Charlotte legte abermals die Hände auf ihren Bauch. Ihre Mundwinkel hoben sich.

»Dann stehen wir das eben allein durch«, sagte sie leise. »Du und ich, mein kleiner Untermieter. Was sagst du dazu?«

Beide Hände machten kreisende Bewegungen.

»Hörst du mich? Ich bin's: Charlotte. Deine Mama. Ich habe

zwar ganz schön Angst, das kannst du mir glauben, aber ich schaffe das schon. Ich passe auf uns beide auf. Auf mich und auf dich.«

Charlotte wusste genau, wann ihr mit absoluter Sicherheit klar geworden war, dass es keine Abtreibung geben würde. Kein Wegmachen. Der ungebetene Untermieter, dieses Kind, gehörte zu ihr. Für jetzt und ein Leben lang. Der Moment dieser absoluten Sicherheit war da, als Sören Beister sie gegen den Küchentresen geschubst hatte und sie auf die Kante der Arbeitsfläche geprallt war.

Als die Wucht des Stoßes sie bis auf den Küchenboden schleuderte, hatte sie gemerkt, wie ein Schreck durch ihre Glieder fuhr. Der Schmerz war das eine. Die Angst, dass dem Kind in ihrem Bauch etwas passiert sein könnte, war jedoch schlimmer. Als sie dem Kerl, der sie geschubst hatte, anschließend das Nasenbein mit dem Nudelholz brach, entsprang die Kraft dazu aus der Empörung über den Angriff auf *ihr* Baby.

Charlotte lächelte, fasste sich ins Gesicht, wischte eine Träne weg. Ich werde noch zur Heulsuse, dachte sie. Dann schwang sie die Beine vorsichtig aus dem Bett. Mit einem Griff schaltete sie das Tablet ab, stand langsam auf. Der Schmerz an ihren Rippen verbarg sich hinter einer Wolke aus Tramadol. Wenn sie ihn nicht allzu sehr reizte, fühlte sie sich fit genug, um den Rest des Tages nicht im Bett verbringen zu müssen. Sie wollte nicht nur herumliegen und an Jan Fischer denken. Auch nicht an Maren oder deren verrückten Mann. Sie wollte etwas für sich machen.

Nach einem kurzen Gang zur Toilette nahm sie ihre Kameratasche. Zwei Objektive mussten reichen. Das mit der normalen Brennweite und das Weitwinkelobjektiv. Die Kirche in Altenwerder, von der Petersen ihr erzählt hatte, war sicherlich groß genug, sodass sie auf das Teleobjektiv verzichten konnte.

# 55

Der Mann konnte nicht einfach nach Hause fahren, nachdem er Sören und Maren Beister erschossen hatte. Besonders die Gedanken an Maren sorgten dafür, dass sein Puls noch immer beschleunigt war. Mit ihrer Gegenwehr hatte er nicht gerechnet. Wie mutig und stark diese zierliche Person gewesen war. Danach wollte er einfach nur eine Weile vor der Wohnung von Charlotte Sander stehen und zu ihr hinaufschauen. Vielleicht zeigt sie sich mal auf dem Balkon, dachte der Mann. Das würde ihm reichen. Sie brauchte heute nicht auch noch zu sterben. Doch als er in ihre Straße einbog, sah er gerade noch, wie Charlotte in ihren Clio stieg. Für einen Moment wurde er langsamer, entschied sich dann, an ihr vorbeizufahren, zu drehen und die Verfolgung aufzunehmen. Denn da war sie wieder: seine Neugier und Spontanität. Er merkte, wie die Energie in seinen Körper zurückkehrte. Nun war er wieder auf der Jagd.

Als die beiden Fahrzeuge auf einer Höhe waren, konnte er Charlotte für einen Moment direkt ins Gesicht blicken. Sie hätte ihn auch sehen und erkennen können, ihr Blick ging jedoch geradeaus auf die Straße. Um nicht den Anschluss zu verpassen, musste er sich beeilen. Zum Wenden benutzte er die Einfahrt zu einem privaten Parkplatz. Das ging schneller, als wenn er bis zur nächsten Querstraße gefahren wäre.

Charlotte fuhr durch die Wohnstraßen zur Bundesstraße hinunter, die an Buxtehude und Stade vorbei bis an die Nordsee führte. Zwischen ihm und ihr befand sich nur noch ein dunkler BMW. Um nicht aufzufallen, ließ er sich ein Stück zurückfallen.

Die Fahrt ging an der Autobahnauffahrt in Heimfeld vorbei. Kurz danach bog Charlotte auf die Waltershofer Straße ab. Offenbar wollte sie hoch zur Elbe. Der Mann warf einen Blick nach rechts. Parallel zu ihnen verlief die Autobahn, nur etwa zehn Meter höher, weil die ganze Straße von den Harburger Bergen bis zur Elbtunneleinfahrt auf Stelzen gebaut war.

Die Straße machte nun einen Knick nach links. Charlotte bog rechts ab, fuhr ein kleines Stück weiter die Waltershofer Straße entlang und wurde dann überraschend langsamer. Eine sehr schmale Straße zweigte rechts ab. Dort hielt sie an. Der BMW hinter ihr blinkte links und überholte. So machte der Mann es auch. Während er die Stelle passierte, an der Charlottes Renault stand, sah er, dass sie etwas auf ihrem Navigationsgerät kontrollierte. Offenbar checkte sie die Straßenführung.

Vor dem Mann setzte nun der dunkle BMW den rechten Blinker und schickte sich an, ebenfalls zu halten. Das war merkwürdig. Der BMW war Charlotte ebenfalls seit ihrer Wohnung hinterhergefahren. Zunächst hatte es nach Zufall ausgesehen. Doch das mit dem Anhalten nur hundert Meter hinter der Stelle, wo sie gestoppt hatte, ließ den Mann aufmerksam werden.

Er passierte den BMW, warf dabei einen kurzen Blick nach rechts. Offenbar saß nur eine Person in dem anderen Wagen. Vermutlich männlich. Mehr war so schnell nicht zu erkennen. Auch im Rückspiegel konnte er nicht mehr feststellen. Unentschlossen fuhr der Mann weiter bis zu einem anderen kleinen Weg, der rechts abbog und unter der Autobahn hindurchführte. Auf engstem Raum wendete er, sodass er wieder auf die vorbeiführende Straße blicken konnte. Den Motor ließ er im Leerlauf.

Sollte er zurückfahren und schauen, was los war?

Die Sache wurde kompliziert.

Wer war der Typ im BMW? Ein anderer Verfolger oder gar ein Aufpasser? Hatte Charlotte etwas gemerkt? Musste der Mann nun doppelt vorsichtig werden? Sollte er vielleicht einfach nach Hause fahren und Charlotte ziehen lassen?

Während er noch diesen Gedanken nachging, passierte Charlottes kleiner Clio den schmalen Stichweg. Der Mann legte einen Gang ein, wartete aber noch ab. Und tatsächlich, wie vermutet folgte der dunkle BMW dem Clio nach etwa fünfzehn Sekunden.

# 56

Obwohl ihr Petersen den Weg zur Kirche genau beschrieben hatte, war Charlotte sich nicht ganz sicher, ob sie noch richtig war. Die Waltershofer Straße hatte einen starken Knick nach rechts gemacht. Davon hatte Petersen nichts gesagt. Außerdem wurde die Straße plötzlich recht schmal, wirkte mehr wie ein Seitenweg. Tatsächlich tauchte nach einer Weile der von Petersen erwähnte Autohof vor ihr auf. Sie bog rechts ab, sah hauptsächlich Lkw auf dem Rastplatz stehen. Nun fand Charlotte die Orientierung wieder. Der Autohof lag fast direkt unter der Autobahn und war besonders bei Fernfahrern beliebt. Auf dem Weg vom Elbtunnel zurück nach Harburg hatte sie ihn schon oft von oben gesehen.

Links von Charlotte verliefen Bahnschienen, und scheinbar überall breiteten sich Lagerhallen und Hafenanlagen aus. Das Fischerdorf Altenwerder war nach über siebenhundertjähriger Geschichte tatsächlich verschwunden. Aus wirtschaftlichen Überlegungen hatten Industrieanlagen seinen Platz eingenommen. Es gab nicht einmal mehr eine Geisterstadt. Alle Wohnhäuser waren abgerissen und die Grundstücke mit Lagerhallen zugepflastert worden.

Charlotte bog rechts ab, um zum ehemaligen Dorfkern zu gelangen. Für einen kurzen Moment verlief die Süderelbe neben ihr, dann verlor sie das Gewässer wieder aus den Augen.

Hoffentlich finde ich hier wieder raus, dachte sie, als das Navi sie erst links und nach einigen Hundert Metern wieder rechts abbiegen ließ. Doch dann sah sie den Kirchturm vor sich auftauchen und atmete erleichtert durch.

Die Kirche stand auf einem grünen Hügel, war umgeben vom ehemaligen Friedhof. Wacholderbüsche und Lorbeersträucher hatten sich wie Wachposten sporadisch auf dem Gelände verteilt. Von einer Säule, unter der sich ein Grab befand, blickte ein Engel Charlotte mit geöffneten Flügeln entgegen. Der Anblick war unweit all der Lagerhallen und Hafenanlagen skurril.

Eine Weile lang blieb Charlotte im Wagen sitzen, betrachtete die Kirche und den Friedhof durch die Windschutzscheibe. Petersen hatte nicht zu viel versprochen. Wieso sie vorher noch nie hier gewesen war, verstand Charlotte nicht. Zwar war sie im Osten der Stadt aufgewachsen, trotzdem hätte sie von diesem kleinen Wunder wissen müssen.

Als Charlotte aus dem Wagen stieg und sich die Kameratasche mit dem Wechselobjektiv über die Schulter hängte, merkte sie, wie ihr der Schweiß auf die Stirn trat. Vielleicht mutete sie sich doch zu viel zu. Sie strich sich mit der Hand über den Haaransatz, merkte, dass auch dieser verschwitzt war, und entschied, nur ein paar Aufnahmen zu machen. Für weitere Bilder wollte sie an einem anderen Tag wiederkommen. Auch die Lichtverhältnisse spielten bei dieser Entscheidung eine Rolle, denn der Himmel verdunkelte sich zunehmend. Eine Regenfront, die aus dem

Südwesten kam, kündigte sich mit einer schnell wachsenden Wolkenschicht an. Doch noch lag die Kirche im Sonnenschein.

Auf das Weitwinkelobjektiv verzichtend machte Charlotte einige Aufnahmen, umrundete die Kirche in einem Abstand von etwa fünfzig Metern. Um die Windräder, die in einiger Entfernung hinter dem Hauptgebäude aufragten, richtig ins Bild zu bekommen, würde sie noch weiter zurückgehen müssen. Doch das Stechen in ihrer linken Seite ließ sie auch dieses Vorhaben auf einen anderen Tag verschieben. Stattdessen ging sie den grünen Hügel hinauf und näherte sich dem Kirchenportal.

Nur ein kleines Stück weiter, von einem Mauervorsprung verborgen, sollte es einen Nebeneingang geben. Petersen hatte ihr eine ziemlich gute Beschreibung gegeben. Charlotte suchte das Mauerwerk neben der Seitentür ab, fand tatsächlich den alten Schlüssel in einer Ritze. Sie nahm ihn in die Hand, zögerte nur kurz, steckte ihn dann ins Schloss und öffnete die Tür.

Das Kircheninnere war von erhabener Schönheit. Die Konstruktion wurde dominiert von weißen Säulen auf beiden Seiten. Zwischen ihnen verliefen im oberen Stockwerk weiße Emporen. Nur die Säulen auf beiden Seiten des Altars bestanden aus dunklem Marmor. Der Altar selbst erstrahlte ebenfalls in Weiß, wurde beherrscht von der in der Mitte angebrachten Kanzel. Weiter vorn stand das Taufbecken. Diese Schlichtheit und die klare Struktur waren es, die der Kirche ihre Würde verliehen. Mehrere Minuten stand Charlotte unbeweglich im Mittelgang, erst dann machte sie einige Fotos.

Anschließend ging ihr Blick hoch zur Orgel, die sich auf der westlichen Empore befand. Dort musste der junge Petersen früher gesessen und gespielt haben, wenn er die Kirche ganz für sich allein hatte. Charlotte konnte bei dieser Vorstellung beinahe die Musik hören. Für den Jungen war es gewiss ein fantastisches Erlebnis. Umso schlimmer, dass er sein Heimatdorf auf derart unschöne Weise verloren hatte.

Charlotte kletterte langsam den Aufgang zur westlichen Empore hinauf. Sie betrachtete es als Klettern, weil ihr jeder Schritt Probleme beim Atmen bereitete. Dass sie am Morgen noch locker unzählige Meter im Schwimmbecken zurückgelegt hatte, schien ihr jetzt unbegreiflich.

Die Orgel passte mit ihrer schlichten Eleganz gut zum Rest der Kirche. Die Klaviatur und die Register waren integrierter Bestandteil des riesigen Instruments und lagen verborgen hinter den in drei Kästen eingefassten vorderen Pfeifen.

Charlotte trat hinter die Kästen und setzte sich auf den dort stehenden Hocker, um Atem zu holen.

Als sie die Kirche betreten hatte, hatte sie ein kurzes »Hallo« in den Raum gesprochen, um den Hall zu prüfen, doch danach hatte sie sich so lautlos wie möglich verhalten. Deshalb fuhr sie umso mehr zusammen, als nun ihr Name von unten laut gerufen wurde. Überrascht und ein wenig eingeschüchtert stand sie auf und blickte am Orgelaufbau vorbei nach unten.

»Charlotte? Bist du hier?«

»Ja«, antwortete sie.

Die Stimme unten gehörte Petersen. Charlotte konnte ihn im Mittelgang stehen sehen. Sie winkte kurz, und er nickte ihr zu. Natürlich war es Petersen. Er war ja der Einzige, der wusste, dass sie hier sein konnte. Aber hatte er ihr nicht gesagt, dass er seit über vierzig Jahren nicht mehr in der Kirche war? Wieso dann heute? Wegen ihr? Weil er durch das gemeinsame Gespräch am Vormittag auf die Idee gekommen war? Weil im Moment alles im Wandel und es vielleicht Zeit war, sich mit der eigenen Vergangenheit zu beschäftigen? Was auch immer der Grund war, Charlotte freute sich, ihren Chefredakteur zu sehen.

»Ich komme hoch«, sagte er, und sie glaubte ihn lächeln zu sehen. Dann wandte er sich um und verschwand aus ihrem Sichtfeld.

# 57

Jan stand auf der einen Seite von Gerd Schneiders Schreibtisch, Julia auf der anderen. Ihre Haare schimmerten noch immer feucht vom Regen, und Jan verlor sich einen Moment in Gedanken, die so gar nichts mit ihrer Frage an den Sportredakteur zu tun hatten. SM war das Kürzel, nach dem Julia sich gerade bei Schneider erkundigte. Der schob seinen Stuhl ein Stück zurück.

»Simone Meinhardt fällt mir da ein«, sagte er, schüttelte dann den Kopf. »Nee, die war da ja noch lange nicht verheiratet. Und vorher hieß sie, Moment, ich komm gleich drauf ... Nee, ist weg. Aber nichts mit M.«

»Simone Meinhardt«, wiederholte Julia.

»Nein, nein«, wehrte Schneider ab. »Knoop. Ja, die hieß damals noch Knoop. Also nichts mit sm. Das muss ein anderer gewesen sein. Petersen war damals hier Chefredakteur. Den könntet ihr also auch noch fragen.«

»Petersen?«

»Ja, Urlaubsvertretung oder Krankheitsvertretung. Unser Chef damals war oft krank. Oft nicht da. Und weil Petersen beim Bremer einen guten Stand hatte, haben sie ihn hier öfter mal den Laden schmeißen lassen. Hatte ich doch schon erzählt.«

»Nicht so genau«, meinte Jan. »Ich dachte irgendwie, er sei schon immer beim Harburger Tageblatt gewesen. Ist natürlich

Quatsch. Schließlich hat jeder Mensch ein Vorleben. Aber dass er hier Urlaubsvertretung gemacht hat, hast du vorhin tatsächlich erzählt.«

»Na, siehst du. Bin ich doch nicht ganz so vergesslich wie gedacht.« Schneider lachte zufrieden auf, sah dann Julia an. »Aber was ist denn mit diesem sm?«

»Er oder sie hat einen Artikel über den Freizeitpark hier geschrieben. War Teil einer Sommerserie. Ferientipps für Daheimgebliebene«, erklärte Julia. Dann übernahm Jan das Wort: »Der Artikel erschien nur zwei Tage nach den Morden auf der Waldlichtung. Wir dachten, vielleicht war sm am selben Tag wie die beiden Ermordeten im Park. Und vielleicht hat er als guter Beobachter etwas gesehen, vielleicht sogar notiert, was wichtig sein könnte.«

»Und zwar?«

»Na ja, vielleicht Namen. Wenn er Leute interviewt hat, wäre das gut möglich. Vielleicht hat er auch Fotos gemacht.«

Schneider schüttelte den Kopf. »Und das Zeug soll er, oder sie, noch immer haben? Nach zwanzig Jahren? Wie lange bewahrst du denn deine Notizen auf?«

*»Touché!«*

Schneider lächelte. »Also, tut mir leid«, sagte er dann. »Aber ich glaube, das bringt euch nicht weiter.«

»Schade«, meinte Jan. »Na ja, dann wären wir wohl durch, was?«

Julia stimmte nickend zu. Sie hatten im Archiv mit ihren Smartphones Fotos von den Artikeln gemacht, die sich mit der Ermordung der beiden Camper und der anschließenden Ermittlungsarbeit der Polizei beschäftigten. Es gab somit keinen Grund, Schneider länger von der Arbeit abzuhalten.

Er begleitete seine beiden Besucher zurück zur Hintertür, um hinter ihnen abzuschließen. Jan bedankte sich noch einmal überschwänglich für seine Hilfe, besonders weil Sonntag war, und Julia für das Handtuch, mit dem sie sich die Haare trocknen konnte.

»Ach, jetzt haben wir die Kaffeebecher im Archiv stehen gelassen«, fiel Jan plötzlich ein. Schneider meinte, das sei nicht schlimm, er würde sich nachher darum kümmern.

»Aber grüß den Wolfgang Petersen schön«, bat er an der offenen Tür.

»Kai«, korrigierte Jan erneut.

»Ja, klar. Kai Petersen. Und auch Matthias, diesen Jungschreiber, den er mit nach Harburg genommen hat.«

»Wen?«, fragte Jan.

»Matthias. Der war damals bei uns Volontär. Also, eigentlich beim Bremer. Aber wir sind hier für die Volontäre eine Außenstation. Ihr wisst doch, wie das läuft. Das meiste passiert im Haupthaus, dann die Journalistenschule und die Außenstationen. Matthias war damals auch hier. Zusammen mit Petersen. Ja, ich glaube, das war derselbe Sommer. Und als Petersen dann nach Harburg ist und Matthias sein Volo beendet hat, hat Petersen ihn auch nach Hamburg geholt. Bei den beiden hat die Chemie eben gestimmt. Gibt's ja beim Fußball auch oft«, brachte Schneider sein Spezialgebiet mit ein, »dass ein Trainer den Verein wechselt und gleich einen oder zwei Lieblingsspieler mitnimmt.«

Jan blickte kurz nach oben, sagte dann leise: »Matthias Schultheis.«

»Ja, genau, Matthias Schultheis«, stimmte Schneider zu.

Keiner von beiden bemerkte, dass Julia neben ihnen erstarrte, als der Name fiel. Erst als sie sich endgültig verabschiedet hatten und wieder zu zweit durch die Fußgängerzone und dann durch die schmale Gasse zum Parkplatz gingen, stellte Jan fest, dass mit ihr etwas nicht stimmte. Bis dahin war er selbst zu sehr mit seinen Gedanken beschäftigt.

Petersen hat also Schultheis nach Harburg geholt, dachte er, ohne es zu verstehen. Denn Schultheis war für ihn kein guter Journalist. Das konnte natürlich auch daran liegen, dass die »Chemie«, wie Schneider es ausgedrückt hatte, vielleicht mit Petersen, aber noch nie zwischen Jan und Schultheis gestimmt hatte.

»Was ist?«, fragte Jan, als er endlich merkte, dass Julia ganz still geworden war. Er sah sie von der Seite an.

»Nichts.«

»Doch, du hast was.«

Die junge Frau blieb stehen. Plötzlich sah sie in ihren nassen Sachen ganz klein aus. Leise sagte sie, dass auch sie Matthias Schultheis kenne. »Er hat früher in Gyhum gewohnt. Nur drei Straßen weiter. Und er ist mit meiner Schwester in eine Klasse gegangen.«

## 58

Innerhalb weniger Sekundenbruchteile fügte sich in Jans Vorstellung ein komplexes Bild zusammen. Seine anschließenden Gedanken waren ungeheuerlich, aber dies war er, der persönliche und direkte Bezug, der bisher gefehlt hatte und nun alles veränderte.

Matthias Schultheis war ein Schulfreund von Alexandra Harms gewesen. Sie besuchten gemeinsam das Gymnasium in Rotenburg, erzählte Julia. Sie fuhren oft zusammen mit dem Bus, morgens hin, mittags zurück, machten im selben Jahr das Abitur, und im Sommer verschwand Alexandra dann.

Auch Silvia Keller besuchte damals dieselbe Schule, dachte Jan. Nur einen Jahrgang tiefer. Silvia feierte mit ihren Freunden Partys am Bullensee, vermutlich an derselben Stelle wie im Jahr zuvor die Abiturienten auch. So ergab alles einen Sinn.

Der junge Matthias Schultheis kannte den See. Er kannte die Gepflogenheiten der anderen. Er wusste, wo sich kleine Gruppen bilden konnten. Die Partys und Treffen fanden meistens an denselben Stellen statt.

Deshalb brauchte er nur im Wald zu warten, bis sich jemand von den anderen zurückzog. Silvia Keller war zum Urinieren in den Wald gegangen. Und wegen des Streits mit ihrem Freund hatte sie sich weiter als gewöhnlich von den anderen entfernt. Das war die Gelegenheit, auf die ihr Mörder gewartet hatte. Für Jan war dieser Gedanke zwingend.

Zudem sah Silvia Keller der ein Jahr zuvor verschwundenen Alexandra Harms sehr ähnlich. Wenn Matthias Schultheis also der Mörder von Silvia Keller war, dann ließ dies unmittelbar auf das schließen, was er mit Alexandra gemacht hatte. Nur dass er bei Alexandra mehr Zeit hatte, sie verschwinden zu lassen. Einmal auf den Geschmack gekommen, könnte er sein Tun danach einfach nur fortgesetzt haben.

Er hätte Tanja Tsachek und Sascha Richter ein Jahr später im Verdener Freizeitpark treffen können. Als Volontär in der Außenstation beim Lokalblatt hatte er die wenig spannende Aufgabe haben können, eine Serie mit Ferientipps für Daheimgebliebene zu schreiben. So könnte es gewesen sein.

Das Kürzel des Autors waren Schultheis' umgedrehte Initialen. Irgendwo im Park traf sm vermutlich auf das Pärchen aus Hannover. Die jungen Leute ließen sich von ihm interviewen, erzählten, wo sich im Park die besten Stellen zum heimlichen Knutschen befanden, und waren dann auch noch so vertrauensselig, dem jungen Mann mit dem Notizblock von ihrem Zeltplatz im Wald zu erzählen.

Schien das so weit logisch? Ergab das alles wirklich Sinn?

Jans Verstand schrie laut Ja. Und wenn alles bis hierher nur Zufall gewesen sein könnte, dann endete diese Kette von Zufällen mit dem Tod von Fiona Fenske.

Das Mädchen, das beim Hamburger Tankhafen gestorben war, wurde mit einem Schraubendreher getötet. Mit einem Schraubendreher wurden auch Tanja Tsachek und Sascha Richter ermordet. Und wieder befand sich Matthias Schultheis im Umfeld des Verbrechens. Er kannte auch die Gegend am Hafen.

Als Jan am nächsten Tag mit Olaf zum Tatort gefahren war, hatte ihm der Fotograf erzählt, dass Schultheis einen Bericht über den dort stattfindenden Hafenausbau geschrieben habe und über die Blindgänger aus dem Zweiten Weltkrieg, die dabei gefunden wurden. Schultheis war also schon früher vor Ort gewesen. Er kannte die abgelegene Stelle, an der Fiona Fenske später den Tod fand.

Das war der letzte Teil der Indizienkette. An dieser Stelle wurde sie quasi geschlossen und verknotet. Beweise? Das waren Dinge, um die sich die Polizei würde kümmern müssen. Das war nicht Jans Aufgabe. Es reichte, dass er in diesem Moment wusste, was geschehen war. Alles hatte sich in seinem Kopf zu einem Ganzen zusammengesetzt.

»Ich muss sofort zurück nach Hamburg!«, sagte er mit zitternder Stimme zu Julia. »Matthias Schultheis ist ein Kollege von mir. Er hat mir die Idee in den Kopf gesetzt, mich mit der Mordserie in Rotenburg und Verden zu beschäftigen. Einer Mordserie, bei der vorher niemand wusste, dass es sich überhaupt um eine Serie handelt. Selbst die Polizei nicht. Und das hat er nicht ohne Grund getan. Da ist was am Laufen. Kann ich mir deinen Wagen leihen? Ich muss sofort los.«

Julia zögerte. »Aber nur, wenn ich mitkommen darf.« Ihre Augen bekamen einen flehenden Ausdruck.

»Ich würde lieber allein fahren«, sagte Jan.

»Keine Chance. Ich will mit. Ich muss wissen, was er mit Alexandra gemacht hat.« Panik und Entsetzen spiegelten sich auf ihrem Gesicht.

Auch sie begriff offensichtlich, was das alles bedeutete. Die anderen Opfer waren ihr jetzt bestimmt nicht mehr so wichtig. Sie dachte nur an ihre ältere Schwester. Der letzte Funken Hoffnung, dass Alexandra doch irgendwo anders ein glückliches Leben führte, musste gerade wie ein runtergebranntes Lagerfeuer sein, das jemand noch einmal angepustet hatte, bevor es für immer erlosch.

Jan nickte.

Als sie neben dem Golf standen, bot er an zu fahren.

»Geht schon«, wehrte Julia ab, obwohl sie fahrig wirkte.

»Sicher?«

»Na los, steig ein.«

Jan hasste den meist quälend langsamen Berufsverkehr in Hamburg, doch an diesem Nachmittag musste er feststellen, dass Sonntagsfahrer noch viel schlimmer waren.

# 59

Kurz nachdem Petersen sich umgedreht und zu den Emporenaufgängen gewandt hatte, vernahm Charlotte ein dumpfes Geräusch, ein Stöhnen und ein weiteres Geräusch, das sich anhörte, als sei ein Gegenstand zu Boden gefallen. Nervös blickte sie das Kirchenschiff entlang, konnte jedoch nichts weiter sehen. Einen Augenblick lang überlegte sie, ob sie nach Petersen rufen sollte, dann erklangen langsame Schritte auf der Treppe. Sie ging den Schritten entgegen, merkte bald, dass, wer auch immer die Treppe heraufkam, die gegenüberliegende Empore gewählt hatte. Sie blieb kurz am Absatz stehen, schlich dann, so leise es ging, die Holzstiege hinunter. Ein inneres Warnsignal hatte sie aufgeschreckt und dazu veranlasst, eher zu schleichen als zu gehen. Unten sah sie, dass ihr Gefühl sie nicht getrogen hatte. Petersen lag mit einer hässlichen Kopfplatzwunde am Boden. Er war *der Gegenstand*, der zu Boden gefallen war.

Mit pochendem Herzen legte Charlotte einen Finger unter seine Nase, fühlte einen leichten Luftstrom, während er atmete. Sofort ging die andere Hand zum iPhone in ihrer hinteren Hosentasche. Doch aus Angst, von demjenigen gehört zu werden, der sie schon geschnappt hätte, wäre er nicht auf die falsche Empore gestiegen, wagte sie nicht, das Telefon zu benutzen. Stattdessen schlich sie ein kleines Stück zurück in die Kirche und linste zur östlichen Empore hinauf.

Ein Mann lächelte sie an.

# 60

Jan und Schultheis hatten sich fast jeden Tag am Schreibtisch gegenübergesessen. Wie merkte man da nicht, dass man einen Serienmörder vor sich hatte? Stumm schüttelte Jan über sich selbst den Kopf.

Schultheis war verheiratet, er hatte einen Sohn. Das konnte doch alles nicht sein.

Was ging in diesem Mann vor? Hatte er das Ganze geplant oder sich aus Versehen in diese Situation gebracht? Er musste doch damit rechnen, dass Jan hinter sein Geheimnis kam, als er ihn nach Rotenburg geschickt hatte! Wie betrunken war sein Kollege in diesem Moment gewesen? Dann fiel Jan ein, dass Schultheis überhaupt keinen Wein getrunken hatte. Er hatte den ganzen Abend lediglich ein Glas Selters mit einer Zitronenschale darin vor sich stehen gehabt. Schultheis hatte Jan also mit voller Absicht nach Rotenburg geschickt. Aber warum?

Viele Täter sind hinterher erleichtert, wenn man sie endlich erwischt hat, hatte Simone Jonker Jan erzählt.

Wollte Schultheis erwischt werden? Wollte er, dass Jan ihn enttarnte und das Morden so ein Ende nehmen würde? Ein Morden, das er zwanzig Jahre lang unterbrochen hatte.

Aber wieso hatte er Jan dann von der Keks-Millionärin erzählt? Die Tat hatte er nicht begangen, sie gehörte zu keiner Mordserie. Wollte er dem Schicksal überlassen, ob Jan ihm trotzdem auf die Spur kam?

Oder sollte Jan hinter Schultheis' wahres Ich kommen, bevor

er ihn dann auch ermorden wollte? Dann wäre es eine Art perverses Spiel zwischen zwei Männern gewesen, die sich gegenseitig nicht leiden konnten.

*Charlotte.*

Wenn Schultheis Jan etwas antun wollte, dann würde er vielleicht mit Charlotte beginnen. Der Gedanke stand plötzlich kristallklar vor Jan. Er konnte Charlotte umbringen und darauf setzen, dass nur er und Jan wussten, wer es getan hatte.

Übelkeit stieg in Jan auf. Er holte sein Smartphone aus der Tasche und wählte Charlottes Nummer.

»Momentan nicht erreichbar«, sagte Jan leise.

»Wer?«, fragte Julia.

»Charlotte«, erwiderte er. Dann suchte er die Nummer von Schultheis heraus. War das vernünftig? Sollte er mit seinen Rechercheergebnissen nicht gleich zur Polizei gehen? Aber würden die ihm glauben? Und wie lange würde das dauern? Er hatte keine Zeit für Erklärungen. Er musste handeln. Also ließ er den Finger auf das Display sinken. Schultheis' Nummer wurde gewählt.

Es klingelte dreimal, dann ging die Mailboxansage an. Eine sterile Stimme sagte ihm, mit welcher Nummer er verbunden war. Jan beendete den Anruf und wählte erneut dieselbe Nummer. Manchmal ließen sich die Leute gern mehrfach bitten. Doch wieder nur die Mailbox. Er überlegte kurz, wählte dann ein drittes Mal.

»Apparat Schultheis. Staube hier«, hörte er plötzlich.

»Wolfgang?«

»Ja. Und wer ist da?«

Jan war überrascht, mit dem Sportredakteur vom Harburger Tageblatt zu sprechen. »Hier ist Jan. Ist Schultheis bei dir?«

Man konnte hören, wie der Mann am anderen Ende kurz lächelte, denn seine Stimme wurde heller, als er Jan mit einem

»Hallo« begrüßte. »Nein. Er hat nur mal wieder sein Telefon hier liegen lassen.«

»Mal wieder?«

»Ja, passiert ihm öfter. Etwas schusselig, der Gute.«

»Und du weißt nicht, wo er ist?«

»Nein.«

»Ist Petersen da?«

»Hast du auch verpasst. Er war wohl den ganzen Vormittag hier. Ist aber irgendwann nach Hause.«

»Charlotte?«

»Auch nicht. Bin mal wieder ganz allein. Aber kein Mitleid, bitte.«

Jan konnte auf den Scherz nicht einsteigen. Mit knappen Worten beendete er das Gespräch. Zu diesem Zeitpunkt fuhren sie gerade durch Rotenburg. Jan sah sein Hotel links am Straßenrand liegen.

»Kannst du etwas schneller fahren?«, bat er Julia.

## 61

Sie hatten direkten Blickkontakt. Der Mann war über einen Meter neunzig groß, hatte kurze schwarze Haare und war, soweit sie es von der Hüfte aufwärts beurteilen konnte, auffallend gut gekleidet.

»Da bist du ja, Charlotte«, sagte er mit leicht erhobener Stimme. Er hob die rechte Hand. »Schau mal, was ich dir mitgebracht habe!«

Es war ein Revolver. Nur ein paar ineinandergesteckte Metallteile mit hölzernem Griff. Eigentlich nichts, was einen beunruhigen müsste. Nur die schwarze Öffnung am Ende des Laufs und die langsame Bewegung, mit der diese sich auf Charlotte richtete, ließen sie die Luft anhalten. Ruckartig zog sie den Kopf zurück und drehte sich herum.

Mit wenigen Schritten war sie an Petersen vorbei, griff zur Türklinke. Es tat ihr leid, den Chefredakteur so liegen zu lassen, doch am meisten konnte sie ihm helfen, wenn sie erst einmal dem Kerl mit dem Revolver entkam.

Für einen kurzen Augenblick fürchtete Charlotte, die Tür könnte verschlossen sein, doch sie ließ sich ganz leicht aufstoßen. Nur die Stufe vor dem Eingang übersah sie, stolperte und landete auf den Knien.

Sofort jagte ihr der Schmerz wieder durch die Rippen, so als habe er die ganze Zeit nur auf eine Gelegenheit gewartet, sich wieder zu zeigen. Die Kameratasche mit der teuren Fotoausrüstung lag neben Charlotte auf dem Boden. Einem Impuls folgend griff sie danach, begriff dann, dass die zusätzliche Last ein Fehler wäre.

Stöhnend stützte sie sich mit den Händen auf dem Kiesweg ab, zog dann ein Knie an und stemmte sich ohne die Kameratasche nach oben. Schnell warf sie einen Blick zurück. Wie viel Zeit hatte der Sturz sie gekostet? Fünf Sekunden? Zehn? Wie lange würde der fremde Mann brauchen, um die Holzstiege wieder herunterzukommen? Von dort, wo er gestanden hatte, vielleicht dreißig Sekunden?

Charlotte blickte zu ihrem Auto. Es war am unteren Ende des Grashügels geparkt. Zwanzig Sekunden, schätzte sie, würde sie brauchen, um es zu erreichen – wenn sie ohne Handicap liefe. Mit den Schmerzen: Das würde sich zeigen.

Es war mehr ein Stolpern als ein Laufen. Aber Charlotte kam vorwärts. Sie biss die Zähne zusammen, befahl dem Schmerz in ihren Rippen, sich zurückzuhalten, und war schon fast beim Wagen, als sie hörte, wie hinter ihr jemand die Stufe vor der Nebentür hinuntersprang. Fast gleichzeitig nahm ihr Bewusstsein einen dunklen BMW wahr, der quer hinter ihrem Clio stand und den Weg zur Straße versperrte.

Der Mann von der Empore war nicht zufällig hier. Er wusste, wie sie hieß. Und mit dem quer gestellten Auto hatte er Vorkehrungen gegen eine Flucht getroffen. Aber wer war er? Sie hatte ihn vorher noch nie gesehen.

Charlotte fingerte den Wagenschlüssel aus der Hosentasche, schaffte es mit zitternden Händen, die Tür zu öffnen, und warf sich hinter das Lenkrad. Jeden Moment rechnete sie damit, dass eine Kugel durch die Scheibe schlagen würde. Doch der Fremde ließ sie den Motor starten, ohne zu schießen. Dafür sah sie, wie er sich lächelnd in nur zwanzig Metern Entfernung vor dem Auto aufbaute. Breitbeinig stellte er sich hin, hob beide Hände und zielte auf die Windschutzscheibe.

Charlotte schoss das Blut in den Kopf. Die Ader auf ihrer Stirn pochte. Ihr Herz raste. Weil sie nicht zurück zur Straße konnte, legte sie, ohne lange nachzudenken, den ersten Gang ein und drückte das Gaspedal durch. Als sie die Kupplung losließ, machte der kleine Wagen fast einen Satz vorwärts. Erst spritzte Kies auf, dann Gras und Erde. Sie hielt genau auf ihren Gegner zu, benutzte ihren Wagen als einzige Waffe, die sie hatte.

Der Mann rührte sich nicht vom Fleck, zielte immer noch auf sie. Schreiend warf sich Charlotte mit dem Oberkörper auf den Beifahrersitz, hielt das Steuer weiterhin mit einer Hand umklammert und drückte das Gaspedal so weit durch, dass sie fast einen Krampf im Bein bekam.

Etwas krachte kurz gegen die Karosserie – und das Wunder war geschehen. Offenbar hatte sie, während sie das Lenkrad leicht nach rechts verzog, genau in die Richtung gelenkt, in die der Kerl sich mit einem Sprung in Sicherheit bringen wollte. Als sie sich wieder aufrichtete, bemerkte sie, dass der rechte Außenspiegel abgerissen war. Für einen Moment blickte sie über die Schulter nach hinten, sah, wie der Mann ein Stück über den Rasen rollte und dann liegen blieb.

Was Charlotte als Nächstes sah, war der Stamm einer Birke, der wie ein durchgegangenes Pferd im Galopp auf sie zuzuspringen schien. Ihr Fuß berührte noch nicht einmal die Bremse, als die Front des Wagens an dem Hindernis zerschmettert wurde. Der Stamm hielt stand, während sich einige Teile des Motors um ihn herumbogen, andere in die Fahrerkabine gedrückt wurden. Charlotte schrie auf. Ihre Beine wurden gequetscht, gleichzeitig schlug sie mit Brust und Gesicht gegen einen sich explosionsartig öffnenden Airbag.

Unglaublich lange Sekunden glaubte Charlotte, bewegungsunfähig in der Fahrerkabine eingeklemmt zu sein. In ihrer Vorstellung sah sie ihren Gegner in aller Ruhe auf den Wagen zugehen und sie mit seinem süffisanten Gesichtsausdruck durch das Seitenfenster erschießen. Doch so leicht wollte sie es ihm nicht machen.

# 62

Der Engländer schien einen Glückstag zu haben. Seine Zielperson war mit einem billigen Kleinwagen in ein abgelegenes Industriegebiet gefahren und hatte dort angefangen, Fotos von einer Kirche zu machen. Als sie auf eine Nebentür zuging und diese nach einer Weile öffnete, platzierte der Engländer seinen teuren BMW quer hinter dem kleineren Renault. Nur zur Sicherheit. Etwas abseits stand ein alter Mercedes. Den musste der Engländer im Hinterkopf behalten. Vielleicht waren Spaziergänger in der Nähe unterwegs, oder Besucher des Friedhofs.

Sein Blick suchte die Umgegend ab. Niemand war zu sehen. Alles lag in völliger Sonntagsruhe da. Dann folgte der Engländer der Frau in die Kirche.

Das Gebäude war kühl und strömte einen unpersönlichen Geruch aus. So rochen nur Bauten, in denen niemand wohnte. Leise stellte der Engländer sich neben eine Mauer und lauschte. Seine elegante Hose und die geschmackvolle Jacke passten gut in das Umfeld.

Offenbar war Frau Sander nach oben gegangen.

Der Engländer beschloss, hier unten auf sie zu warten. Er wollte ihr, sobald sie die Treppe wieder herunterkam, den Revolver zeigen und sie zwingen, mit ihm zu kommen. Er hatte auf dem Hinweg Bahnschienen gesehen. Obwohl Sonntag war, setzte er auf dortige Rangierarbeiten. Er würde sie ein paar Fotos von der Bahnanlage machen lassen, sie dann niederschlagen und auf einen Güterzug warten. Alles würde nach einem Unfall aussehen. Eine unvorsichtige Fotografin lief nicht autorisiert über Bahngleise. Ein Güterzug näherte sich, ohne dass sie ihn bemerkte. Und dann: ein tragischer Unfall. Kohlmann würde mehr als zufrieden mit der Lösung sein.

Aber der Plan ging nicht auf. Ein dicker Kerl, Mitte sechzig, kam plötzlich durch die kleine Nebentür herein. Der Engländer musste sofort an den Mercedes denken, den er draußen gesehen hatte. Offenbar hatte der Kerl einen Spaziergang gemacht und wollte sich jetzt noch die Kirche ansehen.

Der Mann ging zielstrebig zum Hauptgang des Kirchenschiffs

und rief nach oben. Daran, dass die Fotografin hier mit jemandem verabredet sein könnte, hatte der Engländer nicht gedacht. Aber er schaffte es, die Situation zu retten, indem er lautlos hinter den älteren Mann trat und ihm eins mit dem Revolvergriff überzog. Ohne dass dieser seinen Angreifer zu Gesicht bekommen hatte, sackte er mit einem Stöhnen in sich zusammen.

Fehler Nummer eins, wie er sich selbst eingestehen musste. Der Engländer hätte einfach verschwinden und an einer anderen Stelle Charlotte Sander auflauern sollen. Durch den Angriff auf den älteren Mann würde das Vortäuschen eines Unfalls nur noch bedingt funktionieren. Doch er wollte seinen Auftrag unbedingt schnell erledigen. Und der abgelegene Ort hier schien ihm dafür ideal.

Fehler Nummer zwei beging er, als er nicht länger unten warten wollte. Es war eine Fünfzig-zu-fünfzig-Chance, doch er wählte den falschen Treppenaufgang. Erst als er oben war und Charlotte Sander nicht entdecken konnte, wusste er, dass sie ihn ausgetrickst hatte. Er sah über die Balustrade hinweg nach unten und direkt in ihre Augen. Um sie einzuschüchtern, hob er den Revolver. Sollte sie ruhig in Panik geraten. Wer in Panik war, konnte nicht richtig denken.

Er stieg die Treppe wieder hinunter, war jedoch darauf bedacht, nicht zu stolpern. So brauchte er etwas länger als unbedingt nötig, war aber noch rechtzeitig aus der Kirche hinaus, um zu sehen, wie die Fotografin zu ihrem Auto lief. Schnell erkannte er, dass sich die Vorsichtsmaßnahme mit dem quer gestellten BMW nun auszahlte. Charlotte Sander konnte nicht rückwärts zur Straße fahren, und für ein Wendemanöver standen zu viele Büsche im Weg. Es blieb ihr also nichts anderes übrig, als die Flucht über das Friedhofsgelände zu versuchen.

Kühl berechnete der Engländer ihren vermutlichen Fluchtweg

und platzierte sich in der Mitte. Er hob die Waffe, wollte, dass sie unkontrolliert Gas gab, so vielleicht die Kontrolle über den Wagen verlor und gegen einen der Grabsteine krachte. Je nachdem, wie schwer der Unfall ausfallen würde, plante er, ihr im Auto den Rest zu geben. Ein Genickbruch bot sich an. Ein rätselhafter Tod. Auch damit konnte Kohlmann zufrieden sein.

Aber auch dieser Plan funktionierte nicht richtig. Die blöde Kuh verzog das Steuer genau in dem Moment, als er sich entschieden hatte, zu welcher Seite er springen wollte. Der verdammte Kotflügel streifte ihn, und der Außenspiegel fetzte davon. In Fetzen war auch der Ärmel seiner schönen Jacke. Das bemerkte der Engländer sofort, nachdem er sicher war, nicht schwer verletzt zu sein. Für einen Augenblick hatte er die Übersicht verloren, dann stellte er grinsend fest, dass seine Idee doch noch funktioniert hatte. Der Clio stand rauchend und knackend an einem Baumstamm.

# 63

Charlotte schaffte es nach etwa einer Minute der Orientierungslosigkeit, sich relativ leicht über die Rücksitzbank zur Hintertür vorzuarbeiten, diese zu öffnen und sich aus dem Auto plumpsen zu lassen. Ihr erster Blick galt dem Mann, den sie angefahren hatte. Er lag noch immer am Boden – genau wie sie. Aber er bewegte sich schon wieder.

Wer war er? Warum war er hinter ihr her? Wollte er sie wirklich umbringen oder ihr aus irgendeinem Grund nur mächtig Angst einjagen? Charlotte hatte keine Zeit, über solche Dinge nachzudenken. Und der Ort für ein klärendes Gespräch war hier auch nicht.

Vor Schmerz aufschreiend, schaffte sie es erneut, auf die Beine zu kommen. Charlotte sah, dass der Fremde zwischen ihr und der Straße lag. Deshalb blieb ihr nichts anderes übrig, als sich umzudrehen, in Richtung des Grünstreifens, der den Friedhof und das gesamte Kirchengrundstück umgab. Sie entdeckte Bäume und dachte an Schutz. Die meisten von ihnen waren Birken. Birken waren immer die Ersten, die sich auf einem Gelände, das nicht mehr von Menschen genutzt wurde, durchsetzten. Unermüdlich schossen sie aus dem Untergrund, bildeten schon kleine Wäldchen, noch bevor Eichen oder Buchen ihre ersten Triebe bildeten.

Charlotte wusste, dass diesmal wirklich etwas in ihr kaputtgegangen war. An der Stelle, wo das Lenkrad und der Airbag ihren Oberkörper getroffen hatten, konnte sie den Schmerz nicht einmal mehr differenzieren. Es fühlte sich alles wie in Flammen an. Auch ihre Beine schmerzten ganz furchtbar. War ihre Flucht aus der Kirche ein Stolpern gewesen, so konnte sie jetzt nur noch mühsam hinken.

Erleichtert erreichte sie die Bäume. Hier würde eine Kugel sie zumindest nicht sofort treffen. Aber sie durfte sich nicht ausruhen, musste weiter. Von der Herfahrt wusste sie, dass es jenseits des schmalen Wäldchens zu der Straße ging, die parallel zur Autobahn verlief. Vorhin war sie die Straße selbst entlanggefahren. Wenn es Hilfe gab, dann da.

Wieder dachte sie an ihr iPhone. Ächzend blieb sie stehen, blickte auf das Display. Es war gesprungen, ließ sich aber noch lesen. Ohne zu überlegen, drückte sie auf die letzte Verbindung, die in ihrer Liste angezeigt wurde. Es war ihr egal, mit wem sie sprechen würde. Hauptsache, es war ein Mensch, den sie um Hilfe bitten konnte. Doch eine Verbindung kam nicht zustande. Die

Netzabdeckung war zu schlecht. Charlotte musste also noch ein Stück weiter und es dort noch einmal probieren.

Keuchend durchquerte sie den schmalen Streifen mit Dickicht, erreichte die andere Seite und sah sich dort plötzlich einem weiteren Hindernis gegenüber. Vor ihr lagen nebeneinander verlaufende Bahngleise mit Güterwagen. Für einen Moment dachte sie, dass Bahnarbeiter ihr vielleicht helfen könnten. Dann fiel ihr ein, dass Sonntag war.

Immer langsamer schleppte Charlotte sich vorwärts, während der Himmel über ihr schwarz wurde. Mit Entsetzen merkte sie, dass sich der Schmerz in ihrem Unterleib ausbreitete, sah, dass sich ihre Jeans an den Innenseiten dunkel gefärbt hatten.

*Wenn Sie Blut in der Unterhose haben, müssen Sie sofort wieder herkommen*, hatte die Krankenhausärztin gesagt.

Charlotte fasste sich mit beiden Händen in die Leistengegend. Sie hatte nicht mehr nur die Verantwortung für sich selbst. Wenn sie sich vorwärtsschleppte, dann tat sie dies auch für das neue Leben in ihr.

Ich beschütze dich, dachte sie. Und so merkwürdig es war: Es funktionierte auch umgekehrt. Dieses kleine Geschöpf in ihrem Unterleib, der ungebetene Untermieter, gab ihr nun die Kraft weiterzumachen.

Auf allen Vieren krabbelte sie unter der Kupplung zweier Waggons hindurch, gerade als der Regen zu prasseln begann. War das gut für sie? Würde der Verfolger sie so eher aus den Augen verlieren? Jedenfalls tat es ihr gut. Jenseits der Bahngleise hob sie das Gesicht zum Himmel, ließ die Tropfen direkt auf ihr Gesicht fallen, öffnete den Mund. Dann stolperte sie weiter.

Wie mit einem Messer durchtrennt, endete die Regenwand unmittelbar vor ihr. Sie blickte nach oben zur Autobahn. Wie in der Kirche kurz zuvor bauten sich links und rechts riesige Säulen vor ihr auf. Doch diese hier waren nicht weiß, wirkten nicht erhaben, sondern bestanden aus grauem Beton, der durch die Jahre der Dauerbelastung schon zu bröckeln begonnen hatte. Nur etwa zehn bis fünfzehn Meter über ihrem Kopf rollte der Verkehr auf den Elbtunnel zu. Dort saßen Menschen in ihren Autos. Menschen, die ihr helfen konnten. Aber sie waren für Charlotte unerreichbar weit weg.

Sie machte einen Schritt vorwärts, trat aus dem Regen in den Schutz der Stelzenautobahn. Dann spürte sie, dass sie nicht mehr allein war, und nachdem sie sich langsam umgedreht hatte, stand sie dem auffallend gut gekleideten Mann gegenüber. Er hatte sie gefunden.

Erschöpft sackte Charlotte auf die Knie, und ein Geschmack von Metall bildete sich auf ihrer Zunge. Ihre Flucht war zu Ende.

# 64

Der Engländer hatte noch am Boden gelegen, als er zusehen musste, wie seine Zielperson beim rauchenden und knackenden Renault eine Hintertür öffnete. Die Frau war zäher als gedacht, sein Auftrag noch immer nicht erledigt.

Er suchte kurz nach dem Revolver, der ihm bei seinem Zusammenstoß mit dem Wagen aus der Hand gefallen war, hob ihn auf und wandte sich dem kleinen Wäldchen zu, in dessen Richtung Charlotte Sander humpelte. Er blickte nach oben, sah, wie der Himmel immer dunkler wurde. Gleich würde es zu regnen beginnen.

Die Sache machte dem Engländer immer weniger Spaß. Er

war ein Vollstrecker, kein Jäger. Kurze Zeit später sah er die Schienen. Irgendwo rechts bewegte sich etwas. Charlotte Sander kroch unter einer Wagenkupplung hindurch. Kopfschüttelnd folgte er ihr weiter. Er nahm an, dass sie nicht mehr weit kommen würde. Zwar bewegte sie sich zielstrebig auf die schmale Straße zu, aber was glaubte sie dort zu finden?

Weil die Dunkelheit immer mehr zunahm, wurde der Engländer immer schneller. Er wollte nicht das Risiko eingehen, sein Opfer doch noch aus den Augen zu verlieren. Aber die Sorge war unberechtigt. Gerade als der große Wasserhahn über ihren Köpfen ganz geöffnet wurde, fand er die keuchende Frau unter der Autobahnbrücke. Sie stand vornübergebeugt da, hatte die Hände auf den Unterleib gepresst. Als sie sich umdrehte und ihn sah, sackte sie auf die Knie.

Den Revolver auf sie gerichtet, forderte er sie auf, mit zurück zur Kirche zu kommen. Er dachte nun doch wieder daran, es wie die Folgen eines Unfalls aussehen zu lassen. Die Gleise hinter ihnen waren zwar näher, aber irgendwie fand er einen Autounfall eleganter. Und von Eleganz verstand er etwas.

Sein Opfer allerdings keuchte und japste. Es sah irgendwie nicht so aus, als würde Charlotte Sander es aus eigener Kraft zurück schaffen. Ihre Jeans war blutgetränkt. Das konnte der Engländer trotz des Zwielichts erkennen. Er würde sie also auf ihrem letzten Weg stützen müssen. Keine tolle Vorstellung. Vielleicht würde er ihr sogar gut zureden müssen. Darauf hatte er noch viel weniger Lust.

Deshalb schien es doch am sinnvollsten, ihren »Unfalltod« hier zu vollenden und sie zum Auto zurückzutragen. Das hatte auch den Vorteil, dass sie unterwegs nicht doch wieder zu Kräften kommen konnte und ihm vielleicht plötzlich Gegenwehr mit Kratzen und Beißen liefern würde. Dabei hätten leicht DNA-Spuren von ihm unter ihre Fingernägel geraten können. Eine Sache, die es um jeden Preis zu vermeiden galt.

Der Engländer stopfte die Waffe in die Hosentasche, kniete sich neben Charlotte und legte ihr wie ein Freund den rechten Arm über die Schulter. Mit der linken Hand umfasste er seinen eigenen Unterarm.

Die Frau zitterte. Einen Moment lang berührten sich die Köpfe der beiden. Ihre Haare trieften vom Regen. Er flüsterte ihr ins Ohr, dass sie sich nicht wehren solle, so würde es am schnellsten gehen. Dann lehnte er sich zurück, um Spannung in seinen Muskeln aufzubauen.

Der Hieb auf den Hinterkopf traf ihn völlig überraschend. Metall zerschmetterte seine Hirnschale auf Höhe des Hinterhauptknochens, während das gebogene Ende eines Brecheisens hinter seinem rechten Ohr in den Kopf eindrang. Der Engländer atmete noch eine Weile, obwohl er in letzter Konsequenz schon tot war. Sehr elegant sahen seine Kleidung und seine Körperhaltung dabei nicht mehr aus.

## 65

»Schultheis«, sagte Charlotte mit kaum hörbarer Stimme. Die Autos über ihren Köpfen und das Rauschen des Regens waren sehr laut. Der Angesprochene hatte sich über sie gebeugt. So blass und zerbrechlich, wie sie in diesem Augenblick wirkte, war Charlotte dem Mann zum ersten Mal irgendwie sympathisch. Sie stöhnte vor Schmerzen.

Seit Schultheis in der Redaktion Zeuge ihres Telefonats mit

Heinemann geworden war, fragte er sich, was dieser Kerl verbrochen haben musste, damit Charlotte ihn derart anbrüllte. Ihre Wut war echt gewesen, daran hatte es für Schultheis in jenem Moment keinen Zweifel gegeben. Charlotte schien sogar vergessen zu haben, wer außer ihr noch alles in der Redaktion war. Sie beharrte gut vernehmlich auf einem Treffen zwischen Heinemann und Maren am nächsten Vormittag.

Früh genug hatte Schultheis dann vor Charlottes Haus gewartet, um sich im morgendlichen Berufsverkehr unbemerkt an ihre Stoßstange hängen zu können. Nach einem Abstecher in die Redaktion holte Charlotte dann die andere Frau jenseits der Elbe im Stadtteil Bramfeld ab. Maren.

Doch nun lebte Maren nicht mehr. Schultheis hatte sie genauso wie ihren Mann und den alten Heinemann erlöst.

Blieb noch Charlotte.

Schultheis wollte Charlotte töten, weil er es konnte. Weil es ihn erhob und mächtig machte. Weil er ihr seine Überlegenheit beweisen wollte, dieser arroganten, überheblichen Person. Und weil Jan leiden sollte. Jan Fischer, der sich für schlau hielt und doch nichts zu begreifen schien.

Aber war es klug, Charlotte zu töten? Die Situation hier war unübersichtlich. Das gefiel Schultheis nicht. Je mehr Eventualitäten es gab, umso wahrscheinlicher wurde es, dass man etwas übersah und Spuren hinterließ. Bisher war er immer so simpel wie möglich vorgegangen.

Ein Schraubendreher. Eine Plastiktüte. Die Idee mit dem Gewehr war schlecht gewesen. So etwas würde er nie wieder tun. Nur durch Zufall hatte ihn nach den beiden Schüssen niemand aus dem Haus kommen sehen. Das war nicht gut. Glücksspiele lagen ihm nicht.

Auch hier war die Situation komplex und schwer beherrschbar. Dieser andere Kerl hatte ihm das Spiel versaut. Schultheis sah die Leiche des Mannes an. Das hatte er nun davon, wer auch immer er war.

Mit seinem dunklen BMW war der Kerl Charlotte bis zur Kirche gefolgt. Und Schultheis seinerseits war dem Kerl gefolgt. Sein Jagdinstinkt hatte Schultheis angetrieben und die Neugier. Irgendwann begriff er, was da passierte. Der eine Jäger erkannte den anderen immer.

Warum es der auffallend gut gekleidete Mann auf Charlotte Sander abgesehen hatte, wusste Schultheis nicht. Das spielte auch keine Rolle. Er wusste aber, dass es ihm nicht gefiel. Welcher Jäger ließ sich schon gern von einem anderen Raubtier die Beute abjagen?

Das Brecheisen hatte er im Kofferraum liegen. Ein Neuerwerb aus dem Baumarkt. Es kam aus demselben Geschäft wie der Schraubendreher, den er bei Fiona Fenske benutzt hatte.

Schultheis hatte es in weiser Voraussicht schon einmal für Charlotte gekauft. Ihre Nackenwirbel würden dem gehärteten Stahl nichts entgegenzusetzen haben. Schon hundertmal hatte Schultheis in Gedanken durchgespielt, wo genau er sie irgendwann damit treffen wollte.

Aber da war auch noch Petersens Auto. Sein Chefredakteur musste aus irgendeinem Grund in der Nähe sein. Durch ihn konnte die Situation hier vollends aus dem Ruder laufen. Zeugen brauchte Schultheis nun wahrlich nicht. Andererseits mochte er den Alten. Ihn auch noch umbringen zu müssen würde keine Freude machen.

Dann hörte er ein Telefon klingeln. So ähnlich wie bei dem Mädchen im Hafen. Er sah, wie Charlotte kraftlos an ihrer Hosentasche nestelte.

»Alles in Ordnung«, sagte er und nahm ihr iPhone an sich.

Vom Display lächelte Jan Fischer ihm entgegen. Was für ein Zufall. Schultheis musste grinsen. Er drückte auf den grünen Hörer, ohne etwas zu sagen.

»Charlotte?« Die Stimme von Jan Fischer klang gehetzt. »Endlich! Ich habe es schon mindestens ...« Der Satz wurde nicht beendet. »Charlotte, bist du dran?«

Hatte Jan Fischer eine Antwort verdient? Wenn alles normal gelaufen wäre, wenn dieser andere Kerl nicht gewesen wäre, dann hätte Schultheis es genossen, mit Jan zu sprechen.

*Sag deinem Mädchen Auf Wiedersehen.*

Oder etwas ähnlich Dramatisches.

Und dann wäre es passiert.

Aber die Situation sah anders aus als gedacht. Ganz anders.

»Schultheis?«, fragte Jan in diesem Moment. »Bist du das?«

Schultheis grinste. War der schlaksige Bursche also doch nicht so begriffsstutzig, wie es manchmal schien.

»Am Apparat«, sagte er.

»Was ist mit Charlotte? Was hast du ihr angetan?«

Schultheis blickte zum Brecheisen. Das Telefon presste er dabei stärker ans Ohr als nötig. Die Gelegenheit, Charlotte zu töten, war da. Jan Fischer würde alles miterleben. Live am Telefon. Das erhöhte den Reiz für Schultheis exponentiell.

Trotzdem zögerte er mit seiner Antwort. »Ich habe ihr gerade das Leben gerettet«, sagte er schließlich.

Jan schwieg.

»Irgend so ein Typ war hinter ihr her«, fuhr Schultheis fort. »Es war furchtbar. Einfach ganz furchtbar.«

»Verarsch mich nicht«, zischte ihm Jan ins Ohr. »Lass Charlotte in Ruhe.«

»Sonst was?« Schultheis konnte ein Kichern nicht unterdrücken. Vielleicht unpassend, aber er fand die Sache zu komisch. »Sonst bringst du mich um?«

»Ja.«

Wieder kicherte Schultheis. »Interessanter Gedanke, mein Freund. Aber gar nicht nötig. Stattdessen solltest du so schnell wie möglich herkommen. Charlotte ist schwer verletzt. Vielleicht stirbt sie. Wenn du sie noch einmal sehen willst, dann beeil dich lieber.«

# 66

Eine Falle, dachte Jan. Das ist eine Falle. Er will mich irgendwohin locken, und dann bin ich das nächste Opfer.

»Was ist? Glaubst du mir nicht?«, fragte Schultheis. »Warte, ich beweise dir, dass ich die Wahrheit sage.«

Kurz darauf ging ein Foto auf Jans Smartphone ein. Das Bild war erschreckend. Durch das Blitzlicht sah Charlottes Gesicht fahl wie das einer Toten aus. Gleichzeitig zeigte die Aufnahme Blut auf ihrer Hose. Entsetzt sah Jan auf das Bild, und es gelang ihm in seiner Verwirrtheit nicht, es vor Julia zu verbergen. Deren Augen weiteten sich.

»Ist sie das?«, fragte Julia.

Jan nickte nur und hob das Telefon wieder ans Ohr. Nun beschrieb Schultheis ihm den Weg, den er fahren sollte.

»Ich weiß, wo du meinst«, sagte Jan. Sie hatten gerade, von Tötensen kommend, Hamburger Stadtgebiet erreicht. Jan dirigierte Julia auf die Autobahnauffahrt Marmstorf-Lürade. Sie sollten in Moorburg wieder abfahren. Das waren nur zwei Abfahrten weiter.

Doch sie verpassten die Ausfahrt, weil Schultheis zur selben Zeit ein zweites Bild schickte. Es zeigte einen Mann, dem die gekrümmte Spitze eines Brecheisens im Kopf steckte.

Julia musste sich Mühe geben, um das Steuer nicht zu verreißen, und Jan warf einen Blick über die Schulter zurück, als sie an der richtigen Ausfahrt vorbeirasten.

»Nicht so schlimm«, sagte er, obwohl es ihn innerlich fast zerriss. »Wir nehmen einfach die Nächste. Das ist fast kein Umweg.«

Der Regen hatte derweil an Intensität nachgelassen. Jan deutete nach rechts. Hinter Baumwipfeln guckte die Turmspitze der Kirche von Altenwerder hervor.

»Wir müssen jetzt genau über ihnen sein«, sagte Jan und deutete mit der Hand nach unten. Der Gedanke ließ ihn frösteln. Vor seinem inneren Auge sah er wieder das Foto von Charlotte. Ihr Gesicht war bleich. Das Blut auf ihrer Kleidung grauenvoll schwarz.

Als sie die Kirche passiert hatten, tauchte schon ein Hinweisschild für die nächste Abfahrt auf. Für Leute mit Tunnelangst die letzte Möglichkeit, den längeren Weg über die Köhlbrandbrücke und das Stadtgebiet zu wählen. Jan zeigte Julia den Weg, wie sie zum Autohof kamen. Kurz vorher mussten sie scharf rechts auf die Waltershofer Straße abbiegen.

»Abbiegen nicht erlaubt«, stellte Julia fest und wies mit dem Kopf auf ein Schild. Darauf war ein weißer, geradeaus zeigender Pfeil auf blauem Grund zu sehen. »Egal?«

»Egal«, stimmte Jan zu.

Julia zog nach rechts und touchierte mit den Hinterreifen die kleine Verkehrsinsel, auf der das Schild stand. Die Verkehrsführung war offenbar mit Absicht eng, damit das Abbiegeverbot nicht so einfach missachtet werden konnte.

Dann instruierte Jan Julia, wie sie sich bei der Abzweigung verhalten sollte, die unter die Stelzenautobahn führte und wo er aussteigen wollte. Sie müsse unter allen Umständen im Wagen bleiben und den Notarzt rufen, sobald er den Wagen verlassen habe. »Verstehst du: Schultheis weiß nichts von dir. Er denkt, ich bin allein unterwegs. Du bist also mein Ass im Ärmel!«

»Was ist mit der Polizei? Soll ich die auch rufen?«

»Ja«, sagte Jan. »Ich brauche nur fünf Minuten Vorsprung. Vielleicht ist es von Vorteil, wenn ich erst mal allein bei Schultheis auftauche. Offensichtlich tickt er nicht ganz richtig.«

»Das kann auch eine Falle sein«, meinte Julia.

»Ich weiß«, entgegnete er. »Und deshalb bleibst du im Wagen. Wenn die Rettungskräfte kommen, machst du das Warnblinklicht an und zeigst ihnen die Einfahrt. Hast du das verstanden?«

Julia antwortete nicht. Doch das musste sie auch nicht. Jan streckte eine Hand aus und drückte kurz ihren Arm. »Danke«, sagte er. »Und jetzt bitte langsamer.«

Die Straße schimmerte vor Nässe im Scheinwerferlicht. Dann erreichten sie die kleine Abzweigung. Jan sprang aus dem Wagen und lief durch den Nieselregen über groben Kies. Über ihm verlief die Autobahn, die Richtung Süden ging. Er durchquerte eine Lücke von mehreren Metern, durch die noch immer Regen fiel, dann kam das Dach der nach Norden führenden Fahrspuren.

Jan sah Schultheis unter der Brücke stehen. Charlotte befand sich zu seinen Füßen und rührte sich nicht. Der Mann, den das Brecheisen getroffen hatte, lag nur ein kleines Stück weiter.

»Was ist passiert?«, schrie Jan. Er hätte sich am liebsten sofort um Charlotte gekümmert. Aber er war auch nur noch sechs Meter von Schultheis entfernt. Das kam ihm mehr als nahe genug vor.

»Ist das jetzt so wichtig?«, erwiderte Schultheis. Er zeigte Jan seine offenen Hände und ging dann langsam rückwärts. Mit jedem Schritt, den er von Charlotte zurückwich, trat Jan näher auf sie zu.

Langsam kniete er sich nieder, legte eine Hand an ihr Gesicht. Trotz der Nässe war sie warm. Er hätte seine Jacke mitnehmen sollen! Doch die trug noch immer Julia.

Übelkeit überkam Jan. Alles stürzte in diesem Augenblick zugleich auf ihn ein. Charlotte blutverschmiert am Boden. Seine Charlotte. Jemand hatte sie so zugerichtet, während Jan woanders war. Mit einer anderen Frau. Und sie hatten diese Sache gemacht, von der Charlotte am besten nie etwas erfahren durfte. Plötzlich fiel sein Blick auf den Revolver. Er lag neben dem fremden Mann, war für Jan in Griffweite. Schultheis schien seinen Gedanken zu erraten.

»Nimm ihn ruhig«, sagte er.

»Damit du einen Grund hast, auch mich zu erschlagen?« Es war ein Fauchen, mit dem Jan dies zurückgab.

»Wenn du mich erschießt«, sagte Schultheis sachlich, »dann ist alles vorbei.«

Jan konnte es nicht glauben, aber irgendwie hatte er das Gefühl, dass Schultheis seine Worte ernst meinte. Dann fügte dieser hinzu: »Erlöse mich. Sonst werde ich es wieder tun. Irgendwann. Und du bist dann mit schuld. Erlöse mich, und alles ist vorbei.«

Bevor Jan etwas erwidern konnte, war die Luft erfüllt von Martinshörnern. Rettungswagen und Polizei kamen von irgendwoher näher. Wenn Julia sich wie verabredet verhielt, schaltete sie jetzt das Warnblinklicht ein. In weniger als zwei Minuten würden sie nicht mehr allein sein, vermutlich schon früher, und die Möglichkeit, die Schultheis Jan eröffnet hatte, wäre für immer vorbei.

Jan dachte an die Fotos von Alexandra Harms und Silvia Keller. Er dachte an Tanja Tsachek und Sascha Richter auf der Waldlichtung. Er sah das Bild von Fiona Fenske vor sich, die erst vor Kurzem beim Leuchtturm am Tankhafen gestorben war.

Er streckte die Hand zum Revolver aus, doch er griff nicht zu. Denn plötzlich merkte er, dass Charlotte ihn ansah. Ihre Augen bewegten sich in seine Richtung, und ihre Lippen formten seinen Namen. Blaulicht kam den Weg herauf, strich im gleichmäßigen Rhythmus über ihr Gesicht. Wie schön Charlotte war. Wie hatte er das nur vergessen können?

# 67

Julia schaffte es nicht, Jan die fünf Minuten zu geben, die er mit Matthias Schultheis allein sein wollte. Kaum war Jan aus dem Auto gestiegen, hatte sie ihr Handy gezogen und die Notrufnummer getippt. Zunächst fiel ihr vor Aufregung der richtige Straßenname nicht ein. Doch die männliche Stimme am anderen Ende blieb völlig ruhig und half ihr, einen klaren Gedanken zu fassen. Dann stellte sie das Warnblinklicht an und stieg aus dem Auto.

Es dauerte eine gefühlte Ewigkeit, bis die ersten Martinshörner zu hören waren. Anfangs schien es, als wären sie in die falsche Richtung unterwegs, doch dann sah Julia das Blaulicht eines Streifenwagens. Ein Rettungswagen fuhr aus der entgegengesetzten Richtung heran. Offenbar hatte der Mann in der Notrufzentrale auf den ganz großen Knopf gedrückt, denn die beiden Fahrzeuge blieben nicht die einzigen, die am Einsatzort unter der Hochautobahn eintrafen. Weitere Streifenwagen, ein zweiter Rettungswagen und ein Notarztwagen verstopften bald die Zufahrt zu dem kleinen Seitenweg.

Ein Polizist und eine Polizistin sprachen zuerst mit Julia. Sie zeigte unter die Brücke.

»Bleiben Sie bitte hier beim Wagen«, bat die Polizistin. Die Frau öffnete den Riemen an ihrem Holster und legte eine Hand auf die Dienstwaffe, ohne diese jedoch zu ziehen. Ihr männlicher Kollege verhielt sich genauso, während sie auf die Brücke zuliefen.

Julia folgte ihnen mit wenigen Metern Abstand. Es war ihr unmöglich, noch länger beim Golf zu warten. Schon aus der Entfernung sah sie, dass Jan sich über eine Frau gebeugt hatte. Das musste Charlotte sein. Daneben lag noch jemand.

Und dann sah sie *ihn*.

Matthias.

Das musste er sein.

Etwas voller als früher. Die Stirn höher. Doch er war es.

Der Junge aus dem Dorf, der mit Alexandra in dieselbe Schule gegangen war.

Ein Impuls durchfuhr Julia. Sie wollte vorwärtsstürmen und ihn am Kragen packen. Sie wollte ihn anschreien. Sie wollte wissen, was er mit ihrer Schwester gemacht hatte.

Wenn dieser Mann wirklich ein Mörder war, wenn er das Pärchen vom Verdener Vergnügungspark und Silvia Keller auf dem Gewissen hatte, dann ...

Julia wurde übel. Ihre Beine sackten ein. Fast schien der Boden auf sie zuzurasen, doch sie schaffte es, nicht zu stolpern und nicht hinzufallen.

Schon wurde sie von hinten am Arm gepackt und zurückgezogen. Zuerst war es ein Polizist, doch der reichte sie wie ein Paket an einen Rettungssanitäter weiter. Ein anderer Mann mit Notfallrucksack rannte an ihr vorbei.

Julia wehrte sich nicht, als sie zurück zu den Fahrzeugen geführt wurde. Sie wollte nicht noch mehr sehen, nicht noch mehr Bilder in den Kopf gepflanzt bekommen. Sie sah die Frau am Boden wieder vor sich, dachte an das Foto, das Matthias auf Jans Smartphone geschickt hatte. Und was war mit der anderen Person am Boden? Steckte wirklich eine Metallstange in ihrem Kopf ...?

»Hallo ... Junge Frau! Schauen Sie mich mal an. Geht es Ihnen gut? Können Sie mit mir bis zum RTW gehen?«

Julia nickte, aber ganz sicher war sie sich nicht.

# 68

Schultheis hatte alle Optionen aus der Hand gegeben, als er rückwärtsschritt und Jan die Gelegenheit ließ, zur Waffe zu greifen. Der Revolver lag unweit seines ehemaligen Besitzers am Boden. Sollte Jan doch ruhig schießen. Dann wäre alles vorbei.

»Erlöse mich!«, sagte Schultheis erneut. Das klang so theatralisch. Aber es stimmte. Wenn Jan es jetzt beendete, wäre er erlöst.

Was musste Jan denken? Hatte er begriffen, wie sehr Schultheis ihn und Charlotte hasste? Das perfekte Pärchen, das sich allen anderen überlegen fühlte?

Der Redakteur und die Fotografin.

Jan zeigte bei jeder Gelegenheit, dass er Schultheis nicht respektierte. Aber wie sah es jetzt aus? Er hatte die Spur verfolgt, auf die Schultheis ihn gesetzt hatte. Aber hatte er auch die richtigen Schlussfolgerungen gezogen?

Wenn ja, was blieb ihm dann noch anderes übrig als zu schießen? Denn beweisen konnte er nichts. Rein gar nichts.

Und genau das wollte Schultheis erreichen. Ja, es war

vielleicht überstürzt und nicht richtig durchdacht gewesen, Jan den Hinweis auf Rotenburg zu geben. Auf eine gewisse Weise war es sogar gefährlich. Aber nachdem Petersen die Tür mit der Bemerkung über Serientäter geöffnet hatte, war es für Schultheis zu verlockend gewesen, sie weiter aufzustoßen. Sollte Jan ruhig herausfinden, mit wem er es in Wirklichkeit zu tun hatte. Sollte er doch zittern. Sollte er Angst um seine Charlotte haben. Und zwar jeden Tag, den er noch mit Schultheis in der Redaktion verbringen würde. Schreibtisch an Schreibtisch.

Und auch danach. Wenn das Harburger Tageblatt längst Geschichte war, sollte Jan sich keine Sekunde sicher fühlen können. Konnte er doch nicht wissen, wann Schultheis wieder zuschlagen würde. Und wo. Und bei wem.

Bei Jan selbst, oder bei jemandem, den er liebte.

Was blieb Jan also? Eigentlich musste er den Revolver nehmen und schießen. Schultheis hätte es an seiner Stelle getan.

Doch die Gelegenheit war nicht von Dauer. Und es war Jan anzusehen, dass er es nicht tun würde. Ob er Schultheis nun glaubte, dass er Charlottes Leben gerettet hatte, oder nicht. Diesem Mann fehlte offensichtlich der Mut, ein anderes Leben auszulöschen. Er hatte kein bisschen von Schultheis' Fähigkeiten in sich.

Als das feststand, dachte Schultheis darüber nach, wie er seinen Kopf in der aktuellen Situation aus der Schlinge ziehen konnte. Zunächst brauchte er eine Begründung dafür, wieso er hier war. Am besten etwas ganz Banales. Ein Sonntagnachmittagsspaziergang zum Beispiel. Ja, das war das Beste. Und wieso auch Charlotte Sander hier war, seine Arbeitskollegin? Keine Ahnung. Die Welt war klein. Zufall eben. Zufälle gab es, dem konnte niemand widersprechen.

Die Sache mit dem Brecheisen im Kopf eines anderen Mannes war da schon schwieriger. Aber mal ehrlich, alle Welt redete von

Zivilcourage. Und nichts anderes hatte er an den Tag gelegt, als er sah, wie dieser fremde Mann mit einer Waffe in der Hand hinter seiner Kollegin her zu den Bahnschienen lief. In diesem Moment musste ein aufrechter Bürger doch handeln. Ein echter Mann half doch dem Mädchen in der Not.

Also hatte er sich eben das Brecheisen geschnappt, das er zufällig im Kofferraum liegen hatte, und war den beiden gefolgt. Als der Fremde Charlotte ohne jeden Zweifel umbringen wollte, schlug Schultheis zu. Nur einmal, aber so hart er konnte.

Ja, die Geschichte war gut. Denn sie war so dicht an der Wahrheit, dass sie fast hätte wahr sein können.

»Sie da ... Nicht bewegen!« Es war eine Frauenstimme, die ihm dies befahl. Der Moment vom Ertönen der Martinshörner bis zum Eintreffen der Polizei vor Ort hatte sich in Schultheis' Wahrnehmung extrem verkürzt. So sehr hatte er sich an seinen eigenen Gedanken ergötzt. So sehr freute er sich darauf, wie das Spiel mit ihm und Jan und Charlotte jetzt weitergehen würde.

»Bleiben Sie stehen, wo Sie sind. Und zeigen Sie mir Ihre Hände.«

Die Polizistin zielte mit einer Waffe auf ihn. Sie hatte ihre Dienstpistole gezogen, nachdem sie entdeckt hatte, was mit dem fremden Mann da am Boden passiert war. Ihr Kollege hielt Jan in Schach. Noch konnten die beiden Polizisten nicht wissen, wer hier wofür verantwortlich war. Deshalb galt für sie die erste Prämisse, und die hieß nun mal für jeden Polizisten: Eigensicherung. Schultheis konnte das gut verstehen.

»Ich habe die Frau nur beschützt«, sagte er.

Die Polizistin war zwei Köpfe kleiner als er. Ihre zu einem Pferdeschwanz gebundenen Haare guckten frech unter der Dienstmütze hervor.

Eine Polizistin habe ich noch nie getötet, dachte Schultheis.

Sie ist bestimmt in Nahkampftechniken ausgebildet und glaubt, jeder Situation gewachsen zu sein. Aber das bist du nicht, mein Schatz. Ganz und gar nicht.

»Legen Sie die Hände auf den Rücken. Ganz langsam! Ich muss Ihnen Handfesseln anlegen.«

»Ich habe nur geholfen.«

»Bitte tun Sie, was ich Ihnen sage. Alles andere klären wir dann.«

»Wenn das wirklich nötig ist? Meinetwegen. Aber ich habe dieser Frau das Leben gerettet. Sie wurde angegriffen. Ich musste sie verteidigen.«

Die Polizistin nickte. Doch mit gestreckten Armen und in Stellung gebrachter Waffe wartete sie, bis Schultheis die Hände auf den Rücken gelegt hatte. Sie sagte, dass er sich langsam umdrehen sollte. Dann trat sie dichter an ihn heran, steckte die Waffe weg und legte ihm die Fesseln an.

## 69

Jan sah zu, wie Schultheis abgeführt wurde. Er selbst durfte in Charlottes Nähe bleiben, während sich die Rettungskräfte um sie kümmerten. *Thorax-Trauma, hoher Blutverlust* hörte er. Und: *Innere Blutungen nach stumpfer Gewalteinwirkung*. Eine Trage wurde geholt und Charlotte zum Rettungswagen gebracht. Doch bis der endlich abfuhr, dauerte es ewig. Neben zwei Notfallassistenten bemühte sich ein Notarzt im Fahrzeug um die Patientin.

Jan erzählte der Polizei zwischenzeitlich alles, was er über den heutigen Nachmittag wusste. Auch die Fotos auf seinem Smartphone zeigte er.

»Das müssen wir sicherstellen«, sagte der Polizist, mit dem Jan sprach. »Die Kriminalpolizei wird es sehen wollen. Die sind auch schon auf dem Weg hierher.«

»Mein Telefon? Ja, aber ... das brauche ich wieder.«

»Natürlich bekommen Sie es wieder.«

»Dann ... Meinetwegen. Aber ich muss da jetzt mit ins Krankenhaus. Das ist meine Freundin.«

»Ja, ich weiß. Aber sind Sie denn überhaupt in der Verfassung?«

»Sie fährt mich«, sagte Jan und deutete auf Julia, deren Befragung für den Moment auch abgeschlossen schien.

Der Polizist nickte zustimmend.

Jan ging zu Julia und ließ sich von ihr in die Arme nehmen. Er war viel größer als sie, doch für jeden Außenstehenden war eindeutig, wer hier wem Kraft geben musste.

»Krankenhaus Altona«, sagte Jan, als sie wieder nebeneinander im Golf saßen. »Ich kenne den Weg.«

Nur eine Stunde war vergangen, seit Jan Charlottes Nummer gewählt und stattdessen Schultheis ans Telefon bekommen hatte. Kaum drei Stunden seit der Recherche im Archiv der Verdener Zeitung. Und nur noch eine Stunde mehr, seit er und Julia im Golf Sex gehabt hatten. Und doch war jetzt alles anders. Zu hundert Prozent anders.

Jans Hände zitterten, als Julia rückwärtssetzte, um zu wenden. Vermutlich hätte er auch eine Betreuung durch den Rettungsdienst gebraucht, doch viel wichtiger war es für ihn, bei Charlotte zu sein. Auch wenn er im Krankenhaus absolut nichts für sie tun konnte. Hilflos musste er zusehen, wie Charlotte in den OP geschoben wurde.

Was Julia während der Fahrt und dann im Krankenhaus dachte, wusste er nicht. Es gab dafür im Moment keinen Platz in seinem Kopf. Und sie schwieg.

Zum Warten hatten sie sich eine Sitznische ausgesucht, die nur durch einen großen Blumenkübel vom Flur zur OP-Abteilung getrennt war. Erst als es hinter den großen Fenstern langsam dunkel wurde, sagte Julia, dass sie nun nach Hause müsse. Sie könne Tante Gerda nicht länger mit Mutter allein lassen.

Jan nickte stumm. Fast die ganze Zeit hatten sie sich gegenseitig die Hände gehalten oder nebeneinanderstehend aus dem Fenster geblickt. Nun zog Julia die von Jan geliehene Jacke aus und wollte sie ihm zurückgeben.

»Nein«, wehrte er ab. »Du brauchst sie für den Heimweg.«

»Und du?«

»Mir ist nicht kalt. Gib sie mir ein andermal wieder.«

»Und wann ist das?«

»Ich ruf dich an.«

»Wirklich?«

»Na, sicher!«

Wieder umarmten sie sich. Zu einem Abschiedskuss war er nicht in der Lage. Es schien aber auch nicht so, als würde Julia das erwarten.

»Ich ...«, sagte er dann. »Wir haben die ganze Zeit nur über mich und Charlotte gesprochen. Das tut mir leid.«

»Aber ich will über gar nichts anderes sprechen.«

Jan wusste nicht, was er Passendes antworten sollte, so leer und müde fühlte er sich. Er wusste nur, dass Julias Worte nicht stimmen konnten. Er würde mit ihr reden müssen.

Über das, was mit ihrer großen Schwester passiert sein musste, und – über die Sache, die zwischen ihnen beiden im Auto geschehen war. Ja, sie hatten ein paar Dates gehabt und diesen beinah schon erlösenden Sex am Nachmittag. Aber Jan war nie auf eine neue Partnerschaft aus gewesen. Ob sie das verstehen würde?

Er sah zu, wie Julia sich die Jacke wieder überzog. Dann umarmten sie sich noch einmal. Und dann war sie weg, der Korridor anschließend so kalt und leer, wie es nur ein Krankenhausflur sein konnte.

Irgendwann kam ein Arzt durch die Schwingtür am Ende des Korridors und trat zielstrebig auf Jan zu. »Sie sind der Verlobte?«

Jan nickte, denn der Arzt hatte seine Worte so betont, dass klar war, wie Jan antworten musste, wollte er etwas über Charlottes Zustand erfahren. *Ich bin der Freund* hätte in diesem Augenblick nicht gereicht.

»Ihre Verlobte wird die Sache bestimmt gut überstehen«, sagte der Arzt. »Die inneren Blutungen haben wir stoppen können. Die Spontanatmung funktioniert wieder. Sie ist jung und sehr gut in Form. Das macht mir alles keine Sorgen ...«

Jan hörte das *Aber* am Ende des Satzes, ohne dass der Arzt es aussprechen musste. Deshalb tat er es für ihn.

Der Arzt nickte zweimal kurz. »Aber ich muss Ihnen leider sagen, dass sie das Kind verloren hat.«

»Das Kind«, wiederholte Jan leise.

Wieder nickte der Arzt. »Leider.«

*Das Kind verloren.*

Diese Worte hallten lange in Jan nach. Auch, als er endlich vor der Glaswand stand, hinter der Charlotte lag. Allerlei Geräte waren um sie herum aufgebaut, und ein Vorhang links und rechts trennte sie von weiteren Patienten. Sie sah einsam aus in dem großen weißen Bett und irgendwie ... *verloren.*

# 70

Als Jan ins Taxi stieg, sagte er dem Fahrer nur, dass er Richtung Harburg wolle. Erst hinter dem Elbtunnel merkte er, was geschah. Wieder fuhren sie über die Stelzenautobahn. Diesmal lag die Kirche von Altenwerder links. Was neben der Straße wie Büsche an ihnen vorbeizog, waren in Wirklichkeit Baumkronen. Nur noch ein Stück weiter, dann waren sie genau über der Stelle ...

Charlotte lebt, sagte er sich immer wieder. Sie lebt.

Erst jetzt nannte er dem Fahrer die Zieladresse. Es war nicht seine Wohnung. Noch hatte er diesen Schlüssel an seinem Bund, der zu Charlottes Wohnung gehörte.

Beinah lautlos schloss er auf und trat ein. Die Badezimmertür stand offen. Es roch nach ihrem Duschgel und ihrem Parfüm. Auf einem Bord standen zwei Zahnputzbecher. Ihrer und seiner. Daneben lagen zwei Schwangerschaftstests.

Der Anblick war unfassbar schmerzvoll.

*Verloren*, dachte er wieder.

Wie in Trance benutzte er die Toilette. Zu mehr war er nicht in der Lage. Er zog sich bis auf die Unterwäsche aus und legte sich in Charlottes Bett. Schmerzerfüllt zog er ihr Kissen zu sich heran, roch daran.

Sie lebt.

Aber unser Kind nicht.

Jan schaffte es, nur leise zu weinen. Aber er war sehr froh darüber, dass er das endlich konnte.

Irgendwann fiel er in einen unruhigen Schlaf. Er schreckte immer wieder hoch, guckte auf die Zimmertür, sah nur ein weißes Viereck und wusste lange nicht, wo er war. Er wollte nur, dass die Nacht endete.

Nach dem x-ten Aufschrecken schwang er die Beine aus dem Bett, ging in Charlottes Küche und machte sich einen Kaffee. Dann öffnete er die Balkontür, hörte dem Frühkonzert der Singvögel zu und sah immer wieder zur Uhr. Bis sieben wartete er, dann meinte er, dass es spät genug war, um eine Rentnerin am Montagmorgen stören zu dürfen.

# 71

Simone Jonker war wirklich schon wach. Aber offenbar noch nicht lange. Sie meldete sich mit belegter Stimme. Schweigend hörte sie sich die Geschichte an, die Jan ihr zu bieten hatte.

»Die DNA von Schultheis muss unbedingt mit den Spuren aus Rotenburg und Verden verglichen werden. Können Sie das organisieren?«

»Langsam, langsam«, meinte die ältere Frau. »Klingt ja spannend. Aber glauben Sie wirklich, Sie hätten den Mann, den wir alle seit über zwanzig Jahren suchen, innerhalb von ein paar Tagen gefunden?«

»Ich habe ihn nicht gefunden«, stellte Jan klar. »Er selbst hat mich auf seine Spur gebracht. Es war seine Idee, dass ich nach Rotenburg fahre.«

»Er hat Sie nach Rotenburg geschickt?«

»Nicht direkt. Aber so ähnlich.«

»Und wieso?«

»Hab ihn nicht gefragt. Vielleicht aus Übermut. Vielleicht, weil er mir zeigen wollte, wozu er fähig ist, und ich vor Angst erstarren sollte. Wir mögen uns nämlich nicht besonders, verstehen Sie.«

»Schwaches Motiv …«

»Das sagen Sie nur, weil Sie ihn nicht richtig kennen. Vielleicht wollte er sogar, dass ich alles herausfinde, um mich anschließend zu töten. Und Charlotte auch.«

»Perfider Gedanke, junger Mann. Muss ich mir jetzt Sorgen um Sie machen? Was meinen Sie?«

»Im Moment droht keine Gefahr«, vermutete Jan. »Er sitzt bestimmt in Untersuchungshaft. Immerhin hat er jemanden mit einem Brecheisen erschlagen und das auch noch zugegeben. Aber ich würde wirklich gern alles klären, solange er noch dingfest gemacht ist.«

»Klingt verständlich.«

»Danke.« Die Coolness von Simone Jonker regte Jan etwas auf. »Also, gibt es eine Möglichkeit, wie Sie Ihre Kollegen auf die richtige Spur bringen können?«

»Brauche ich gar nicht. Seit 1998 gibt es eine zentrale DNA-Datenbank beim BKA«, erklärte die Ex-Kommissarin und spulte dann offenbar einen Teil des Vortrags ab, den sie bei passender Gelegenheit als Gastdozentin an Universitäten oder bei Tagungen hielt. »DNA-Analysedatei. Kurz DAD. Zum einen werden da alle Daten von verurteilten Verbrechern gespeichert. Das ist übrigens der kleinere Teil. Und dann gibt es haufenweise Spuren-Profile, die an Tatorten gefunden wurden. Das ist der weitaus größere Teil. Nach Einbrüchen zum Beispiel. Aber auch an Orten von Tötungsdelikten. So kann man Tatorte mit Personen verbinden, aber auch Tatorte untereinander zuordnen. Das ist sehr praktisch. Mittlerweile gibt es über eine Million Datensätze im System, darunter natürlich auch die DNA-Spuren, die zu den von Ihnen angesprochenen Fällen gehören. Gespeichert werden alle Datensätze, die nicht eindeutig einem der bekannten Beteiligten zuzuordnen sind – in unserem Fall also, die nicht zu den Opfern gehören. Das können DNA-Spuren auf in einiger Entfernung weggeworfenen Zigarettenstummeln sein oder auf Taschentüchern. Aber auch Blutspuren oder Urin. Und dabei gibt es keine Unterscheidung zwischen den Verbrechensarten. Es konnten schon oft Täter, die wegen Einbruchs geschnappt wurden, dann auch für Sexualdelikte verantwortlich gemacht werden. Oder sogar für Mord.«

»Dann steht absolut fest, dass man bei Schultheis eine DNA-Probe nimmt?«

»Was hat er denn getan? Sie sagen, einen Mann erschlagen? Dann ganz sicher. Es gibt zwar immer Stimmen, die auf die informationelle Selbstbestimmung drängen und dies mit dem Grundgesetz begründen, aber bei Tötungsdelikten bedarf es in der Regel nicht mal eines richterlichen Beschlusses zum DNA-Abgleich.«

»Aber er könnte es aus Notwehr gemacht haben«, sagte Jan und fühlte sich durch das Kabel des Festnetztelefons unangenehm in der Bewegungsfreiheit eingeschränkt. So bald wie möglich wollte er sein Smartphone zurückhaben. »Jedenfalls könnte er versuchen, es so aussehen zu lassen.«

»Hm«, kam es von Simone Jonker. »Das macht die Sache schwieriger. Vielleicht müsste er dann einer DNA-Probe zustimmen. Aber warum sollte er das tun? Dann wäre also kein direkter Spur-Personen-Treffer möglich. Was machen wir denn da?«

Jan hob die Augenbrauen und nahm an, dass Simone Jonker etwas Ähnliches tat. »Bliebe noch ein Spur-Spur-Treffer«, sagte die Ex-Kommissarin schließlich. »Vielleicht sollte ich doch mal telefonieren.«

»Um was zu veranlassen?«

»Na ja, wenn es keinen direkten Abgleich mit dem Profil einer Person geben kann, was spricht dann dagegen, eine Spur vom neuen Tatort zu benutzen, um sie mit den alten Fällen zu vergleichen?«

»Das Brecheisen«, sagte Jan.

»Genau. Die Wahrscheinlichkeit ist groß, dass die Kollegen daran etwas finden, was zum Abgleich taugt. Man müsste sie nur in die richtige Richtung schubsen.«

»Ist der DNA-Abgleich denn nicht Routine?«

»Ach«, stieß Simone Jonker verächtlich aus. »Kommen Sie mir nicht mit Routine. Was meinen Sie, was da für Bockmist veranstaltet wird! Sieht immer alles so toll aus, wenn die Spurensicherung in weißen Ganzkörperanzügen unterwegs ist und überall Nummernschildchen aufstellt. Aber geschlampt wird überall. Auch bei der Verbrechensaufklärung. Manchmal glaube ich sogar, besonders da. Aber ich will mich nicht schon um kurz nach sieben aufregen.«

»Dafür scheint es zu spät zu sein«, meinte Jan.

»Was?« Simone Jonker lachte laut auf. »Ja, stimmt. Die Alte ist schon wieder voll auf Zinne, richtig?« Dann fügte sie hinzu: »Lassen Sie mich mal machen. Wenn da was ist, kriegen wir den Sauhund auch. Mann, wäre das ein Ding! So, Schluss jetzt, mein Junge. Ich muss einen Kaffee trinken. Und dann mache ich ein paar Telefonate.«

# 72

Als Charlotte die Augen öffnete, saß Jan auf einem Stuhl neben ihrem Bett. Ein Buch lag auf seinen Beinen. Vermutlich wollte er ihr etwas vorlesen, oder er hatte es schon getan. Er hatte das auch früher schon getan, wenn sie nebeneinander im Bett lagen. Keine ganzen Bücher. Meist nur bestimmte Passagen. Aber immer Klassiker. Aus den *Drei Musketieren* zum Beispiel hatte er vorgelesen und aus der *Kameliendame* und *Robinson Crusoe*. Reden war nicht so seine Stärke. Aber das geschriebene Wort liebte er. Und dafür liebte Charlotte ihn. Leise sagte sie seinen Namen.

Er reagierte sofort, beugte sich vor, lächelte sie an und griff vorsichtig nach ihrer Hand. Sie wollte wohl noch mehr sagen, deshalb rutschte er ganz dicht an sie heran. »Habe ich es verloren?«

Er nickte stumm. Als sie leise darüber weinte, weinte auch er.

»Ich wollte es dir sagen. Ich konnte nur nicht.« Sie wischte sich über die Nase. »Ich wusste zuerst nicht mal, ob ich es haben wollte. Und nun ist es fort.«

Er nickte wieder und nahm sie, so gut es ging, in den Arm.

Am Nachmittag wurde Charlotte von der Intensivstation in ein Zweibettzimmer verlegt. Zum Glück war das Bett neben ihr noch frei.

Als Jan wieder zu ihr ins Zimmer kam, versuchte sie ein Lächeln. Er lächelte auch, stellte ein paar Blumen aus dem Krankenhauskiosk ins Wasser.

»Warst du in der Redaktion?«

»Ja. Petersen war auch da. Er hat einen mächtigen Kopfverband, aber es geht ihm gut. Ich wusste vorher gar nicht, dass er sich auch in der Kirche aufhielt.«

»Hat er dir gesagt, warum er da war?«

»Offenbar hat ihn ein Gespräch mit dir an früher erinnert. Und da ist ihm klar geworden, dass er ewig nicht mehr in Altenwerder war. Oder in dem, was davon übrig ist. So hat er es mir jedenfalls erzählt. Deshalb hat er da einen Spaziergang gemacht und die alten Geschichten im Kopf noch einmal lebendig werden lassen. Und als er zurück zur Kirche kam, sah er dein Auto. Er hatte dir offenbar von einem Schlüssel erzählt.«

»Richtig.«

»Er weiß noch, dass du in der Kirche oben auf der Empore warst. Aber mehr kann er nicht sagen.«

»Dann weiß er auch nicht, wer dieser Verrückte mit dem Revolver war.«

»Nein. Aber die Polizei wird es herausfinden.«

»Was ist mit Schultheis?«

»Also, der ...« Jan schob die Blumenvase auf dem Nachttisch hin und her. »Charlotte, ich muss dir etwas sagen. Und das hat nichts mit Petersen oder Schultheis zu tun.«

Charlotte blickte Jan an und wartete.

»Es ist in allen Medien. Deshalb muss ich es dir jetzt sagen. Sonst ...« Jan stockte.

»Okay, sag es.«

Noch immer zögerte er.

»Na los!«

»Maren ist tot.«

Die drei Worte schwebten lange im Raum.

»Ihr Mann scheint sie erschossen zu haben«, fuhr Jan dann fort. »Und anschließend sich selbst.«

Charlotte schüttelte den Kopf. Sie wusste mit der Information nichts anzufangen. Denn genau das war es in diesem Moment für sie: nur eine Information. Mehr nicht.

»Es heißt, er habe sie beim Kofferpacken erwischt. Offenbar wollte sie ihn verlassen. Da hat er sie erschossen, ist dann runter ins Wohnzimmer gegangen, hat eine Art Selbstschussanlage gebaut und sich auch umgebracht.«

Wieder machte Jan eine Pause.

»Weiter«, sagte Charlotte irgendwann. »Du weißt doch noch mehr.«

Jan senkte den Blick und erzählte dann, dass die Polizei auf einem Computer von Sören Beister haufenweise kinderpornografisches Material entdeckt hatte. Fotos und Videos. »Wusstest du, dass er einen Knabenchor geleitet hat?«

Charlotte nickte. Sie fühlte sich wie betäubt und konnte die unterschiedlichen Dinge, die Jan erzählte, nicht miteinander in Verbindung bringen.

»Auf den Bildern sind wohl nur Jungen im Alter von etwa zehn bis vierzehn Jahren. Und es gibt Bilder, auf denen auch Männer zu sehen sind. Also Kunden. Du weißt, was ich meine.«

Charlotte schüttelte den Kopf. Sie wollte es nicht wissen.

»Der Chor bezieht seine finanziellen Mittel offenbar aus großzügigen Spenden. Allein von den Mitgliedsbeiträgen wären die Miete für den Saal und verschiedene Auftrittsreisen wohl nicht möglich. Die Kollegen vom Boulevard sind bei den Enthüllungen ziemlich auf Zack. Das Internet überschlägt sich mit Neuigkeiten.«

Charlotte sah Jan schweigend an.

»Kennst du Kohlmann Logistics? Die haben auch ordentlich gespendet. Und zufällig befindet sich der alte Kohlmann selbst auf einem der Fotos. Ich vermute mal, Beister hat solche Bilder gemacht, um was gegen seine Kunden in der Hand zu haben. Also, falls die Quelle mal zu versiegen drohte.«

»Dann war es vielleicht gar kein Selbstmord ...«

Charlotte suchte Jans Blick.

»Ich habe ehrlich gesagt auch schon darüber nachgedacht. Aber wenn da was nicht stimmt, wird die Spurensicherung es herausfinden. Unter diesen Umständen gucken die bestimmt ganz genau hin.«

»Aber du glaubst doch nicht, dass Maren das alles wusste?«

Jan schüttelte den Kopf. »Nein, das glaube ich nicht«, sagte er. Ob er es auch so meinte, konnte Charlotte ihm nicht ansehen.

»Auf keinen Fall«, fügte sie deshalb hinzu. »Da hätte sie niemals mitgemacht. Aber wie konnte sie nur an diesen Menschen geraten?«

»Darüber haben wir ja schon gesprochen. Unterbewusst hat sie ihn sich bestimmt ausgesucht. Sie musste die Sache mit Heinemann verarbeiten. Und das war ihr Weg. So hat sie sich im übertragenen Sinn wieder in die Hände ihres Peinigers von damals begeben. Nur, dass sie es diesmal wollte.« Jan nickte. »Und das mit den Jungen vom Chor hat sie garantiert verdrängt, selbst wenn sie einen Verdacht hatte. Das Gehirn kann so wunderbar verdrängen.«

Trotzdem gab es eine weitere Frage, die sich aufdrängte. Charlotte hatte sofort daran gedacht, doch erst jetzt traute sie sich, sie auszusprechen. »Meinst du, sie würde noch leben, wenn ich nicht gewesen wäre?«

Wieder schüttelte Jan den Kopf. »Sören Beister war ein böser Mensch. Und er hat böse Dinge getan.«

»Ja, aber ich habe sie gegen ihn aufgewiegelt, und gleich danach ist es passiert.«

Durch das geöffnete Fenster drangen Stimmen ins Zimmer.

Eine Hummel summte. Jenseits der Krankenhausmauern hatte sich der Sommer vollends entwickelt.

»Ein böser Mensch«, wiederholte Charlotte leise. Dann sagte sie: »Die Polizei war hier. Sie haben mich nach Schultheis gefragt. Wie alles passiert ist. Aber hauptsächlich nach ihm. Und ich habe ihnen noch einmal gesagt, dass er mir das Leben gerettet hat. Das hat er doch, nicht wahr?«

# 73

Auf die Nacht im Untersuchungsgefängnis hätte Schultheis gern verzichtet. Doch er wusste, dass die Chancen gut für ihn standen. Er hatte schließlich nur in Notwehr gehandelt. Und dies bedeutete, dass er zur Gefahrenabwehr für Dritte genauso massive Gewalt anwenden durfte wie zur Verteidigung des eigenen Lebens. Er hatte Charlotte Sander vor einem fremden Mann beschützt. Und dieser Mann stellte eine unmittelbare Bedrohung für das Leben dieser Frau da. Also durfte Schultheis zu drastischen Mitteln greifen. Ein Brecheisen im Hinterkopf war zweifellos ein drastisches Mittel. Deshalb prüfte die Staatsanwaltschaft alle Aussagen und das Spurenmaterial. Dann entschied sie, wie es sich aus Schultheis' Sicht gehörte. Ihm wurde mitgeteilt, dass er keinem Haftrichter vorgeführt würde. Er könne nach Hause gehen.

Er schnallte sich den ausgehändigten Gürtel um, zog seine Schuhe an und verließ die Zelle. Danach wurden ihm seine Schlüssel und sein Portemonnaie zurückgegeben.

Das Untersuchungsgefängnis lag direkt neben dem Hamburger Landgericht. Das war praktisch, denn so konnten die

Tatverdächtigen durch einen Verbindungstrakt ohne Umweg zu den Gerichtssälen geführt werden. Ein Weg, der Schultheis erspart blieb. Er verließ die Haftanstalt durch ein kleines Tor auf der Rückseite.

Direkt gegenüber lag die Hamburger Messe, rechts hinter einer Straße ein großer Spielplatz. Schultheis spazierte ein Stück durch die Parkanlagen von Planten un Blomen. Der Dammtorbahnhof lag nicht weit entfernt.

Schultheis kaufte zwei Zeitungen am Kiosk und nahm die S-Bahn, um nach Hause zu fahren. Sein Auto befand sich noch bei der Spurensicherung. Aber sollten sie ruhig sichern. Schultheis war überzeugt davon, dass es nichts zu finden gab.

Die Leute im Zugabteil interessierten ihn heute überhaupt nicht. Die Zeitungen fand er viel interessanter.

Eine Heldentat habe er begangen, hieß es. Auch wenn sie ihn nicht namentlich nannten. Ein Mann aus Harburg hatte einer Frau im Industriegebiet von Altenwerder das Leben gerettet. Allein das zählte. Und dazu gab es Fotos vom Tatort unter der Stelzenautobahn.

Die zweite Geschichte, auf die sich die Zeitungen stürzten, war der erweiterte Selbstmord eines Chorleiters. Er hatte sich und seine Frau mit einem Schrotgewehr erschossen. Mehr noch interessierte die Zeitungen jedoch, dass ein angesehener Unternehmer der Stadt mit der Sache zu tun hatte. Es ging um Kindesmissbrauch.

Schultheis hob die Augenbrauen.

Was es nicht alles gibt, dachte er. Genau so eine Drecksau wie dieser Heinemann. Die Natur des Menschen steckt voller Abgründe.

Dann schmunzelte er über sich selbst.

Als Schultheis schließlich vor dem Wohnblock stand, in dem

er seit so vielen Jahren mit Petra lebte, zögerte er. Eigentlich wollte er nicht hineingehen. Er wollte nicht in dieses verkorkste Leben zurück.

Missmutig steckte er den Schlüssel ins Schloss, stieg das vertraute Treppenhaus hinauf und öffnete die Wohnung.

Petra stand im Wohnzimmer hinter einer hohen Sessellehne. Sie wusste garantiert alles. Das war Schultheis klar, denn die Polizei würde mit ihr über gestern Nachmittag gesprochen haben.

Schultheis faltete die Zeitungen und legte sie auf ein Highboard. Etwas war anders als sonst. Er spürte es. Außerdem stellte er fest, dass der Fernseher nicht wie sonst üblich lief.

Petra sah ihn lange an.

»Hast du Lust auf Sex?«, fragte sie schließlich. Es waren ihre ersten Worte. Und mehr sagte sie auch nicht.

Schultheis war zunächst sprachlos. Sex bedeutete ihnen beiden schon so lange nichts mehr. Sie schliefen gelegentlich miteinander. Aber das war auch schon alles.

Das, was in Petras Frage mitschwang, hatte aber eine andere Qualität. Es ging nicht um den mechanischen Akt, den der Beischlaf bedeutete. Schultheis sah in ihren Augen, dass *er* ihr plötzlich wieder etwas zu bedeuten schien. Sie wollte nicht nur Sex. Sie wollte ihren Mann. Sie wollte ihn.

## 74

Die Polizei ließ sich mit der Rückgabe von Jans Smartphone Zeit. Deshalb kaufte er sich ein billiges Klapphandy und steckte eine Ersatz-SIM-Karte ein. Das Gerät war nicht besonders toll, aber man konnte damit telefonieren. Als er nach einem weiteren Besuch bei Charlotte wieder mal das Krankenhaus verließ, meldete sich Simone Jonker auf dem neuen Telefon.

»So, hat etwas länger gedauert«, begann die Ex-Kommissarin ohne Vorgeplänkel. »Aber es gibt tatsächlich einen Treffer.«

»Das Brecheisen«, entfuhr es Jan, der innerlich jubelte.

»Nein. Offenbar trug Ihr Matthias Schultheis Handschuhe, als er Peter Butler erschlug. Sie wissen doch, dass der Knabe Peter Butler hieß? Und wieso Handschuhe, weiß kein Mensch. Also, man kann es sich denken, aber er selbst sagt nichts dazu.«

»Um keine Fingerabdrücke zu hinterlassen«, vermutete Jan.

»Eben. Aber damit das klar ist«, schob Simone Jonker hinterher, »alles, was ich Ihnen jetzt erzähle, ist natürlich vertraulich. Auch wenn Sie für eine Zeitung arbeiten. Das hier ist nichts, was Sie veröffentlichen dürfen. Sonst bekommen Freunde von mir ziemlichen Ärger.«

Jan wehrte ab, sagte, dass dies klar sei.

»Gut«, meinte Simone Jonker. »Wollte es nur noch mal erwähnt haben. Also, es gab einen Spur-Personen-Treffer. Denn wegen all der merkwürdigen Umstände und dem Drängen einer hier nicht weiter erwähnten Ex-Polizistin, nämlich mir« – Simone Jonker lachte kurz auf –, »hat man bei Schultheis eine DNA-Untersuchung vorgenommen. Lange Rede, kurzer Sinn: Es gab eine Übereinstimmung mit einer Probe aus Rotenburg.«

»Nein!«

»Doch! Aber flippen Sie nicht gleich aus. Es ist zwar ein Treffer, aber so toll ist er auch wieder nicht. Die DNA von Schultheis wurde auf einem Papiertaschentuch gefunden, das nicht weit entfernt von der Stelle lag, wo Silvia Keller ermordet wurde. Nicht umsonst hatte ich bei unserem letzten Gespräch von solchen Spurenträgern in der Nähe von Tatorten gesprochen. Ich wusste aus den Unterlagen, dass man dort ein Papiertaschentuch gefunden hatte. Aber, und jetzt kommt das Problem, Schultheis hat eine Erklärung dafür. Und: Wir haben keinen weiteren Treffer. Weder bei den beiden Campern in Verden noch bei der aktuellen Geschichte bei Ihnen im Hamburger Hafen. Tut mir leid. Somit ist er erst mal wieder raus aus der Nummer.«

Jan war mit aufgerissenen Augen stehen geblieben. »Was für eine Erklärung soll das sein? Wie kann er sich aus so was rausreden?«

»Na ja, die Spuren befanden sich ja nicht auf dem Stromkabel, mit dem Silvia Keller erdrosselt wurde. Und auch sonst nirgendwo auf ihr oder an ihrer Kleidung. Das Taschentuch lag direkt neben einem Wanderweg, der zum Bullensee führt. Also hat Schultheis gesagt, dass er sich nicht erinnern könne, ob er an genau diesem Tag am See gewesen sei, aber er sei dort ziemlich oft spazieren gegangen. Und zwar mit einem Schulfreund aus Rotenburg. Der hatte einen Hund. Und mit dem sind sie oft am Bullensee gewesen. Die Kollegen haben das überprüft. Der Bursche wohnt noch immer in der Gegend. Und er bestätigt die Geschichte.«

»Aber das spricht doch nur noch mehr für ihn als Täter!«, triumphierte Jan. »Er kannte sich sehr gut aus. Er wusste, wo er auf sein Opfer warten musste und wie er ungesehen wieder wegkommt. Besser geht es doch gar nicht.«

»Ansichtssache. Leider.«

»Kann der Typ mit dem Hund sich denn nicht erinnern, ob er damals auch am See war?«, wollte Jan wissen.

»Das ist über zwanzig Jahre her.«

»Na und? Alle in Rotenburg wussten am nächsten Tag, was da passiert ist. Ein Mord an einer Schülerin. Da erinnert man sich doch, ob man selbst zur Tatzeit am Tatort war oder nicht.«

»Unser Mann tut es nicht. Er weiß es einfach nicht mehr. Dafür war er viel zu oft an dem See, sagt er.«

»Also kann er Schultheis auch nicht entlasten.«

»Nicht direkt. Aber dessen Geschichte stimmt nun mal. Und es ist ja auch nicht so, dass das Taschentuch direkt bei Silvia Keller gelegen hätte.«

»Weil sie durch den Wald weggeschleppt wurde.«

»Es lag auch nicht direkt am Tatort. Sondern nur in der Nähe. Und wissen Sie, wie viele Leute beim Spazierengehen ihre Taschentücher im Wald wegwerfen?«

Jan hatte sich für eine Weile etwas abseits gegen eine Mauer gelehnt. Nun begann er wieder hin und her zu gehen. Leute, die etwas im Krankenhaus zu tun hatten, kamen und gingen, ohne dass er sie ansah. »Und was jetzt?«, fragte er.

»Nichts. Die Kollegen behalten ihn weiter im Auge.«

»Ist das alles? Das darf doch nicht wahr sein. Man wartet doch jetzt nicht etwa, um zu sehen, ob er noch jemanden umbringt? Vielleicht Charlotte oder mich. Und wenn man Glück hat, hinterlässt er diesmal Spuren?«

»Sonst gibt es nur noch ein anderes Mittel, um Schultheis zu kriegen«, sagte Simone Jonker.

»Welches?«

»Ein Geständnis. Aber das wird er bestimmt nicht ablegen, oder? Was meinen Sie? Sie kennen ihn doch besser als ich.«

Jan schnaufte laut durch die Nase. »Mit Sicherheit nicht«, sagte er.

»Nun«, meinte Simone Jonker, »dann kann ich Ihnen leider nur raten, in nächster Zeit sehr gut auf sich und Ihre Freundin aufzupassen.«

»Vielen Dank, das werde ich ganz bestimmt tun!«

Wütend klappte Jan sein neues Handy zu. Er wusste, dass Simone Jonker ungewöhnlich viel für ihn getan hatte. Jan hatte Informationen bekommen, die außerhalb des Polizeiapparates niemandem zur Verfügung standen. Trotzdem verfluchte er sie in diesem Moment.

# 75

Für Schultheis lief es gut. Er wusste, dass die Ermittler vom Landeskriminalamt seine DNA mit ihrer Datenbank abgleichen würden. Doch offenbar fanden sie nicht das, was sie suchten. Lediglich nach der Herkunft eines Taschentuchs wurde er gefragt, das in der Nähe von Silvia Keller gefunden worden war. Aber dafür konnte er eine plausible Erklärung bieten. So hatte es sich also doch noch ausgezahlt, dass er auf der Jagd und beim Morden immer sehr sorgsam vorgegangen war. Er wusste, dass es beim Bundeskriminalamt neben einer Datei für Fingerabdrücke auch eine für Schuhabdrücke gab. Allgemein war die Kriminalistik seit Jahren ganz wild auf das Sammeln von allen möglichen Spuren. Doch Schultheis hatte vorgesorgt. Nach jeder Tat vernichtete er akribisch alle Kleidungsstücke, die er bei der Tat getragen hatte und die ihn damit in Verbindung bringen konnten. Auch wenn sie noch so neu oder teuer gewesen waren.

Das Leben begann Schultheis wieder Spaß zu machen. In der Redaktion feierte man ihn als Helden. Der Status gefiel ihm.

Außerdem hatte er seit seiner Entlassung aus dem Untersuchungsgefängnis jeden Tag Sex mit Petra. Nein, das traf es nicht. *Sie machten Liebe.* Diese Beschreibung klang viel passender. Und deshalb wollte Schultheis den augenblicklichen Zustand bewahren.

Vielleicht stellte seine Heldentat ja eine weitere Zäsur in seinem Leben dar. Die erste hatte es gegeben, als Petersen, der für Schultheis während seines Volontariats in Bremen eine Art Mentor gewesen war, nach Harburg ging, um dort die Chefredaktion beim Tageblatt zu übernehmen. Schultheis wurde nach seinem Volontariat als Jungredakteur übernommen und zögerte nicht einen Moment, als Petersen ihn fragte, ob er mit nach Harburg kommen wolle. Dann lernte er Petra kennen. Er verliebte sich, sie heirateten, bekamen ihren Sohn, Gunnar, und Schultheis stellte das Morden ein. Erst mit Fiona Fenske am Tankhafen begann er sein Talent wiederzuentdecken. Aber genauso gut konnte er jetzt vielleicht auch wieder damit aufhören.

Grund genug dafür gab es. Petra zum einen. Außerdem reichte die Abfindung vom Verlag zusammen mit ihrem Ersparten für ein unabhängiges Leben. Er konnte mit Petra auf Reisen gehen. Sie reiste doch so gern. Und dann würde er sich irgendwann einen neuen Job suchen. Der Heldenstatus öffnete bestimmt einige Türen.

Jan Fischer kannte sein Geheimnis. Das war natürlich gefährlich. Doch im Augenblick konnte Schultheis nicht gegen ihn vorgehen. Aber solange es keine Beweise gegen Schultheis gab, war das auch gar nicht nötig.

Das verlorene Taschentuch am Bullensee betrachtete Schultheis als eine Art Zeichen. Beinah hätten sie ihn erwischt und alles wäre kaputt gewesen. Aber dem war nicht so. Vielleicht sollte es irgendwie so kommen.

Es gab nur noch zwei Dinge, die Schultheis tun musste, um endgültig mit seinem neuen Leben beginnen zu können. Das wurde ihm klar, als er in der Redaktion saß und auf den Monitor vor sich starrte. Nur zwei Dinge. Und er war bereit, sie zu tun.

# 76

Petra stand nach dem frühen Abendessen an der Spüle und wusch zwei Schalen aus. Es hatte einen ihrer raffinierten Salate gegeben. Schultheis betrachtete sie eine Weile, stellte sich dann neben sie und streichelte ihr Gesäß. Eigentlich hatte er sofort Lust auf sie, doch vorher galt es noch die beiden Dinge zu erledigen. Deshalb sagte er, dass er noch einmal wegmüsse. Es könne länger dauern. Sie solle mit dem Schlafengehen nicht auf ihn warten. Er habe allerdings eine Bitte. Wenn sie ins Bett gehe, solle sie unter ihrem Nachthemd keinen Slip anziehen. Er wolle gleich in sie eindringen können, wenn er nach Hause komme. Ohne vorher viel sagen zu müssen. Vielleicht sogar, während sie schlief. Ob sie das für ihn tun wolle? Petra sah ihn an und nickte ohne das geringste Zeichen von Scham in ihrem Gesicht.

Dann ging er in den Keller.

Ein kleines Andenken hatte Schultheis von all seinen Opfern behalten. Eine Trophäe. Das war dumm. Er wusste es. Aber Jäger taten so etwas nun mal. Da war er nicht anders. Doch nun wurde es Zeit, sich auch von diesen Souvenirs zu trennen.

Da war zunächst die goldene Taschenuhr des toten Heinemann. Schultheis hatte sie genauso wie die Unterhose von Fiona Fenske und eine Lederpeitsche aus dem Haus von Maren Beister und ihrem verrückten Mann bei sich im Keller hinter einer

Holzverschalung versteckt. Alles zusammen war in einen blauen Müllbeutel gewickelt.

Es war riskant, sich mit diesen Sachen in die Öffentlichkeit zu wagen. Das war klar. Aber er nahm sie ja extra mit, um die Gefahr, die von ihnen für sein neues Leben ausging, ein für alle Mal zu beseitigen. Nervös sah er sich um, als er mit der Mülltüte auf die Straße trat. Er hörte Kinderstimmen auf einem der Nachbargrundstücke und ein Flugzeug, das in mindestens tausend Metern Höhe Urlauber in den Süden beförderte. Sein Auto stand in der Abendsonne. Vor zwei Tagen hatte er es von der Spurensicherung zurückbekommen.

Über die Autobahn brauchte Schultheis exakt neununddreißig Minuten, um nach Gyhum zu fahren. Seit einigen Jahren gab es eine neue Abfahrt zwischen Sittensen und Bockel, was den Weg in sein Heimatdorf noch kürzer machte.

Schultheis fuhr die Hauptstraße entlang, bog zweimal ab und parkte den Wagen vor seinem Elternhaus. Das Tor an der Einfahrt war geschlossen. Dahinter blühte das Unkraut. Auch das Haus machte nicht mehr den besten Eindruck. Efeu wucherte den Giebel hinauf. Aus den Dachrinnen ragten herabgefallene Äste. Seitdem seine Eltern kurz nacheinander gestorben waren, war das Haus sich selbst überlassen. Schultheis war Alleinerbe des Grundstücks. An einen Verkauf hatte er bisher nicht gedacht. Für ein neues Leben mit Petra betrachtete er die damit verbundenen finanziellen Mittel nun jedoch als Option.

Mit etwas Mühe gelang es ihm, die Pforte in den Vorgarten zu öffnen. Den Müllsack hatte er sich über die Schulter geworfen. Wieder wanderte sein Blick verstohlen durch die Nachbarschaft. Obwohl es auf dem Dorf wesentlich weniger Einwohner als in der

Stadt gab, wurde man hier potenziell von wesentlich mehr Augen beobachtet. Er wusste dies aus seiner Kindheit und Jugend.

Mit Absicht hatte er seinen Wagen deshalb vor dem Haus geparkt. Die Leute sollten ruhig sehen, dass der verlorene Sohn aus Hamburg da war. Das war besser, als wenn sie glaubten, ein Einbrecher habe sich Zutritt zum Grundstück verschafft, und jemand womöglich die Polizei riefe.

Das Haus ließ er unbeachtet, ging an wucherndem Kirschlorbeer vorbei zum Garten. Hinter dem Haus musste er sich vor Brennnesseln in Acht nehmen. Dann war er beim Fahrradschuppen. Die Tür aus Holzlatten war nur mit einem Schieber verriegelt. Ein richtiges Schloss gab es nicht.

Schultheis brauchte Kraft, um den rostigen Riegel bewegen zu können. Im Schuppen war es dunkel. Doch er wusste noch immer ganz genau, wo alles war. Rechts standen die alten Fahrräder auf ihren platten Reifen, links lehnte allerlei Gartenwerkzeug an der Wand. Und geradeaus gab es einen Bretterverschlag, hinter dem sich das ehemalige Plumpsklo verbarg. Schon lange vor seiner Geburt hatte dort jemand das letzte Geschäft verrichtet. Nun lagerten Blumenerde und Torf in Plastikbeuteln auf der ehemaligen Sitzfläche.

Schultheis merkte, wie er schwitzte, als er die Erde beiseiteschob und den Deckel vom Klo anhob. Mit ausgestrecktem Arm griff er ganz weit nach hinten, tastete alles vorsichtig mit den Fingern ab. Einen Augenblick dachte er mit Schrecken an mögliche Ratten, die sich in der dunklen Kammer ein Zuhause gebaut haben konnten, doch dann fand er, was er suchte. Bereits damals hatte er einen Müllbeutel benutzt, um seine gesammelten Schätze wasserdicht zu verwahren.

Mit der zweiten Tüte in der Hand trat er aus dem Schuppen. Ein modriger Geruch kam ihm entgegen, als er den Beutel öffnete. Zwanzig Jahre waren eine lange Zeit. Er zog einen kleinen, roten Plastikwecker heraus. Das Fach auf der Rückseite öffnete er besser nicht, die Batteriesäure war sicher längst ausgelaufen.

Den Wecker hatte er aus dem Zelt mitgenommen, in dem er das Mädchen aus dem Freizeitpark erstochen hatte. Am Nachmittag hatten sie und ihr Freund ihm noch verraten, wo man sich im Park am besten küssen konnte. Er hatte damals gelächelt und sich alles notiert. Dass sie die Nacht auf einer nahe gelegenen Waldlichtung verbringen wollten, erzählte die Kleine ihm von ganz allein. Es war also irgendwie nicht seine Schuld. Schultheis hatte nicht danach gefragt. Aber wenn er es denn schon mal wusste ...

Dann hatte er das Haarband einer Prostituierten in der Hand. Er hatte sie in Bremen getötet und lange nicht mehr an sie gedacht. Es war unvorsichtig gewesen, sich während des Volontariats ein Opfer so nahe am Verlagshaus auszusuchen. Außerdem war er nicht gut vorbereitet gewesen. Nie hätte er gedacht, dass es so lange dauern würde, bis jemand, dem man den Kopf unter Wasser hielt, zu zappeln aufhörte. Wie leicht hätte jemand während dieser Zeit am Kanal vorbeikommen und die Sache beobachten können! Aber es war alles gut gegangen. Mit fast zwanzig Jahren Abstand musste Schultheis über das Geschehen von damals lächeln. Hinter der Wiese jenseits des Gartenzauns berührte die Sonne gerade den Horizont.

Von Silvia Keller hatte er ein Lederband mitgenommen, das sie um den Fußknöchel trug. Viel mehr hätte er ihr auch nicht nehmen können. Ihre Bikinihose hatte sie irgendwo im Wald verloren. Als er sie beim Urinieren von hinten erwischt hatte, hing die Hose noch zwischen ihren Füßen, dessen war sich Schultheis sicher. Sie musste dann an einem Strauch hängen geblieben sein, als er die junge Frau durch das Unterholz schleifte. Weil Silvia nur ein dünnes Kleid anhatte, blieb ihm als Andenken entweder das Silberkettchen von ihrem Hals oder das Lederband vom Fuß. Das Lederband fand er persönlicher.

Und schließlich kam sein ganz besonderer Schatz zum Vorschein. Er hatte ihn schon vorher beim Durchwühlen des Plastikbeutels in den Fingern gehabt, doch erst jetzt zog er ihn als krönenden Abschluss heraus. Denn er war seine schönste Trophäe.

Es war ein einfaches Ringbuch in DIN-A5-Format. Alexandra Harms hatte es als eine Art Tagebuch benutzt. Sie hatte Dinge hineingeschrieben, die ihr wichtig erschienen. Und es gab viele Bleistiftskizzen drin. Die letzten Eintragungen und Bilder waren hier beim Fahrradschuppen entstanden. An dem Ort, wo Alexandra sich versteckt hatte, als sie am Schützenfestwochenende die Nase voll hatte von ihrem saufenden Quasi-Stiefvater und ihrer antriebslosen Mutter.

Im Fahrradschuppen hatte Alexandra auch den Brief geschrieben, den Schultheis eine Woche später von Mallorca aus abschickte.

Beide hatten sie gelacht, als sie sich vorstellten, wie alle gucken würden, wenn sie den Stempel aus Spanien sahen.

*Macht euch keine Sorgen. Mir geht es gut. So gut wie noch nie in meinem Leben.*

Für kurze Zeit hatten sie tatsächlich viel Spaß miteinander. Nachts krabbelte Alexandra durchs Fenster in sein Zimmer und legte sich in sein Bett, auch wenn sie sich nicht von ihm anfassen ließ. Tagsüber versteckte sie sich in der Nähe, oft auch im Fahrradschuppen. Endlich durfte er ihr über Stunden so nahe sein, wie er es sich schon lange gewünscht hatte.

Doch viel zu schnell kam der Tag, kurz vor seiner Urlaubsreise nach Mallorca, an dem Alexandra keine Lust mehr auf

Versteckspielen hatte. Den Schuppen fand sie plötzlich doof und ihn irgendwie auch. Jedenfalls sagte sie das.

Alexandra wollte zurück nach Hause. Einfach so. Nach all den schönen Stunden, die sie zusammen verbracht hatten. Das konnte Schultheis natürlich nicht zulassen. Das musste selbst Alexandra verstehen.

Er blinzelte in die untergehende Sonne. Nun hieß es, noch einmal Abschied zu nehmen. Die goldene Taschenuhr von Lothar Heinemann würde sich am schwierigsten entsorgen lassen. Schultheis ging zurück in den Schuppen, fand einen großen Hammer und zerschlug die Uhr damit auf der Eingangsschwelle in viele kleine Einzelteile. Zwischendrin hob er den Kopf und blickte zum Haus, weil er glaubte, etwas gehört zu haben. Vielleicht eine Tür? Oder etwas auf der Straße?

Er vollführte noch zwei schnelle Schläge mit dem Hammer, dann sammelte er alle Kleinteile und Scherben ein, warf sie zurück in den Beutel und ging mit allen Sachen um den Schuppen herum zu der rostigen Tonne, in der er früher oft Gartenabfall und gelegentlich seine eigene Kleidung verbrannt hatte.

Schultheis kippte erst den Beutel mit den neueren Sachen in die Tonne, dann den mit den alten Andenken. Alexandras Ringbuch behielt er bis zuletzt in der Hand. Schließlich spritzte er schweren Herzens etwas vom mitgebrachten Feuerzeugbenzin darüber und warf das Buch in die Tonne.

Das Feuerzeugbenzin befand sich in einer kleinen Dose mit einer roten Kappe. Nach und nach entleerte er den ganzen Inhalt in die Tonne und warf die leere Dose hinterher.

Waren da Stimmen auf der Straße? Vielleicht hatte jemand den Wagen mit dem Hamburger Nummernschild entdeckt. Vielleicht zwei Nachbarn, die sich beim Ausführen der Hunde trafen. Kein Grund, sich Sorgen zu machen. Kein Sonderkommando der

Polizei sprang um die Hausecke oder seilte sich von Hubschraubern ab, um ihm das Streichholz aus der Hand zu reißen und das Vernichten der letzten Beweise, die es gegen ihn gab, zu verhindern.

»Ja, hier stehe ich«, sagte er lachend. »Holt mich, wenn ihr könnt!«

Dann flog das brennende Streichholz in die rostige Tonne. Eine Stichflamme schoss über zwei Meter hoch in die Abenddämmerung. Flammen loderten aus den durchgerosteten Seiten der Tonne. Doch schon bald fielen sie wieder in sich zusammen.

Schultheis neigte sich leicht vor und sah in das Feuer. Dann warf er ein paar kleine Holzstücke hinterher, um den Flammen mehr Nahrung zu geben. Zwischen ihnen loderte es zerstörerisch um das Haarband, die Lederpeitsche, den Wecker und das Tagebuch. Die Überreste der Taschenuhr wurden schwarz. Die Plastiktüten zogen sich zusammen und begannen zu stinken.

Ein loses Blatt Papier schwang sich auf dem warmen Luftstrom ein Stück empor. Es war eine Bleistiftzeichnung, die Alexandra von ihm hinter dem Fahrradschuppen gemacht hatte. Er sah zu, wie das Feuer daran nagte, und ihm wurde bewusst, dass er Alexandra wirklich gerngehabt hatte. Sehr gern sogar. Vielleicht so sehr wie nie wieder jemanden.

Doch für Sentimentalität wollte er sich jetzt keine Zeit nehmen. Nachher hatte er vielleicht Gelegenheit dazu. Denn dann würde er noch mehr Dinge verbrennen müssen. Die Schuhe, die er jetzt trug, seine Jacke und die Hose. Im Wagen hatte er Ersatzkleidung liegen. Aber die Sachen würde er erst brauchen, wenn die zweite der beiden Aufgaben erledigt war, die er sich vorgenommen hatte.

Der Weg zum Bauernhaus, in dem Alexandra früher gewohnt hatte, war Schultheis noch mehr als vertraut. Es waren nur ein paar Hundert Meter die Hauptstraße entlang. Zu oft war er diesen Weg früher zu Fuß gegangen. Zu oft hatte er zu Alexandras Fenster hochgesehen, wenn er sich unbeobachtet fühlte. Hinter diesem Fenster lebte sie, schlief sie, atmete sie.

Es konnte kein Zufall sein, dass ausgerechnet Alexandra und er in Hunderttausenden Jahren Menschheitsgeschichte zur selben Zeit über diesen Planeten wandelten. Dazu noch im selben kleinen Dorf. So viel Zufall konnte es nicht geben. Sie waren wohl füreinander bestimmt. Der junge Matthias Schultheis hatte dies damals begriffen.

Schultheis parkte ordnungsgemäß am Kantstein, beobachtete die leere Straße einige Minuten und stieg dann aus. Wie üblich bei solchen Sachen, zog er dünne Baumwollhandschuhe über.

Nur oben waren zwei Fenster erleuchtet. Für die meisten Leute war es kurz vor der Schlafenszeit. Er ging direkt zur Haustür, klingelte einmal, wartete geduldig einige Minuten und klingelte erneut. Im Flur ging Licht an. Schritte konnte er keine hören, trotzdem wurde plötzlich ein Schlüssel gedreht, die Tür öffnete sich, und da stand sie.

*Seine Alexandra.*

## 77

Er hatte sie schon an dem Sonntagnachmittag gesehen, als er den Mann umgebracht hatte, der ihm Charlotte wegschnappen wollte. Im Streifenwagen sitzend, bei der Abfahrt zur Polizeiwache, hatte er ihr in die Augen gesehen. Sie stand an jenem Nachmittag neben einem alten Golf, dessen Kennzeichen mit ROW begann. Für ihn war es wie ein Stich ins Herz gewesen. Natürlich war sie älter als damals. Bestimmt zehn Jahre. Aber dennoch erkannte er sie sofort. Die Art, wie sie dastand. Ihre Figur. Das Gesicht.

Sie war es.

*Die eine.*

Endlich!

Sein Verstand begriff zwar, dass Alexandra heute so alt wie er sein müsste. Die Frau neben dem Golf war aber höchstens dreißig. Es musste also die jüngere Schwester sein. Doch seinem Gefühl war das egal.

Er hatte *sie* gefunden. *Die eine.*

Da stand sie. Neben dem Golf.

Und heute hatte er herkommen müssen, um sie wiederzusehen. In sein Heimatdorf.

Nun standen sie sich gegenüber.

Der Lichtschein aus dem Flur blendete ihn etwas, da sich seine Augen bereits an das Zwielicht der bevorstehenden Nacht gewöhnt hatten. Die junge Frau sah ihn an. Ob sie ihn auch gleich wiedererkannt hatte?

»Guten Abend«, sagte er wohlerzogen. Fast war es, als wollte er sie zu einem Rendezvous abholen.

»Matthias Schultheis«, sagte die junge Frau leise. Das war die Bestätigung. Sie erinnerte sich an ihn.

»Ich ... Du wunderst dich vielleicht über meinen Besuch.«

Die junge Frau sah ihn lange an, ohne zu antworten.

»Wie geht es deiner Mutter?«

»Was willst du?«

»Ich ... Nur ein Höflichkeitsbesuch. Ich habe dich Sonntag gesehen. Unter der Brücke.«

»Ich dich auch.«

»Ach ja?« Schultheis nickte. Natürlich musste sie ihn gesehen haben. Und anschließend hatte sie bestimmt etwas über ihn gelesen.

»Ich wollte dir etwas sagen.«

»Und was?«

»Nicht hier.«

Julia schüttelte den Kopf. »Ins Haus kommst du nicht.«

»Willst du wissen, was aus deiner Schwester geworden ist?«, entgegnete er darauf mit wesentlich festerer Stimme.

Die junge Frau blieb stumm.

»Wenn du es wissen willst, dann kommst du jetzt mit mir!«

Julia schüttelte den Kopf.

»Ich komme nicht noch einmal«, sagte Schultheis. »Jetzt – oder du erfährst es nie. Deine Entscheidung.«

Wieder ein Kopfschütteln.

»Ich bring dich zu ihr. Du willst doch wissen, wo sie ist.«

Ein leichtes Zittern ging durch den Körper der jungen Frau vor ihm. »Ich muss mir was anziehen.«

Julia trug nur eine Strickjacke über einem Nachthemd, war barfuß. »Aber nur Sachen aus dem Flur«, sagte er. »Sonst bin ich weg.«

Er wollte nicht, dass sie irgendwo eine Nachricht hinschrieb oder ihrer Mutter sagte, mit wem sie wegging. Die Alte sollte zwar mittlerweile dement sein, so viel hatte er vor seinem Besuch recherchiert, aber man wusste ja nie, ob sie nicht doch mal einen hellen Moment hatte. Und dass Julia noch kurz mit jemandem telefonierte, durfte schon gar nicht passieren.

Er sah zu, wie sie barfuß in Turnschuhe schlüpfte und diese verschnürte. Ihre nackten Beine guckten unter dem Nachthemd hervor. Und wieder erinnerte sie ihn fast schmerzhaft an Alexandra, auch wenn sie ihre Haare ganz kurz geschnitten trug und somit ganz anders als ihre Schwester.

Schultheis schauderte. Es sah so aus, als ob der Kreis sich heute schließen würde. Wo alles begann, würde auch alles enden.

# 78

Julia trat aus dem Haus, zog die Tür hinter sich zu. Trotz der späten Stunde war es, wie im Sommer üblich, nicht vollständig dunkel. Sie konnte die Gestalt neben sich recht gut erkennen. »Wo gehen wir hin?«, fragte sie.

»Komm einfach mit!«

Julia merkte, wie sich beim emotionslosen Klang der Stimme dieses Mannes die Härchen auf ihrer Haut aufstellten. Trotz der Strickjacke begann sie zu frieren. Unendlich viele Gedanken bestürmten sie gleichzeitig. Die Situation war wie eine Faust, die jemand langsam in ihren Bauch drückte. Nun war der Tag gekommen, auf den sie all die Jahre gewartet hatte. Jemand klingelte an ihrer Tür. Sie war also nicht umsonst in diesem Haus wohnen geblieben. Jahr für Jahr für Jahr. Jahre des Hoffens. Jahre des Verfluchens. Das Warten war zu einem Teil ihres Lebens geworden. Was würde danach kommen?

Würde sie wirklich tun können, was sie wollte, wenn sie endlich frei war? Frei von der Angst, Alexandra könnte sich melden, doch keiner war mehr da, der ihren Anruf entgegennahm, der ihren Brief öffnete oder der sie ins Haus ließ, wenn sie klingelte.

Aber es war nicht Alexandra, die bei ihr an der Tür geklingelt hatte. Sondern *er* war es.

Julia folgte dem Mann mit nur einem halben Schritt Abstand. Und sie war erstaunt, wie ruhig sie dabei war, trotz all der

Gefühle, die auf sie einstürzten, und der Angst, die unter dem Nachthemd über ihre Haut kroch. Seit sie wusste, dass Schultheis ihre Schwester getötet haben könnte, seit jenem Sonntag, an dem sie seinen Namen in der Verdener Zeitungsredaktion gehört hatte, wusste sie auch, dass es eines Tages zu einem Aufeinandertreffen kommen würde.

»Wenn er irgendwann mal bei dir auftaucht«, hatte Jan Fischer ihr eingeschärft, »dann darfst du ihm auf keinen Fall den Rücken zudrehen. Achte die ganze Zeit darauf. Denn er tötet immer nur von hinten.«

Umgekehrt hieß das, solange sie ihn ansah, konnte ihr nichts passieren. Oder war das falsch gedacht?

»Ist es weit?«

»Nicht weit.«

»Kannst du es mir nicht erzählen?«

Sie standen neben einem dunklen Wagen, und er schüttelte den Kopf. Dann stieg er wortlos ein. Die Innenbeleuchtung zeichnete unheimliche Schatten auf sein Gesicht.

Dreh dich einfach um und geh weg, dachte Julia. Doch was hieß schon *einfach*? Seit zwanzig Jahren hatte sie auf diesen Moment gewartet. Jetzt oder nie. Wenn sie ihn wegfahren ließ, würde er mit ziemlicher Sicherheit nie wiederkommen.

Das konnte sie nicht riskieren. Der Weg hierher war so lang und so schmerzhaft gewesen. Sie musste ihn weitergehen, ihn beenden. Dazu war ihr in diesem Moment alles recht. Nur sterben wollte sie nicht.

Schultheis sah, wie die junge Frau noch immer zögerte, also beugte er sich zur Beifahrertür hinüber, zog den Türgriff und stieß die Tür von innen auf. Langsam trat Julia um den Wagen herum, stieg ein. Er sah, wie sie die Tür zuzog, merkte sich genau, was sie berührte. Hinterher würde er alles gründlich reinigen müssen. Für alle Fälle. Am besten verteilte er danach neue Spuren auf dem Beifahrerplatz, fasste alles mit den eigenen Händen an. Das Armaturenbrett über dem Handschuhfach, die Seitenverkleidung der Tür. Eine Ausfahrt mit Petra wäre gut, damit auch ihre Fingerabdrücke andere Spuren überdeckten. Vielleicht schon morgen.

Petra. Sie lag jetzt bestimmt schon im Bett und wartete auf ihn.

Es ist eine gute Tat, die ich hier vollbringe, dachte Schultheis.

Ich habe ein Talent, und ich nutze es.

Was ich heute tue, ist gut für alle. Gut für Petra und gut auch für Alexandras Schwester. Ihre Verzweiflung, das Bangen und Hoffen, würde bald ein Ende haben. Ihre Mutter hatte alles verdrängt und vergessen. Aber Julia, die kleine Schwester, lebte seit Jahren im Zweifel.

Doch dann musste Schultheis sich selbst eingestehen, dass er es auch für sich tun wollte. Und er tat es gern. Es machte ihm Spaß, Julia neben sich zu haben, und die Vorstellung, dass sie nun ganz in seiner Gewalt war, gefiel ihm. Das bekannte Kribbeln war zurück. Eine leichte Nervosität. Fast so, als wäre er ein bisschen verliebt in das Mädchen.

Dafür brauchte man sich nicht zu schämen. Dass ihm das Töten Freude machte, hatte Schultheis sich nicht ausgesucht. Es war ihm mit auf den Weg gegeben worden. Manchmal hasste er sein Verlangen, aber schuld war er nicht daran. Der alte Mann, den er schließlich mit der Plastiktüte über dem Kopf von seiner eigenen Pein erlöst hatte, hätte es verstanden. Das Verlangen saß tief. Bei Heinemann waren es kleine Mädchen gewesen. Schutzbefohlene. Bei Schultheis war es eben etwas anderes.

Schultheis sah, dass die junge Frau neben ihm ihre Hände in

den Schoß gelegt hatte und diese krampfhaft zusammendrückte. Der Motor röhrte auf.

Als der Wagen anrollte, sog das Mädchen hörbar Luft ein. Dann steuerte er durch die Nacht. Er fuhr vorschriftsmäßig. Unauffällig. Kein Grund für eine Polizeikontrolle. Die Scheinwerfer leuchteten ordnungsgemäß. Wenn er abbog, blinkte er vorher. Auch zu schnell fuhr er nicht. Warum auch? Der Ort, zu dem er mit dem Mädchen wollte, war nicht weit entfernt.

Sie fuhren am Hesedorfer Campingplatz vorbei, bogen dann rechts auf einen landwirtschaftlichen Nutzweg ab. Sein Ziel lag in einem Wald- und Moorgebiet mit vielen kleinen Seen. Zum Teil waren es nicht mehr als Tümpel, die alle irgendwie miteinander verbunden waren. Der Grundwasserspiegel lag für die Gegend ungewöhnlich hoch. Neben Wanderpfaden, die an besonders nassen Stellen erst durch Holzbohlen begehbar wurden, gab es große Flächen Morast. Abgestorbene Baumstämme ragten aus dem Untergrund. Tannenwedel erhoben sich auf schimmernden Wasserflächen.

Er hatte den Kofferraum geöffnet und Julia einen Spaten herausnehmen lassen. Es war wirklich fast genau wie vor zwanzig Jahren. Selbst der Spaten war derselbe. Er hatte über all die Jahre im Fahrradschuppen gestanden.

Der Platz, den er damals ausgesucht hatte, war perfekt. Der Boden schwer, aber nicht von zu viel Wurzeln durchzogen. Auch Steine gab es kaum. Selbst Julia würde dort leicht ein Loch graben können.

»Hier kann sie nicht sein«, sagte Julia, als er einige Hundert Meter vom Parkplatz entfernt meinte, sie solle stehen bleiben. Ein sternenklarer Himmel breitete sich über ihren Köpfen aus. Wegen des halben Mondes, der gelblich über den Bäumen stand, konnten sie genug sehen.

»Die Polizei hat hier alles durchkämmt«, sprach sie weiter. »Und Hunde haben auch gesucht.«

Deshalb war der Platz ja so perfekt, dachte er. Eine Hundertschaft der Bereitschaftspolizei hatte den Morast, so gut es ging, mit ihren langen Metallstöcken durchgestochert, und Hundeführer waren mit ihren Spürhunden alle Wege abgegangen, *bevor* er Alexandra hier vergraben hatte. Als diese Suchaktionen liefen, hatte sie noch gelebt und sich auf dem Grundstück seiner Eltern versteckt. Schon bald hatten die Ermittler auch bei Familie Schultheis an der Tür geklingelt, um sich mit dem ehemaligen Schulkameraden der Vermissten zu unterhalten. Doch die Befragung ergab nichts. Hinterher hatte er Alexandra die Sache ganz genau erzählen müssen. Die fand das alles lustig. Von den großen Suchaktionen bekam sie hingegen gar nicht viel mit. Er verheimlichte die Ausmaße vor ihr. Sonst hätte sie vielleicht schon viel früher wieder nach Hause gewollt.

Er nahm den Wagen seiner Eltern am Abend vor der Mallorca-Reise, um Alexandra wegzubringen. Alexandra war zu diesem Zeitpunkt bereits einen Tag tot. Als er sie nachts über den Waldweg und die Bohlen zog, empfand er nichts mehr für sie. Ihr Körper war nur noch ein Stück totes Fleisch. Alexandras Seele hingegen steckte in ihrem kleinen Ringbuch; in ihren Notizen und Skizzen. Dieses Buch war danach für lange Zeit sein Schatz.

Er blickte zum Mond hinauf. Derselbe Mond wie damals.

Alles fühlte sich genau gleich an. Irritiert schloss er kurz die Augen.

Die junge Frau, die er danach anschaute, versuchte nur zaghaft, ein Loch in den Boden zu graben. Ihre Turnschuhe und die nackten Beine waren schlammig. Sie hielt in der Bewegung inne. Eine Weile standen sie sich wortlos gegenüber.

»Alexandra«, sagte er.

»Was?«

Sie war es. Hier im Mondlicht stand sie wieder vor ihm.

*Die eine.*

Das Mädchen im Hafen war ein Trampel gegen sie gewesen. Die Frau mit den Einkaufstaschen aus der S-Bahn viel zu alt. Und diese Maren war es auch nicht gewesen. Doch hier im Moor stand sie wieder vor ihm: *die eine.*

Er würde jetzt mit ihr genau dasselbe tun wie schon einmal. Mit ihr. Mit Alexandra.

»Leg den Spaten zur Seite, und komm zu mir«, sagte er freundlich.

»Und wenn nicht?«

Überrascht sah er die junge Frau an. Dann zuckte er mit den Schultern. Ihre Frage war rhetorisch. Sie spielte keine Rolle. Er würde so oder so mit ihr tun, wozu er sie hergebracht hatte.

Er machte einen Schritt vorwärts. Doch bevor er den Weg verlassen konnte, um ihr die Hände in den Baumwollhandschuhen um den Hals zu legen, klingelte ein Handy. Er zuckte zusammen. Das Geräusch war so laut und fremdartig in dieser Umgebung.

Julia steckte eine Hand in die Tasche ihrer Strickjacke und holte ein Smartphone heraus. Das Display leuchtete hell.

»Geh nicht ran«, befahl er mit schriller Stimme und sprang vor. Doch die junge Frau musste sich darauf vorbereitet haben. Blitzschnell ließ sie das Telefon wieder in der Jacke verschwinden, holte mit dem Spaten aus und zerschmetterte ihrem Angreifer mit aller Kraft die linke Kniescheibe.

Schon befand sie sich über ihm. Das Mondlicht stand wie ein Strahlenkranz um ihre Haare. Der Spaten war weit erhoben. Das Blatt bestand aus reinem Stahl. Ein einziger Hieb konnte ihm den Schädel spalten.

»Alexandra«, sagte er wieder. Und der Kreis schloss sich tatsächlich nach all den Jahren. Aber anders, als er es gedacht hatte.

Als der Spaten herunterrauschte, streifte er sein Gesicht und grub unterhalb des Jochbeins eine tiefe Furche in die Wange. Dann blieb er im Morast stecken.

Die Erlösung blieb aus. Dafür setzte ein unerträglicher Schmerz in seinem Bein ein.

»Du erbärmlicher Wurm!«, zischte Alexandra. Nein, nicht Alexandra. Es war Julia Harms, die kleine Schwester.

# 79

Julia hatte den ganzen Zorn und alle Angst, die sich in den Jahren aufgestaut hatten, in ihren ersten Schlag gesteckt. Sie war vorbereitet. Sein Schrei hallte über das Moor. Ohne länger Gewalt über seine Beine zu haben, fiel Schultheis seitwärts in den Schlamm. Seine Augen starrten sie an. Erst als der Spaten neben seinem Kopf im Boden steckte, begann er offensichtlich zu verstehen. Dann setzte leises Wimmern ein.

Julia trat einen Schritt zurück, um nicht länger in Schultheis' Reichweite zu sein. Dabei war es ihr egal, dass sie bis zu den Knöcheln im weichen Untergrund versank. Doch sie hatte genau gesehen, was für einen Schaden der Spaten an seinem Bein verrichtet hatte. Der Mann war in diesem Zustand keine Bedrohung mehr für sie.

Weil das Smartphone noch immer klingelte, holte sie es wieder heraus. Er konnte nichts dagegen tun. Sichtlich voller Pein presste Schultheis beide Hände auf das zertrümmerte Knie und wimmerte. Julia lauschte kurz in das Gerät, sagte mehrfach »Ja« und hielt es dann demonstrativ nach vorn.

»Hier, für dich«, bemerkte sie und deutete an, dass sie Schultheis das Telefon zuwerfen wollte. Trotz aller Schmerzen fing er es auf. Seine Handschuhe waren nun blutig und schmutzig. Zitternd hob er das Handy ans Ohr. Die Stimme, die ihn begrüßte, musste ihm bekannt vorkommen. Julia grinste wissend. Jan Fischer war am anderen Telefon.

»Du bist blöd!«, sagte die Stimme an Schultheis' Ohr. »Und du bleibst blöd!« Dann bekam er zwei Fotos über einen Mitteilungsdienst geschickt.

Das erste zeigte den Wagen von Schultheis auf einem Parkplatz am Rande des Moorgebiets. Der Winkel war so gewählt, dass vorn das Nummernschild des Autos und im Hintergrund ein Schild mit der Aufschrift Naturschutzgebiet zu sehen war.

Auf dem zweiten Bild konnte man im Halbdunkel die Silhouette eines Mannes sehen, der neben einer kleineren Frau stand, die einen Spaten oder eine Schaufel in den Händen hielt. Das Bild war extrem körnig, da der elektronische Restlichtverstärker alles herausgeholt hatte, was unter den schlechten Lichtverhältnissen möglich war. Trotzdem war das Foto aussagekräftig genug.

Derjenige, der dieses Bild gemacht hatte, konnte während der Aufnahme nicht weit entfernt gewesen sein. Das erkannte Schultheis. Nun kam dieser Jemand über den mit Bohlen befestigten Weg herangeschritten. Schultheis hörte es und wandte den Kopf.

# 80

Jan sah von oben auf den im Dreck liegenden Mann hinunter. Als Erstes fragte er Julia noch einmal, ob mit ihr wirklich alles in Ordnung sei. Die nickte. »Hab nur nasse Füße.«

Noch, dachte Jan. Bald setzt bei dir der Schock ein. Dann wirst du dich anders fühlen.

Jan wählte mit seinem Handy den Notruf. Er wollte die Polizei so schnell wie möglich vor Ort haben. Eine Rettungswagenbesatzung war auch nötig. Als er das Telefon wieder weggesteckt hatte, half er Julia zurück auf den Weg. Der Mann im Dreck machte keinerlei Anstalten, sie daran zu hindern.

»Ich wohne seit letztem Montag bei Familie Harms«, sagte Jan zu Schultheis gewandt. »Nur zur Sicherheit. Obwohl ich nicht wirklich damit gerechnet habe, dass du auftauchen würdest. Im Ernst, ich dachte nicht, dass du so dumm bist.«

Jeden Vormittag hatte Jan Charlotte im Krankenhaus besucht. Dazu lieh er sich Julias Golf. Über die Autobahn war das eine für norddeutsche Verhältnisse ganz normale Pendlerentfernung. Nachmittags war er wieder zum Bauernhaus gefahren, hatte seine Notizen durchgesehen und mit dem Schreiben eines Manuskripts begonnen.

»Ich wusste, dass du Julia gesehen haben musst. Und ich konnte mir sehr gut vorstellen, was das in dir ausgelöst hat. Deshalb haben wir abgesprochen, dass sie tagsüber besonders vorsichtig ist und ich mich nachts im Haus verstecke. Ich arbeite an dem Buch über Serienmörder, über das wir gesprochen haben, deshalb war das Warten für mich kein Problem.«

Julia begann sichtlich zu frieren. Vermutlich waren es jetzt doch die Anzeichen eines Schocks, die sich bei ihr zeigten. Jan legte ihr seine Jacke um die Schultern, wie an jenem Sonntagnachmittag in Verden, setzte sich dann auf den Bohlenweg und zog Julia auf seinen Schoß. Mit beiden Armen umschloss er ihren schmalen Oberkörper.

Als sein Telefon klingelte, musste er einem Polizisten noch einmal erklären, wo genau sie zu finden waren. Zum Parkplatz zurückgehen, um den Einsatzkräften den Weg zu zeigen, wollte er nicht. Denn mittlerweile war auch Julia ein Fall für die Sanitäter. Er versuchte, sie zu wärmen. Gleichzeitig begann er wieder zu reden. Erst mit ihr, dann mit Schultheis. Hauptsache, sie merkte, dass sie nicht allein war.

»Ich komme ziemlich gut mit dem Schreiben voran«, sagte Jan.

Schultheis entgegnete nichts, aber Jan wusste, dass er ihm trotz seiner Schmerzen zuhörte.

»Die Struktur ist klar: Zuerst beschäftige ich mich mit den Tätern und deren Verhaltensmustern. So ziehe ich den Leser in das Buch. Dann komme ich auf das Leid zu sprechen, das die Täter verursachen. Es geht dabei nicht um die Qualen, die sie bei ihren Taten den Opfern bereiten, sondern um das, was sie den Hinterbliebenen antun. Denn die sind es, die viel länger leiden.«

Jan merkte, wie Julia sich bei diesen Worten versteifte und ihr Blick in eine andere Richtung ging.

»Und dank dir, Matthias Schultheis«, beendete Jan, was er sagen wollte, »habe ich nach dem, was heute Nacht passiert ist, auch noch den perfekten Schluss.«

# Epilog

Die letzte Ausgabe des Harburger Tageblatts erschien an einem Montag. Auf der ersten Seite gab es mehrere Fotos neben- und untereinander, auf denen einige Austräger der Zeitung zu sehen waren. Die Schlagzeile dazu lautete: »Wir bringen Ihnen heute Ihr letztes Harburger Tageblatt!« Im weiteren Text hieß es, dass man sich bei allen treuen Leserinnen und Lesern und Inserenten bedanke, doch nach hundertfünfzig Jahren sei nun mit Hamburgs ältester Tageszeitung Schluss.

Die Austräger auf die Titelseite zu bringen, war eine bewusste Geste der Redaktion. Denn die Austräger waren es, die ganz ohne Entschädigung ihre Einnahmequelle verloren. Zumeist Schüler und Rentner. Für die rund dreißig Angestellten des Blattes wurde ein Sozialplan erstellt. Einige wurden innerhalb des Verlagshauses übernommen, zu dem das Tageblatt seit Jahren gehörte. Einige gingen in Frührente. Einige akzeptierten Abfindungen. Jan gehörte zu denjenigen, die Geld nahmen und sich auf eigene Faust um einen neuen Job bemühen wollten.

Inhaltlich unterschied sich die letzte Ausgabe kaum von den vielen Tausend davor. In der Spalte links neben den Bildern der Zeitungsausträger gab es ein Foto vom Fußball. Zwei Regionalligisten hatten sich unentschieden getrennt. Oben rechts neben dem Titel prangte die Werbeanzeige eines Autohändlers. Es gab allerdings auch einen echten Knüller, mit dem sich das Harburger Tageblatt verabschiedete.

Hakan Önal war am Wochenende aus der Untersuchungshaft

entlassen worden, weil sich der Mord an Fiona Fenske am Ufer des Hamburger Tankhafens als die Tat eines Serientäters herausgestellt hatte.

Dem beschuldigten Familienvater aus Hamburg-Hausbruch konnten weitere Tötungsdelikte nachgewiesen werden. Unvollständig vernichtete Beweismittel wurden auf einem Grundstück im niedersächsischen Gyhum, Landkreis Rotenburg (Wümme), sichergestellt. Neben anderen Gegenständen wurden auf dem Boden einer Feuertonne ziemlich gut erhaltene Reste der vom Tatort entwendeten Unterhose von Fiona Fenske gefunden. Eine DNA-Analyse ergab zweifelsfrei, dass die Hose von der Achtzehnjährigen stammte. Mit diesen Erkenntnissen konfrontiert, gestand der Täter mindestens neun weitere Morde. Darunter auch den an einer damals Neunzehnjährigen aus Gyhum, die kurz nach ihrem Schulabschluss verschwunden war. Die ehemalige Mitschülerin des Täters wohnte in dessen Nachbarschaft und wurde zuletzt lebend auf dem Schützenfest des Dorfes gesehen. Ihre sterblichen Überreste wurden nun in einem nahe gelegenen Moorgebiet gefunden. Es sei nicht auszuschließen, hieß es in dem Artikel, dass der Mann noch mehr Menschen getötet habe.

Zudem wurde erwähnt, dass es sich bei dem Täter um einen langjährigen Redakteur des Tageblatts handelte. Petersen setzte sich in diesem Punkt gegen die Geschäftsführung durch. Auch bei der letzten Ausgabe nahm er sich das Recht heraus, das letzte Wort bei den redaktionellen Entscheidungen zu haben. Zu verlieren hatte er sowieso nichts mehr. Und sein journalistisches Grundverständnis verlangte es geradezu von ihm, diese, wenn auch bittere, Wahrheit nicht zu verschweigen.

Jan hatte die letzte Ausgabe des Tageblatts am Kiosk in der Eingangshalle des Altonaer Krankenhauses gekauft. Auch wenn er für den Artikel verantwortlich war und dieser ihm somit nichts

Neues verraten konnte, las er ihn von der ersten bis zur letzten Zeile. Als er den Blick hob, sah er Charlotte aus dem Aufzug steigen.

Den allgemeinen Krankenhauslook mit Jogginghose, Schlabberpullover und Badelatschen hatte Charlotte hinter sich gelassen. Stattdessen trug sie eine knappe Lederjacke über einer peppigen Bluse, einen kurzen Rock, rote Pumps und gewaltige Ohrringe. Die Reisetasche in ihrer Hand kannte Jan. Er hatte sie ihr selbst ins Krankenhaus gebracht. Auch die Sachen, die sie trug, hatte er in ihrer Wohnung zusammengesucht.

»Statt Blumen«, sagte er, nachdem sie zielstrebig auf ihn zugesteuert war, und hielt ihr die Zeitung entgegen. Sie stellte die Tasche ab. Immer wieder nickend überflog sie den Artikel über den Serienmörder, der so oft im Clio neben ihr gesessen und der es am Ende auch auf ihr Leben abgesehen hatte.

»Ich habe ihn nie gemocht«, meinte Jan, als er merkte, dass Charlotte mit der Lektüre fertig war.

»Ich weiß.«

»Aber ein Knallerabgang fürs Tageblatt.«

Sie nickte und faltete die Zeitung zusammen.

»Lass mich die Tasche tragen«, sagte Jan und beugte sich zu dem Gepäckstück hinunter, bevor Charlotte widersprechen konnte.

Nebeneinander schritten sie auf den Ausgang zu.

Jan hatte Charlotte von Julia erzählt. Als es ihr sichtlich besser ging. Auch von dem, was zwischen ihnen während des Wolkenbruchs im Auto passiert war. Jan wollte keine gegenseitigen Geheimnisse mehr. Deshalb wusste Charlotte auch, dass er einige Nächte im Bauernhaus bei Julia und ihrer Mutter verbracht hatte. Allerdings in einem eigenen Zimmer mit eigenem Bett, wie er Charlotte vorher versichert hatte. Groß genug war das Haus.

Die Atmosphäre im Bauernhaus war in dieser Zeit voller Spannung gewesen. Doch nicht zwischen ihm und Julia. Der Nachmittag im Freizeitpark und das, was dann während des Regens im Auto passiert war, spielte für Julia offenbar keine Rolle mehr. Und Jan war darüber mehr als erleichtert. Zwar mochte er Julia nach wie vor sehr gern, doch sein Herz gehörte nun mal eindeutig Charlotte.

Jan erzählte Charlotte auch, dass Julia sich entschlossen hatte, nach Bremen zu ziehen, um dort ein Soziologiestudium zu beginnen. Das schien nur auf den ersten Blick spontan. Tief in Julias Innerem hatte der Wunsch seit Langem geschlummert. Das wusste Jan von ihr. Die Unterlagen, die Julia für eine Einschreibung gebraucht hatte, waren schon lange angefordert und ausgefüllt. Nach Schultheis' Verhaftung hatte sie die Papiere abgeschickt und prompt eine Zusage bekommen. Für ihre Mutter wollte Julia eine Pflegekraft einstellen, die möglichst mit im Haus schlafen sollte. Seit Julia nicht mehr auf die Heimkehr ihrer großen Schwester warten musste, schien alles möglich. Jan fand die Entscheidung richtig und unterstützte die Idee, nahm sie auf eine gewisse Weise doch auch eine Last von ihm.

»Ich will mir 'ne neue Wohnung suchen«, sagte er nun zu Charlotte. Und dies nicht nur, um die plötzlich entstandene Stille zwischen ihnen zu durchbrechen. »Ich muss raus aus meiner muffigen Bude.« Er warf Charlotte einen Blick von der Seite zu. Wenn du willst, suchen wir uns zusammen etwas Neues, dachte er, hatte aber nicht den Mut, es laut auszusprechen. So einfach ließ sich die Zeit dann doch nicht zurückdrehen. Als Charlotte ihn am dringendsten brauchte, hatte er sich stattdessen auf eine Affäre eingelassen. Charlotte machte ihm deshalb keine Vorwürfe, aber passiert war es trotzdem.

»Was Schöneres und Helleres und mit mehr Platz«, sagte er.

»Vielleicht sogar ein Häuschen. Die Abfindung vom Verlag, weißt du. Und dann sind die Kredite ja zurzeit recht günstig.«

»Gute Idee.«

Mehr sagte sie nicht dazu. Kein: Toll, da helfe ich dir gern beim Suchen. Kein: Wir könnten ja zusammenlegen und was richtig Schönes finden.

Erst als sich die Schiebetüren des Krankenhauses hinter ihnen geschlossen hatten, blieb Charlotte stehen. Jan sah sie erwartungsvoll an. Immerhin hatte er ihr sein neues Auto zu zeigen. Der VW hatte tatsächlich einen Getriebeschaden, sodass Jan ihn noch in der Rotenburger Werkstatt in einen gebrauchten Volvo umgetauscht hatte. Er war gespannt, was Charlotte zu dem Wagen sagen würde. Aber die tastete erst einmal mit geübten Bewegungen ihre kurze Lederjacke ab und zauberte ein Zigarettenpäckchen hervor. Das Licht der Feuerzeugflamme spielte über ihr Gesicht.

»Wen hast du in den letzten Tagen eigentlich mehr vermisst?«, fragte Jan. »Mich oder deine Zigaretten?«

»Was glaubst du wohl, Jan Fischer?«, entgegnete Charlotte, während sie den Rauch nach oben blies.

»Ich habe keine Ahnung.«

Sie legte den Kopf leicht auf die Seite, fixierte Jans Blick und sagte: »Das stimmt.«

# Danksagung

Bei der Entstehung dieses Buches hatte ich die Unterstützung und den Zuspruch vieler Freundinnen und Freunde. Dies sind:

Armin Werra, Karsten Uhl, Ronja Rückheim, Alexander Zerbe, Torsten Bischoff, Jan Ole Unger, Dana Deuter, Karsten Krönke und Carolina Koplin. Jedem von euch gilt mein besonderer Dank.

Außerdem bedanke ich mich bei Gisela Klemt für ihren professionellen Blick auf das Skript. Ihr Lektorat hat den Roman immer wieder an entscheidenden Stellen zurück auf den richtigen Weg gebracht.

Mehr über die Thriller-Reihe um Jan Fischer und Charlotte Sander auf: www.markuskleinknecht.de